10

樋口一葉

一宮操子

新学社

装幀　友成　修

カバー画

パウル・クレー『北の部屋』一九三二年

パウル・クレー財団蔵

協力　日本パウル・クレー協会

河井寛次郎　作画

目次

樋口一葉

大つごもり

（上）

井戸は車にて綱のながさ十二尋《ひろ》、勝手は北むきにて師走の空のから風ひゆうひゆうと吹ぬきの寒さ、おゝ堪えがたと竈の前に火なぶりの一分は一時にのびて、割木ほどの事も大台にして叱りとばさるゝ婢女《はした》の身つらや、はじめ受宿の老嫗《おば》さまが言葉にはお子様方は男女六人、なれども常住家内《うち》にお出あそばすは御総領と末《すゑ》お二人、少し御新造は機嫌かひなれど、目色顔色を呑みこんで仕舞へば大したこともなく、結句おだてに乗る質なれば、お前の出様一つで半襟半がけ前垂れの紐にも事は欠くまじ、御身代は町内第一《いち》にて、其代り吝《しは》き事も二とは下がらねど、よき事には大旦那が甘い方ゆゑ、少しのほまちは無きことも有るまじ、嫌やになつたら私しの処まで端書一枚、詳細《こまかき》ことはいらず、他処《ほか》の口をさがせとならば足はをしまじ、何《いづ》れ奉公の秘伝は裏表《うらおもて》と言ふて聞かされて、扨《さて》もおそろしき事を言ふ人と思へど、何も我が心一つで又此人のお世話にはなるまじ、勤め大事に骨さへ折らばお気に入らぬ事も無き筈と定めて、か丶る鬼の主をも持つぞかし、目見への済みて三日の後、七歳《なゝつ》になる嬢様踊りのさらひに午後よりとある、その支度は朝湯にみがきあげてと霜氷る暁、あた丶かき寐床の中より御新造灰吹きをた丶きて、これこれと、此詞《これ》が眼ざましの時計より胸にひゞきて、三言とは呼ばれもせず帯より先きに襷がけの甲斐〴〵しく、井戸端にいづれば月影ながしに残りて、膚《はだへ》をさすやうな風の寒さに夢をわすれぬ、風呂は居風呂《すへふろ》にて大きからねど、二つの手桶に溢る丶ほど汲みて、十三は入れねばならず、大汗に成りて運びけるうち、輪宝《りんぼう》のすがりし曲《ゆが》み歯《ば》の水ばき下駄、前鼻緒のゆる〳〵に成りて、指をうかさねば他愛のなきやう成りし、その下駄にて重きものを持ちたれば足元おぼつかなくて流しもとの氷にすべり、あれと言ふ間もなく横にころべば井戸がはにて向ふ臑《ずね》した丶かに打ちて、可愛や雪はづかしき膚《はだ》に紫のあと生々しくなりぬ、手桶をも其処《そこ》に投げ出して一つは満足なりしが一つは底抜けになりけり、此桶の価なにほどか知らねど、身代これが為につぶれるかの様に、御新造の額ぎはに青筋おそろしく、朝飯の御給仕より睨まれて其日一日ものも仰せられず、一日経《おい》てよりは箸のあげおろしに、此家の品は無賃《たゞ》では出来ぬ、主の物とて粗末に思ふたら罰が当るぞへと明くれの談義、来る人毎につげられて若き心には恥かしく、其後は物ごとに念をいれて、遂ひに麁想《そさう》を為ぬやうに成りぬ、世間に下女つかふ人も多けれど、山村ほど下女の替る家はあるまじ、月に二人は平常のこと、三日四日に帰りしもあれば、一夜居て逃げ出しもあらん、開闢以来を尋ねたらば、折る指にあの内儀《かみさま》が袖口おもはるゝ、思へばお峯は辛棒もの、彼女《あれ》にむごく当らば天罰たちどころに、此後は東京ひろしと雖山村の下女に成る者は有るまじ、感心なもの、美事の心がけと褒めるもあれば、第一容貌《きりやう》が申分なしだと、男は直にこれを言ひけり。

秋より唯一人の伯父がわづらひて、商売の八百屋店もいつとなく閉ぢて、同じ町ながら裏屋住居に成し由は聞けど、むづかしき主を持つ身の給金を先きに貰へば此身は売りたるも同じこと、見舞にといふ事もならねば心ならねど、お使ひ先の一寸の間とても時計を目当にして幾足幾町と其調べのくるしさ、馳せ抜けても、とはおもへど悪事千里といへば折角の辛棒を水泡《むだ》にして、お暇ともならばいよいよ病人の伯父に心配をかけ、瘦世帯に一日の厄介も気の毒なり、そのうちにはと手紙斗《ばか》りをやりて、身は此《こ》処に心ならずも日を送りける。師走の月は世間一躰もの忙《せ》はしき中を、殊更に撰りて綺羅をかざり、一昨日出そろひしと聞く某れの芝居、狂言も折から面白き新物の、これを見のがしてはと娘共の騒ぐに、見物は十五日、めづらしく家内《うち》中との触れに成りけり、此お供を嬉しがるは平常の事、父母なき後は只一人の大切な人が、病ひの床に見舞ふ事も為《せ》で、物見遊山にあるくべき身ならず、御機嫌に逆ひたらば夫れまでとして遊びの代りのお暇を願ひしに流石は日頃のつとめ振りもあり、一日過ぎての次の日、早く行きて早く帰れと、さりとは気儘の仰せに有難う存じますと言ひしは覚えで、やがては車の上に小石川はまだかまだかと鈍《もど》かしがりぬ。

初音町といへば床しけれど、世をうぐひすの貧乏町ぞかし、正直安兵衛とて神は此頭に宿り給ふべき大薬缶の額ぎはぴかぴかとして、これを目印に田町より菊坂あたりへかけて、茄子大根の御用をもつとめける、薄もとでを折かへすなれば、折柄直の安うて嵩《かさ》の有る物よりほかは、棹なき舟に乗合の胡瓜、苞《つと》に松茸の初物などは持たで、八百安が物は何時も帳面につけたやうなと笑はるれど、贔負は有がたき物、曲りなりにも親子三人の口をぬらして、三之助とて八歳《やつ》になるを五厘学校に通学《かよは》するほどの義務《つとめ》もしけれど、世の秋つらし九月の末、俄かに風が身にしむといふ朝、神田に買出しの荷を我家までかつぎ入れると其まゝ、発熱に続いて骨病みのいでしやら、三月ごしの今日まで商ひはさらなること、段々に食ひへらして天秤まで売る仕義になれば、表店の活計たち難く、月五十銭のうら屋に人目の恥を厭ふべき身ならず、又時節があらばとて引越しも無惨や車に乗するは病人ばかり、片手にたらぬ荷をからげて、同じ町の隅へと潜みぬ。お峯は車より下りて开処此処《そこゝ》と尋ぬるうち、紙鳶《たこ》紙風船などを軒につるして、子供を集めたる駄菓子屋の門に、もし三之助の交りてかと覗けど、影も見えぬに落胆《がつかり》して思はず往来を見れば、我が居るよりは向ひのがわを痩せぎすの子供が薬瓶もちてゆく後姿、三之助よりは丈も高く余り痩せたる子とおもへど、様子の似たるにつか〳〵と駆け寄りて顔をのぞけば、やあ姉さん、あれ三ちやんで有つたか、さても好い処でと伴はれて行くに、酒屋と芋屋の奥深く、溷板《どぶいた》がた〳〵と薄ぐらき裏に入れば、三之助は先へ駆けて、父《と》さん母《か》さん、姉さんを連れて帰つたと門口より呼たてぬ。

何お峯が来たかと安兵衛が起あがれば、女房は内職の仕立物に余念なかりし手を止めて、まあ〳〵これは珍らしいと手を取らぬ斗《ばかり》に喜ばれ、見れば六畳一間に一間《けん》の戸棚只一つ、箪笥長持は元来《もとより》あるべき家ならねど、見し長火鉢のかげもなく、今戸焼の四角なるを、同じ形《なり》の箱に入れて、此品《これ》がそも〳〵此家の道具らしき物、聞けば米櫃もなきよしさりとは悲しき成行、師走の空に芝居みる人もあるをとお峯はまづ涙ぐまれて、まづ〳〵風の寒きに寐てお出なされませ、と堅焼に似し薄ぶとんを伯父の肩に着せて、さぞさぞ沢山《たんと》のお苦労なされましたろ、伯母様も何処やら痩せが見えまする、心配のあまり煩ふて下さりますな、それでも日増しに軽快《よいはう》で御坐んすか、手紙で様子は聞けど見ねば気にかゝりて、今日のお暇を待ちに待つて漸《やつと》の事、何住居《うち》などは宜《よ》ござります、伯父様御全快にならば表店《おもて》に出るも訳なき事なれば、一日もはやく快く成つて下され、伯父様に何ぞと存じたれど、道は遠し心は急《せ》く、車夫《くるまや》のあしが何時より遅いやうに思はれて、御好物の飴屋が軒も見はぐりました、此金《これ》は少しなれど私しが小遣の残り、麹町の御親類よりお客の有し時、その御隠居様寸白の起りなされてお苦しみの有しに、夜を徹《とほ》してお腰をもみたれば、前垂れでも買へとて下された、夫れや是れや、お家は堅けれど他処よりのお方が贔負になされて、伯父様よろこんで下され、勤めにくゝも御座んせぬ、此巾着も半襟もみな頂き物、襟は質素《じみ》なれば伯母様かけて下され、巾着は少し形をかへて三の助がお弁当の袋に丁度好いやら、夫れでも学校へは行きますか、お清書があらば姉にも見せてと夫から夫へ言ふ事ながし。七つの歳に父親得意場の蔵普請に、足場を昇りて中ぬりの泥鏝《こて》をもちながら、下なる奴物《やつこ》にいひつけんと振向く途端、暦に黒星《くろほし》の仏滅とでも言ふ日で有りしか、年来《としごろ》なれたる足場をあやまりて、落たるも落たるも下は敷石に摸様がはりの所ありて、掘おこしてつみ立たる切角に頭脳したゝか打つけたれば甲斐なし、哀れ四十二の前厄と人々後におそろしがりぬ、母は安兵衛が同胞《けうだい》なれば此処に引取られて、これも二年の後はやり風俄かに重く成りて死《うせ》たれば、後は安兵衛夫婦を親として、十八の今日まで恩はいふに及ばず、姉さんと呼ばるれば三の助は弟のやうに可愛く、此処へ此処へと呼んで背をなぜ顔を覗いて、さぞ父《と》ゝさんが病気で淋しく愁《つ》らかろ、お正月も直《じき》に来れば姉が何ぞ買てあげますぞへ、母《か》ゝさんに無理を言ふて困らしては成りませぬと教ゆれば、困らせる処か、お峯きいてくれ、年は八歳《やつ》なれど躰《がら》も大きし力もある、我《わし》が寐てからは稼手なしの費用《いりめ》は重なる、四苦八苦を見かねたやら、表の塩物やが野良と一処に、蜆《しゞみ》を買ひ出しては足の及ぶだけ担《かつ》ぎ廻り、野良が八銭うれば十銭の商ひは必らずある、一つは天道さまが奴の孝行を見通してか、兎《と》なり角《かく》なり、薬代は三が働き、お峯ほめてやつてくれとて、父は蒲団をかぶりて涙に声をしぼりぬ。学校は好きにも好きにも遂ひに世話を焼かしたる事なく、朝めし喰べると駆け出して三時の退校《ひけ》に道草のいたづら為たことなく、自慢ではなけれど先生様にも賞め物の子を、貧乏なればこそ蜆をかつがせて、此寒空に小さな足に草鞋をはかせる親心、察して下されとて伯母も涙なり。お峯は三之助を抱きしめて、扨も扨も世間に無類の孝行、大柄とても八歳《やつ》は八歳、天秤かたにして痛みはせぬか、足に草鞋くひは出来ぬかや、堪忍して下され今日よりは私しも家に帰りて、伯父様の介抱、活計《くらし》の助けもしまする、知らぬ事とて今朝までも釣瓶の縄の氷を愁《つ》らがつたは勿躰ない、学校ざかりの年に蜆を担がせて姉が長い着物きて居らりようか、伯父様暇をとつて下され、私はもはや奉公はよしまするとて取乱して泣きぬ。三之助はをとなしく、ほろりほろりと涙のこぼれるを、見せじとうつむきたる肩のあたり、針目あらはに衣《きぬ》破《や》れて此《これ》肩にかつぐか見る目も愁らし、安兵衛はお峯が暇を取らんといふに夫れは以ての外、志しは嬉しけれど帰りてからが女の働き、夫れのみか御主人へは給金の前借りもあり、それと言つて帰られる物ではなし、初奉公が肝腎、辛棒がならで戻つたと思はれてもならねば、お主大事に勤めてくれ、我《わし》が病気も長くはあるまじ、少しよくば気の張弓、引つゞいて商ひもなる道理《わけ》、あゝ今半月の今歳が過ぎれば初春《はる》はよき事も来るべし、何事も辛棒辛棒、三之助も辛棒してくれ、お峰も辛棒してくれとて涙を納めぬ。珍らしき客に馳走は出来ねど好物の今川焼、里芋の煮ころがしなど、沢山たべろよと言ふ言葉が嬉し、苦労はかけまじと思へど見す見す大晦日に迫りたる家の難儀、胸につかへの病ひは癪にあらねど、そもそも床につきたる時、田町の高利貸より三月しばりとて十円かりし、一円五十銭は天利とて手に入りしは八円半、九月の末よりなれば此月はどうでも約束の期限なれど、此中にて何と成るべきぞ、額を合せて談合の妻は人仕事に指先より血をいだして日に十銭の稼ぎもならず、三之助に聞かするとも甲斐なし、お峰が主は白金の台町に貸長屋の百軒も持ちて、あがり物ばかりに常綺羅美々しく、我れ一度お峰への用事ありて門まで行きしが、千両にては出来まじき土蔵の普請、うら山しき富貴と見たりし、其主人に一年の馴染、気に入りの奉公人が少々の無心を聞かぬとは申されまじ、此月末に書き換へを泣きつきて、をどりの一両二分を此処に払へば又三月の延期《のべ》にはなる、斯くいはゞ欲に似たれど、大道餅買うてなり三ケ日の雑煮に箸を持たせずば出世前の三之助に親のある甲斐もなし、晦日までに金二両、言ひにくゝ共この才覚たのみ度きよしを言ひ出しけるに、お峰しばらく思案して、よろしう御座んす慥《たし》かに受合ました、むづかしくばお給金の前借りにしてなり願ひましよ、見る目と家内《うち》とは違ひて何処《いづこ》にも金銭の埒は明きにくけれど、多くではなし夫れだけで此処《こゝ》の始末がつくなれば、理由《わけ》を聞いて厭やは仰せらるまじ、夫れにつけても首尾そこなうてはならねば、今日は私は帰ります、又の宿下りは春長、その頃には皆々うち寄つて笑ひたきもの、とて此金《これ》を受合ける。金は何として越《おこ》す、三の助を貰ひにやろかとあれば、ほんに夫で御座んす、常《つね》日さへあるに大三十日といふては私の身に隙はあるまじ、道の遠きに可愛さうなれど三ちやんを頼みます、ひる前のうちに必らず必らず支度はして置まするとて、首尾よく受合てお峰はかへりぬ。

（下）

石之助とて山村の総領息子、母の違ふに親父の愛も薄く、これを養子に出して家督《あと》は妹娘の中にとの相談、十年の昔しより耳に挟みておもしろからず、今の世に勘当のならぬこそをかしけれ、思ひのまゝに遊びて母が泣きをと親父の事は忘れて、十五の春より不了簡をはじめぬ、男振にがみありて利発らしき眼ざし、色は黒けれど好《よ》き様子《ふう》とて四隣《あたり》の娘どもが風説《うわさ》も聞えけれど、唯乱暴一途に品川へも足は向くれど騒ぎは其《その》座限《ざぎ》り、夜中に車を飛ばして車町の破落戸《ごろつき》がもとをたゝき起し、それ酒かへ肴と、かみ入れの底をはたきて無理を徹すが道楽なりけり、到底《とても》これに相続は石油蔵に火を入れるやうなもの、身代烟となりて消え残る我等なにとせん、あとの兄弟も不憫と母親父に讒言の絶えまなく、さりとて此放蕩子《これ》を養子にと申受る人此世には有るまじ、とかくは有金の何ほどを分けて、若隠居の別戸籍にと内々の相談は極りたれど、本人うわの空に聞き流して手に乗らず、分配金は一万、隠居ぶち月に越《おこ》して、遊興に関を据へず、父上なくならば親代りの我兄上と捧げて竈の神の松一本も我が託宣を聞く心ならば、いかにもいかにも別戸の御主人に成りて、此家の為には働かぬが勝手、それ宜しくば仰せの通りになりましよと、どうでも嫌やがらせを言ひて困らせける。去歳にくらべて長屋もふゑたり、所得は倍にと世間の口より我家の様子を知りて、をかしやをかしや、其やうにのばして誰が物にする気ぞ、火事は燈明皿よりも出るものぞかし、総領と名のる火の玉がころがるとは知らぬか、やがて巻きあげて貴様たちに好き正月をさせるぞと、伊皿子あたりの貧乏人を喜ばして、大晦日を当てに大呑みの場処もさだめぬ。

それ兄様のお帰りといへば、妹ども怕《こは》がりて腫れ物のやうに障るものなく、何事も言ふなりの通るに一段と我まゝをつのらして炬燵に両足、酔ざめの水を水をと狼藉はこれに止めをさしぬ、にくしと思へど流石に義理はつらき物かや、母親かげの毒舌をかくして風引かぬやうに小抱巻なにくれと枕まで宛がひて、明日の支度のむしり鱓《ごまめ》、人手にかけては粗末に成るものと聞こえよがしの経済を枕もとに見しらせぬ。正午《ひる》も近づけばお峰は伯父への約束こゝろもとなく、御新造が御機嫌を見計ふに暇も無ければ、僅の手すきに頭りの手拭ひを丸めて。此ほどより願ひましたる事、折からお忙がしき時こゝろ無きやうなれど、今日の昼過ぎにと先方《さき》へ約束のきびしき金とやら、お助けの願はれますれば伯父の仕合せ私の喜び、いついつまでも御恩に着ますするとて手をすりて頼みける、最初いひ出し時にやふやながら結局《つまり》はよしと有し言葉を頼みに、又の機嫌むづかしければ五月蝿《うるさく》いひては却りて如何と今日までも我慢しけれど、約束は今日といふ大晦日のひる前、忘れてか何とも仰せの無き心もとなさ、我れには身に迫りし大事と言ひにくきを我慢して斯くと申ける。御新造は驚きたるやうな惘れ顔して、それはまあ何の事やら、成ほどお前が伯父さんの病気、つゞいて借金の話しも聞きましたが、今が今私の宅《うち》から立換へようとは言はなかつた筈、それはお前が何ぞの聞違へ、私は毛頭《すこし》も覚えの無き事と、これが此人の十八番《おはこ》とはさもさても情なし。

花紅葉うるはしく仕立し娘たちが春着の小袖、襟をそろへて褄をかさねて、眺めつ眺めさせて喜ばんものを、邪魔ものゝ兄が見る目うるさし、早く出てゆけ疾《と》く去《い》ねと思ふおもひは口にこそ出さね、もち前の疳癪したに堪えがたく、智識の坊様が眼に御覧じたらば、炎《ほのほ》につゝまれて身は黒けふりに心は狂乱の折ふし、言ふ事もいふ事、金は敵薬《てきやく》ぞかし、現在うけ合ひしは我れに覚えあれど何の夫れを厭ふ事かは、大方お前が聞ちがへと立きりて、煙草輪にふき私は知らぬと済ましけり。

エゝ大金でもあることか、金なら二円、しかも口づから承知して置きながら十日とたゝぬに耄《もう》ろくはなさるまじ、あれあの懸け硯の引出しにも、これは手つかずの分とて一と束、十か二十か悉皆《みな》とは言はず唯二枚にて伯父が喜び伯母が笑顔、三の助に雑煮の箸も取らさるゝと言はれしを思ふにも、どうでも欲しきは彼の金ぞ、恨めしきは御新造とお峯はくやしさに物も言はれず、常々をとなしき身は理屈づめにやり込める術もなくて、すご〳〵と勝手に立てば正午の号砲《どん》の音たかく、かゝる折ふし殊更むねには響くものなり。

お母様に直様御出下さるやう、今朝よりの御苦るしみに潮時は午後、初産《はじめて》なれば旦那とりとめなく御騒ぎなされて、お老人《としより》なき家なれば混雑お話しにならず、今が今お出をとて、生死の分目といふ初産に、西応寺の娘がもとよりの迎ひの車、これは大晦日とて遠慮のならぬものなり、家内には金もあり、放蕩《のら》どのが寐ては居る、心は二つ、割られぬ身なれば恩愛の重きに引かれて、車には乗りけれど、かゝる時気楽の良人が心根つらく、今日あたり沖釣りでも無き物をと、太公望がはり合ひなき人をつく〴〵と恨みて御新造出られぬ。

行違へに三之助、こゝと聞たる白金台町、相違なく尋ねあてて、我身のみすぼらしきに姉の肩身を思ひやりて、勝手口より怕《こは》々のぞけば、誰れぞ来しかと竈の前に泣き伏したるお峯が、涙をかくして見出せば此子、おゝよく来たとも言はれぬ仕義を何とせん、姉様這入つても叱かられはしませぬか、約束のものは貰つて行かれますか、旦那や御新造によくお礼を申てこいと父《とゝ》さんが言ひましたと、仔細《わけ》を知らねば喜び顔つらや、まづ〳〵待つて下され、少し用もあればと馳せ行きて内外を見廻せば、嬢様がたは庭に出て追羽子に余念なく、小僧どのはまだお使ひより帰らず、お針は二階にてしかも聾《つんぼ》なれば仔細なし、若旦那はと見ればお居間の炬燵に今ぞ夢の真最中《まつたゞなか》、拝みまする神さま仏さま、私は悪人に成りまする、なりたうは無けれど成らねば成りませぬ、罰をお当てなさらば私一人、遣うても伯父や伯母は知らぬ事なればお免しなされませ、勿躰なけれど此金ぬすませて下されと、かねて見置し硯の引出しより、束のうちを唯二枚、つかみし後は夢とも現ともしらず、三の助に渡して帰したる仔什を、見し人なしと思へるは愚かや。

＊　＊　＊　＊　＊

その日も暮れ近く旦那つりより恵比須がほして帰らるれば、御新造も続いて安産の喜びに送りの車夫《ひと》にまで愛想よく、今宵を仕舞へば又見舞まする、明日は早くに妹共の誰れなりとも一人は必らず手伝はするといふて下され、さてさて御苦労と蠟燭代などをやりて、やれ忙がしや誰れぞ暇な身躰《からだ》を片身かりたきもの、お峰小松菜はゆで、置いたか、数の子は洗つたか、大旦那はお帰りに成つたか、若旦那は、とこれは小声にまだと聞て額に皺を寄せぬ。

石之助その夜はをとなしく、新年《はる》は明日よりの三ケ日なりとも、我が家にて祝ふべき筈ながら、御存じの締りなし、堅くるしき袴づれに挨拶も面倒、異見も実は聞きあきたり、親類の顔に美くしきも無ければ見たしと思ふ念もなく、裏屋の友達がもとに今宵約束もござれば、一まづお暇としていづれ春永に頂戴ものゝ数々は願ひまする、折からお目出度矢先、お歳暮には何ほど下さりますかと、朝より寝込て父の帰りを待しは此金《これ》なり、子は三界の首械《くびかせ》といへど、まこと放蕩《のら》を子に持つ親ばかり不幸なるはなし、切られぬ縁の血筋といへば、あるほどの悪戯《いたづら》を尽して、瓦解の暁に落こむは此淵、知らぬと言ひても世間のゆるさねば、家の名をしく我が顔はづかしきに、惜しき金庫《くら》をも開くぞかし、それを見込みて石之助、今宵を期限の借金がござる、人の受けに立ちて判を為たるもあれば、花見のむしろに狂風一座、破落戸《ごろつき》中間に遣る物を遣らねば此納りむづかしく、我れは詮方なけれどお名前に申わけなくなどゝ、つまりは此金の欲しと聞えぬ。母は大方かゝる事と今朝よりの掛念うたがひなく、幾金《いくら》とねだるか、ぬるき旦那どのゝ処置はがゆしと思へど、我れも口にては勝がたき石之助の弁に、おみねを泣かせし今朝とは変りて、父が顔色いかにとばかり、折々見やる尻目おそろし、父は静かに金庫の間へ立しが、やがて五十円束一つ持ち来て、これは貴様に遣るではなし、まだ縁づかぬ妹共が不憫、姉が良人の顔にもかゝる、此山村は代々堅気一方に、正直律義を真向にして、悪るい風説を立てられた事も無き筈を、天魔の生れがはりか貴様といふ悪者《わるもの》の出来て、なきあまりの無分別に人の懐でも覘うやうにならば、恥は我が一代に止まらず、重しといふとも身代は二の次、兄弟親に恥を見するな、貴様にいふとも甲斐はなけれど、通常《なみ》ならば山村の若旦那とて、入らぬ世間に悪評もうけず、我が代りの年礼に少しの労をも助ける筈を、六十に近き親に泣きを見するは罰あたりで無きか、子供の時には本の少しものぞいた奴、何故これが分りをらぬ、さあ行け、帰れ、何処へでも帰れ、此家に恥は見せるなとて父は奥深く這入りて、金は石之助が懐中に入りぬ。

＊　＊　＊　＊　＊

お母様御機げんよう、好ひ新年を迎ひなされませ、左様ならば参りますと、暇乞わざとうや〳〵しく、お峰下駄を直せ、お玄関からお帰りではない、お出かけだぞと図分〳〵しく大手を振りて、行先は何処、父が涙は一夜の騒ぎに夢とやならん、持つまじきは放蕩《どら》息子、持つまじきは放蕩を仕立るま、母ぞかし。塩花こそふらねあとは一先掃き出して、若旦那退散のよろこび、金はをしけれど見る目も憎くければ、家に居らぬは上々なり、どうすれば彼のやうに図太くなられるか、あの子を生んだ母さんの顔が見たいと、御新造例に依つて毒舌をみがきぬ。お峰は此出来事も何として耳に入るべき、犯したる罪の恐ろしさに、我れか、人か、先刻《さき》の仕業はと今更夢路を辿りて、おもへば此事あらはれずして済むべきや、万が中なる一枚とても数ふれば目の前なるを、願ひの高に相応の員数、手近かの処になくなりしとあらば、我れにしても疑ひは何処に向くべき、調べられなば何とせん、何といはん、言ひ抜けんは罪深し、白状せば伯父が上にもかゝる、我が罪は覚悟の上なれど、物がたき伯父様にまで濡れ衣を着せて、干されぬは貧乏のならひ、かゝる事もする物と人の言ひはせぬか、悲しや何としたらよかろ、伯父様に疵のつかぬやう、我身が頓死する法は無きかと、目は御新造が起居にしたがひて、心はかけ硯のもとにさまよひぬ。

大勘定とて此夜あるほどの金をまとめて封印の事あり、御新造それ〳〵と思ひ出して、懸け硯に先刻《さきほど》、家根屋の太郎に貸付のもどり、あれが二十御座りました、お峰お峰、かけ硯を此処へと奥の間より呼ばれて、最早此時わが命は、無き物、大旦那が御目通りにて始めよりの事を申、御新造が無情そのまゝに言ふてのけ、術もなし方もなし正直は我身の守り、逃げもせず隠られもせず、欲かしらねど盗みましたと白状はしましよ、伯父様同心《ひとつ》で無き丈をどこまでも陳べて、聞かれずば甲斐なし其場で舌かみ切つて死んだなら、命にかへて嘘とは思しめすまじ、それよと度胸すわれど、奥の間へゆく心は屠処の羊なり。

＊　＊　＊　＊

お峰が引出したるは唯二枚、残りは十八あるべき筈を、いかにしけん束のまゝ見ゑずとて底をかへしてふるへども甲斐なし、怪しきは落ちりし紙切れに、いつ認めしか受取一通。

（引出しの分も拝借致し候　　石之助）

さては放蕩かと人々顔を見合せてお峰が詮義は無かりき、孝の余徳は我れしらず石之助の罪に成りしか、いや〳〵知りて序《ついで》に冠《かぶ》りし罪かも知れず、さらば石之助はお峰が守り本尊なるべし、後の事しりたや。

ゆく雲

(上)

酒折の宮、山梨の岡、塩山、裂石《さけいし》、さし手《で》の名も都人《こゝびと》の耳に聞きなれぬは、小仏《こぼとけ》さゝ子《ご》の難処を越して猿橋のながれに眩《めぐる》めき、鶴瀬、駒飼《こまかひ》見るほどの里もなきに、勝沼の町とても東京《こゝ》にての場末ぞかし、甲府は流石《さすが》に大厦《たいか》高楼、躑躅《つゝじ》が崎の城跡など見る処のありとは言へど、汽車の便りよき頃にならば知らず、こと更の馬車腕車《くるま》に一昼夜をゆられて、いざ恵林寺《ゑりんじ》の桜見にといふ人はあるまじ、故郷《ふるさと》なればこそ年々の夏休みにも、人は箱根伊香保ともよふし立つる中を、我れのみ一人あし曳の山の甲斐に峯のしら雲あとを消すこと左《さ》りとは是非もなけれど、今歳この度《たび》みやこを離れて八王子に足をむける事これまでに覚えなき愁《つ》らさなり。

養父清左衛門、去歳《こぞ》より何処《どこ》开処《そこ》からだに申分ありて寐つ起きつとの由は聞きしが、常日頃すこやかの人なれば、さしての事はあるまじと医者の指図などを申やりて、此身は雲井の鳥の羽がひ自由なる書生の境界《けうがい》に今しばしは遊ばるゝ心なりしを、先きの日故郷よりの便りに曰く、大旦那さまこと其後の容躰《ようだい》さしたる事は御座なく候へ共、次第に短気のまさりて我意《わがまゝ》つよく、これ一つは年の故《せい》には御座候はんなれど、随分あたりの者御機げんの取りにくゝ、大心配を致すよし、私など古狸の身なれば兎角つくろひて一日二日と過し候へ共、筋のなきわからずやを仰せいだされ、足もとから鳥の立つやうにお急《せ》きたてなさるには大閉口に候、此中《このぢう》より頻《しきり》に貴君様《あなたさま》を御手もとへお呼び寄せなさり度《たく》、一日も早く家督相続あそばさせ、楽隠居なされ度おのぞみのよし、これ然るべき事と御親類一同の御決義、私は初手《しよて》から貴君様を東京へお出し申すは気に喰はぬほどにて、申しては失礼なれどいさゝかの学問など何《ど》うでも宜い事、赤尾の彦《ひこ》が息子のやうに気ちがひに成つて帰つたも見て居り候へば、もと〳〵利発の貴君様に其気づかひはあるまじきなれど、放蕩ものにでもお成りなされては取返しがつき申さず、今の分にて嬢さまと御祝言、御家督引つぎ最はや早きお歳にはあるまじくと大《おほ》賛成に候、さだめしさだめし其地には遊しかけの御用事も御座候はん夫れ等を然るべく御取まとめ、飛鳥もあとを濁ごすなに候へば、大藤《おほふぢ》の大尽《たいじん》が息子と聞きしに野沢の桂次《けいじ》は了簡の清くない奴、何処やらの割前を人に背負せて逃げをつたなど、斯《か》ふいふ噂があと〳〵に残らぬやう、郵便為替にて証書面のとほりお送り申候へども、足りずば上杉さまにて御立かへを願ひ、諸事清潔《きれい》にして御帰りなさるべく、金故《かねゆゑ》に恥ぢをお搔きなされては金庫の番をいたす我等が申わけなく候、前《ぜん》申せし通り短気の大旦那さま頻に待ちこがれて大ぢれに御座候へば、其地の御片つけすみ次第、一日もはやくと申納候。六蔵といふ通ひ番頭の筆にて此様の迎ひ状《ぶみ》いやとは言ひがたし。家に生抜きの我れ実子にてもあらば、か丶る迎へのよしや十度十五たび来たらんとも、おもひ立ちての修業なれば一ト廉《かど》の学問を研《みが》かぬほどは不孝の罪ゆるし給へとでもいひやりて、其我ま丶の徹らぬ事もあるまじきなれど、愁《つら》きは養子の身分と桂次はつく〴〵他人の自由を羨やみて、これからの行く末をも鎖りにつながれたるやうに考へぬ。

七つのとしより実家の貧を救はれて、生まれしま丶なれば素跣足《すはだし》の尻きり半纏に田圃へ弁当の持はこびなど、松のひでを燈火《ともしび》にかへて草鞋《わらんじ》うちながら馬士歌《まごうた》でもうたふべかりし身を、目鼻だちの何処やらが水子にて亡せたる総領によく似たりとて、今はなき人なる地主の内儀《つま》に可愛がられ、はじめはお大尽の旦那と尊びし人を、父上と呼ぶやうに成りしは其身の幸福《しやわせ》なれども、幸福ならぬ事おのづから其中《そのうち》にもあり、お作といふ娘の桂次よりは六つ《いつ》の年少《としした》にて十七ばかりになる無地の田舎娘《いなかもの》をば、何《ど》うでも妻にもたねば納まらず、国を出るまでは左まで不運の縁とも思はざりしが、今日この頃は送りこしたる写真をさへ見るに物うく、これを妻に持ちて山梨の東郡《ひがしごほり》に蟄伏《ちつぷく》する身かと思へば人のうらやむ造酒家《つくりざかや》の大身上《おほしんしやう》は物のかずならず、よしや家督をうけつぎてからが親類縁者の干渉きびしければ、我が思ふ事に一銭の融通も叶ふまじく、いはゞ宝の蔵の番人にて終るべき身の、気に入らぬ妻までとは弥々《いよ〳〵》の重荷なり、うき世に義理といふ柵《しがらみ》みのなくば、蔵を持ぬしに返し長途の重荷を人にゆづりて、我れは此東京を十年も二十年も今すこしも離れがたき思ひ、そは何故と問ふ人のあらば切りぬけ立派に言ひわけの口上もあらんなれど、つくろひなき正《しやう》の処こゝもとに唯一人すてゝかへる事のをしくをしく、別れては顔も見がたき後を思へば、今より胸の中もやくやとして自《おのづか》ら気もふさぐべき種なり。

桂次が今をる此許《こゝもと》は養家の縁に引かれて伯父伯母といふ間がら也、はじめて此家《このや》へ来たりしは十八の春、田舎縞の着物に肩縫あげをかしと笑はれ、八つ口をふさぎて大人の姿にこしらへられしより二十二の今日までに、下宿屋住居を半分と見つもりても出入り三年はたしかに世話をうけ、伯父の勝義《かつよし》が性質の気むづかしい処から、無敵にわけのわからぬ強情の加減、唯々女房にばかり手やはらかなる可笑《をか》しさも呑込めば、伯母なる人が口先ばかりの利口にて誰につきても根からさつぱり親切気のなき、我欲の目当てが明らかに見えねば笑ひかけた口もとまで結んで見せる現金の様子まで、度々の経験に大方は会得のつきて、此家にあらんとには金づかひ奇麗に損をかけず、表むきは何処までも田舎書生の厄介者が舞ひこみて御世話に相成るといふこしらへでなくては第一に伯母御前《ごぜ》が御機嫌むづかし、上杉といふ苗字をば宜いことにして大名の分家と利かせる見得ぼうの上なし、下女には奥様といはせ、着物は裾のながいを引いて、用をすれば肩がはるといふ、三十円どりの会社員の妻が此形粧《げうそう》にて繰廻しゆく家《うち》の中おもへば此女が小利口の才覚ひとつにて、良人《をつと》が箔の光つて見ゆるやら知らねども、失敬なは野沢桂次といふ見事立派の名前ある男を、かげに廻りては家《うち》の書生がと安々こなされて、御玄関番同様にいはれる事馬鹿らしさの頂上なれば、これのみにても寄りつかれぬ価値《ねうち》はたしかなるに、しかも此家の立はなれにくゝ、心わるきまゝ下宿屋あるきと思案をさだめても二週間と訪問《おとづれ》を絶ちがたきはあやし。

十年ばかり前にうせたる先妻の腹にぬひと呼ばれて、今の奥様には継《まゝ》なる娘《こ》あり、桂次がはじめて見し時は十四か三か、唐人髷に赤き切れかけて、姿はおさなびたれども母のちがふ子は何処《どこ》やらをとなしく見ゆるものと気の毒に思ひしは、我れも他人の手にて育ちし同情を持てばなり、何事も母親に気をかね、父にまで遠慮がちなれば自づから詞かずも多からず、一目に見わたした処では柔和しい温順《すなほ》の娘といふばかり、格別利発ともはげしいとも人は思ふまじ、父母そろひて家の内に籠り居にても済むべき娘が、人目に立つほど才女など呼ばるゝは大方お侠《きやん》の飛びあがりの、甘やかされの我まゝの、つゝしみなき高慢より立つ名なるべく、物にはゞかる心ありて万《よろづ》ひかえ目にと気をつくれば、十が七に見えて三分の損はあるものと桂次は故郷のお作が上まで思ひくらべて、いよ〳〵おぬひが身のいたましく、伯母が高慢がほはつく〴〵と嫌やなれども、あの高慢にあの温順なる身にて事なく仕へんとする気苦労を思ひやれば、せめては傍近くに心ぞへをも為し、慰めにも為りてやり度と、人知らば可笑かるべき自《うぬ》ぼれも手伝ひて、おぬひの事といへば我が事のように喜びもし怒りもして過ぎ来つるを、見すてゝ我れ今故郷にかへらば残れる身の心ぼそさいかばかりなるべき、あはれなるは継子の身分にして、腑甲斐ないものは養子の我れと、今更のやうに世の中のあぢきなきを思ひぬ。

（中）

まゝ母育ちとて誰れもいふ事なれど、あるが中にも女の子の大方すなほに生たつは稀なり、少し世間並除け物の緩い子は、底意地はつて馬鹿強情など人に嫌はるゝ事この上なし、小利口なるは狡るき性根をやしなうて面かぶりの大変ものに成もあり、しやんとせし気性ありて人間の質の正直なるは、すね者の部類にまぎれて其身に取れば生涯の損おもふべし、上杉のおぬひと言ふ娘《こ》、桂次がのぼせるだけ容貌《きりやう》も十人なみ少しあがりて、よみ書き十露盤《そろばん》それは小学校にて学びし丈のことは出来て、我が名にちなめる針仕事は袴の仕立てまでわけなきよし、十歳《とを》ばかりの頃までは相応に悪戯もつよく、女にしてはと亡き母親に眉根を寄せさして、ほころびの小言も十分に聞きし物なり、今の母は父親《てゝおや》が上役なりし人の隠し妻とやらお妾とやら、種々《さま〴〵》曰くのつきし難物のよしなれども、持ねばならぬ義理ありて引うけしにや、それとも父が好みて申受しか、その辺たしかならねど勢力おさ〳〵女房天下と申やうな景色なれば、まゝ子たる身のおぬひが此瀬に立ちて泣くは道理なり、もの言へば睨まれ、笑へば怒られ、気を利かせれば小ざかしと云ひ、ひかえ目にあれば鈍な子と叱かられる、二葉の新芽に雪霜のふりかゝりて、これでも延びるかと押へるやうな仕方に、堪へて真直ぐに延びたつ事人間わざには叶ふまじ、泣いて泣いて泣き尽くして、訴へたいにも父の心は鉄《かね》のやうに冷えて、ぬる湯一杯たまはらん情もなきに、まして他人の誰れにか慨《かこ》つべき、月の十日に母《はゝ》さまが御墓まゐりを谷中の寺に楽しみて、しきみ線香夫ゝ《それ〴〵》の供へ物もまだ終らぬに、母さま母さま私を引取つて下されと石塔に抱きつきて遠慮なき熱涙、苔のしたにて聞かば石もゆるぐべし、井戸がはに手を掛て水をのぞきし事三四度に及びしが、つく〴〵思へば無情《つれなし》とても父様《とゝさま》は真実《まこと》のなるに、我れはかなく成りて宜からぬ名を人の耳に伝へれば、残れる恥は誰が上ならず、勿躰なき身の覚悟と心の中に侘言《わびごと》して、どうでも死なれぬ世に生中《なまなか》目を明きて過ぎんとすれば、人並のうい事つらい事、さりとは此身に堪へがたし、一生五十年めくらに成りて終らば事なからんと夫《そ》れよりは一筋に母様の御機嫌、父が気に入るやう一切この身を無いものにして勤むれば家の内なみ風おこらずして、軒ばの松に鶴が来て巣をくひはせぬか、これを世間の目に何と見るらん、母御は世辞上手にて人を外らさぬ甘《うま》さあれば、身を無いものにして闇をたどる娘よりも、一枚あがりて、評判わるからぬやら。

お縫とてもまだ年わかなる身の桂次が親切はうれしからぬに非ず、親にすら捨てられたらんやうな我が如きものを、心にかけて可愛がりて下さるは辱《かたじ》けなき事と思へども、桂次が思ひやりに比べては遥かに落つきて冷やかなる物なり、おぬひさん我れがいよ〳〵帰国したと成つたならば、あなたは何と思ふて下さろう、朝夕の手がはぶけて、厄介が減つて、楽になつたとお喜びなさろうか、夫れとも折ふしは彼《あ》の話し好きの饒舌《おしやべり》のさわがしい人が居なくなつたで、少しは淋しい位に思ひ出して下さろうか、まあ何と思ふてお出《いで》なさると此様な事を問ひかけるに、仰しやるまでもなく、どんなに家中《うちぢゆう》が淋しく成りましよう、東京《こゝ》にお出あそばしてさへ、一ト月も下宿に出て入らつしやる頃は日曜が待どほで、朝の戸を明けるとやがて御足おとが聞えはせぬかと存じまする物を、お国へお帰りになつては容易に御出京もあそばすまじければ、又どれほどの御別れに成りまするやら、夫れでも鉄道が通ふやうに成りましたら度ゝ御出あそばして下さりませうか、そうならば嬉しいけれど、言ふ、我れとても行きたくてゆく故郷でなければ、此処に居られる物なら帰るではなく、出て来られる都合ならば又今までのやうにお世話に成りに来まする、成るべくは鳥渡《ちよつと》たち帰りに直ぐも出京したきものと軽くいへば、それでもあなたは一家の御主人さまに成りて采配をおとりなさらずば叶ふまじ、今までのやうなお楽の御身分ではいらつしやらぬ筈と押へられて、されば誠に大難に逢ひたる身と思しめせ。

我が養家は大藤村の中萩原《なかはぎはら》とて、見わたす限りは天目山、大菩薩峠の山〻峰〻垣をつくりて、西南にそびゆる白妙の富士の嶺は、をしみて面かげを示めさねども、冬の雪おろしは遠慮なく身をきる寒さ、魚《うを》といひては甲府まで五里の道を取りにやりて、やう〳〵鮪の刺身が口に入る位、あなたは御存じなけれどお親父《とつ》さんに聞て見給へ、それは随分不便利にて不潔にて、東京より帰りたる夏分などは我まんのなりがたき事もあり、そんな処に我れは括られて、面白くもない仕事に追はれて、逢ひたい人には逢はれず、見たい土地はふみ難く、兀々《こつ〳〵》として月日を送らねばならぬかと思に、気のふさぐも道理とせめては貴嬢《あなた》でもあはれんでくれ給へ、可愛さうなものでは無きかと言ふに、あなたは左様仰しやれど母などはお浦山《うらやま》しき御身分と申て居りまする。

何が此様な身分うら山しい事か、こゝで我れが幸福《しやわせ》といふを考へれば、帰国するに先だちてお作が頓死するといふ様なことにならば、一人娘のことゆゑ父親おどろいて暫時《しばし》は家督沙汰やめになるべく、然るうちに少々なりともやかましき財産などの有れば、みす〳〵他人なる我れに引わたす事をしくも成るべく、又は縁者の中《うち》なる欲ばりども唯にはあらで運動することたしかなり、その暁に何かいさゝか仕損なゐでもこしらゆれば我れは首尾よく離縁になりて、一本立の野中の杉ともならば、其れよりは我が自由にて其時に幸福《しやわせ》といふ詞を与へ給へと笑ふに、おぬひ惘《あき》れて貴君《あなた》は其様の事正気で仰しやりますか、平常《つね》はやさしい方と存じましたに、お作様《さくさま》に頓死しろとは蔭ながらの噓にしろあんまりでござります、お可愛想なことをと少し涙ぐんでお作をかばふに、それは貴嬢《あなた》が当人を見ぬゆゑ可哀想とも思ふか知らねど、お作よりは我れの方を憐れんでくれて宜い筈、目に見えぬ縄につながれて引かれてゆくやうな我れをば、あなたは真の処何とも思ふてくれねば、勝手にしろといふ風で我れの事とては少しも察してくれる様子が見えぬ、今も今居なくなつたら淋しかろうとお言ひなされたはほんの口先の世辞で、あんな者は早く出てゆけと箒《はうき》に塩花が落ちならんも知らず、いゝ気になつて御邪魔になつて、長居をして御世話さまに成つたは、申訳がありませぬ、いやで成らぬ田舎へは帰らねばならず、情のあろうと思ふ貴嬢がそのやうに見すてゝ下されば、いよ〱世の中は面白くないの頂上、勝手にやつて見ませうと態《わざ》とすねて、むつと顔をして見せるに、野沢さんは本当にどうか遊していらつしやる、何がお気に障りましたのとお縫はうつくしい眉に皺を寄せて心の解しかねる躰に、それは勿論正気の人の目からは気ちがひと見える筈、自分ながら少し狂つて居ると思ふ位なれど、気ちがひだとて種なしに間違ふ物でもなく、いろいろの事が畳まつて頭脳《あたま》の中がもつれて仕舞ふから起る事、我れは気違ひか熱病か知らねども正気のあなたなどが到底《とても》おもひも寄らぬ事を考へて、人しれず泣きつ笑ひつ、何処やらの人が子供の時うつした写真だといふあどけないのを貰つて、それを明けくれに出して見て、面と向つては言はれぬ事を並べて見たり、机の引出しへ叮嚀に仕舞つて見たり、うわ言をいつたり夢を見たり、こんな事で一生を送れば人は定めし大白痴《おほたはけ》と思ふなるべく、其やうな馬鹿になつてまで思ふ心が通じず、なき縁ならば切《せ》めては優しい詞でもかけて、成仏するやうにしてくれたら宜さそうの事を、しらぬ顔をして情ない事を言つて、お出《いで》がなくば淋しかろう位のお言葉は酷いではなきか、正気のあなたは何と思ふか知らぬが、狂気の身にして見ると随分気づよいものと恨まれる、女といふものは最う少しやさしくても好い筈ではないかと立てつゞけの一ト息に、おぬひは返事もしかねて、私しは何と申てよいやら、不器用なればお返事のしやうも分らず、唯々こゝろぼそく成りますとて身をちゞめて引退《ひきしりぞ》くに、桂次拍子ぬけのしていよ〳〵頭の重たくなりぬ。

上杉の隣家《となり》は何宗かの御梵刹《おんてら》さまにて寺内広々と桃桜いろ〳〵植わたしたれば、此方《こなた》の二階より見おろすに雲は棚曳《たなび》く天上界に似て、腰ごろもの観音さま濡れ仏にておはします御肩のあたり膝のあたり、はら〳〵と花散りこぼれて前に供へし樒《しきみ》の枝につもれるもをかしく、下ゆく子守りが鉢巻の上へ、しばしやどかせ春のゆく衛《ゑ》と舞ひくるもみゆ、かすむ夕べの朧月よに人顔ほの〴〵と暗く成りて、風少しそふ寺内の花をば去歳《こぞ》も一昨年《おとゝし》も其まへの年も、桂次此処に大方は宿を定めて、ぶら〳〵あるきに立ならしたる処なれば、今歳この度とりわけて珍らしきさまにもあらぬを、今こん春はとても立かへり蹈べき地にあらずと思ふに、こゝの濡れ仏さまにも中々の名残をしまれて、夕げ終りての宵々家を出ては御寺参り殊勝に、観音さまには合掌を申て、我が恋人のゆく末を守り玉へと、お志しのほどいつまでも消えねば宜いが。

(下)

我れのみ一人のぼせて耳鳴りやすべき桂次が熱ははげしけれども、おぬひと言ふもの木にて作られたるやうの人なれば、まづは上杉の家にやかましき沙汰もおこらず、大藤村にお作が夢ものどかなるべし、四月の十五日帰国に極《き》まりて土産物など折柄日清の戦争画、大勝利の袋もの、ぱちん羽織の紐、白粉《をしろい》かんざし桜香《さくらか》の油、縁類広ければとり〳〵に香水、石鹸《しやぼん》の気取りたるも買ふめり、おぬひは桂次が未来の妻にと贈りものゝ中へ薄藤色の繻袢の襟に白ぬきの牡丹花の形あるをやりけるに、これを眺めし時の桂次が顔、気の毒らしかりしと後にて下女の竹が申き。

桂次がもとへ送りこしたる写真はあれども、秘しがくしに取納めて人には見せぬか、夫れとも人しらぬ火鉢の灰になり終りしか、桂次ならぬもの知るによしなけれど、さる頃はがきにて処用と申こしたる文面は男の通りにて名書きも六蔵の分なりしかど、手跡大分あがりて見よげに成りしと父親の自まんより、娘に書かせたる事論なしとこゝの内儀《ないぎ》が人の悪き目にて睨みぬ、手跡によりて人の顔つきを思ひやるは、名を聞いて人の善悪を判断するやうなもの、当代の能書に業平さまならぬもおはしますぞかし、されども心用ひ一つにて悪筆なりとも見よげのしたゝめ方はあるべきと、達者めかして筋もなき走り書きに人よみがたき文字ならば詮なし、お作《たけ》の手はいかなりしか知らねど、此処の内儀が目の前に浮かびたる形は、横幅ひろく長つまりし顔に、目鼻だちはまづくもあるまじけれど、鬢《びん》うすくして首筋くつきりとせず、胴よりは足の長い女とおぼゆると言ふ、すて筆ながく引いて見ともなかりしが可笑し、桂次は東京に見てさへ醜《わ》るい方では無いに、大藤村の光る君帰郷といふ事にならば、機場《はたば》の女が白粉のぬりかた思はれると此処にての取沙汰、容貌《きりやう》のわるい妻を持つぐらゐ我慢もなる筈、水呑みの小作が子として一足飛のお大尽なればと、やがては実家をさへ洗はれて、人の口さがなし伯父伯母一つになつて嘲るやうな口調を、桂次が耳に入らぬこそよけれ、一人気の毒と思ふはお縫なり。

荷物は通運便にて先へたゝせたれば残るは身一つに軽々しき桂次、今日も明日もと友達のもとを馳せめぐりて何やらん用事はあるものなり、僅かなる人目の暇を求めてお縫が袂をひかえ、我れは君に厭はれて別るゝなれども夢いさゝか恨む事をばなすまじ、君はおのづから君の本地ありて其島田をば丸曲にゆひかへる折のきたるべく、うつくしき乳房を可愛き人に含ませる時もあるべし、我れは唯だ君の身の幸福《しやわせ》なれかし、すこやかなれかしと祈りて此長き世をば尽さんには随分とも親孝行にてあられよ、母御《はゝご》前《ぜ》の意地わるに逆らふやうの事は君として無きに相違なけれどもこれ第一に心がけ給へ、言ふことは多し、思ふことは多し、我れは世を終るまで君のもとへ文の便りをたゝざるべければ、君よりも十通に一度の返事を与へ給へ、睡《ねぶ》りがたき秋の夜は胸に抱いてまぼろしの面影をも見んと、このやうの数〻を並らべて男なきに涙のこぼれるに、ふり仰向《あほのい》てはんけちに顔を拭ふさま、心よわげなれど誰れもこんな物なるべし、今から帰るといふ故郷の事養家のこと、我身の事お作の事みなから忘れて世はお縫ひとりのやうに思はるゝも闇なり、此時こんな場合にはかなき女心の引入られて、一生消えぬかなしき影を胸にきざむ人もあり、岩木のやうなるお縫なれば何と思ひしかは知らねども、涙ほろ〳〵こぼれて一ト言もなし。

春の夜の夢のうき橋、と絶えする横ぐもの空に東京を思ひ立ちて、道よりもあれば新宿までは腕車《くるま》がよしといふ、八王子までは汽車の中、をりればやがて馬車にゆられて、小仏の峠もほどなく越ゆれば、上野原、つる川、野田尻、犬目、鳥沢も過ぐれば猿はし近くに其夜は宿るべし、巴峡《はけふ》のさけびは聞えぬまでも、笛吹川の響きに夢むすび憂く、これにも腸《はらわた》はたゝるべき声あり、勝沼よりの端書一度とゞきて四日目にぞ七里《さと》の消印ある封状二つ、一つはお縫へ向けてこれは長かりし、桂次はかくて大藤村の人に成りぬ。

世にたのまれぬを男心といふ、それよ秋の空の夕日にはかに掻きくもりて、傘なき野道に横しぶきの難義さ、出あひし物をみな其様に申せども是れみな時のはづみぞかし、波こえよとて末の松山ちぎれるもなく、男傾城ならぬ身の空涙《そらなみだ》こぼして何に成るべきや、昨日あはれと見しは昨日のあはれ、今日の我が身に為す業しげゝれば、忘るゝとなしに忘れて一生は夢の如し、露の世といへばほろりとせしもの、はかないの上なしなり、思へば男は結髪《いひなづけ》の妻ある身、いやとても応とても浮世の義理をおもひ断つほどのこと此人此身にして叶ふべしや、事なく高砂をうたひ納むれば、即ち新らしき一対の夫婦《めをと》出来あがりて、やがては父とも言はるべき身なり、諸縁これより引かれて断ちがたき絆《ほだし》次第にふゆれば、一人一箇の野沢桂次ならず、運よくば万の身代十万に延して山梨県の多額納税と銘うたんも斗《はか》りがたけれど、契《ちぎ》りし詞はあとの湊《みなと》に残して、舟は流れに随がひ人は世に引かれて、遠ざかりゆく事千里、二千里、一万里、此処三十里の隔てなれども心かよはずば八重がすみ外山《とやま》の峰をかくすに似たり、花ちりて青葉の頃までにお縫が手もとに文三通、こと細か成けるよし、五月雨軒ばに晴れまなく人恋しき折ふし、彼方よりも数ゝ思ひ出《いで》の詞うれしく見つる、夫れも過ぎては月に一二度の便り、はじめは三四度も有りけるを後には一度の月あるを恨みしが、秋蚕《あきご》のはきたてとかいへるに懸りしより、二月《つき》に一度、三月《つき》に一度、今の間に半年目、一年目、年始の状と暑中見舞の交際《つきあひ》になりて、文言うるさしとならば端書にても事は足るべし、あはれ可笑しと軒ばの桜くる年も笑ふて、隣の寺の観音様御手を膝に柔和の御相これも笑めるが如く、若いさかりの熱といふ物にあはれみ給へば、此処なる冷やかのお縫も笑くぼを頰にうかべて世に立つ事はならぬか、相かはらず父様《とゝさま》の御機嫌、母の気をはかりて、我身をない物にして上杉家の安穏をはかりぬれど、ほころびが切れてはむづかし。

にごりえ

（一）

おい木村さん信《しん》さん寄つてお出よ、お寄りといつたら寄つても宜いではないか、又素通りで二葉やへ行く気だらう、押かけて行つて引ずつて来るからさう思ひな、ほんとにお湯《ぶう》なら帰りに吃度《きつと》よつてお呉れよ、嘘つ吐きだから何を言ふか知れやしないと店先に立つて馴染らしき突かけ下駄の男をとらへて小言をいふやうな物の言ひぶり、腹も立たずか言訳しながら後刻《のち》に後刻にと行過るあとを、一寸舌打しながら見送つて後にも無いもんだ来る気もない癖に、本当に女房もちに成つては仕方がないねと店に向つて閾《しきい》をまたぎながら一人言をいへば、高《たか》ちやん大分御述懐だね、何もそんなに案じるにも及ぶまい焼棒杭《やけぼつくい》と何とやら、又よりの戻る事もあるよ、心配しないで呪《まじなひ》でもして待つが宜いさと慰さめるやうな朋輩の口振、力《りき》ちやんと違つて私しには技倆《うで》が無いからね、一人でも逃しては残念さ、私しのやうな運の悪るい者には呪も何も聞きはしない、今夜も又木戸番か、何たら事だ面白くもないと肝癪《かんしやく》まぎれに店前へ腰をかけて駒下駄のうしろでとん〳〵と土間を蹴るは二十の上を七つか十か引眉毛に作り生際、白粉《おしろい》べつたりとつけて唇は人喰ふ犬の如く、かくては紅も厭やらしき物なり、お力と呼ばれたるは中肉の背恰好すらりつとして洗ひ髪の大嶋田に新わらのさわやかさ、頸《えり》もと計《ばかり》の白粉も栄えなく見ゆる天然の色白をこれみよがしに乳《ち》のあたりまで胸くつろげて、烟草《たばこ》すぱ〳〵長烟管《ながきせる》に立膝の無作法さも咎める人のなきこそよけれ、思ひ切つたる大形の裕衣《ゆかた》に引かけ帯は黒繻子《くろじゆす》と何やらのまがひ物、緋の平《ひら》ぐけが背の処に見えて言ハずと知れし此あたりの姉さま風なり、お高《たか》といへるは洋銀の簪《かんざし》で天神がへしの髷《まげ》の下を掻きながら思ひ出したやうに力ちやん先刻《さつき》の手紙お出しかといふ、はあと気のない返事をして、どうで来るのでは無いけれど、あれもお愛想さと笑つて居るに、大底《たいてい》におしよ巻紙二尋《ふたひろ》も書いて二枚切手の大封じがお愛想で出来る物かな、そして彼《あ》の人は赤坂以来《から》の馴染ではないか、少しやそつとの紛雑《いざ》があろうとも縁切れになつて溜《たま》る物《もの》か、お前の出かた一つで何《ど》うでもなるに、ちつとは精を出して取止めるやうに心がけたら宜かろ、あんまり冥利《めうり》がよくあるまいと言へば御親切に有がたう、御異見は承り置まして私ハどうも彼《あ》んな奴は虫が好かないから、無き縁とあきらめて下さいと人事のやうにいへば、あきれたものだのと笑つてお前などは其我まゝが通るから豪勢さ、此身になつては仕方がないと団扇《うちは》を取つて足元をあふぎながら、昔しは花よの言ひなし可笑《をか》しく、表を通る男を見かけて寄つてお出でと夕ぐれの店先にぎはひぬ。

店は二間間口の二階作り、軒には御神燈さげて盛り塩景気よく、空壜か何か知らず、銘酒あまた棚の上にならべて帳場めきたる処もみゆ、勝手元には七輪を煽《あほ》ぐ音折々に騒がしく、女主《あるじ》が手づから寄せ鍋茶椀むし位はなるも道理《ことわり》、表にかゝげし看板を見ればば子細らしく御料理とぞしたゝめける、さりとて仕出し頼みに行たらば何とかいふらん、俄《にはか》に今日品切れもをかしかるべく、女ならぬお客様は手前店へお出かけを願ひまするとも言ふにかたからん、世は御方便や商買がらを心得て口取り焼肴とあつらへに来る田舎ものもあらざりき、お力といふは此家《このや》の一枚看板、年は随一若けれども客を呼ぶに妙ありて、さのみは愛想の嬉しがらせを言ふやうにもなく我まゝ至極の身の振舞、少し容貌《きりやう》の自慢かと思へば小面が憎くいと蔭口いふ朋輩もありけれど、交際《つきあつ》ては存《ぞん》の外《ほか》やさしい処があつて女ながらも離れともない心持がする、あゝ心とて仕方のないもの面ざしが何処となく冴へて見へるは彼《あ》の子の本性が現はれるのであらう、誰しも新開へ這入るほどの者で菊の井のお力を知らぬはあるまじ、菊の井のお力か、お力の菊の井か、さても近来まれの拾ひもの、あの娘《こ》のお蔭で新開の光りが添はつた、抱へ主は神棚へさゝげて置いても宜いとて軒並びの羨やみ種《ぐさ》になりぬ。

お高は往来《ゆきゝ》の人のなきを見て、力ちやんお前の事だから何があつたからとて気にしても居まいけれど、私は身につまされて源さんの事が思はれる、夫《それ》は今の身分に落ぶれては根つから宜いお客ではないけれども思ひ合ふたからには仕方がない、年が違をが子があろがさ、ねへ左様《さう》ではないか、お内儀《かみ》さんがあるといつて別れられる物かね、搆《かま》ふ事はない呼出してお遣り、私しのなぞといつたら野郎が根から心更《こころがは》りがして顔を見てさへ逃げ出すのだから仕方がない、どうで諦め物で別口へかゝるのだがお前のは夫れとは違ふ、了簡一つでは今のお内儀さんに三下り半をも遣られるのだけれど、お前は気位が高いから源さんと一処《ひとつ》にならうとは思ふまい、夫だもの猶の事呼ぶ分に子細があるものか、手紙をお書き今に三河やの御用聞きが来るだろうから彼《あ》の子僧に使ひやさんを為せるが宜い、何の人お嬢様ではあるまいし御遠慮計《ばかり》申てなる物かな、お前は思ひ切りが宜すぎるからいけない兎も角手紙をやつて御覧、源さんも可愛さうだわなと言ひながらお力を見れば烟管掃除に余念のなきか俯向たるまゝ物いはず。

やがて雁首を奇麗に拭いて一服すつてポンとはたき、又すいつけてお高に渡しながら気をつけてお呉れ店先で言はれると人聞きが悪いではないか、菊の井のお力は土方の手伝ひを情夫《まぶ》に持つなどゝ考違《かんちが》へをされてもならない、夫は昔しの夢がたりさ、何の今は忘れて仕舞て源とも七とも思ひ出されぬ、もう其話しは止め〳〵といひながら立あがる時表を通る兵児帯《へこおび》の一むれ、これ石川さん村岡さんお力の店をお忘れなされたかと呼べば、いや相変らず豪傑の声かゝり、素通りもなるまいとてずつと這入るに、忽ち廊下にばた〳〵といふ足おと、姉さんお銚子と声をかければ、お肴は何をと答ふ、三味《さみ》の音景気よく聞えて乱舞の足音これよりぞ聞え初《そめ》ぬ。

（二）

さる雨の日のつれ〴〵に表を通る山高帽子の三十男、あれなりと捉らずんば此降りに客の足とまるまじとお力かけ出して袂《たと》にすがり、何《ど》うでも遣《や》りませぬと駄々をこねれば、容貌《きりやう》よき身の一徳、例になき子細らしきお客を呼入れて二階の六畳に三味線なしのしめやかなる物語、年を問はれて名を問はれて其次は親もとの調べ、士族かといへば夫れは言はれませぬといふ、平民かと問へば何うござんしようかと答ふ、そんなら華族と笑ひながら聞くに、まあ左様おもふて居て下され、お華族の姫様《ひいさま》が手づからのお酌、かたじけなく御受けなされとて波々とつぐに、さりとは無左法《ぶさはふ》な置つぎといふが有る物か、夫れは小笠原か、何流ぞといふに、お力流とて菊の井一家の左法、畳に酒のまする流気《りうぎ》もあれば、大平の蓋であほらする流気もあり、いやなお人にはお酌をせぬといふが大詰めの極りでござんすとて臆したるさまもなきに、客はいよ〳〵面白がりて履歴をはなして聞かせよ定めて凄ましい物語があるに相違なし、唯の娘あがりとは思はれぬ何《ど》うだとあるに、御覧なさりませ未だ鬢《びん》の間に角も生へませず、其やうに甲羅は経ませぬとてころ〳〵と笑ふを、左様ぬけてはいけぬ、真実の処を話して聞かせよ、素性が言へずば目的でもいへとて責める、むづかしうござんすね、いふたら貴方《あなた》びつくりなさりましよ天下を望む大伴の黒主とは私が事とていよ〳〵笑ふに、これは何《ど》うもならぬ其やうに茶利《ちやり》ばかり言ハで少し真実《しん》の処を聞かしてくれ、いかに朝《てう》夕《せき》を嘘の中に送るからとてちつとは誠も交る筈、良人《おつと》はあつたか、それとも親故かと真に成つて聞かれるにお力かなしく成りて、私だとて人間でござんすほどに少しは心にしみる事もありまする、親は早くになくなつて今は真実《ほん》の手と足ばかり、此様《こん》な者なれど女房に持たうといふて下さるも無いではなけれど未だ良人をば持ませぬ、何うで下品に育ちました身なれば此様な事して終るのでござんしよと投出したやうな詞《ことば》に無量の感があふれてあだなる姿の浮気らしきに似ず一節さむろう様子のみゆるに、何も下品に育つたからとて良人の持てぬ事はあるまい、殊にお前のやうな別品《べつぴん》さむではあり、一足とびに玉の輿にも乗れさうなもの、夫《そ》れとも其やうな奥様あつかひ虫が好かで矢張り伝法肌《でんぽふはだ》の三尺帯が気に入るかなと問へば、どうで其処《そこ》らが落でござりましよ、此方で思ふやうなは先様が嫌なり、来いといつて下さるお人の気に入るもなし、浮気のやうに思召ましようが其日送りでござんすといふ、いや左様は言はさぬ相手のない事はあるまい、今店先で誰れやらがよろしく言ふたと他の女が言伝たでは無いか、いづれ面白い事があらう何とだといふに、あゝ貴君《あなた》もいたり穿索なさります、馴染はざら一面、手紙のやりとりは反古の取かへツこ、書けと仰しやれば起証でも誓紙でもお好み次第さし上ませう、女夫《めをと》やくそくなどと言つても此方で破るよりは先方様《さきさま》の性根なし、主人もちなら主人が怕《こわ》く親もちなら親の言ひなり、振向ひて見てくれねば此方も追ひかけて袖を捉らへるに及バず、夫《それ》なら廃《よ》せとて夫れ限《ぎ》りに成りまする、相手はいくらもあれども一生を頼む人が無いのでござんすとて寄る辺なげなる風情、もう此様な話しは廃しにして陽気にお遊びなさりまし、私は何も沈んだ事は大嫌ひ、さわいでさわいで騒ぎぬかうと思ひますとて手を扣《たゝ》いて朋輩を呼べば力ちやん大分おしめやかだねと三十女の厚化粧が来るに、おい此娘《このこ》の可愛い人は何といふ名だと突然《だしぬけ》に問はれて、はあ私はまだお名前を承りませんでしたといふ、嘘をいふと盆が来るに焔魔様へお参りが出来まいぞと笑へば、夫れだとつて貴君《あなた》今日お目にかゝつたばかりでは御坐りませんか、今改めて伺ひに出やうとして居ましたといふ、夫れは何の事だ、貴君のお名をさと揚げられて、馬鹿〳〵お力が怒るぞと大景気、無駄ばなしの取りやりに調子づいて旦那のお商売を当て見ませうかとお高がいふ、何分願ひますと手のひらを差出せば、いゑ夫には及びませぬ人相で見まするとて如何にも落つきたる顔つき、よせ〳〵じつと眺められて棚おろしでも始まつては溜らぬ、斯う見えても僕は官員だといふ、嘘を仰しやれ日曜のほかに遊んであるく官員様がありますか、力ちやんまあ何でいらつしやらうといふ、化物ではいらつしやらないよと鼻の先で言つて分つた人に御褒賞だと懐中《ふところ》から紙入れを出《いだ》せば、お力笑ひながら高ちやん失礼をいつてはならない此お方は御大身の御華族様おしのびあるきの御遊興さ、何の商売などがおありなさらう、そんなのでは無いと言ひながら蒲団の上に乗せて置きし紙入れを取あげて、お相方の高尾にこれをばお預けなされまし、みなの者に祝義でも遣ハしませうとて答へも聞かずずん〳〵と引出すを、客は柱に寄かゝつて眺めながら小言もいはず、諸事おまかせ申すと寛大の人なり。

お高はあきれて力ちやん大底におしよといへども、何宜いのさ、これはお前にこれは姉さんに、大きいので帳場の払ひを取つて残りは一同《みんな》にやつても宜いと仰しやる、お礼を申て頂いてお出でと蒔散《まきち》らせば、これを此娘《このこ》の十八番に馴れたる事とて左《さ》のみは遠慮もいふては居ず、旦那よろしいのでございますかと駄目を押して、有がたうございますと掻きさらつて行くうしろ姿、十九にしては更けてるねと旦那どの笑ひ出すに、人の悪るい事を仰しやるとてお力は起つて障子を明け、手摺りに寄つて頭痛をたゝくに、お前はどうする金は欲しくないかと問はれて、私は別にほしい物がござんした、此品《これ》さへ頂けば何よりと帯の間から客の名刺をとり出して頂くまねをすれば、何時《いつ》の間に引出した、お取かへには写真をくれとねだる、此次の土曜日に来て下されば御一《ごいっ》処《しよ》にうつしませうとて帰りかゝる客を左のみは止めもせず、うしろに廻りて羽織をきせながら、今日は失礼を致しました、亦《また》のお出を待ますといふ、おい程の宜い事をいふまいぞ、空誓文《そらせいもん》は御免だと笑ひながらさつ〳〵と立つて階段《はしご》を下りるに、お力帽子を手にして後から追ひすがり、嘘か誠か九十九夜の辛棒をなさりませ、菊の井のお力は鋳型に入つた女でござんせぬ、又形《なり》のかはる事もありまするといふ、旦那お帰りと聞て朋輩の女、帳場の女主《あるじ》もかけ出して唯今は有がたうと同音の御礼、頼んで置いた車が来しとて此処からして乗り出せば、家中表へ送り出してお出を待まするの愛想、御祝義の余光としられて、後には力ちやん大明神様これにも有がたうの御礼山々。

（三）

客は結城朝之助《ゆふきとものすけ》とて、自ら道楽ものとは名のれども実体《じつてい》なる処折々に見えて身は無職業妻子なし、遊ぶに屈強なる年頃なればにや是れを初めに一週には二三度の通ひ路、お力も何処《どこ》となく懐かしく思ふかして三日見えねば文をやるほどの様子を、朋輩の女《をんな》子《な》ども岡焼ながら弄《から》かひては、力ちやんお楽しみであらうね、男振はよし気前はよし、今にあの方は出世をなさるに相違ない、其時はお前の事を奥様とでもいふのであらうに今つから少し気をつけて足を出したり湯呑であほるだけは廃《や》めにおし人がらが悪いやねと言ふもあり、源さんが聞たら何《ど》うだらう気違ひになるかも知れないとて冷評《ひやかす》もあり、あゝ馬車にのつて来る時都合が悪るいから道普請からして貰いたいね、こんな溝板のがたつく様な店先へ夫《それ》こそ人がらが悪《わろ》くて横づけにもされないではないか、お前方も最《も》う少しお行義を直してお給仕に出られるやう心がけてお呉れとずば／＼といふに、ヱ、憎くらしい其ものいひを少し直さずば奥様らしく聞へまい、結城さんが来たら思ふさまいふて、小言をいはせて見せようとて朝之助の顔を見るより此様《こん》な事を申て居まする、何《ど》うしても私共の手にのらぬやんちやなれば貴君《あなた》から叱つて下され、第一湯呑みで呑むは毒でござりましよと告口するに、結城は真面目になりてお力酒だけは少しひかへろとの厳命、あゝ貴君のやうにもないお力が無理にも商売して居らるは此力と思し召さぬか、私に酒気が離れたら坐敷ハ三昧堂《まいだう》のやうに成りませう、ちつと察して下されといふに成程〳〵とて結城は二言といはざりき。

或る夜の月に下坐敷へは何処やらの工場の一連《む》れ、丼たゝいて甚九かつぽれの大騒ぎに大方の女子は寄集まつて、例の二階の小坐敷には結城とお力の二人限《ぎ》りなり、朝之助は寝ころんで愉快らしく話しを仕かけるを、お力はうるさゝうに生返事をして何やらん考へて居る様子、どうかしたか、又頭痛でもはじまつたかと聞かれて、何頭痛も何もしませぬけれど頻《しきり》に持病が起つたのですといふ、お前の持病は肝癪か、いゝゑ、血の道か、いゝゑ、夫では何だと聞かれて、何うも言ふ事は出来ませぬ、でも他の人ではなし僕ではないか何んな事でも言ふて宜さそうなもの、まあ何の病気だといふに、病気ではござんせぬ、唯こんな風になつて此様《こん》な事を思ふのですといふ、困つた人だな種々《いろ〳〵》秘密があると見える、お父《とつ》さんはと聞けば言はれませぬといふ、お母《つか》さんはと問へば夫れも同じく、これまでの履歴はといふに貴君《あなた》には言はれぬといふ、まあ嘘でも宜いさよしんば作り言にしろ、かういふ身の不幸《ふしあはせ》だとか大底の女《ひと》はいはねばならぬ、しかも一度や二度あふのではなし其位の事を発表しても子細はなからう、よし口に出して言はなからうともお前に思ふ事がある位めくら按摩に探ぐらせても知れた事、聞かずとも知れて居るが、夫れをば聞くのだ、どつち道同じ事だから持病といふのを先きに聞きたいといふ、およしなさいまし、お聞きになつても詰らぬ事でござんすとてお力は更に取あはず。

折から下坐敷より杯盤を運びきし女の何やらお力に耳打して兎も角も下までお出よといふ、いや行き度ないからよしてお呉れ、今夜ハお客が大変に酔《ゑ》ひましたからお目にかゝつたとてお話しも出来ませぬと断つておくれ、あゝ困つた人だねと眉を寄せるに、お前それでも宜いのかへ、はあ宜いのさとて膝の上で撥《ばち》を弄べば、女は不思議さうに立つてゆくを客は聞すまして笑ひながら御遠慮には及ばない、逢つて来たら宜からう、何もそんなに体裁には及ばぬではないか、可愛い人を素戻しもひどからう、追ひかけて逢ふが宜い、何なら此処へでも呼び給へ、片隅へ寄つて話しの邪魔はすまいからといふに、串談《じようだん》はぬきにして結城さん貴君に隠くしたとて仕方がないから申ますが町内で少しは幅もあつた蒲団やの源七といふ人、久しい馴染でござんしたけれど今は見るかげもなく貧乏して八百屋の裏の小さな家《うち》にまいまいつぶろの様になつて居まする、女房もあり子供もあり、私がやうな者に逢ひに来る歳ではなけれど、縁があるか未だに折ふし何の彼のといつて、今も下坐敷へ来たのでござんせう、何も今さら突出すといふ訳ではないけれど逢つては色々面倒な事もあり、寄らず障らず帰した方が好《い》いのでござんす、恨まれるは覚悟の前、鬼だとも蛇だとも思ふがようござりますとて、撥を畳に少し延びあがりて表を見おろせば、何と姿が見えるかと嬲《なぶ》る、あゝ最う帰つたと見えますとて茫《ぼん》然として居るに、持病といふのは夫れかと切込まれて、まあ其様《そん》な処でござんせう、お医者様でも草津の湯でもと薄淋しく笑つて居るに、御本尊を拝みたいな俳優《やくしや》で行つたら誰れの処だといへば、見たら吃驚《びつくり》でござりませう色の黒い背の高い不動さまの名代といふ、でハ心意気かと問はれて、此様《こん》な店で身上はたくほどの人、人の好いばかり取得とてハ皆無でござんす、面白くも可笑しくも何ともない人といふに、夫れにお前は何《ど》うして逆上《のぼ》せた、これは聞き処と客は起かへる、大方逆上性なのでござんせう、貴君の事をも此頃は夢に見ない夜はござんせぬ、奥様のお出来なされた処を見たり、ぴつたりと御出のとまつた処を見たり、まだ〳〵一層《もつと》かなしい夢を見て枕紙がびつしよりに成つた事もござんす、高ちやんなぞは夜る寐るからとても枕を取るよりはやく鼾《いびき》の声たかく、宜い心持らしいが何んなに浦山《うらやま》しうござんせう、私はどんな疲れた時でも床へ這入ると目が冴へて夫《それ》は夫ハ色々の事を思ひます、貴君は私に思ふ事があるだらうと察して居て下さるから嬉しいけれど、よもや私が何をおもふか夫れこそはお分りに成りますまい、考へたとて仕方がない故人前ばかりの大陽気、菊の井のお力は行《ゆき》ぬけの締りなしだ、苦労といふ事はしるまいと言ふお客様もござります、ほんに因果とでもいふものか私が身位かなしい者はあるまいと思ひますとて潸然《さめ〴〵》とするに、珍らしい事陰気のはなしを聞かせられる、慰めたいにも本末《もとすゑ》をしらぬから方がつかぬ、夢に見てくれるほど実《じつ》があらば奥様にしてくれろ位いひそうな物だに根つからお声がゝりも無いは何《ど》ういふ物だ、古風に出るが袖ふり合ふもさ、こんな商売を嫌だと思ふなら遠慮なく打明けばなしを為るが宜い、僕は又お前のやうな気では寧《いつそ》気楽だとかいふ考へで浮いて渡る事かと思つたに、夫れでは何か理屈があつて止むを得ずといふ次第か、苦しからずば承りたい物だといふに、貴君には聞いて頂かうと此間から思ひました、だけれども今夜はいけませぬ、何故《なぜ》〳〵、何故でもいけませぬ、私は我まゝ故、申まいと思ふ時は何うしても嫌やでござんすとて、ついと立つて椽がはへ出《いづ》るに、雲なき空の月かげ涼しく、見おろす町にからころと駒下駄の音さして行かふ人のかげ分明《あきらか》なり、結城さんと呼ぶに、何だとて傍へゆけば、まあ此処へお座りなさいと手を取りて、あの水菓子屋で桃を買ふ子がござんしよ、可愛らしき四つ計《ばかり》の、彼子《あれ》が先刻《さつき》の人のでござんす、あの小さな子心にもよく〳〵憎くいと思ふと見えて私の事をば鬼々といひまする、まあ其様《そん》な悪者に見えまするかとて、空を見あげてホツと息をつくさま、堪《こら》へかねたる様子は五音《いん》の調子にあらはれぬ。

《四》

同じ新開の町はづれに八百屋と髪結床が庇合《ひあはひ》のやうな細露路、雨が降る日は傘もさゝれぬ窮屈さに、足もととては処々に溝板《どぶいた》の落し穴あやふげなるを中にして、両側に立てたる棟割長屋、突当りの芥溜《ごみため》わきに九尺二間の上り框《がまち》朽ちて、雨戸はいつも不用心のたてつけ、流石《さすが》に一方口にはあらで山の手の仕合《しやわせ》は三尺斗《ばかり》の椽の先に草ぼう〳〵の空地面《あきぢめん》、それが端を少し囲つて青紫蘇《あをぢそ》、ゑぞ菊、隠元豆の蔓《つる》などを竹のあら垣に搦《から》ませたるがお力が処縁の源七が家なり、女房はお初《はつ》といひて二十八か九にもなるべし、貧にやつれたれば七つも年の多く見えて、お歯黒はまだらに生へ次第の眉毛みるかげもなく、洗ひざらしの鳴海の裕衣《ゆかた》を前と後を切りかへて膝のあたりは目立ぬやうに小針のつぎ当、狭帯《せまおび》きりゝと締めて蟬表《せみおもて》の内職、盆前よりかけて暑さの時分をこれが時よと大汗になりての勉強せはしなく、揃へたる籐を天井から釣下げて、しばしの手数も省かんとて数のあがるを楽しみに脇目もふらぬ様あはれなり。もう日が暮れたに太《た》吉《きち》は何故《なぜ》かへつて来ぬ、源さんも又何処を歩いて居るかしらんとて仕事を片づけて一服吸つけ、苦労らしく目をぱちつかせて、更に土瓶の下を穿《ほぢ》くり、蚊いぶし火鉢に火を取分けて三尺の椽に持出し、拾ひ集めの杉の葉を冠《かぶ》せてふう〳〵と吹立れば、ふす〳〵と烟たちのぼりて軒場にのがれる蚊の声凄まじゝ、太吉はがた〳〵と溝板の音をさせて母《かゝ》さん今戻つた、お父《とつ》さんも連れて来たよと門口《かどぐち》から呼立《よびたつ》るに、大層おそいではないかお寺の山へでも行はしないかと何《ど》の位案じたらう、早くお這入といふに太吉を先に立て、源七は元気なくぬつと上る、おやお前さんお帰りか、今日は何んなに暑かつたでせう、定めて帰りが早からうと思うて行水を沸かして置ました、ざつと汗を流したら何うでござんす、太吉もお湯《ぶう》に這入なといへば、あいと言つて帯を解く、お待お待、今加減を見てやるとて流しもとに盥《たらい》を据へて釜の湯を汲出し、かき廻して手拭を入れて、さあお前さん此子もいれて遣つて下され、何をぐたりと為てお出《いで》なさる、暑さにでも障りはしませぬか、さうでなければ一杯あびて、さつぱりに成つて御膳あがれ、太吉が待つて居ますからといふに、おゝ左様《さう》だと思ひ出したやうに帯を解いて流しへ下りれば、そゞろに昔しの我身が思はれて九尺二間の台処で行水つかふとは夢にも思はぬもの、ましてや土方の手伝ひして車の跡押にと親は生つけても下さるまじ、あゝ詰らぬ夢を見たばかりにと、ぢつと身にしみて湯もつかはねば、父ちやん脊中洗つてお呉れと太吉は無心に催促する、お前さん蚊が喰ひますから早々《さつ〳〵》とお上りなされと妻も気をつくるに、おいおいと返事しながら太吉にも遣はせ我れも浴びて、上にあがれば洗ひ晒《ざら》せしさば〳〵の裕衣を出して、お着かへなさいましと言ふ、帯まきつけて風の透く処へゆけば、妻は野代《のしろ》の膳のはげかゝりて足はよろめく古物に、お前の好きな冷奴にしましたとて小丼に豆腐を浮かせて青紫蘇の香たかく持出せば、太吉は何時しか台より飯櫃《めしびつ》取おろして、よつちよいよつちよいと担《かつ》ぎ出す、坊主は我《お》れが傍に来いとて頭《つむり》を撫でつゝ箸を取るに、心は何を思ふとなけれど舌に覚えの無くて咽《のど》の穴はれたる如く、もう止めにするとて茶椀を置けば、其様《そん》な事がありますか、力業《ちからわざ》をする人が三膳の御飯のたべられぬと言ふ事はなし、気合ひでも悪うござんすか、夫れとも酷く疲れてかと問ふ、いや何処も何とも無いやうなれど唯たべる気にならぬといふに、妻は悲しさうな目をしてお前さん又例のが起りましたらう、夫《それ》は菊の井の鉢肴《はちざかな》は甘《うま》くもありましたらうけれど、今の身分で思ひ出した処が何となりまする、先は売物買物お金さへ出来たら昔しのやうに可愛がつても呉れませう、表を通つて見ても知れる、白粉つけて美《い》い衣類《きもの》きて迷ふて来る人を誰れかれなしに丸めるが彼《あ》の人達が商売、あゝ我《お》れが貧乏に成つたから構いつけて呉れぬなと思へば何の事なく済ましよう、恨みにでも思ふだけがお前さんが未練でござんす、裏町の酒屋の若い者知つてお出なさらう、二葉やのお角《かく》に心《しん》から落込んで、かけ先を残らず使ひ込み、夫れを埋めやうとて雷神虎《らいじんとら》が盆蓙《ぼんござ》の端についたが身の詰り、次第に悪るい事が染みて終ひには土蔵やぶりまでしたさうな、当時《いま》男は監獄入りしてもつそう飯たべて居やうけれど、相手のお角は平気なもの、おもしろ可笑しく世を渡るに咎める人なく美事繁昌して居まする、あれを思ふに商売人の一徳、だまされたは此方《こちら》の罪、考へたとて始まる事ではござんせぬ、夫よりは気を取直して稼業に精を出して少しの元手も拵へるやうに心がけて下され、お前に弱られては私も此子も何うする事もならで、夫こそ路頭に迷はねば成りませぬ、男らしく思ひ切る時あきらめてお金さへ出来ようならお力はおろか小紫でも揚巻でも別荘こしらへて囲うたら宜うござりましよう、最《も》うそんな考へ事は止めにして機嫌よく御膳あがつて下され、坊主までが陰気らしう沈んで仕舞ましたといふに、みれば茶椀と箸を其処に置いて父と母との顔をば見くらべて何とは知らずに気になる様子、こんな可愛い者さへあるに、あのやうな狸の忘れられぬハ何の因果かと胸の中かき廻されるやうなるに、我れながら未練ものめと叱りつけて、いや我《お》れだとて其様に何時までも馬鹿では居ぬ、お力など、名計《ばかり》もいつて呉れるな、いはれると以前《もと》の不出来《でか》しを考へ出していよ〳〵顔があげられぬ、何の此身になつて今更何をおもふ物か、食《めし》がくへぬとても夫れは身体の加減であらう、何も格別案じてくれるにハ及ばぬ故小僧も十分にやつて呉れとて、ころりと横になつて胸のあたりをはた〳〵と打あふぐ、蚊遣《かやり》の烟にむせばぬまでも思ひにもえて身の暑げなり。

（五）

誰れ白鬼とは名をつけし、無間地獄のそこはかとなく景色づくり、何処にからくりのあるとも見えねど、逆さ落しの血の池、借金の針の山に追ひのぼすも手の物ときくに、寄つてお出でよと甘へる声も蛇くふ雉子《きゞす》と恐ろしくなりぬ、さりとも胎内十月の同じ事して、母の乳房にすがりし頃は手打〳〵あわゝの可愛げに、紙幣《さつ》と菓子との二つ取りにはおこしをお呉れと手を出したる物なれば、今の稼業に誠はなくとも百人の中の一人に真からの涙をこぼして、聞いておくれ染物やの辰さんが事を、昨日も川田やが店でおちやつぴいのお六めと悪戯《ふざけ》まわして、見たくもない往来へまで担ぎ出して打ちつ打たれつ、あんな浮いた了簡で末が遂げられやうか、まあ幾歳《いくつ》だとおもふ三十は一昨年《おとゝし》、宜い加減に家《うち》でも拵へる仕覚《しがく》をしてお呉れと逢ふ度に異見をするが、其時《は、》限りおい〳〵と空返事して根つから気にも止めては呉れぬ、父《とつ》さんは年をとつて、母さんと言ふは目の悪るい人だから心配をさせないやうに早く締つてくれゝば宜いが、私はこれでも彼《あ》の人の半纏をば洗濯して、股引のほころびでも縫つて見たいと思つて居るに、彼《あ》んな浮いた心では何時引取つて呉れるだらう、考へるとつく〴〵奉公が嫌やになつてお客を呼ぶに張合もない、あゝくさ〳〵するとて常は人をも欺す口で人の愁《つ》らきを恨みの言葉、頭痛を押へて思案に暮れるもあり、あゝ今日は盆の十六日だ、お焔魔様へのお祭《まい》りに連れ立つて通る子供達の奇麗な着物きて小遣ひもらつて嬉しさうな顔してゆくは、定めて定めて二人揃つて甲斐性のある親をば持つて居るのであろ、私が息子の与太郎は今日の休みに御主人から暇が出て何《ど》処へ行つて何んな事して遊ばうとも定めし人が羨しかろ、父《とゝ》さんは呑ぬけ、いまだに宿とても定まるまじく、母は此様《こん》な身になつて恥かしい紅白粉、よし居処が分つたとて彼の子は逢ひに来ても呉れまじ、去年向島の花見の時女房づくりして丸髷に結つて朋輩と共に遊びあるきしに土手の茶屋であの子に逢つて、これ〳〵と声をかけしにさへ私の若く成しに呆れて、お母さんでござりますかと驚きし様子、ましてや此大島田に折ふしは時好の花簪《はなかんざし》さしひらめかしてお客を捉らへて串談《じようだん》いふ処を聞かば子心には悲しくも思ふべし、去年あひたる時今は駒形の蠟燭やに奉公して居まする、私は何んな愁《つ》らき事ありとも必らず辛抱しとげて一人前の男になり、父《とゝ》さんをもお前をも今に楽をばお為せ申ます、何うぞ夫れまで何なりと堅気の事をして一人で世渡りをして居て下され、人の女房にだけはならずに居て下されと異見を言はれしが、悲しきは女子《をなご》の身の寸燐《まつち》の箱はりして一人口過《すぐ》しがたく、さりとて人の台処を這ふも柔弱の身体なれば勤めがたくて、同じ憂き中にも身の楽なれば、此様な事して日を送る、夢さら浮いた心では無けれど言甲斐のないお袋と彼《あ》の子は定めし爪はじきするであらう、常は何とも思はぬ島田が今日斗《ばかり》は恥かしいと夕ぐれの鏡の前に涕《なみだ》ぐむもあるべし、菊の井のお力とても悪魔の生れ替りにはあるまじ、さる子細あればこそ此処《こゝ》の流れに落こんで嘘のありたけ串談に其日を送つて、情は吉野紙の薄物に、蛍の光ぴつかりとする斗、人の涕は百年も我まんして、我ゆゑ死ぬる人のありとも御愁傷さまと脇を向くつらさ他処目《よそめ》も養ひつらめ、さりとも折ふしは悲しき事恐ろしき事胸にたゝまつて、泣くにも人目を恥れば二階座敷の床の間に身を投ふして忍び音の憂き涕、これをば友朋輩にも洩らさじと包むに根生《こんぜう》のしつかりした、気のつよい子といふ者はあれど、障れば絶ゆる蛛の糸のはかない処を知る人はなかりき、七月十六日の夜は何処の店にも客人入込みて都々一《どゞ》端歌《はうた》の景気よく、菊の井の下座敷にはお店者《たなもの》五六人寄集まりて調子の外れし紀伊の国、自まんも恐ろしき胴間声に霞の衣衣紋坂《ゑもんざか》と気取るもあり、力ちやんは何うした心意気を聞かせないか、やつた〳〵と責められるに、お名はさゝねど此坐の中にと普通《ついツとほり》の嬉しがらせと言つて、やんや〳〵と喜ばれる中から、我恋は細谷川《ほそだにがは》の丸木橋わたるにや怕《こわ》し渡らねばと謳《うた》ひかけしが、何をか思ひ出したやうにあゝ私は一寸無礼《しつれい》をします、御免なさいよとて三味線を置いて立つに、何処へゆく何処へゆく、逃げてはならないと坐中の騒ぐに照《てー》ちやん高《たか》さん少し頼むよ、直き帰るからとてずつと廊下へ急ぎ足に出しが、何をも見かへらず店口から下駄を履いて筋向ふの横町の闇へ姿をかくしぬ。

お力は一散に家を出て、行かれる物なら此まゝに唐天竺の果までも行つて仕舞たい、あゝ嫌だ嫌だ嫌だ、何うしたなら人の声も聞えない物の音もしない、静かな、静かな、自分の心も何もぼうつとして物思ひのない処へ行かれるであらう、つまらぬ、くだらぬ、面白くない、情ない悲しい心細い中に、何時まで私は止められて居るのかしら、これが一生か、一生がこれか、あゝ嫌だ〳〵と道端の立木へ夢中に寄かゝつて暫時《しばらく》そこに立どまれば、渡るにや怕し渡らねばと自分の謳ひし声を其まゝ何処ともなく響いて来るに、仕方がない矢張り私も丸木橋をば渡らずばなるまい、父《とゝ》さんも踏かへして落てお仕舞なされ、祖父《おぢい》さんも同じ事であつたといふ、何うで幾代もの恨みを背負て出た私なれば為る丈の事はしなければ死んでも死なれぬのであらう、情ないとても誰れも哀れと思ふてくれる人はあるまじく、悲しいと言へば商売がらを嫌ふかと一ト口に言はれて仕舞、ゑゝ何うなりとも勝手になれ、勝手になれ、私には以上考へたとて私の身の行き方は分らぬなれば、分らぬなりに菊の井のお力を通してゆかう、人情しらず義理しらずか其様《そん》な事も思ふまい、思ふたとて何うなる物ぞ、此様《こん》な身で此様な業体《げうてい》で、此様な宿世で、何うしたからとて人並みでは無いに相違なければ、人並の事を考へて苦労する丈間違ひであろ、あゝ陰気らしい何だとて此様な処《とこ》に立つて居るのか、何しに此様な処へ出て来たのか、馬鹿らしい気違じみた、我身ながら分らぬ、もう〳〵皈《かへ》りませうとて横町の闇をば出はなれて夜店の並ぶにぎやかなる小路を気まぎらしにとぶら〳〵歩るけば、行かよふ人の顔小さく〳〵擦れ違ふ人の顔さへも遥とほくに見るやう思はれて、我が踏む土のみ一丈も上にあがり居る如く、がや〳〵といふ声は聞ゆれど井の底に物を落したる如き響きに聞なされて、人の声は、人の声、我が考へは考へと別々に成りて、更に何事にも気のまぎれる物なく、人立《ひとだち》おびたゞしき夫《め》婦《をと》あらそひの軒先などを過ぐるとも、唯我れのみは広野の原の冬枯れを行くやうに、心に止まる物もなく、気にかゝる景色にも覚えぬは、我れながら酷く逆上《のぼせ》て人心のないのにと覚束なく、気が狂ひはせぬかと立どまる途端、お力何処へ行くとて肩を打つ人あり。

（六）

十六日は必らず待まする来て下されと言ひしを何も忘れて、今まで思ひ出しもせざりし結城の朝之助に不図《ふと》出合て、あれと驚きし顔つきの例に似合ぬ狼狽《あわて》かたがをかしきとて、から〳〵と男の笑ふに少し恥かしく、考へ事をして歩いて居たれば不意のやうに惶《あは》て丶仕舞ました、よく今夜は来て下りましたと言へば、あれほど約束をして待てくれぬは不心中《ふしんぢゆう》とせめられるに、何なりと仰しやれ、言訳は後にしますするとて手を取りて引けば弥次馬がうるさいと気をつける、何《ど》うなり勝手に言はせませう、此方《こちら》は此方と人中を分けて伴ひぬ。

下座敷はいまだに客の騒ぎはげしく、お力の中坐をしたるに不興《ぶきよう》して喧《やかま》しかりし折から、店口にておやお皈《かへ》りかの声を聞くより、客を置ざりに中坐するといふ法があるか、皈つたらば此処へ来い、顔を見ねば承知せぬぞと威張たてるを聞流しに二階の座敷へ結城を連れあげて、今夜も頭痛がするので御酒《ごしゆ》の相手は出来ませぬ、大勢の中に居ればば御酒の香に酔ふて夢中になるも知れませぬから、少し休んで其後は知らず、今は御免なさりませと断りを言ふてやるに、夫れで宜いのか、怒りハしないか、やかましくなれば面倒であらうと結城が心づけるを、何のお店《たな》もの丶白瓜が何《ど》んな事を仕出《しいだ》しませう、怒るなら怒れでござんすとて小女《こをんな》に言ひつけてお銚子の支度、来るをば待かねて結城さん今夜は私に少し面白くない事があつて気が変つて居まするほどに其気で附合つて居て下され、御酒を思ひ切つて呑みまするから止めて下さるな、酔ふたらば介抱して下されといふに、君が酔つたを未だに見た事がない、気が晴れるほど呑むは宜《い》いが、又頭痛がはじまりはせぬか、何が其様《そん》なに逆鱗にふれた事がある、僕らに言つては悪るい事かと問はれるに、いゑ貴君《あなた》には聞て頂きたいのでござんす、酔ふと申ますから驚いてはいけませぬと嫣然《につこり》として、大湯呑を取よせて二三杯は息をもつかざりき。

常には左《さ》のみに心も留まらざりし結城の風采《やうす》の今宵は何となく尋常《なみ》ならず思はれて、肩幅のありて背のいかにも高き処より、落ついて物をいふ重やかなる口振り、目つきの凄くて人を射るやうなるも威厳の備はれるかと嬉しく、濃き髪の毛を短かく刈あげて頸足《えりあし》のくつきりとせしなど今更のやうに眺られ、何をうつとりして居ると問はれて、貴君のお顔を見て居ますのさと言へば、此奴めがと睨みつけられて、お、怕《こわ》いお方と笑つて居るに、串談《じやうだん》はのけ、今夜は様子が唯でない聞たら怒るか知らぬが何か事件があつたかといふ、何しに降つて沸いた事もなければ、人との紛雑《いざ》などはよし有つたにしろ夫れは常の事、気にもかゝらねば何しに物を思ひませう、私の時より気まぐれを起すは人のするのでは無くて皆心がらの浅ましい訳がござんす、私は此様《こん》な賤しい身の上、貴君は立派なお方様、思ふ事は反対《うらはら》にお聞きになつても汲んで下さるか下さらぬか其処《そこ》ほどは知らねど、よし笑ひ物になつても私は貴君に笑ふて頂き度、今夜は残らず言ひまする、まあ何から申さう胸がもめて口が利かれぬとて又もや大湯呑に呑む事さかんなり。

何より先に私が身の自堕落を承知して居て下され、もとより箱入りの生娘ならねば少しは察しても居て下さろうが、口奇麗な事はいひますとも此あたりの人に泥の中の蓮とやら、悪業《わるさ》に染まらぬ女子《をなご》があらば、繁昌どころか見に来る人もあるまじ、貴君は別物、私が処へ来る人とても大底はそれと思しめせ、これでも折ふしは世間さま並の事を思ふて恥かしい事つらい事情ない事とも思はれるも寧《いつそ》九尺二間でも極《き》まつた良人《をつと》といふに添うて身を固めようと考へる事もござんすけれど、夫れが私は出来ませぬ、夫れかと言つて来るほどのお人に無愛想もなりがたく、可愛いの、いとしいの、見初めましたのと出鱈目のお世辞をも言はねばならず、数の中には真にうけて此様な厄種《やくざ》を女房にと言ふて下さる方もある、持たれたら嬉しいか、添うたら本望か、夫れが私は分りませぬ、そも〳〵の最初《はじめ》から私は貴君が好きで好きで、一日お目にかゝらねば恋しいほどなれど、奥様にと言ふて下されたら何うでござんしよか、持たれるは嫌なり他処ながらは慕はし、一ト口に言はれたら浮気者でござんせう、あゝ此様な浮気者には誰れがしたと思召、三代伝はつての出来そこね、親父が一生もかなしい事でござんしたとてほろりとするに、其親父さむはと問ひかけられて、親父は職人、祖父《ぢゞい》は四角な字をば読んだ人でござんす、つまりは私のやうな気違ひで、世に益のない反古紙《ほごがみ》をこしらへしに、版をばお上から止められたとやら、ゆるされぬとかにて断食して死んださうに御座んす、十六の年から思ふ事があつて、生れも賤しい身であつたれど一念に修業して六十にあまるまで仕出来《しでか》したる事なく、終は人の物笑ひに今では名を知る人もなしとて父が常住歎いたを子供の頃より聞知つて居りました、私の父といふは三つの歳に椽から落て片足あやしき風になりたれば人中に立まじるも嫌やとて居職に飾の金物をこしらへましたれど、気位たかくて人愛のなければ贔負《ひいき》にしてくれる人もなく、あゝ私が覚えて七つの年の冬でござんした、寒中親子三人ながら古裕衣で、父は寒いも知らぬか柱に寄つて細工物の工夫をこらすに、母は欠けた一つ竈《べつつい》に破れ鍋かけて私に去る物を買ひに行けといふ、味噌こし下げて端《はし》たのお銭《あし》を手に握つて米屋の門《かど》までは嬉しく駆けつけたれど、帰りには寒さの身にしみて手も足も亀《かじ》かみたれば五六軒隔てし溝板《どぶいた》の上の氷にすべり、足溜りなく転《こ》ける機会《はづみ》に手の物を取落して、一枚はづれし溝板のひまよりざら〳〵と翻《こぼ》れ入れば、下は行水《ゆくみづ》きたなき溝泥《どぶどろ》なり、幾度も覗いては見たれど是れをば何として拾はれませう、其時私は七つであつたれど家《うち》の内の様子、父母の心をも知れてあるにお米は途中で落しましたと空の味噌こしさげて家には帰られず、立てしばらく泣いて居たれど何うしたと問ふて呉れる人もなく、聞いたからとて買てやらうと言ふ人は猶更なし、あの時近処に川なり池なりあらうなら私は定し身を投げて仕舞ひましたろ、話しは誠の百分一、私は其頃から気が狂つたのでござんす、皈りの遅きを母の親案じて尋ねに来てくれたをば時機《しほ》に家へは戻つたれど、母も物いはず父親《てゝおや》も無言に、誰れ一人私をば叱る物もなく、家の内森《しん》として折々溜息の声のもれるに私は身を切られるより情なく、今日は一日断食にせうと父の一言いひ出すまでは忍んで息をつくやうで御座んした。

いひさしてお力は溢れ出る涙の止め難ければ紅ひの手巾《はんけち》かほに押当て其端を喰ひしめつゝ物いはぬ事小半時、坐には物の音もなく酒の香したひて寄りくる蚊のうなり声のみ高く聞えぬ。

顔をあげし時は頬に涙の痕ハみゆれども淋しげの笑みをさへ寄せて、私は其様な貧乏人の娘、気違ひは親ゆづりで折ふし起るのでござります、今夜も此様な分らぬ事いひ出して嘸《さぞ》貴君御迷惑で御座んしてしよ、もう話しハやめまする、御機嫌に障つたらばゆるして下され、誰れか呼んで陽気にしませうかと問へば、いや遠慮は無沙汰、その父親《てゝおや》は早くに死くなつてか、はあ母《かゝ》さんが肺結核といふを煩つて死なりましてから一週忌の来ぬほどに跡を追ひました、今居りましても未だ五十、親なれば褒めるでは無けれど細工は誠に名人と言ふても宜い人で御座んした、なれども名人だとて上手だとて私等が家のやうに生れついたは何にもなる事は出来ないので御座んせう、我身の上にも知られまするとて物思はしき風情、お前は出世を望むなと突然《だしぬけ》に朝之助に言ハれて、ゑツと驚きし様子に見えしが、私等が身にて望んだ処が味噌こしが落、何の玉の輿までは思ひがけませぬといふ、嘘をいふは人に依る始めから何も見知つて居るに隠すは野暮の沙汰ではないか、思ひ切つてやれ〳〵とあるに、あれ其やうなけしかけ詞《ことば》はよして下され、何うで此《こ》様な身でござんするにと打しほれて又もの言はず。

今宵もいたく更けぬ、下坐敷の人はいつか帰りて表の雨戸をたてると言ふに、朝之助おどろきて帰り支度するを、お力は何《ど》うでも泊らするといふ、いつしか下駄をも蔵《かく》させたれば、足を取られて幽霊ならぬ身の戸のすき間より出《いづ》る事もなるまじとて今宵は此処に泊る事となりぬ、雨戸を鎖す音一しきり賑はしく、後には透きもる燈火《ともしび》のかげも消えて、唯軒下を行かよふ夜行の巡査の靴音のみ高かりき。

（七）

思ひ出したとて今更に何うなる物ぞ、忘れて仕舞へ諦めて仕舞へと思案は極《き》めながら、去年の盆には揃ひの浴衣をこしらへて二人一《いつ》処に蔵前へ参詣したる事なんど思ふともなく胸へうかびて、盆に入りては仕事に出る張もなく、お前さん夫れではならぬぞへと諫め立てる女房の詞も耳うるさく、エ、何も言ふな黙つて居ろとて横になるを、黙つて居ては此日が過されませぬ、身体が悪るくば薬も呑むがよし、御医者にかゝるも仕方がなけれど、お前の病ひは夫れではなしに気さへ持直せば何処に悪い処があろう、少しは正気に成つて勉強をして下されといふ、いつでも同じ事は耳にたこが出来て気の薬にはならぬ、酒でも買て来てくれ気まぎれに呑んで見やうと言ふ、お前さん其お酒が買へるほどなら嫌やとお言ひなさるを無理に仕事に出て下されとは頼みませぬ、私が内職とて朝から夜にかけて十五銭が関の山、親子三人口おも湯も満足には呑まれぬ中で酒を買へとは能く能くお前無茶助《むちやすけ》になりなさんした、お盆だといふに昨日らも小僧には白玉一つこしらへても喰べさせず、お精霊《しようれう》さまのお店《たな》かざりも拵へくれねバ御灯明一つで御先祖様へお詫びを申て居るも誰《た》が仕業だとお思ひなさる、お前が阿房《あほう》を尽してお力づらめに釣られたから起つた事、いふては悪るけれどお前は親不孝子不孝、少しは彼《あ》の子の行末をも思ふて真人間になつて下され、御酒《ごしゆ》を呑で気を晴らすは一時、真から改心して下さらねば心元なく思はれますとて女房打なげくに、返事はなくて吐息折々に太く身動きもせず仰向《あほのき》ふしたる心根の愁《つら》さ、其身になつてもお力が事の忘れられぬが、十年つれそふて子供まで儲けし我れに心かぎりの辛苦《くろう》をさせて、子には襤褸《ぼろ》を下げさせ家とては二畳一間の此《こ》様な犬小屋、世間一体から馬鹿にされて別物にされて、よしや春秋《はるあき》の彼岸が来ればとて、隣近所に牡丹もち団子と配り歩く中を、源七が家へは遣らぬが能《よ》い、返礼が気の毒なとて、心切《しんせつ》かは知らねど十軒長屋の一軒ハ除け物、男は外出《そとで》がちなればいさゝか心に懸るまじけれど女心には遣る瀬のなきほど切なく悲しく、おのづと肩身せばまりて朝夕《てうせき》の挨拶も人の目色を見るやうなる情なき思ひもするを、其れをば思はで我が情婦《こひ》の上ばかりを思ひつゞけ、無情《つれな》き人の心の底が夫れほどまでに恋しいか、昼も夢に見て独言にいふ情なさ、女房の事も子の事も忘れはて、お力一人に命をも遣る心が、浅ましい口惜しい愁《つ》らい人と思ふに中々言葉は出ずして恨みの露を目の中《うち》にふくみぬ。

物いはねば狭き家の内も何となくうら淋しく、くれゆく空のたど〳〵しきに裏屋はまして薄暗く、燈火《あかり》をつけて蚊遣りふすべて、お初は心細く戸の外をながむれば、いそ〳〵と帰り来る太吉郎の姿、何やらん大袋を両手に抱へて母《かゝ》さん母さんこれを貰つて来たと莞爾《につこ》として駆け込むに、見れば新開の日の出やがかすていら、おや此様な好いお菓子を誰れに貰つて来た、よくお礼を言つたかと問へば、あゝ能くお辞義をして貰つて来た、これは菊の井の鬼姉さんが呉れたのと言ふ、母は顔色をかへて図太い奴めが是れほどの淵に投げ込んで未だいぢめ方が足りぬと思ふか、現在の子を使ひに父《とゝ》さんの心を動かしに遣《よこ》し居る、何といふて遣したと言へば、表通りの賑やかな処に遊んで居たらば何処のか伯父さんと一処に来て、菓子を買つてやるから一処にお出といつて、我《おい》らは入らぬと言つたけれど抱いて行つて買つて呉れた、喰べては悪るいかへと流石に母の心を斗《はか》りかね、顔をのぞいて猶予するに、あゝ年がゆかぬとて何たら訳の分らぬ子ぞ、あの姉さんは鬼ではないか、父さんを怠惰者《なまけもの》にした鬼ではないか、お前の衣類《べゞ》のなくなつたも、お前の家《うち》のなくなつたも皆あの鬼めがした仕事、喰ひついても飽き足らぬ悪魔にお菓子を貰つた喰べても能いかと聞くだけが情ない、汚い穢《むさ》い此様な菓子、家《うち》へ置くのも腹がたつ、捨て仕舞な、捨てお仕舞、お前は惜しくて捨てられないか、馬鹿野郎めと罵りながら袋をつかんで裏の空地へ投出せば、紙は破れて転《まろ》び出る菓子の、竹のあら垣打こえて溝《どぶ》の中にも落込むめり、源七はむくりと起きてお初と一声大きくいふに何か御用かよ、尻目にかけて振むかふともせぬ横顔を睨んで、能い加減に人を馬鹿にしろ、黙つて居れば能い事にして悪口雑言は何の事だ、知人《しつたひと》なら菓子位子供にくれるに不思議もなく、貰ふたとて何が悪るい、馬鹿野郎呼はりは太吉をかこつけに我《お》れへの当こすり、子に向つて父親《てゝおや》の讒訴《ざんそ》をいふ女房気質を誰れが教へた、お力が鬼なら手前は魔王、商買人のだましは知れて居れど、妻たる身の不貞腐《ふてくさ》れをいふて済むと思ふか、土方をせうが車を引かうが亭主は亭主の権がある、気に入らぬ奴を家《うち》には置かぬ、何処へなりとも出てゆけ、出てゆけ、面白くもない女郎めと叱りつけられて、夫れはお前無理だ、邪推が過る、何しにお前に当つけよう、この子が余《あんま》り分らぬと、お力の仕方が憎くらしさに思ひあまつて言つた事を、とツこに取つて出てゆけとまでは惨《むご》う御座んす、家《うち》の為をおもへばこそ気に入らぬ事を言ひもする、家を出るほどなら此様な貧乏世帯の苦労をば忍んでは居ませぬと泣くに貧乏世帯に飽きがきたなら勝手に何処なり行つて貰はう、手前が居ぬからとて乞食にもなるまじく太吉が手足の延ばされぬ事はなし、明けても暮れても我《お》れが店《たな》おろしかお力への妬み、つくづく聞き飽きてもう厭やに成つた、貴様が出ずば何《どち》ら道同じ事をしくもない九尺二間、我れが小僧を連れて出やう、さうならば十分に我鳴《がな》り立る都合もよからう、さあ貴様が行くか、我れが出ようかと烈しく言はれて、お前はそんなら真実《ほんたう》に私を離縁する心かへ、知れた事よと例《いつも》の源七にはあらざりき。

お初は口惜しく悲しく情なく、口も利かれぬほど込上《こみあぐ》る涕《なみだ》を呑込んで、これは私が悪う御座んした、堪忍をして下され、お力が親切で志して呉れたものを捨て仕舞つたは重々悪う御座いました、成程お力を鬼といふたから私は魔王で御座んせう、モウいひませぬ、モウいひませぬ、決してお力の事につきて此後とやかく言ひませず、蔭の噂しますまい故離縁だけは堪忍して下され、改めて言ふまでは無けれど私には親もなし兄弟もなし、差配の伯父さんを仲人なり里なりに立てゝ来た者なれば、離縁されての行き処とてはありませぬ、何《ど》うぞ堪忍して置いて下され、私は憎くかろうと此子に免じて置いて下され、謝りますとて手を突いて泣けども、イヤ何うしても置かれぬとて其後は物言はず壁に向ひてお初が言葉は耳に入らぬ体、これほど邪慳の人ではなかりしをと女房あきれて、女に魂を奪はるれば是れほどまでも浅ましくなる物か、女房が歎きは更なり、遂ひには可愛き子をも餓へ死させるかも知れぬ人、今詫びたからとて甲斐はなしと覚悟して、太吉、太吉と傍へ呼んで、お前は父《とゝ》さんの傍と母《かゝ》さんと何処が好い、言ふて見ろと言はれて、我《おい》らはお父《とつ》さんは嫌い、何にも買つて呉れない物と真正直をいふに、そんなら母さんの行く処へ何処へも一処に行く気かへ、あゝ行くともとて何とも思はぬ様子に、お前さんお聞きか、太吉は私につくといひまする、男の子なればお前も欲しからうけれど此子はお前の手には置かれぬ、何処までも私が貰つて連れて行きます、よう御座んすか貰ひまするといふに、勝手にしろ、子も何も入らぬ、連れて行き度ば何処へでも連れて行け、家《うち》も道具も何も入らぬ、何うなりともしろとて寐転びしまゝ振向んともせぬに、何の家も道具も無い癖に勝手にしろもないもの、これから身一つになつて仕たいまゝの道楽なり何なりお尽しなされ、最《も》ういくら此子を欲しいと言つても返す事では御座んせぬぞ、返しはしませぬぞと念を押して、押入れ探ぐつて何やらの小風呂敷取出し、これは此子の寐間着の袷《あはせ》、はらがけと三尺だけ貰つて行まする、御酒《ごしゆ》の上といふでもなければ、醒めての思案もありますまいけれど、よく考へて見て下され、たとえ何《ど》のやうな貧苦の中でも二人双《そろ》つて育てる子は長者の暮しといひまする、別れゝば片親、何につけても不憫なは此子とお思ひなさらぬか、あゝ腸《はらはた》が腐た人は子の可愛さも分りはすまい、もう別れ申ますと風呂敷さげて表へ出《いづ》れば、早くゆけ〳〵とて呼かへしては呉れざりし。

《八》

魂祭り過ぎて幾日、まだ盆提燈のかげ薄淋しき頃、新開の町を出し棺二つあり、一つは駕《かご》にて一つハさし担ぎにて、駕は菊の井の隠居処よりしのびやかに出《いで》ぬ、大路に見る人のひそめくを聞けば、彼《あ》の子もとんだ運のわるい詰らぬ奴に見込れて可愛さうな事をしたといへば、イヤあれは得心づくだと言ひまする、あの日の夕暮、お寺の山で二人立ばなしをして居たといふ確かな証人もござります、女も逆上《のぼせ》て居た男の事なれば義理にせまつて遣つたので御座ろといふもあり、何のあの阿魔《あま》が義理はりを知らうぞ湯屋の帰りに男に逢ふたれば、流石に振はなして逃る事もならず、一処に歩いて話しはしても居たらうなれど、切られたは後袈裟、頬先のかすり疵、頸筋の突疵など色々あれども、たしかに逃げる処を遣られたに相違ない、引かへて男は美事な切腹、蒲団やの時代から左《さ》のみの男と思はなんだがあれこそは死花、ゑらさうに見えたといふ、何にしろ菊の井は大損であらう、彼の子には結構な旦那がついた筈、取にがしては残念であらうと人の愁ひを串談《じようだん》に思ふものもあり、諸説みだれて取止めたる事なけれど、恨は長し人魂か何かしらず筋を引く光り物のお寺の山といふ小高き処より、折ふし飛べるを見し者ありと伝へぬ。

十三夜

(上)

例《いつも》は威勢よき黒ぬり車の、それ門《かど》に音が止まつた娘ではないかと両親《ふたおや》に出迎はれつる物を、今宵は辻より飛のりの車さへ帰して悄然《しよんぼり》と格子戸の外に立てば、家内《うち》には父親が相かはらずの高声、いはゞ私《わし》も福人《ふくじん》の一人、いづれも柔順《おとな》しい子供を持つて育てるに手は懸らず人には褒められる、分外の欲さへ渇かねば此上に望みもなし、やれ〳〵有難い事と物がたられる、あの相手は定めし母様《はゝさん》、あゝ何も御存じなしに彼《あ》のやうに喜んでお出遊ばす物を、何《ど》の顔さげて離縁状もらふて下されと言はれた物か、叱かられるは必定、太郎と言ふ子もある身にて置いて駆け出して来るまでには種々《いろ〳〵》思案もし尽しての後なれど、今更にお老人《としより》を驚かして是れまでの喜びを水の泡にさせまする事つらや、寧《いつ》そ話さずに戻ろうか、戻れば太郎の母と言はれて何時〳〵までも原田の奥様、御両親に奏任《そうにん》の聟がある身と自慢させ、私さへ身を節倹《つめ》れば時たまはお口に合ふ物お小遣ひも差あげられるに、思ふまゝを通して離縁とならば太郎には継母の憂き目を見せ、御両親には今までの自慢の鼻にはかに低くさせまして、人の思はく、弟の行末、あゝ此身一つの心から出世の真も止めずばならず、戻らうか、戻らうか、あの鬼のやうな我良人《つま》のもとに戻らうか、彼《あ》の鬼の、鬼の良人のもとへ、ゑゝ厭や厭やと身をふるはす途端、よろ〳〵として思はず格子にがたりと音さすれば、誰れだと大きく父親の声、道ゆく悪太郎の悪戯とまがへてなるべし。

外なるはおほゝと笑ふて、お父様私で御座んすといかにも可愛き声、や、誰れだ、誰れであつたと障子を引明て、ほうお関《せき》か、何だな其《そ》様な処に立つて居て、何《ど》うして又此おそくに出かけて来た、車もなし、女中も連れずか、やれ〳〵ま早く中へ這入れ、さあ這入れ、何うも不意に驚かされたやうでまご〳〵するわな、格子は閉めずとも宜い私《わ》しが閉める、兎も角も奥が好い、ずつとお月様のさす方へ、さ、蒲団へ乗れ、蒲団へ、何うも畳が汚ないので大屋に言つては置いたが職人の都合があると言ふてな、遠慮も何も入らない着物がたまらぬから夫れを敷ひて呉れ、やれ〳〵何うして此遅くに出て来たお宅《うち》では皆お変りもなしかと例《いつ》に替らずもてはやさるれば、針の蓆《むしろ》にのる様にて奥さま扱かひ情なくじつと涕を呑込で、はい誰れも時候の障りも御座りませぬ、私は申訳のない御無沙汰して居りましたが貴君《あなた》もお母様《つかさん》も御機嫌よくいらつしやりますかと問へば、いや最う私《わし》は嚔《くさみ》一つせぬ位、お袋は時たま例の血の道と言ふ奴を始めるがの、夫れも蒲団かぶつて半日も居ればけろ〳〵とする病だから子細はなしさと元気よく呵々《から〳〵》と笑ふに、亥之《ゐの》さんが見えませぬが今晩は何処《どちら》へか参りましたか、彼《あ》の子も替らず勉強で御座んすかと問へば、母親はほた〳〵として茶を進めながら、亥之は今しがた夜学に出て行きました、あれもお前お蔭さまで此間は昇給させて頂いたし、課長様が可愛がつて下さるので何れ位心丈夫であらう、是れと言ふも矢張原田さんの縁《ゑん》引が有るからだとて宅《うち》では毎日いひ暮して居ます、お前に如才は有るまいけれど此後とも原田さんの御機嫌の好いやうに、亥之は彼の通り口の重い質だし何《いづ》れお目に懸つてもあつけない御挨拶よりほか出来まいと思はれるから、何分ともお前が中に立つて私どもの心が通じるやう、亥之が行末をもお頼み申て置てお呉れ、ほんに替り目で陽気が悪いけれど太郎さんは何時も悪戯《おいた》をして居ますか、何故に今夜は連れてお出でない、お祖父さんも恋しがつてお出なされた物をと言はれて、又今更にうら悲しく、連れて来やうと思ひましたけれど彼の子は宵まどひで最《も》う疾《と》うに寐ましたから其まゝ置いて参りました、本当に悪戯ばかりつのりまして聞わけとてハ少しもなく、外へ出れば跡を追ひまするし、家内《うち》に居れば私の傍ばつかり覗《ねら》ふて、ほんに〳〵手が懸つて成りませぬ、何故彼様《あんな》で御座りませうと言ひかけて思ひ出しの涙むねの中に漲るやうに、思ひ切つて置いては来たれど今頃は目を覚して母《かゝ》さん母さんと婢女《をんな》どもを迷惑がらせ、煎餅《おせん》やおこしの哆《たら》しも利かで、皆々手を引いて鬼に喰はすと威かしてゞも居やう、あゝ可愛さうな事をと声たてゝも泣きたきを、さしも両親《ふたおや》の機嫌よげなるに言ひ出かねて、烟にまぎらす烟草《たばこ》二三服、空咳こん〳〵として涙を襦袢《じゆばん》の袖にかくしぬ。

今宵は旧暦の十三夜、旧弊なれどお月見の真似事に団子をこしらへてお月様にお備へ申せし、これはお前も好物なれば少々なりとも亥之助に持たせて上やうと思ふたれど、亥之助も何か極りを悪るがつて其様な物はお止なされと言ふし、十五夜にあげなんだから片月見に成つても悪るし、喰べさせたいと思ひながら思ふばかりで上る事が出来なんだに、今夜来て呉れるとは夢の様な、ほんに心が届いたのであらう、自宅《うち》で甘《うま》い物ハいくらも喰べやうけれど親のこしらいたは又別物、奥様気を取すてゝ今夜は昔しのお関になつて、見得を構はず豆なり栗なり気に入つたを喰べて見せてお呉れ、いつでも父様《とゝさん》と噂すること、出世は出世に相違なく、人の見る目も立派なほど、お位の宜《い》い方々や御身分のある奥様がたとの御交際《おつきあひ》もして、兎も角も原田の妻と名告て通るには気骨の折れる事もあらう、女子《をんな》どもの使ひやう出入りの者の行渡り、人の上に立つものは夫れ丈に苦労が多く、里方が此様な身柄では猶更のこと人に侮られぬやうの心懸けもしなければ成るまじ、夫れを種々《さま〴〵》に思ふて見ると父《とゝ》さんだとて私だとて孫なり子なりの顔の見たいは当然《あたりまへ》なれど、余りうるさく出入りをしてはと控へられて、ほんに御門の前を通る事はありとも木綿着物に毛繻子《けじゆす》の洋傘《かふもり》さした時には見す〳〵お二階の簾《すだれ》を見ながら、吁《あゝ》お関は何をして居る事かと思ひやるばかり行過ぎて仕舞まする、実家でも少し何とか成つて居たならばお前の肩身も広からうし、同じくでも少しは息のつけやう物を、何を云ふにも此通り、お月見の団子《いし〳〵》をあげやうにも重箱《おぢう》からしてお恥かしいでは無からうか、ほんにお前の心遣ひが思はれると嬉しき中にも思ふまゝの通路が叶はねば、愚痴の一トつかみ賤しき身分を情なげに言はれて、本当に私は親不孝だと思ひまする、それは成程和《やは》らかひ衣類《きもの》きて手車に乗りあるく時は立派らしくも見えませうけれど、父《とゝ》さんや母《かゝ》さんに斯うして上やうと思ふ事も出来ず、いはゞ自分の皮一重、寧《いつ》そ賃仕事してもお傍で暮した方が余つぽど快よう御座いますと言ひ出すに、馬鹿、馬鹿、其様な事を仮にも言ふてはならぬ、嫁に行つた身が実家《さと》の親の貢《みつぎ》をするなど、思ひも寄らぬこと、家《うち》に居る時は斎藤の娘、嫁入つては原田の奥方ではないか、勇《いさむ》さんの気に入る様にして家の内を納めてさへ行けば何の子細は無い、骨が折れるからとて夫れ丈の運のある身ならば堪へられぬ事は無い筈、女などゝ言ふ者は何《ど》うも愚痴で、お袋などが詰らぬ事を言ひ出すから困り切る、いや何うも団子を喰べさせる事が出来ぬとて一日大立腹であつた、大分熱心で調製《こしらへ》たものと見えるから十分に喰べて安心させて遣つて呉れ、余程甘《うま》からうぞと父親《てゝおや》の滑稽《おどけ》を入れるに、再び言ひそびれて御馳走の栗枝豆ありがたく頂戴をなしぬ。

嫁入りてより七年の間、いまだに夜に入りて客に来しこともなく、土産もなしに一人歩行《あるき》して来るなど悉皆《しつかい》ためしのなき事なるに、思ひなしか衣類も例《いつも》ほど燦《きらびや》かならず、稀に逢ひたる嬉しさに左《さ》のみは心も付かざりしが、聟よりの言伝とて何一言の口上もなく、無理に笑顔は作りながら底に萎れし処のあるは何か子細のなくては叶はず、父《てゝ》親《おや》は机の上の置時計を眺めて、これやモウ程なく十時になるが関は泊つて行つて宜いのかの、帰るならば最う帰らねば成るまいぞと気を引いて見る親の顔、娘は今更のやうに見上げて御父様《おとつさん》私は御願ひがあつて出たので御座ります、何うぞ御聞遊してと屹《きつ》となつて畳に手を突く時、はじめて一トしづく幾層《いくそ》の憂きを洩しそめぬ。

父は穏かならぬ色を動かして、改まつて何かのと膝を進めれば、私は今宵限り原田へ帰らぬ決心で出て参つたので御座ります、勇が許しで参つたのではなく、彼《あ》の子を寐かして、太郎を寐かしつけて、最早《もう》あの顔を見ぬ決心で出て参りました、まだ私の手より外誰れの守りでも承諾《しようち》せぬほどの彼の子を、欺して寐かして夢の中《うち》に、私は鬼に成つて出て参りました、御父様《おとつさん》、御母様《おつかさん》、察して下さりませ私は今日まで遂ひに原田の身に就いて御耳に入れました事もなく、勇と私との中を人に言ふた事は御座りませぬけれど、千度《ちたび》も百度《もゝたび》も考へ直して、二年も三年も泣尽して今日といふ今日どうでも離縁を貰ふて頂かうと決心の臍《ほぞ》をかためました、何うぞ御願ひで御座ります離縁の状を取つて下され、私はこれから内職なり何なりして亥之助が片腕にもなられるやう心がけますほどに、一生一人で置いて下さりませとわつと声たてるを噛しめる襦袢の袖、墨絵の竹も紫竹の色にや出《いづ》ると哀れなり。

夫れは何ういふ子細でと父も母も詰寄つて問かゝるに今までは黙つて居ましたれど私の家《うち》の夫婦《めをと》さし向ひを半日見て下さつたら大底が御解りに成ませう、物言ふは用事のある時慳貪《けんどん》に申つけられるばかり、朝起まして機嫌をきけば不図《ふと》脇を向ひて庭の草花を態《わざ》とらしき褒め詞、是にも腹はたてども良人《をつと》の遊ばす事なればと我慢して私は何も言葉あらそひした事も御座んせぬけれど、朝飯《あさはん》あがる時から小言は絶えず、召使の前にて散々と私が身の不器用不作法を御並べなされ、夫れはまだ〳〵辛棒もしませうけれど、二言目には教育のない身、教育のない身と御蔑みなさる、それは素より華族女学校の椅子にかゝつて育つた物ではないに相違なく、御同僚の奥様がたの様にお花のお茶の、歌の画のと習ひ立てた事もなければ其御話しの御相手は出来ませぬけれど、出来ずば人知れず習はせて下さつても済むべき筈、何も表向き実家の悪るいを風聴《ふうちやう》なされて、召使ひの婢女《をんな》どもに顔の見られるやうな事なさらずとも宜かりさうなもの、嫁入つて丁度半年ばかりの間ハ関や関やと下へも置かぬやうにして下さつたけれど、あの子が出来てからと言ふ物は丸で御人が変りまして、思ひ出しても恐ろしう御座ります、私はくら暗《やみ》の谷へ突落されたやうに暖かい日の影といふを見た事が御座りませぬ、はじめの中は何か串談《じようだん》に態とらしく邪慳に遊ばすのと思ふて居りましたけれど、全くは私に御飽きなされたので此様《こう》もしたら出てゆくか、彼様《あゝ》もしたら離縁をと言ひ出すかと苦《いぢ》めて苦めて苦め抜くので御座りましよ、御父様も御母様も私の性分《そん》は御存じ、よしや良人が芸者狂ひなさらうとも、囲い者して御置きなさらうとも其様な事に悋気《りんき》する私でもなく、侍婢《をんな》どもから其様な噂も聞えまするけれど彼《あ》れほど働きのある御方なり、男の身のそれ位はありうちと他処行《よそゆき》には衣類《めしもの》にも気をつけて気に逆らはぬやう心がけて居りまするに、唯もう私の為る事とては一から十まで面白くなく覚しめし、箸の上げ下しに家の内の楽しくないは妻が仕方が悪るいからだと仰しやる、夫れも何《ど》ういふ事が悪い、此処が面白くないと言ひ聞かして下さる様ならば宜けれど、一筋に詰らぬくだらぬ、解らぬ奴、とても相談の相手にはならぬの、いはゞ太郎の乳母として置いて遣はすのと嘲つて仰しやる斗《ばかり》、ほんに良人といふではなく彼《あ》の御方は鬼で御座ります る、御自分の口から出てゆけとは仰しやりませぬけれど私が此様な意久地なしで太郎の可愛さに気が引かれ、何うでも御詞に異背せず唯々《はいはい》と御小言を聞いて居りますれば、張も意気地もない愚うたらの奴、それからして気に入らぬと仰しやりまする、左うかと言つて少しなりとも私の言条《いひでう》を立て丶負けぬ気に御返事をしましたら夫《それ》を取《と》てに出てゆけと言はれるは必定、私は御母様出て来るのは何でも御座んせぬ、名のみ立派の原田勇に離縁されたからとて夢さら残りをしいとは思ひませぬけれど、何にも知らぬ彼《あ》の太郎が、片親に成るかと思ひまするると意地もなく我慢もなく、詫て機嫌を取つて、何でも無い事に恐れ入つて、今日までも物言はず辛棒して居りました、御父様、御母様、私は不運で御座りますとて口惜《くや》しさ悲しさ打出《うちいだ》し、思ひも寄らぬ事を談《かた》れば両親《ふたおや》は顔を見合せて、さては其様の憂き中かと呆れて暫時《しばし》いふ言もなし。母親は子に甘きならひ、聞く毎々《ことぐ》に身にしみて口惜しく、父様《とゝさん》は何と思し召すか知らぬが元来《もと〳〵》此方《こち》から貰ふて下されと願ふて遣つた子ではなし、身分が悪いの学校が何うしたのと宜くも宜くも勝手な事が言はれた物、先方《さき》は忘れたかも知らぬが此方はたしかに日まで覚えて居る、阿関《おせき》が十七の御正月、まだ門松を取もせぬ七日《なのか》の朝の事であつた、旧《もと》の猿楽町の彼《あ》の家《うち》の前で御隣の小娘《ちいさいの》と追羽根して、彼の娘《こ》の突いた白い羽根が通り掛つた原田さんの車の中へ落たとつて、夫れをば阿関が貰ひに行きしに、其時はじめて見たとか言つて人橋かけてやい〳〵と貰ひたがる、御身分がらにも釣合ひませぬし、此方はまだ根つからの子供で何も稽古事も仕込んでは置ませず、支度とても唯今の有様で御座いますからとて幾度断つたか知れはせぬけれど、何も舅姑のやかましいが有るでは無し、我《わし》が欲しくて我が貰ふに身分も何も言ふ事はない、稽古は引取つてからでも充分させられるから其心配も要らぬ事、兎角くれさへすれば大事にして置かうからと夫《それ》は夫は火のつく様に催促して、此方から強請《ねだつ》た訳ではなけれど支度まで先方《さき》で調へて謂はゞ御前は恋女房、私や父様《とゝさん》が遠慮して左のみは出入りをせぬといふも勇さんの身分を恐れてゞは無い、これが妾手《めかけて》かけに出したのではなし正当《しようたう》にも正当にも百まんだら頼みによこして貰つて行つた嫁の親、大威張に出這入しても差つかへは無けれど、彼方が立派にやつて居るに、此方が此通りつまらぬ活計《くらし》をして居れば、御前の縁にすがつて聟の助力《たすけ》を受けもするかと他人様の処思《おもはく》が口惜《くちを》しく、痩せ我慢ではは無けれど交際《つきあひ》だけは御身分相応に尽して、平常《へいぜい》は逢いたい娘の顔も見ずに居まする、夫れをば何の馬鹿々々しい親なし子でも拾つて行つたやうに大層らしい、物が出来るの出来ぬのと宜く其様《そん》な口が利けた物、黙つて居ては際限もなく募つて夫れは夫れは癖に成つて仕舞ひます、第一は婢女どもの手前奥様の威光が削《そ》げて、末には御前の言ふ事を聞く者もなく、太郎を仕立るにも母様《はゝさん》を馬鹿にする気になられたら何とします る、言ふだけの事は屹度《きつと》言ふて、それが悪るいと小言をいふたら何の私にも家が有ますとて出て来るが宜からうでは無いか、実《ほん》に馬鹿々々しいとつては夫れほどの事を今日が日まで黙つて居るといふ事が有ります物か、余り御前が温順《おとな》し過るから我儘がつのられたのであろ、聞いた計《ばかり》でも腹が立つ、もう〳〵退《ひ》けて居るには及びません、身分が何であらうが父もある母もある、年はゆかねど亥之助といふ弟もあればその様な火の中にじつとして居るには及ばぬこと、なあ父様一遍勇さんに逢ふて十分油を取つたら宜う御座りましよと母は猛つて前後もかへり見ず。

父親《てゝおや》は先刻《さきほど》より腕ぐみして目を閉ぢて有けるが、あゝ御袋、無茶の事を言ふてはならぬ、我《わ》しさへ始めて聞いて何《ど》うした物か思案にくれる、阿関の事なれば並大底で此様な事を言ひ出しさうにもなく、よく〳〵愁《つ》らさに出て来たと見えるが、して今夜は聟どのは不在《るす》か、何か改たまつての事件でもあつてか、いよ〱離縁するとでも言はれて来たのかと落ついて問ふに、良人ハ一昨日《おとゝひ》より家《うち》へとては帰られませぬ、五日六日と家を明けるは平常《つね》の事、左のみ珍らしいとは思ひませぬけれど出際に召物の揃へかたが悪いとて如何ほど詫びても聞入れがなく、其品《それ》をば脱いで擲《たゝ》きつけて、御自身洋服にめしかへて、吁《あゝ》、私位不仕合の人間はあるまい、御前のやうな妻を持つたのはと言ひ捨てに出て御出で遊しました、何といふ事で御座りませう一年三百六十五日物いふ事も無く、稀々《たま〱》言はれるは此様な情ない詞をかけられて、夫れでも原田の妻と言はれたいか、太郎の母で候と顔おし拭つて居る心か、我身ながら我身の辛棒がわかりませぬ、もう〱もう私は良人《つま》も子も御座んせぬ嫁入せぬ昔と思へば夫れまで、あの頑是ない太郎の寝顔を眺めながら置いて来るほどの心になりましたからは、最う何うでも勇の傍に居る事は出来ませぬ、親はなくとも子は育つと言ひまするし、私の様な不運の母の手で育つより継母御《まゝはゝご》なり御手かけなり気に適ふた人に育てゝ貰ふたら、少しは父御も可愛がつて後々あの子の為にも成ませう、私はもう今宵かぎり何うしても帰る事は致しませぬとて、断つても断てぬ子の可憐《かわゆ》さに、奇麗に言へども詞はふるへぬ。

父は歎息して、無理は無い、居愁《ゐづ》らくもあらう、困つた中に成つたものよと暫時《しばらく》阿関の顔を眺めしが、大丸髷に金輪《きんわ》の根を巻きて黒縮緬の羽織何の惜しげもなく、我が娘ながらもいつしか調ふ奥様風、これをば結び髪に結ひかへさせて綿銘仙の半天に襷《たすき》がけの水仕業さする事いかにして忍ばるべき、太郎といふ子もあるものなり、一端《たん》の怒りに百年の運を取はづして、人には笑はれものとなり、身はいにしへの斎藤主計《さいとうかずへ》が娘に戻らば、泣くとも笑ふとも再度《ふたゝび》原田太郎が母とは呼ばるゝ事成るべきにもあらず、良人《をつと》に未練は残さずとも我が子の愛の断ちがたくは離れていよ〳〵物をも思ふべく、今の苦労を恋しがる心も出づべし、斯く形よく生れたる身の不幸《ふしやはせ》、不相応の縁につながれて幾らの苦労をさする事と哀れさの増《まさ》れども、いや阿関こう言ふと父が無慈悲で汲取つて呉れぬのと思ふか知らぬが決して御前を叱かるではない、身分が釣合はねば思ふ事も自然違ふて、此方《こちら》は真から尽す気でも取りやうに寄つては面白くなく見える事もあらう、勇さんだからとて彼《あ》の通り物の道理を心得た、利発の人ではあり随分学者でもある、無茶苦茶にいぢめ立る訳ではあるまいが、得て世間に褒め物の敏腕家《はたらきて》などゝ言はれるは極めて恐ろしい我まゝ物、外では知らぬ顔に切つて廻せど勤め向きの不平などまで家内《うち》へ帰つて当りちらされる、的《まと》に成つては随分つらい事もあらう、なれども彼れほどの良人を持つ身のつとめ、区役所がよひの腰弁当が釜の下を焚きつけて呉るのとは格が違ふ、随がつてやかましくもあらう六づかしくもあらう夫《それ》を機嫌の好い様にとゝのへて行くが妻の役、表面《うわべ》には見えねど世間の奥様といふ人達の何《いづ》れも面白くをかしき中ばかりは有るまじ、身一つと思へば恨みも出る、何の是れが世の勤めなり、殊には是れほど身がらの相違もある事なれば人一倍の苦もある道理、お袋などが口広い事は言へど亥之が昨今の月給に有ついたも必竟は原田さんの口入れではなからうか、七光どころか十光もして間接《よそ》ながらの恩を着ぬとは言はれぬに愁らからうとも一つは親の為弟の為、太郎といふ子もあるものを今日までの辛棒がなるほどならば、是れから後《ご》とて出来ぬ事はあるまじ、離縁を取つて出たが宜いか、太郎は原田のもの、其方《そち》は斎藤の娘、一度縁が切れては二度と顔見にゆく事もなるまじ、同じく不運に泣くほどならば原田の妻で大泣きに泣け、なあ関さうでは無いか、合点がいつたら何事も胸に納めて、知らぬ顔に今夜は帰つて、今まで通りつゝしんで世を送つて呉れ、お前が口に出さんとても親も察しる弟も察しる、涙は各自《てんで》に分て泣かうぞと因果を含めてこれも目を拭ふに、阿関はわつと泣いて夫れでは離縁をといふたも我まゝで御座りました、成程太郎に別れて顔も見られぬ様にならば此世に居たとて甲斐もないものを、唯目の前の苦をのがれたとて何うなる物で御座んせう、ほんに私さへ死んだ気にならば三方四方波風たゝず、兎もあれ彼の子も両親の手で育てられまするに、つまらぬ事を思ひ寄まして、貴君《あなた》にまで嫌やな事を御聞かせ申ました、今宵限り関はなくなつて魂一つが彼の子の身を守るのと思ひますれば良人《をつと》のつらく当る位百年も辛棒出来さうな事、よく御言葉も合点が行きました、もう此様な事は御聞かせ申ませぬほどに心配をして下さりますなとて拭ふあとから又涙、母親は声たてゝ何といふ此娘《このこ》は不仕合と又一しきり大泣きの雨、くもらぬ月も折から淋しくて、うしろの土手の自然《しぜん》生《ばへ》を弟の亥之が折て来て、瓶にさしたる薄《すゝき》の穂の招く手振りも哀れなる夜なり。

実家は上野の新坂下《しんざかした》、駿河台への路なれば茂れる森の木のした暗侘《やみわび》しけれど、今宵は月もさやかなり、広小路へ出れば昼も同様、雇ひつけの車宿とて無き家なれば路ゆく車を窓から呼んで、合点が行つたら兎も角も帰れ、主人《あるじ》の留守に断なしの外出、これを咎められるとも申訳の詞は有るまじ、少し時刻は遅れたれど車ならば遂ひ一ト飛、話しは重ねて聞きに行かう、先づ今夜は帰つて呉れとて手を取つて引出すやうなるも事あら立じの親の慈悲、阿関ハこれまでの身と覚悟してお父様《とつさん》、お母様《つかさん》、今夜の事はこれ限り、帰りまするからは私は原田の妻なり、良人を誹るは済みませぬほどに最う何も言ひませぬ、関は立派な良人を持つたので弟の為にも好い片腕、あゝ安心なと喜んで居て下されば私は何も思ふ事は御座んせぬ、決して決して不了簡など出すやうな事はしませぬほどに夫れも案じて下さりますな、私の身体は今夜をはじめに勇のものだと思ひまして、彼《あ》の人の思ふまゝに何となりして貰ひましよ、夫《それ》では最う私は戻ります、亥之さんが帰つたらば宜しくいふて置いて下され、お父様もお母様も御機嫌よう、此次には笑ふて参りまするとて是非なさゝうに立あがれば、母親は無けなしの巾《きん》着《ちやく》さげて出て駿河台まで何程《いくら》でゆくと門《かど》なる車夫に声をかくるを、あ、お母様それは私がやりまする、有がたう御座んしたと温順《おとな》しく挨拶して、格子戸くゞれば顔に袖、涙をかくして乗り移る哀れさ、家《うち》には父が咳払ひの是れもうるめる声成し。

（下）

さやけき月に風のおと添ひて、虫の音たえ〴〵に物がなしき上野へ入りてよりまだ一町もやう〳〵と思ふに、いかにしたるか車夫はぴつたりと轅《かぢ》を止めて、誠に申かねましたが私はこれで御免を願ひます、代は入りませぬからお下りなすつてと突然《だしぬけ》にいはれて、思ひもかけぬ事なれば阿関は胸をどつきりとさせて、あれお前そんな事を言つては困るではないか、少し急ぎの事でもあり増しは上げやうほどに骨を折つてお呉れ、こんな淋しい処では代りの車も有るまいではないか、それはお前人困らせといふ物、愚図らずに行つてお呉れと少しふるへて頼むやうに言へば、増しが欲しいと言ふのでは有ませぬ、私からお願ひです何《ど》うぞお下りなすつて、最う引くのが厭やに成つたので御座りますと言ふに、夫ではお前加減でも悪るいか、まあ何うしたと言ふ訳、此処まで挽いて来て厭やに成つたでは済むまいがねと声に力を入れて車夫を叱れば、御免なさいまし、もう何うでも厭やに成つたのですからとて提燈を持しまゝ、不図《ふと》脇へのかれて、お前は我まゝの車夫《くるまや》さんだね、夫ならば約定《きめ》の処までとは言ひませぬ、代りのある処《とこ》まで行つて呉れゝば夫でよし、代はやるほどに何処か开処《そこ》らまで、切《せ》めて広小路までは行つてお呉れと優しい声にすかす様にいへば、成るほど若いお方ではあり此淋しい処へおろされては定めしお困りなさりませう、これは私が悪う御座りました、ではお乗せ申ませう、お供を致しませう、嘸《さぞ》お驚きなさりましたろうとて悪者《わる》らしくもなく提燈を持かゆるに、お関もはじめて胸をなで、心丈夫に車夫の顔を見れば二十五六の色黒く、小男の痩せぎす、あ、月に背けたあの顔が誰れやらで有つた、誰やらに似て居ると人の名も咽元まで転がりながら、もしやお前さんはと我知らず声をかけるに、ゑ、と驚いて振あふぐ男、あれお前さんは彼《あ》のお方では無いか、私をよもやお忘れはなさるまいと車より濘《すべ》るやうに下りてつく〴〵と打まもれば、貴嬢《あなた》は斎藤の阿関さん、面目も無い此様《こん》な姿《なり》で、背後《うしろ》に目が無ければ何の気もつかずに居ました、夫れでも音声《ものごゑ》にも心づくべき筈なるに、私は余程の鈍に成りましたと下を向いて身を恥れば、阿関は頭《つむり》の先より爪先まで眺めていゑ〳〵私だとて往来で行逢ふた位ではよもや貴君《あなた》と気は付きますまい、唯《たつ》た今の先までも知らぬ他人の車夫さんとのみ思ふて居ましたに御存じないは当然《あたりまへ》、勿体ない事であつたれど知らぬ事なればゆるして下され、まあ何時から此様《こん》な業《こと》して、よく其か弱い身に障りもしませぬか、伯母さんが田舎へ引取られてお出なされて、小川町のお店をお廃めなされたといふ噂は他処ながら聞いても居ましたれど、私も昔しの身でなければ種々《いろ〳〵》と障る事があつてな、お尋ね申すは更なること手紙あげる事も成ませんかつた、今は何処に家を持つて、お内儀《かみ》さんも御《お》健勝《まめ》か、小児《ちツさい》のも出来てか、今も私は折ふし小川町の勧工場見《み》物に行まする度々、旧《もと》のお店がそつくり其儘同じ烟草店の能登やといふに成つて居まするを、何時通つても覗かれて、あゝ高坂《かうさか》の録《ろく》さんが子供であつたころ、学校の行返《ゆきもど》りに寄つては巻烟草のこぼれを貰ふて、生意気らしう吸立てた物なれど、今は何処に何をして、気の優しい方なれば此様な六づかしい世に何《ど》のやうの世渡りをしてお出ならうか、夫れも心にかゝりまして、実家へ行く度に御様子を、もし知つても居るかと聞いては見まするけれど、猿楽町を離れたのは今で五年の前、根つからお便りを聞く縁がなく、何んなにお懐しう御座んしたらうと我身のほどをも忘れて問ひかくれば、男は流れる汗を手拭にぬぐふて、お恥かしい身に落まして今は家と言ふ物も御座りませぬ、寝処《ねどころ》は浅草町の安宿、村田といふが二階に転がつて、気に向ひた時は今夜のやうに遅くまで挽く事もありまするし、厭やと思へば日がな一日ごろ〳〵として烟のやうに暮して居まする、貴嬢は相変らずの美くしさ、奥様にお成りなされたと聞いた時から夫《それ》でも一度は拝む事が出来るか、一生の内に又お言葉を交はす事が出来るかと夢のやうに願ふて居ました、今日までは入用《いりよう》のない命と捨て物に取あつかふて居ましたけれど命があればこその御対面、あゝ宜く私を高坂の録之助と覚えて居て下さりました、辱《かたじけ》なう御座りますと下を向くに、阿関はさめ〴〵として誰れも憂き世に一人と思ふて下さるな。

してお内儀さんはと阿関の問へば、御存じで御座りましよ筋向ふの杉田やが娘、色が白いとか恰好が何うだとか言ふて世間の人は暗雲に褒めたてた女《もの》で御座ります、私が如何にも放蕩《のら》をつくして家へとては寄りつかぬやうに成つたを、貰ふべき頃に貰ふ物を貰はぬからだと親類の中《うち》の解らずやが勘違ひして、彼《あ》れならばと母親が眼鏡にかけ、是非もらへ、やれ貰へと無茶苦茶に進めたてる五月蠅《うるさ》さ、何うなりと成れ、成れ、勝手に成れとて彼れを家へ迎へたは丁度貴孃《あなた》が御懐妊だと聞ました時分の事、一年目には私が処にもお目出たうを他人《ひと》からは言はれて、犬張子や風車を並べたてる様に成りましたれど、何のそんな事で私が放蕩《のら》のやむ事か、人は顔の好い女房を持たせたら足が止まるか、子が生まれたら気が改まるかとも思ふて居たのであらうなれど、たとへ小町と西施《せいし》と手を引いて来て、衣通姫《そとほりひめ》が舞ひを舞つて見せて呉れても私の放蕩《のら》は直らぬ事に極《き》めて置いたを、何で乳くさい子供の顔見て発心《ほつしん》が出来ませう、遊んで遊んで遊び抜いて、呑んで呑んで呑み尽して、家も稼業もそつち除けに箸一本もたぬやうに成つたは一昨々年《さきおとゝし》、お袋は田舎へ嫁入つた姉の処に引取つて貰ひまするし、女房は子をつけて実家《さと》へ戻したまゝ音信《いんしん》不通、女の子ではあり惜しいとも何とも思ひはしませぬけれど、其子も昨年の暮チプスに懸つて死んださうに聞ました、女はませな物ではあり、死ぬ際には定めし父様《とゝさん》とか何とか言ふたので御座りましよう、今年居れば五つになるので御座りました、何のつまらぬ身の上、お話しにも成りませぬ。

男はうす淋しき顔に笑みを浮べて貴孃といふ事も知りませぬので、飛んだ我まゝの不調法、さ、お乗りなされ、お供をしまする、嘸《さぞ》不意でお驚きなさりましたろう、車を挽くと言ふも名ばかり、何が楽しみに轅棒《かぢぼう》をにぎつて、何が望みに牛馬《うしうま》の真似をする、銭を貰へたら嬉しいか、酒が呑まれたら愉快なか、考へれば何も彼も悉皆《しつかい》厭やで、お客様を乗せやうが空車《から》の時だらうが嫌やとなると用捨なく嫌やに成まする、呆れはてる我まゝ男、愛想が尽きるでは有りませぬか、さ、お乗りなされ、お供をしますと進められて、あれ知らぬ中は仕方もなし、知つて其車《それ》に乗れます物か、夫れでも此様《こん》な淋しい処を一人ゆくは心細いほどに、広小路へ出るまで唯道づれに成つて下され、話しながら行ませうとてお関は小褄《こづま》少し引あげて、ぬり下駄のおと是れも淋しげなり。

昔の友といふ中にもこれは忘られぬ由縁《ゆかり》のある人、小川町の高坂とて小奇麗な烟草屋の一人息子、今は此様に色も黒く見られぬ男になつては居れども、世にある頃の唐桟《とうざん》ぞろひに小気《こき》の利いた前だれがけ、お世辞も上手、愛敬もありて、年の行かぬやうにも無い、父親《てゝおや》の居た時よりは却つて店が賑やかなと評判された利口らしい人の、さても〳〵の替り様、我身が嫁入りの噂聞え初た頃から、やけ遊びの底ぬけ騒ぎ、高坂の息子は丸で人間が変つたやうな、魔でもさしたか、祟りでもあるか、よもや只事では無いと其頃に聞きしが、今宵見れば如何にも浅ましい身の有様、木賃泊りに居なさんすやうに成らうとは思ひも寄らぬ、私は此人には思はれて、十二の年より十七まで明暮れ顔を合せる毎《たび》に行々は彼《あ》の店の彼処《あすこ》へ座つて、新聞見ながら商ひするのと思ふても居たれど、量《はか》らぬ人に縁の定まりて、親々の言ふ事なれど何の異存を入られやう、烟草屋の録さんにはと思へど夫れはほんの子供ごゝろ、先方《さき》からも口へ出して言ふた事はなし、此方《こちら》は猶さら、これは取とまらぬ夢の様な恋なるを、思ひ切つて仕舞へ、思ひ切つて仕舞へ、あきらめて仕舞うと心を定めて、今の原田へ嫁入りの事には成つたれど、其際までも涙がこぼれて忘れかねた人、私が思ふほどは此人も思ふて、夫れ故の身の破滅かも知れぬ物を、我が此様な丸髷などに、取済したる様な姿をいかばかり面にくゝ思はれるであらう、夢さらさうした楽しらしい身ではなけれどもと阿関は振かへつて録之助を見やるに、何を思ふか茫然とせし顔つき、時たま逢ひし阿関に向つて左《さ》のみは嬉しき様子も見えざりき。

広小路を出《いづ》れば車もあり、阿関は紙入れより紙幣いくらか取出《とりいだ》して小菊の紙にしほらしく包みて、録さんこれは誠に失礼なれど鼻紙なりとも買つて下され、久し振でお目にかゝつて何か申たい事は沢山《たんと》あるやうなれど口へ出ませぬは察して下され、では私は御別れに致します、随分からだを厭《いと》ふて煩らはぬ様に、伯母さんをも早く安心させておあげなさりまし、蔭ながら私も祈ります、何うぞ以前の録さんにお成りなされて、お立派にお店をお開きに成ります処を見せて下され、左様ならばと挨拶すれば録之助は紙づゝみを頂いて、お辞儀申す筈なれど貴嬢《あなた》のお手より下されたのなれば、あり難く頂戴して思ひ出にしまする、お別れ申すが惜しいと言つても是れが夢ならば仕方のない事、さ、お出なされ、私も帰ります、更けては路が淋しう御座りますぞとて空車《からぐるま》引いてうしろ向く、其人《それ》は東へ、此人《これ》は南へ、大路の柳月のかげに靡いて力なささうの塗り下駄のおと、村田の二階も原田の奥も憂きはお互ひの世におもふ事多し。

わかれ道

（上）

お京さん居ますかと窓の戸の外に来て、こと〳〵と羽目《はめ》を敲《たゝ》く音のするに、誰れだえ、最う寐て仕舞つたから明日来てお呉れと嘘を言へば、寐たつて宜《い》いやね、起きて明けてお呉んなさい、傘屋の吉《きち》だよ、己れだよと少し高く言へば、嫌な子だね此様《こん》な遅くに何を言ひに来たか、又御餅《おかちん》のおねだりか、と笑つて、今あけるよ少時《しばらく》辛棒おしと言ひながら、仕立かけの縫物に針どめして立つは年頃二十余りの意気な女、多い髪の毛を忙がしい折からとて結び髪にして、少し長めな八丈の前だれ、お召の台なしな半天を着て、急ぎ足に沓脱《くつぬぎ》へ下りて格子戸に添ひし雨戸を明くれば、お気の毒さまと言ひながらずつと這入るは一寸法師と仇名のある町内の暴れ物、傘屋の吉とて持て余しの小僧なり、年は十六なれども不図《ふと》見る処は一か二か、肩幅せばく顔小さく、目鼻だちはきり〳〵と利口らしけれど何《いか》にも脊《せい》の低くければ人嘲けりて仇名はつけゝる。御免なさい、と火鉢の傍へづか〳〵と行けば、御餅を焼くには火が足らないよ、台《っ》処の火消壺から消し炭を持つて来てお前が勝手に焼てお喰べ、私は今夜中に此れ一枚を上げねば成らぬ、角の質屋の旦那どのが御年始着だからとて針を取れば、吉はふゝんと言つて彼《あ》の兀頭《はげあたま》には惜しい物だ、御初穂《おはつう》を我《おれ》れでも着て遣らうかと言へば、馬鹿をお言ひで無い人のお初穂を着ると出世が出来ないと言ふでは無いか、今つから延びる事が出来なくては仕方が無い、其《そ》んな事を他処の家でもしては不用《いけない》よと気を付けるに、己れなんぞ御出世は願はないのだから他人《ひと》の物だらうが何だらうが着かぶつて遣るだけが徳さ、お前さん何時か左様《さう》言つたね、運が向く時に成ると己れに糸織の着物をこしらへて呉れるつて、本当に調《こしら》へて呉れるかえと真面目だつて言へば、夫《そ》れは調らへて上げられるやうならお目出度のだもの喜んで調らへるがね、私が姿を見てお呉れ、此様な容躰で人さまの仕事をして居る境界《きやうがい》では無からうか、まあ夢のやうな約束さとて笑つて居れば、いゝやな夫れは、出来ない時に調らへて呉れとは言は無い、お前さんに運の向いた時の事さ、まあ其様な約束でもして喜ばして置いてお呉れ、此様な野郎が糸織ぞろへを冠《かぶ》つた処がをかしくも無いけれどもと淋しさうな笑顔をすれば、そんなら吉ちやんお前が出世の時は私にもしてお呉れか、其約束も極めて置きたいねと微笑んで言へば、其《そい》つはいけない、己れは何うしても出世なんぞは為ないのだから。何故〳〵。何故でもしない、誰れが来て無理やりに手を取つて引上げても己れは此処に斯《か》うして居るのが好いのだ、傘屋の油引きが一番好いのだ、何うで盲目縞の筒袖に三尺を脊負《しよ》つて産《で》て来たのだらうから、渋を買ひに行く時かすりでも取つて吹矢の一本も当りを取るのが好い運さ、お前さんなぞは以前《もと》が立派な人だと言ふから今に上等の運が馬車に乗つて迎ひに来やすのさ、だけれどもお妾に成ると言ふ謎では無いぜ、悪く取つて怒つてお呉んなさるな、と火なぶりをしながら身の上を歎くに、左様《さう》さ馬車の代りに火の車でも来るであらう、随分胸の燃える事が有るからね、とお京は尺《ものさし》を杖に振返りて吉三《きちざう》が顔を守りぬ。

例《いつも》の如く台処から炭を持出《もちいだ》して、お前は喰ひなさらないかと聞けば、いゝゑ、とお京の頭《つむり》をふるに、では己《お》ればかり御馳走さまに成らうかな、本当に自家《うち》の吝嗇《けちん》ぼうめ八釜《やかま》しい小言ばかり言ひやがつて、人を使ふ法をも知りやあがらない、死んだお老婆《ばあ》さんは彼《あ》んなのでは無かつたけれど、今度の奴等と来たら一人として話せるのゝ無い、お京さんお前は自家《うち》の半次さんを好きか、随分厭味に出来あがつて、いゝ気の骨頂の奴では無いか、己《お》れは親方の息子だけれど彼奴《あいつ》ばかりは何《ど》うしても主人とは思はれない番ごと喧嘩をして遣り込めてやるのだが随分おもしろいよと話しながら、金網の上へ餅をのせて、お、熱々と指先を吹いてかゝりぬ。

己れは何うもお前さんの事が他人のやうに思はれぬは何ういふ物であらう、お京さんお前は弟といふを持つた事は無いのかと問はれて、私は一人娘《ひとりご》で同胞《けうだい》なしだから弟にも妹にも持つた事は一度も無いと云ふ、左様かなあ、夫れでは矢張何でも無いのだらう、何処からか斯うお前のやうな人が己れの真身の姉さんだとか言つて出て来たら何んなに嬉しいか、首つ玉へ噛り付いて己れは夫《そ》れ限《ぎ》り往生しても喜ぶのだが、本当に己れは木の股からでも出て来たのか、遂《つ》いしか親類らしい者に逢つた事も無い、夫れだから幾度も幾度も考へては己れは最《も》う一生誰れにも逢ふ事が出来ない位なら今のうち死んで仕舞た方が気楽だと考へるがね、夫れでも欲があるから可笑しい、ひよつくり変てこな夢何かを見てね、平常《ふだん》優しい事の一言も言つて呉れる人が母親《おふくろ》や父親《おやぢ》や姉さんや兄さんの様に思はれて、もう少し生て居やうかしら、もう一年も生て居たら誰れか本当の事を話して呉れるかと楽しんでね、面白くも無い油引きをやつて居るが己れみたやうな変な物が世間にも有るだらうかねえ、お京さん母親も父親も空つきり当が無いのだよ、親なしで産れて来る子があらうか、己れは何うしても不思議でならない、と焼あがりし餅を両手でたゝきつゝ、例《いつ》も言ふなる心細さを繰返せば、夫れでもお前笹づる錦の守り袋といふ様な証拠は無いのかえ、何か手懸りは有りさうな物だねとお京の言ふを消して、何其様《そん》な気の利いた物は有りさうにもしない生れると直さま橋の袂の貸赤子に出されたのだなどゝ、朋輩の奴等が悪口をいふが、もしかもすると左様かも知れない、夫れなら己れは乞食の子だ、母親も父親も乞食かも知れない、表を通る襤褸《ぼろ》を下げた奴が矢張己れが親類まきで毎朝きまつて貰ひに来る跣跋《びつこ》片眼《めつかち》の彼《あ》の婆あ何かゞ己れの為の何に当るか知れはしない、話さないでもお前は大底《たいてい》して居るだらうけれど今の傘屋に奉公する前は矢張己れは角兵衛の獅子を冠《かぶ》つて歩いたのだからと打しをれて、お京さん己れが本当に乞食の子ならお前は今までのやうに可愛がつては呉れないだらうか、振向いて見ては呉れまいねと言ふに、串談《じようだん》をお言ひでないお前が何《ど》のやうな人の子で何んな身か夫れは知らないが、何だからとつて嫌やがるも嫌やがらないも言ふ事は無い、お前は平常《ふだん》の気に似合ぬ情ない事をお言ひだけれど、私が少しもお前の身なら非人でも乞食でも搆《かま》ひはない、親が無からうが兄弟が何《ど》うだらうが身一つ出世をしたらば宜《よ》からう、何故其様な意気地なしをお言ひだと励ませば、己れは何うしても駄目だよ、何にも為やうとも思はない、と下を向いて顔をば見せざりき。

（中）

今は亡《う》せたる傘屋の先代に太つ腹のお松とて一代に身上をあげたる、女相撲のやうな老婆《ばゞ》さま有りき、六年前の冬の事寺参りの帰りに角兵衛の子供を拾ふて来て、いゝよ親方から八釜しく言つて来たら其時の事、可愛想に足が痛くて歩かれないと言ふと朋輩の意地悪が置ざりに捨てゝ行つたと言ふ、其様《そん》な処へ帰るに当るものか少《ちつ》とも怕《おつ》かない事は無いから私が家に居なさい、皆も心配する事は無い何の此子位のもの二人や三人、台処へ板を並べてお飯《まんま》を喰べさせるに文句が入る物か、判証文を取つた奴でも欠落《かけおち》をするもあれば持逃げの吝《けち》な奴もある、了管《りようけん》次第の物だわな、いはゞ馬には乗つて見ろさ、役に立つか立たないか置いて見なけりや知れはせん、お前新網《しんあみ》へ帰るが嫌やなら此家《こゝ》を死場と極めて勉強をしなけりやあ成らないよ、しつかり遣つてお呉れと言ひ含められて、吉《きち》や〳〵と夫れよりの丹精今油ひきに、大人《ひと》三人前を一手に引うけて鼻歌交り遣つて除ける腕を見るもの、流石に目鏡と亡き老婆をほめける。

恩ある人は二年目に亡せて今の主も内儀様《かみさま》も息子の半次も気に喰はぬ者のみなれど、此処を死場と定めたるなれば厭やとて更に何方《いづかた》に行くべき、身は疳癪《かんしやく》に筋骨《すぢほね》つまつてか人よりは一寸法師一寸法師と誹《そし》らるゝも口惜しきに、吉や手前《てめへ》は親の日に腥《なまぐ》さを喰《やつ》たであらう、ざまを見ろ廻りの廻りの小仏と朋輩の鼻垂れに仕事の上の仇《あだ》を返されて、鉄拳《かなこぶし》に張たほす勇気はあれども誠に父母いかなる日に失せて何時を精進日とも心得なき身の、心細き事を思ふては干場の傘のかげに隠くれて大地を枕に仰向《あほの》き臥してはこぼるゝ涙を呑込みぬる悲しさ、四季押とほし油びかりする目くら縞の筒袖を振つて火の玉の様な子だと町内に怕《こわ》がられる乱暴も慰むる人なき胸ぐるしさの余り、仮にも優しう言ふて呉れる人のあれば、しがみ附いて取ついて離れがたなき思ひなり。仕事屋のお京は今年の春より此裏へと越して来し物なれど物事に気才の利きて長屋中への交際《つきあひ》もよく、大屋《おほや》なれば傘屋の者へは殊更に愛想を見せ、小僧さん達着る物のほころびでも切れたなら私の家へ持つてお出《いで》、御家《おうち》は御多人数お内儀さんの針もつていらつしやる暇はあるまじ、私は常住仕事畳紙《たとう》と首つ引の身なれば本《ほん》の一針造作は無い、一人住居の相手なしに毎日毎夜さびしくつて暮して居るなれば手すきの時には遊びにも来て下され、私は此様ながら〳〵した気なれば吉ちやんの様な暴れ様《さん》が大好き、疳癪がおこつた時には表の米屋が白犬を擲《は》ると思ふて私の家の洗ひかへしを光沢出《つやだ》しの小槌に、碪《きぬた》うちでも遣りに来て下され、夫れならばお前さんも人に憎くまれず私の方でも大助り、本に両為《りようだめ》で御座んすほどにと戯言《じようだん》まじり何時となく心安く、お京さんお京さんとて入浸《いりびた》るを職人ども翻弄《からかひ》ては帯屋の大将のあちらこちら、桂川の幕が出る時はお半の脊中に長右衛門《てうゑもん》と唱《うた》はせて彼《あ》の帯の上へちよこなんと乗つて出るか、此奴《こいつ》は好いお茶番だと笑はれるに、男なら真似て見ろ、仕事やの家へ行つて茶棚の奥の菓子鉢の中に、今日は何が何箇《いくつ》あるまで知つて居るのは恐らく己れの外には有るまい、質屋の兀頭めお京さんに首つたけで、仕事を頼むの何が何うしたのと小五月蝿《こうるさく》這入込んでは前だれの半襟の帯つかはのと附届をして御機嫌を取つては居るけれど、遂《つ》ひしか喜んだ挨拶をした事が無い、ましてや夜るでも夜中でも傘屋の吉が来たとさへ言へば寝間着のまゝで格子戸を明けて、今日は一日遊びに来なかつたね、何うかお為か、案じて居たにと手を取つて引入れられる者が他に有らうか、お気の毒様なこつたが独活《うど》の大木は役にたゝない、山椒は小粒で珍重されると高い事をいふに、此野郎めと脊を酷く打たれて、有がたう御座いますと済まして行く顔つき背《せい》さへあれば人串談とて免すまじけれど、一寸法師の生意気と爪はじきして好い嬲《なぶ》りものに烟草休みの話しの種成《なり》き。

（下）

十二月三十日の夜、吉は坂上の得意場へ誂への日限の後れしを詫びに行きて、帰りは懐手の急ぎ足、草履下駄の先にかゝる物は面白づくに蹴かへして、ころ〳〵と転げると右に左に追ひかけては大溝《おほどぶ》の中へ蹴落して一人から〳〵の高笑ひ、聞く者なくて天上のお月さまも皓々《こう〳〵》と照し給ふを寒いと言ふ事知らぬ身なれば只こゝちよく爽《さわやか》にて、帰りは例の窓を敲いてと目算ながら横町を曲れば、いきなり後より追ひすがる人の、両手に目を隠くして忍び笑ひをするに、誰れだ誰れだと指を撫《な》でゝ、何だお京さんか、小指のまむしが物を言ふ、恐赫《おどか》しても駄目だよと顔を振のけるに、憎くらしい当てられて仕舞つたと笑ひ出す。お京はお高僧頭巾《こそづきん》目深に風通《ふうつう》の羽織着て例《いつも》に似合ぬ宜《よ》き粧《なり》なるを、吉三は見あげ見おろして、お前何処へ行きなすつたの、今日明日は忙がしくてお飯《まんま》を喰べる間もあるまいと言ふたでは無いか、何処へお客様にあるいて居たのと不審を立てられて、取越しの御年始さと素知らぬ顔をすれば、嘘をいつてるぜ三十日の年始を受ける家は無いやな、親類へでも行きなすつたかと問へば、とんでも無い親類へ行くやうな身に成つたのさ、私は明日あの裏の移転《ひつこし》をするよ、余りだしぬけだから嘸《さぞ》お前おどろくだらうね、私も少し不意なのでまだ本当とも思はれない、兎も角喜んでお呉れ悪るい事では無いからと言ふに、本当か、本当か、と吉は呆れて、嘘では無いか串談では無いか、其様な事を言つておどかして呉れなくても宜い、己れはお前が居なくなつたら少しも面白い事は無くなつて仕舞ふのだから其様な厭やな戯言《じようだん》は廃《よ》しにしてお呉れ、ゑゝ詰らない事を言ふ人だと頭《かしら》をふるに、嘘では無いよ何時かお前が言つた通り上等の運が馬車に乗つて迎ひに来たといふ騒ぎだから彼処《あすこ》の裏には居られない、吉ちやん其うちに糸織ぞろひを調《こしら》へて上るよと言へば、厭やだ、己れは其様な物は貰ひたく無い、お前その好い運といふは詰らぬ処へ行かうといふのでは無いか、一昨日《おとゝひ》自家《うち》の半次さんが左様いつて居たに、仕事やのお京さんは八百屋横町に按摩をして居る伯父さんが口入れで何処のかお邸《やしき》へ御奉公に出るのださうだ、何お小間使ひと言ふ年ではなし、奥さまの御側やお縫物しの訳は無い、三つ輪に結つて総の下つた被布《ひふ》を着るお妾さまに相違は無い、何うして彼《あ》の顔で仕事やが通せる物かと此様な事をいつて居た、己れは其様《そん》な事は無いと思ふから、聞違ひだらうと言つて大喧嘩を遣つたのだが、お前もしや其処へ行くのでは無いか、其お邸へいくのであらう、と問はれて、何も私だとて行きたい事は無いけれど行かなければ成らないのさ、吉ちやんお前にも最う逢はれなくなるねえ、とて唯いふ言ながら萎れて聞ゆれば、何《ど》んな出世に成るのか知らぬが其処へ行くのは廃したが宜らう、何もお前女口一つ針仕事で通せない事もなからう、彼れほど利く手を持つて居ながら何故つまらない其様な事を始めたのか、余り情ないでは無いかと吉は我が身の潔白に比べて、お廃しよ、お廃しよ、断つてお仕舞なと言へば、困つたねとお京は立止まつて、夫れでも吉ちやん私は洗ひ張に倦きが来て、最うお妾でも何でも宜い、何うで此様な詰らないづくめだから、寧《いつ》その腐れ縮緬着物で世を過ぐさうと思ふのさ。

思ひ切つた事を我れ知らず言つてほゝと笑ひしが、兎も角も家《うち》へ行かうよ、吉ちやん少しお急ぎと言はれて、何だか己れは根つから面白いとも思はれない、お前まあ先へお出よ後に附いて、地上に長き影法師を心細げに踏んで行く、いつしか傘屋の路次を入つてお京が例の窓下に立てば、此処をば毎夜音づれて呉れたのなれど、明日《あす》の晩は最うお前の声も聞かれない、世の中つて厭やな物だねと歎息するに、夫れはお前の心がらだとて不満らしう吉三の言ひぬ。

お京は家に入るより洋燈《らんぷ》に火を点《うつ》して、火鉢を搔きおこし、吉ちやんやお焙《あた》りよと声をかけるに己れは厭やだと言つて柱際に立つて居るを、夫れでもお前寒からうでは無いか風を引くといけないと気を付ければ、引いても宜《い》いやね、搆はずに置いてお呉れと下を向いて居るに、お前は何うかおしか、何だか可怪《をか》しな様子だね私の言ふ事が何か疳《かん》にでも障つたの、夫れなら其やうに言つて呉れたが宜い、黙つて其様な顔をして居られると気に成つて仕方が無いと言へば、気になんぞ懸けなくても能いよ、己れも傘屋の吉三だ女のお世話には成らないと言つて、寄かゝりし柱に脊を擦りながら、あゝ詰らない面白くない、己れは本当に何と言ふのだらう、いろ〳〵の人が鳥渡《ちよつと》好い顔を見せて直様《すぐさま》つまらない事に成つて仕舞ふのだ、傘屋の先《せん》のお老婆さんも能い人で有つたし、紺屋《こうや》のお絹さんといふ縮れつ毛の人も可愛がつて呉れたのだけれど、お老婆さんは中風で死ぬし、お絹さんはお嫁に行くを嫌やがつて裏の井戸へ飛込んで仕舞つた、お前は不人情で己れを捨てゝ行し、最う何も彼もつまらない、何だ傘屋の油ひきになんぞ、百人前の仕事をしたからとつて褒美の一つも出やうでは無し朝から晩まで一寸法師の言れつゞけで、夫れだからと言つて一生立つても此背が延びやうかい、待てば甘露といふけれど己れなんぞは一日一日嫌やな事ばかり降つて来やがる、一昨《おとと》日《ひ》半次の奴と大喧嘩をやつて、お京さんばかりは人の妾に出るやうな腸《はらわた》の腐つたのでは無いと威張つたに、五日とたゝずに兜をぬがなければ成らないのであらう、そんな嘘つ吐きの、ごまかしの、欲の深いお前さんを姉さん同様に思つて居たが口惜しい、最うお京さんお前には逢はないよ、何うしてもお前には逢はないよ、長々御世話さま此処からお礼を申ます、人をつけ、最う誰れの事も当てにする物か、左様なら、と言つて立あがり沓《くつ》ぬぎの草履下駄足に引かくるを、あれ吉ちやん夫れはお前勘違ひだ、何も私が此処を離れるとてお前を見捨てる事はしない、私は本当に兄弟とばかり思ふのだもの其様《そん》な愛想づかしは酷からう、と後から羽がひじめに抱き止めて、気の早い子だねとお京の諭せば、そんならお妾に行くを廃めにしなさるかと振かへられて、誰れも願ふて行く処では無いけれど、私は何《ど》うしても斯《か》うと決心して居るのだから夫れは折角だけれど聞かれないよと言ふに、吉は涕の目に見つめて、お京さん後生だから此肩《こゝ》の手を放してお呉んなさい。

たけくらべ

（一）

廻れば大門の見かへり柳いと長けれど、おはぐろ溝に燈火うつる三階の騒ぎも手に取る如く、明暮れなしの車の往来《ゆきゝ》にはかり知られぬ全盛をうらなひて、大音寺前と名は仏くさけれど、さりとは陽気の町と住みたる人の申き、三島神社の角を曲りてより是れぞと見ゆる大廈《いゑ》もなく、かたぶく軒端の十軒長屋二十軒長屋、商ひはかつふつ利かぬ所とて、半さしたる雨戸の外に、怪しき形《なり》に紙を切りなして、胡粉ぬりくり彩色のある田楽みるやう、裏にはりたる串のさまもをかし、一軒ならず二軒ならず、朝日に干して夕日に仕舞ふ手当ことごとしく、一家内これにかゝりて夫れは何ぞと問ふに、知らずや霜月酉の日例の神社に欲深《よくふか》様のかつぎ給ふ是れぞ熊手の下ごしらへといふ、正月門松とりすつるよりかゝりて、一年うち通しの夫れは誠の商売人、片手わざにも夏より手足を色どりて、夏着の支度もこれをば当てぞかし、南無や大鳥大明神、買ふ人にさへ大福をあたへ給へば製造もとの我等万倍の利益をと人ごとに言ふめれど、さりとは思ひのほかなるもの、此あたりに大長者のうわさも聞かざりき、住む人の多くは廓者《くるわもの》にて良人は小格子の何とやら、下足札そろへてがらんがらんの音もいそがしや夕暮より羽織引かけて立いづれば、うしろに切火打かくる女房の顔もこれが見納めか十人ぎりの側杖、無理情死のしそこね、恨らみはかゝる身のはて危ふく、すはと言はゞ命がけの勤めに遊山らしく見ゆるもをかし、娘は大籬の下新造とやら、七軒の何屋が客廻しとやら、提燈《かんばん》さげてちよこ〳〵走りの修業、卒業して何にかなる、とかくは檜舞台と見たつるもをかしからずや、垢ぬけのせし三十あまりの年増、小ざつぱりとせし唐桟ぞろひに紺足袋はきて、雪踏ちやら〳〵忙がしげに横抱きの小包はとはでもしるし、茶屋が桟橋とんと沙汰して、廻り遠や此処からあげまする、誂へ物の仕事やさんと此あたりには言ふぞかし、一躰の風俗よそと変りて、女子の後帯きちんとせし人少なく、がらを好みて幅広の巻帯、年増はまだよし、十五六の小癪なるが、酸漿《ほうづき》ふくんで此姿はと目をふさぐ人もあるべし、所がら是非もなや、昨日河岸店に何紫の源氏名耳に残れど、けふは地廻りの吉と手馴れぬ焼鳥の夜店を出して、身代たゝき骨になれば再び古巣への内儀姿、どこやら素人よりは見よげに覚えて、これに染まらぬ子供もなし、秋は九月仁和賀の頃の大路を見給へ、さりとは宜くも学びし露八が物真似、栄喜が処作、孟子の母やおどろかん上達の速やかさ、うまいと褒められて今宵も一廻りと生意気は七つ八つよりつのりて、やがては肩に置手ぬぐひ、鼻歌のそゝり節、十五の少年がませかた恐ろし、学校の唱歌にもぎつちよんちよんと拍子を取りて、運動会に木やり音頭もなしかねまじき風情、さらでも教育はむづかしきに教師の苦心さこそと思はるゝ入谷ぢかくに育英舎とて、私立なれども生徒の数は千人近く、狭き校舎に目白押の窮屈さも教師が人望いよ〳〵あらはれて、唯学校と一ト口にて此あたりには呑込みのつくほど成るがあり、通ふ小供の数々に或は火消鳶人足、おとつさんは刎橋の番屋に居るよと習はずして知る其道のかしこさ、梯子のりのまねびにアレ忍びがへしを折りましたと訴へのつべこべ、三百といふ代言の子もあるべし、お前の父さんは馬だねへと言はれて、名のりや愁らき子心にも顔あからめるしほらしさ、出入りの貸座敷《いゑ》の秘蔵息子寮住居に華族さまを気取りて、ふさ付き帽子面もちゆたかに洋服かる〴〵と花々敷を、坊ちやん坊ちやんとて此子の追従するもをかし、多くの中に龍華《りうげ》寺の信如とて、千筋となづる黒髪も今いく歳のさかりにか、やがては墨染にかへぬべき袖の色、発心は腹からか、坊は親ゆづりの勉強ものあり、性来をとなしきを友達いぶせく思ひて、さま〴〵の悪戯をしかけ、猫の死骸を縄にくゝりてお役目なれば引導をたのみますと投げつけし事も有りしが、それは昔、今は校内一の人とて仮にも侮りての処業はなかりき、歳は十五、並背にていが栗の頭髪《つむり》も、おもひなしか俗とは変りて、藤本信如《のぶゆき》と訓《よみ》にてすませど、何処《どこ》やら釈といふたげの素振なり。

（二）

八月廿日は千束神社のまつりとて、山車屋台に町々の見得をはりて土手をのぼりて廓《なか》内《か》までも入込まんづ勢ひ、若者が気組み思ひやるべし、聞かぢりに子供とて由断のなりがたき此あたりのなれば、そろひの裕衣は言はでものこと、銘々に申合せて生意気のありたけ、聞かば胆もつぶれぬべし、横町組と自らゆるしたる乱暴の子供大将に頭《かしら》の長とて歳も十六、仁和賀の金棒に親父の代理をつとめしより気位ゑらく成りて、帯は腰の先に、返事は鼻の先にていふ物と定め、にくらしき風俗、あれが頭の子でなくばと鳶人足が女房の蔭口に聞えぬ、心一ぱいに我がまゝを徹して其身に合はぬ幅をも広げしが、表町に田中やの正太郎とて歳は我れに三つ劣れど、家に金あり、身に愛敬あれば人も憎くまぬ当の敵あり、我れは私立の学校へ通ひしを、先は公立なりとて同じ唱歌も本家のやうな顔をしおる、去年も一昨年も先方《さき》には大人の末社がつきて、まつりの趣向も我れよりは花を咲かせ、喧嘩に手出しのなりがたき仕組みも有りき、今年又もや負にならば、誰れだと思ふ横町の長吉だぞと平常の力だては空いばりとけなされて、弁天ぼりに水およぎの折も我が組になる人は多かるまじ、力を言はゞ我が方がつよけれど、田中屋が柔和ぶりにごまかされて、一つは学問が出来おるを恐れ、我が横町組の太郎吉、三五郎など、内々は彼方《あなた》がたに成たるも口惜し、まつりは明後日《あさつて》、いよ〳〵我が方が負色と見えたらば、破れかぶれに暴れて暴れて、正太郎が面に疵一つ、我れも片眼片足なきものと思へば為《し》やすし、加担人は車屋の丑《うし》に元結よりの文、手遊屋《おもちやや》の弥助などあらば引けは取るまじ、おゝ夫よりは彼の人の事彼の人の事、藤本のならば宜き智恵も貸してくれんと、十八日の暮ちかく、物いへば眼口にうるさき蚊を払ひて、竹村しげき龍華寺の庭先から信如が部屋へのそりのそりと、信《のぶ》さん居るかと顔を出しぬ。

己《お》れの為る事は乱暴だと人がいふ、乱暴かも知れないが口惜しい事は口惜しいや、なあ聞いとくれ信さん、去年も己れが所の末弟《すゑ》の奴と正太郎組の短小《ちび》野郎と万燈のたゝき合ひから始まつて、夫れといふと奴の中間がばら〳〵と飛出しやあがつて、どうだろう小さな者の万燈を打《ぶち》こわしちまつて、胴揚にしやがつて、見やがれ横町のざまをと一人がいふと、間抜に背のたかい大人のやうな面をして居る団子やの頓馬が、頭《かしら》もあるものか尻尾だ尻尾だ、豚の尻尾だなんて悪口を言つたとさ、己《おら》あ其時千束様へねり込んで居たもんだから、あとで聞いた時に直様仕かへしに行かうと言つたら、親父《とつ》さんに頭《あたま》から小言を喰つて其時も泣寝入、一昨年はそらね、お前も知つてる通り筆屋の店へ表町の若衆が寄合て茶番か何かやつたろう、あの時己れが見に行つたら、横丁は横丁の趣向がありませうなんて、おつな事を言やがつて、正太ばかり客にしたのも胸にあるわな、いくら金が有るとつて質屋のくづれの高利貸が何たら様だ、彼んな奴を生して置くより擲きころす方が世間のためだ、己《おい》らあ今度のまつりには如何《どう》しても乱暴に仕掛て取かへしを付けようと思ふよ、だから信さん友達がひに、夫れはお前が嫌やだといふのも知れてるけれども何卒《どうぞ》我《お》れの肩を持て、横町組の恥をすゝぐのだから、ね、おい、本家本元の唱歌だなんて威張りおる正太郎を取《とつ》ちめて呉れないか、我《お》れが私立の寐ぼけ生徒といはれゝば、お前の事も同然だから、後生だ、どうぞ、助けると思つて大万燈を振廻しておくれ、己《お》れは心から底から口惜しくつて、今度負けたら長吉の立端は無いと無茶にくやしがつて大幅の肩をゆすりぬ。だつて僕は弱いもの。弱くても宜いよ。万燈は振廻せないよ。振廻はさなくても宜いよ。僕が這入ると負けるが宜いかへ。負けても宜いのさ、夫れは仕方が無いと諦めるから、お前は何も為ないで宜いから唯横町の組だといふ名で、威張つてさへ呉れると豪気に人気がつくからね、己れは此《こん》様な無学漢《わからずや》だのにお前は学《もの》が出来るからね、向ふの奴は漢語か何かで冷《ひや》語《かし》でも言つたら、此方《こつち》も漢語で仕かへしておくれ、あゝ好い心持ださつぱりしたお前が承知をしてくれゝば最う千人力だ、信さん有がたうと常に無い優しき言葉も出るものなり。

一人は三尺帯に突かけ草履の仕事場の息子、一人はかわ色金巾の羽織に紫の兵子帯といふ坊様仕立、思ふ事はうらはらに、話しは道に喰違ひがちなれど、長吉は我が門前にて産声を揚げしものと大和尚夫婦が贔負《ひいき》もあり、同じ学校にかよへば私立私立とけなさるゝも心わるきに、元来愛敬のなき長吉なれば心から味方につくものも無き憐れさ、先方《さき》は町内の若衆どもまで尻押をして、ひがみではなし長吉が負を取る事罪は田中や方に少なからず、見かけて頼まれし義理としても嫌やとは言ひかねて信如、夫れではお前の組に成るさ、成るといつたら嘘は無いが、成るべく喧嘩は為ぬ方が勝だよ、いよ〳〵先方《むかふ》が売りに出たら仕方が無い、何いざと言へば田中の正太郎位小指の先さと、我が力の無いは忘れて、信如は机の引出しから京都みやげに貰ひたる、小鍛冶の小刀を取出して見すれば、よく利れそうだねへと覗き込む長吉が顔、あぶなし此物《これ》を振廻してなる事か。

（三）

解かば足にもとゞくべき毛髪《かみ》を、根あがりに堅くつめて前髪大きく髷をもたげの、赭熊《しやぐま》といふ名は恐ろしけれど、此髷《これ》を此頃の流行とて良家《よきしゆ》の令嬢《むすめご》も遊ばさるゝぞかし、色白に鼻筋とほりて、口もとは小さからねど締りたれば醜くからず、一つ一つに取立てゝは美人の鑑に遠けれど、物いふ声の細く清しき、人を見る目の愛敬あふれて、身のこなしの活々したるは快き物なり、柿色に蝶鳥を染めたる大形の裕衣きて、黒繻子と染分絞りの昼夜帯胸だかに、足には塗り木履こゝらあたりにも多くは見かけぬ高きをはきて、朝湯の帰りに首筋白々と手拭さげたる立姿を、今三年の後に見たしと廓がへりの若者は申き、大黒屋の美登利とて生国は紀州、言葉のいさゝか訛《なま》れるも可愛く、第一は切れ離れよき気象を喜ばぬ人なし、子供に似合はぬ銀貨入れの重きも道理、姉なる人が全盛の余波《なごり》、延《ひ》いては遣手新造が姉への世辞にも、美《ミー》ちやん人形をお買ひなされ、これはほんの手鞠代と、呉れるに恩をきせねば貰ふ身の有がたくも覚えず、まくはまくは、同級の女生徒二十人に揃ひのごむ鞠を与へしはおろかの事、馴染の筆やに店ざらしの手遊を買しめて喜ばせし事もあり、さりとは日々夜々の散財此歳この身分にて叶ふべきにあらず、末は何となる身ぞ、両親ありながら大目に見てあらき詞をかけたる事もなく、楼の主が大切がる様子《さま》も怪しきに、聞けば養女にもあらず、親戚にてはもとより無く、姉なる人が身売りの当時、鑑定《めきゝ》に来たりし楼の主が誘ひにまかせ、此地に活計《たつき》もとむとて親子三人が旅衣、たち出しは此訳、それより奥は何なれや、今は寮のあづかりをして母は遊女の仕立物、父は小格子の書記に成りぬ、此身は遊芸手芸学校にも通はされて、其ほかは心のまゝ、半日は姉の部屋半日は町にあそんで、見聞くは三味に太鼓にあけ紫のなり形、はじめ藤色絞りの半襟を袷衣《あはせ》にかけて着てあるきしに、田舎もの田舎ものと町内の娘共に笑はれしを口惜しがりて、三日三夜泣きつゞけしこともありしが、今は我れより人々を嘲りて、野暮な姿とうちつけの悪まれ口を、言ひかへす者もなく成りぬ。廿日はお祭礼《まつり》なれば心一ぱい面白い事をしてと友達のせがむに、趣向は何なりと銘々に工夫して大勢の宜い事が宜いではないか、何金《いくら》でもいゝ私しが出すからとて例の通り勘定なしの引うけに、子供中間の女王様又とあるまじき恵みは大人よりも利きが早く、茶番にしやう、何処《どこ》のか店をかりて往来から見えるやうにしてと一人がいへば、馬鹿をいへ、夫よりはお神輿《みこし》をこしらへておくれな、蒲田やの奥に飾つてあるやうな本当のを、重くても搆いはしない、やつちよいやつちよい訳なしだと捩ぢ鉢巻をする男子《をとこ》のそばから、夫では私したちが詰らない、皆が騒ぐを見る計では美登利さんだとて面白くはあるまい、何でもお前の宜い物にお為《し》よと、女の一むれは祭りを抜きに常磐座をと言ひたげの口振をかし、田中の正太は可愛らしい眼をぐるぐると動かして、幻燈にしないか、幻燈に、己《お》れの所にも少しはあるし、足《て》りないのを美登利さんに買つて貰つて、筆やの店でやろうではないか、己《お》れが映し人で横丁の三五郎に口上を言はせよう、美登利さん夫れにしないかと言へば、あゝ夫は面白かろう、三ちやんの口上ならば誰れも笑はずには居られまい、序にあの顔がうつると猶おもしろいと相談はとゝのひて、不足の品を正太が買物役、汗に成りて飛廻るもをかしく、いよ〳〵明日となりては横丁までも其沙汰きこえぬ。

（四）

打つや皷のしらべ、三味の音色に事かゝぬ場処も、祭礼《まつり》は別もの、酉の市を除けては一年一度の賑ひぞかし、三島さま、小野照さま、御隣社《おとなり》づから負けまじの競ひごゝろ可笑しく、横町も表も揃裕衣《そろひ》は同じ真岡木綿に町名くづしを、去歳《こぞ》よりは好からぬ形とつぶやくもありし、くちなし染の麻だすき成程ふときを好みて、十四五より以下なるは、達摩《だるま》、木兎《みゝづく》、犬はり子、さまざまの手遊を数多きほど見得にして、七つ九つ十一つくるもあり、大鈴小鈴背中にがらつかせて、駆け出す足袋はだしの勇ましく可愛し、群を離れて田中の正太が赤筋入の印半天、色白の首筋に紺の腹がけ、さりとは見馴れぬ扮粧《いでたち》と思ふに、しごいて締めし帯の水浅黄も、見よや縮緬の上染襟の印の染揚《あが》りも際だちて、うしろ鉢まきに山車の花一枝、革緒の雪駄おとのみはすれど、馬鹿ばやしの中間には入らざりき、夜宮は事なくすぎて今日一日の日も夕ぐれ、筆屋が店に寄合ひしは十二人、一人かけたる美登利が夕化粧の長さに、まだかまだかと正太は門へ出つ入りつして、呼んで来い三五郎、お前はまだ大黒屋の寮へ行た事があるまい、庭先から美登利さんと言へば聞える筈、はやくはやくと言ふに、夫ならば己れが呼でくる、万燈は此店《こゝ》へあづけて行けば誰れも蠟燭ぬすむまい、正太さん番をたのむとあるに、吝嗇《けち》な奴め、其手間で早くゆけと我が年少《としゝた》に叱かられて、おつと来たさの次郎左衛門、今の間とかけ出して韋駄天とはこれをや、あれあの飛び様《なり》が可笑しいとて見送りし女子共の笑ふも無理ならず、横ぶとりして背ひくゝ、頭の形は才槌とて首みぢかく、振むけての面を見れば出額の獅子鼻、反歯《そっぱ》の三五郎といふ仇名おもふべし、色は論なく黒きに感心なは目つき何処《どこ》までもおどけて両の頬に笑くぼの愛敬、目かくしの福わらひに見るやうな眉のつき方も、さりとはをかしく罪のなき子なり、貧なれや阿波ちゞみの筒袖、己《お》れは揃ひが間に合はなんだと知らぬ友には言ふぞかし、我れを頭に六人の子供を、養ふ親も轅棒《かぢぼう》にすがる身なり、五十軒によき得意場は持ちたりとも、内証の車は商売物のほかなれば詮なく、十三になれば片腕と一昨年より並木の活版所へも通ひしが、怠惰《なまけ》ものなれば十日の辛棒つゞかず、一ト月と同じ職もなくて霜月より春にかけては突羽根《つくばね》の内職、夏は撿査場の氷屋が手伝ひして、呼声をかしく客を引くに上手なれば、人には調法がられぬ、去歳は仁和賀の台曳に出しより、友達いやしがりて万年町の呼名今に残れども、三五郎といへば滑稽者《おどけもの》と承知して憎む物の無きも一徳なりし、田中屋は我が命の綱、親子が蒙むる御恩すくなからず、日歩とかや言ひて利金安からぬ借りなれど、これなくてはの金主様あだには思ふべしや、三公己れが町へ遊びに来いと呼ばれて嫌やとは言はれぬ義理あり、されども我れは横町に生れて横町に育ちたる身、住む地処は龍華寺のもの、家主は長吉が親なれば、表むき彼方に背むく事かなはず、内々に此方の用を足して、にらまる、時の役廻り愁らし。正太は筆屋の店へ腰をかけて、待つまの徒然《つれづれ》に忍ぶ恋路を小声にうたへば、あれ油断がならぬと内儀様《かみさま》に笑はれて、何がなしに耳の根あかく、まじくないの高声に皆も来いと呼びつれて表へかけ出す出合がしら、正太は夕飯なぜたべぬ、遊びにほうけて先刻《さき》にから呼ぶをも知らぬか、誰様《どなた》も又のちほど遊ばせて下され、これは御世話と筆屋の妻にも挨拶して、祖母が身づからの迎ひに正太いやが言はれず、其まゝ連れて帰らるゝあとは俄かに淋しく、人数は左のみ変らねど彼の子が見えねば大人までも寂しい、馬鹿さわぎもせねば串談も三ちやんのやうでは無けれど、人好のするは金持の息子さんに珍らしい愛敬、何と御覧じたか田中屋の後家様がいやらしさを、あれで年は六十四、白粉《おしろい》を付けぬがめつけ物なれど丸髷の大きさ、猫なで声して人の死ぬをも搆はず、大方臨終《おしまい》は金と情死なさるやら、夫れでも此方共《こちども》の頭のあがらぬは彼《あ》の物の御威光、さりとは欲しや、廓内《なか》の大きい楼《うち》にも大分の貸付があるらしう聞きましたと、大路に立ちて二三人の女房よその財産《たから》をかぞへぬ。

（五）

待つ身につらき夜半の置炬燵、それは恋ぞかし、吹かぜ涼しき夏の夕ぐれ、ひるの暑さを風呂に流して、身じまいの姿見、母親が手づからそゝけ髪つくろひて、我子ながら美くしきを立ちて見、居て見、首筋が薄かつたと猶ぞ言ひける、単衣《ひとへ》は水色友仙の涼しげに、白茶金らんの丸帯少し幅の狭いを結ばせて、庭石に下駄なほすまで時はうつりぬ。まだかまだかと塀の廻りを七度廻り、欠伸の数もつきて、払ふとすれど名物の蚊に首筋額ぎわしたゝか螫《さゝ》れ、三五郎弱りきる時、美登利立出ていざと言ふに、此方は言葉もなく袖をとらへて駆け出せば、息がはづむ、胸が痛い、そんなに急ぐならば此方《こち》は知らぬ、お前一人でお出でと怒られて、別れわかれの到着、筆屋の店へ来し時は正太が夕飯の最中とおぼえし。あゝ面白くない、おもしろくない、彼の人が来なければ幻燈をはじめるのも嫌、伯母さん此処の家《うち》に智恵の板は売りませぬか、十六武蔵でも何でもよい、手が暇で困ると美どりの淋しがれば、夫れよと即坐に鋏をかりて女子連れは切抜きにかゝる、男は三五郎を中に仁和賀のさらひ、北廓全盛見わたせば、軒は提燈電気燈、いつも賑はふ五丁町と諸声をかしくはやし立つるに、記憶《おぼえ》のよければ去年一昨年《こぞおとゝし》とさかのぼりて、手振手拍子ひとつも変る事なし、うかれ立たる十人あまりの騒ぎなれば何事と門にたちて人垣をつくりし中より、三五郎は居るか、一寸来てくれ大急ぎだと、文次といふ元結よりの呼ぶに、何の用意もなくおいしよ、よし来たと身がるに敷居を飛こゆる時、此二タ股野郎覚悟をしろ、横町の面よごしめ唯は置かぬ、誰れだと思ふ長吉だ生ふざけた真似をして後悔するなと頬骨一撃《ひとうち》、あつと魂消て逃入る襟がみを、つかんで引出す横町の一むれ、これ三五郎をたゝき殺せ、正太を引出してやつ《い》て仕舞へ、弱虫にげるな、団子屋の頓馬も唯は置かぬと潮のやうに沸かへる騒ぎ、筆屋が軒の掛提燈は苦もなくたゝき落されて、釣りらんぷあぶなし店先の喧嘩なりませぬと女房《わめ》が喚きも聞かばこそ、人数は大凡十四五人、ねぢ鉢巻に大万燈ふりたてゝ、当るがまゝの乱暴狼藉、土足に踏み込む傍若無人、目ざす敵《かたき》の正太が見えねば、何処《どこ》へかくした、何処へ逃げた、さあ言はぬか、言はぬか、言はさずに置くものかと三五郎を取こめて撃つやら蹴るやら、美登利くやしく止める人を掻きのけて、これお前方は三ちやんに何の咎がある、正太さんと喧嘩がしたくば正太さんとしたが宜い、逃げもせねば隠くしもしない、正太さんは居ぬでは無いか、此処は私しが遊び処、お前がたに指でもさゝしはせぬ、ゑゝ憎くらしい長吉め、三ちやんを何故ぶつ、あれ又引たほした、意趣があらば私をお撃《ぶ》ち、相手には私がなる、伯母さん止めずに下されと身もだへして罵れば、何を女郎め頬桁《ほうげた》たゝく、姉の跡つぎの乞食奴、手前の相手にはこれが相応だと多人数《おほく》のうしろより長吉、泥草履つかんで投つければ、ねらひ違はず美登利が額際にむさき物したゝか、血相かへて立あがるを、怪我でもしてはと抱きとむる女房、ざまを見ろ、此方《こち》には龍華寺の藤本がついて居るぞ、仕かへしには何時《いつ》でも来い、薄馬鹿野郎め、弱虫め、腰抜の活智《いくぢ》なしめ、帰りには待ぶせする、横町の闇に気をつけろと三五郎を土間に投出せば、折から沓音、誰やらが交番への注進今ぞしる、それと長吉声をかくれば丑松《うしまつ》文次その余の十余人、方角をかへてばら〳〵と逃足はやく、抜裏の露路にかゞむも有るべし、口惜《くや》しいくやしい口惜しい口惜しい、長吉め文次め丑松め、なぜ己れを殺さぬ、殺さぬか、己れ三五郎だ唯死ぬものか、幽霊になつても取殺すぞ、覚えて居ろ長吉めと湯玉のやうな涕はら〳〵、はては大声にわつと泣き出す、身内や痛からん筒袖の処々引さかれて背中も腰も砂まぶれ、止めるにも止めかねて勢ひの凄まじさに唯おど〳〵と気を呑まれし、筆屋の女房走り寄て抱き起し、背中をなで砂を払ひ、堪忍をし、堪忍をし、何と思ふても先方《さき》は大勢、此方《こち》はみな弱い者ばかり、大人でさへ手が出しかねたに叶はぬは知れて居る、夫れでも負《け》傷《が》のないは仕合、此上は途中の待伏があぶない、幸ひの巡査様《おまわりさま》に家まで見て頂かば我々も安心、此通の子細で御座ります故と筋をあら〳〵折からの巡査にかたれば、職掌がらいざ送らんと手を取らるゝに、いゑいゑ、送つて下さらず共かへります、一人で帰りますと、小さくなるに、こりや怕い事はない其方の家まで送る分の事、心配するなと微笑をふくんで頭を撫でらるゝに弥々《いよ〳〵》ちゞみて、喧嘩をしたといふと親父《とつ》さんに叱かられます、長吉と喧嘩をしたと聞いては猶々叱かられます、頭《かしら》の家《うち》は大家さんで御座りますからとて凋れるをすかして、さらば門口まで送つてやる、叱からるゝやうの事は為ぬわとて連れらるゝに四隣《あたり》の人胸を撫でゝ遥に見送れば、何とかしけん横町の角にて、巡査の手をば振はなして一目散に逃げぬ。

（六）

めづらしい事、この炎天に雪が降りはせぬか、美登利が学校を嫌やがるはよく〳〵の不機嫌、朝飯がすゝまずば後刻《のちかた》に弥助でも誂へようか、風邪にしては熱も無ければ大方きのふの疲れと見ゆる、太郎様への朝参りは母さんが代理してやれば御免こふむれとありしに、いゑ〳〵姉さんの繁昌するやうにと私が願を懸けたのなれば、参らねば気がすまぬ、お賽銭下され行つて来ますと家を駆け出して、中田圃の稲荷に鰐口ならして手を合せ、願ひは何ぞ行きも帰りも首うなだれて畦道づたひ帰り来る美登利が姿、それと見て遠くより声をかけ、正太はかけ寄て袂を押へ、美登利さん昨夕《ゆうべ》は御免よと突然《だしぬけ》にあやまれば、何もお前に詫びられる事はない。夫れでも己《お》れが憎くまれて、己れが喧嘩の相手だもの、お祖母《ばあ》さんが呼びにさへ来なければ帰りはしない、そんなに無暗に三五郎をも撃《ぶ》たしは為なかつた物を、今朝三五郎の処へ見に行つたら、彼奴《あいつ》も泣いて口惜しがつた、己れは聞いてさへ口惜しい、お前の顔へ長吉め草履を投げたと言ふでは無いか、彼の野郎乱暴にもほどがある、だけれど美登利さん堪忍しておくれよ、己れは知りながら逃げて居たのでは無い、飯を掻込んで表へ出やうとすると祖母さんが湯にゆくといふ、留守居をして居るうちの騒ぎだろう、本当に知らなかつたのだからねと、我が罪のやうに平あやまりに謝罪《あやまつ》て、痛みはせぬかと額際を見あげれば、美登利につこり笑ひて何負傷《けが》をするほどでは無い、夫れだが正さん誰れが聞いても私が長吉に草履を投げられたと言つてはいけないよ、もし万一《ひよつと》お母さんが聞きでもすると私が叱かられるから、親でさへ頭《つむり》に手はあげぬものを、長吉づれが草履の泥を額にぬられては、踏まれたも同じだからとて、背ける顔のいとをしく、本当に堪忍しておくれ、みんな己れが悪るい、だから謝る、機嫌を直してくれないか、お前に怒られると己れが困るものをと話しつれて、いつしか我家の裏近く来れば、寄らないか美登利さん、誰れも居はしない、祖母《おばあ》さんも日がけを集めに出たろうし、己《お》ればかりで淋しくてならない、いつか話した錦絵を見せるからお寄りな、いろいろのが有るからと袖を執らへて離れぬに、美登利は無言にうなづいて、佗びた折戸の庭口より入れば、広からねども鉢ものをかしく並びて、軒につり忍艸《しのぶ》、これは正太が午《うま》の日の買物と見えぬ、理由《わけ》しらぬ人は小首や傾ぶけん町内一の財産家《ものもち》といふに、家内は祖母と此子《これ》二人、万の鍵に下腹冷えて留守は見渡しの総長屋、流石に錠前くだくもあらざりき、正太は先へあがりて風入りのよき場処を見立て、此処へ来ぬかと団扇の気あつかひ、十三の子供にはませ過ぎてをかし。古くより持つたへし錦絵かず〳〵取出し、褒めらるゝを嬉しく美登利さん昔しの羽子板をも見せよう、これは己れの母さんがお邸に奉公して居る頃いたゞいたのだとさ、おかしいでは無いか此大きい事、人の顔も今のとは違ふね、あゝ此母さんが生きて居ると宜いが、己れが三つの歳死んで、お父さんは在るけれど田舎の実家へ帰つて仕舞たから今は祖母さんばかりさ、お前は浦山しいねと無端《そゞろ》に親の事を言ひ出せば、それ絵がぬれる、男が泣く物では無いと美登利に言はれて、己れは気が弱いのかしら、時々種々《いろ〳〵》の事を思ひ出すよ、まだ今時分は宜いけれど、冬の月夜なにかに田町あたりを集めに廻ると土手まで来て幾度も泣いた事がある、何さむい位で泣きはしない、何故《なぜ》だか自分も知らぬが種々の事を考へるよ、あゝ一昨年から己れも日がけの集めに廻るさ、祖母さんは老年《としより》だから其うちにも夜るは危ないし、目が悪るいから印形を押たり何かに不自由だからね、今まで幾人も男を使つたけれど、老年に子供だから馬鹿にして思ふやうには働いて呉れぬと祖母さんが言つて居たつけ、己れが最ふ少し大人になると質屋を出さして、昔しの通りでなくとも田中屋の看板をかけると楽しみにして居るよ、他処《よそ》の人は祖母さんを吝《けち》だと言ふけれど、己れの為に倹約《つましく》して呉れるのだから気の毒でならない、集金《あつめ》に行く中でも通新町や何かに随分可愛想のがあるから、嘸お祖母さんを悪るく言ふだろう、夫れを考へると己れは涕がこぼれる、矢張気が弱いのだね、今朝も三公の家へ取に行つたら、奴め身躰《からだ》が痛いくせに、親父に知らすまいとして働いて居た、夫れを見たら己れは口が利けなかつた、男が泣くてへのは可笑しいでは無いか、だから横町の野蕃漢《じゃがたら》に馬鹿にされるのだと言ひかけて我が弱いを恥かしさうな顔色、何心なく美登利と見合す目つきの可愛さ。お前の祭の姿《なり》は大層よく似合て浦山しかつた、私も男だと彼様《あん》な風がして見たい、誰れのよりも美く見えたと褒められて、何だ己れなんぞ、お前こそ美くしいや、廓内《なか》の大巻さんよりも奇麗だと皆がいふよ、お前が姉であつたら己れは何様《どんな》に肩身が広かろう、何処へゆくにも追跡《つい》て行つて大威張に威張がな、一人も兄弟がないから仕方が無い、ねへ美登利さん今度一処に写真を取らないか、我《お》れは祭りの時の姿《なり》で、お前は透綾《すきや》の荒縞《あらしま》で意気な形《なり》をして、角町の加藤で映さう、龍華寺の奴が羨ましがるやうに、本当だぜ彼奴《あいつ》は屹度怒るよ、真青に成つて怒るよ、にゑ肝だからね。赤くはならない、夫れとも笑ふかしら、笑はれても搆はない、大きく取て看板に出たら宜いな、お前は厭やかへ、厭やのやうな顏だものと恨めるもをかしく、變な顏にうつるとお前に嫌らはれるからとて美登利《みどり》ふき出して、高笑ひの美音に御機嫌や直りし。

朝冷《あさすゞ》はいつしか過ぎて日かげの熱くなるに、正太さん又晩によ、私の寮へも遊びにお出な、燈籠ながして、お魚追ひましよ、池の橋が直つたれば怕い事は無いと言ひ捨てに立いづる美登利の姿、正太うれしげに見送つて美くしと思ひぬ。

(七)

龍華寺《りうげじ》の信如《しんによ》、大黑屋《だいこくや》の美登利、二人ながら學校は育英舍なり、去りし四月の末つかた、桜は散りて青葉のかげに藤の花見といふ頃、春季の大運動会とて水の谷《みづや》の原にせし事ありしが、つな引、鞠《まり》なげ、縄とびの遊びに興をそへて長き日の暮るゝを忘れし、其折の事とや、信如いかにしたるか平常《へいぜい》の沈着《おちつき》に似ず、池のほとりの松が根につまづきて赤土道に手をつきたれば、羽織の袂も泥になりて見にくかりしを、居あはせたる美登利みかねて我が紅の絹はんけちを取出し、これにてお拭きなされと介抱をなしけるに、友達の中なる嫉妬《やきもち》や見つけて、藤本は坊主のくせに女と話しをして、嬉しさうに礼をいつたは可笑しいではないか、大方美登利さんは藤本の女房《かみさん》になるのであろう、お寺の女房なら大黒さまと云ふのだなど、取沙汰しける、信如元来かゝる事を人の上に聞くも嫌ひにて、苦き顔して横を向く質《たち》なれば、我が事として我慢のなるべきや、夫《そ》れよりは美登利といふ名を聞くごとに恐ろしく、又あの事を言ひ出すかと胸の中もやくやして、何とも言はれぬ厭やな気持なり、さりながら事々に怒りつける訳にもゆかねば、成るだけは知らぬ躰《てい》をして、平気をつくりて、むづかしき顔をして遣り過ぎる心なれど、さし向ひて物などを問はれたる時の当惑さ、大方は知りませぬの一ト言にて済ませど、苦しき汗の身うちに流れて心ぼそき思ひなり、美登利はさる事も心にとまらねば、最初《はじめ》は藤本さん藤本さんと親しく物いひかけ、学校退けての帰りがけに、我れは一足はやくて道端に珍らしき花などを見つくれば、おくれし信如を待合して、これ此様《こんな》うつくしい花が咲てあるに、枝がたかくて私には折れぬ、信《のぶ》さんは脊が高ければお手が届きましよ、後生折つて下されと一むれの中にては年重なるを見かけて頼めば、流石《さすが》に信如《しんによ》袖ふり切りて行すぎる事もならず、さりとて人の思はくいよいよ愁《つ》らければ、手近の枝を曳よせて好悪《よしあし》かまはず申訳ばかりに折りて、投つけるやうにすたすたと行過ぎるを、さりとは愛敬のなき人と惘《あき》れし事も有しが、度かさなりての末には自ら故意《わざと》の意地わるのやうに思はれて、人には左《さ》もなきに我れにばかり愁《つ》らき処為《しうち》をみせ、物を問へば碌《ろく》な返事した事なく、傍へゆけば逃げる、はなしを為れば怒る、陰気らしい気のつまる、どうして好いやら機嫌の取りやうも無い、彼《あ》のやうな六づかしやは思ひのまゝに捻れて怒つて意地わるが為たいならんに、友達と思はずば口を利くも入らぬ事と美登利すこし疳《かん》にさわりて、用のなければ摺れ違うても物いふた事なく、途中に逢ひたりとて挨拶など思ひもかけず、唯いつとなく二人の中に大川一つ横たはりて、舟も筏も此処には御法度、岸に添ふて思ひ思ひの道をあるきぬ。

祭りは昨日に過ぎて其あくる日より美登利の学校へかよふ事ふつと跡たえしは、問ふまでもなく額の泥の洗ふても消えがたき恥辱を、身にしみて口惜ければぞかし、表町とて横丁とて同じ教場に押ならべば朋輩に変りはなき筈を、をかしき分け隔ては常日頃意地を持ち、我れは女の、とても叶ひ難き弱身をばつけめにして、まつりの夜の処為《しうち》は如何なる卑怯ぞや、長吉のわからずやは誰れも知る乱暴の上なしなれど、信如《しんによ》の尻押なくば彼《あ》れ程に思ひ切りて表町をば暴《あら》し得じ、人前をば物識らしく温順《すなほ》に作りて、陰に廻りて機関《からくり》の糸を引しは藤本の仕業に極《きま》りぬ、よし級は上にせよ、学《もの》は出来るにせよ、龍華寺さまの若旦那にせよ、大黒屋のみどり紙一枚のお世話にも預からぬ物を、あのやうに乞食呼はりして貰ふ恩はなし、龍華寺には何《どれ》ほど立派の檀家ありと知らねど、我が姉さま三年の馴染に銀行の川様、兜町の米様《よねさま》もあり、議員の短小《ちい》さま根曳して奥様にと仰せられしを、心意気にいらねば姉様きらひてお受けはせざりしが、彼《あ》の方とても世には名高き御人と遣手衆《やりてしゆ》の言はれし、嘘ならば聞いて見よ、大黒屋に大巻の居ずば彼《あ》の楼《いゑ》は闇とかや、されればお店の旦那とても父《とゝ》さん母《かゝ》さん我身をも疎略には遊ばさず、常々大切がりて床の間にお据へなされし瀬戸物の大黒様をば、我れいつぞや座敷の中にて羽根つくとて騒ぎし時、同じく並びし花瓶《はないけ》を倒し、散々に破《け》損《が》をさせしに、旦那次の間に御酒《ごしゆ》めし上りながら、美《み》どりお転婆が過ぎるのと言はれし計《ばかり》小言は無かりき、他の人ならば一通りの怒りではあるまじと、女子衆達にあと〳〵まで羨まれしも必竟《ひつきやう》は姉様の威光ぞかし、我れ寮住居に人の留守居はしたりとも、姉は大黒やの大巻、長吉風情に負《ひ》けを取るべき身にもあらず、龍華寺の坊様にいぢめられんは心外と、これより学校へ通ふ事おもしろからず、我まゝの本性あなどられしが口惜《くや》しさに、石筆《せきひつ》を折り墨をすて、書物《ほん》も十露盤《そろばん》も入らぬものにして、中よき友と埒《らち》もなく遊びぬ。

（八）

走れ飛ばせの夕べに引かへて、明けの別れに夢をのせゆく車のさびしさよ、帽子まぶかに人目を厭ふ方様もあり、手ぬぐひ取て頬かぶり、彼女《あれ》が別れに名残の一撃《うち》、痛さ身にしみて思ひ出すほど嬉しく、薄気味わるやにたにたの笑ひ顔、坂本へ出《いで》ては用心したまへ千住がへりの青物車に御足もとあぶなし、三島様の角までは気違ひ街道、御顔のしまり何《いつ》れも緩みて、はゞかりながら御鼻の下なが〳〵と見えさせ給へば、そんじよ其処《そこ》らに夫れ大した御男子様《ごなんしさま》とて、分厘の価値《ねうち》もなしと、辻に立ちて御慮外を申もありけり。楊家《やうか》の娘君寵を受けてと長恨哥を引いだすまでもなく、娘の子は何処《いづこ》にも貴重がらるゝ頃なれど、此あたりの裏屋より赫奕姫《かくやひめ》のうまるゝ事其例おほし、築地の某屋《それや》に今は根を移して御前さま方の御相手、躍りに妙を得し雪といふ美形、唯今のお座敷にてお米のなります木はと至極あどけなき事は申とも、もとは此処《こゝ》の巻帯党《まきおびつれ》にて花がるたの内職せしものなり、評判は其頃にたかく去る者日々に疎ければ、名物一つ影を消して二度目の花は紺屋《こうや》の乙娘、今千束町に新つた屋の御神燈ほのめかして、小吉《こきち》と呼ばるゝ公園の尤物《まれもの》も根生《ねおひ》は同じ此処の土なりし、明けくれの噂にも御出世といふは女に限りて、男は塵塚《ちりづか》さがす黒斑猫の尾の、ありて用なき物とも見ゆべし、此界隈に若い衆と呼ばるゝ町並の息子、生意気ざかりの十七八より五人組、七人組、腰に尺八の伊達はなけれど、何とやら厳めしき名の親分が手下につきて、揃ひの手ぬぐひ長提燈《ながでうちん》、賽ころ振る事覚えぬうちは素見《ひやかし》の格子先に思ひ切つての串談《じやうだん》も言ひがたしとや、真面目につとむる我が稼業は昼のうちばかり、一風呂あびて日の暮れゆけば突かけ下駄に七五三の着物、何屋の店の新妓《しんこ》を見たか、金杉の糸屋が娘に似て最《も》う一倍鼻がひくいと、頭脳《あたま》の中を此《こん》様な事にこしらへて、一軒ごとの格子に烟草の無理どり鼻紙の無心、打ちつ打たれつ是れを一世《せ》の誉と心得れば、堅気の家の相続息子地廻りと改名して、大門際《おほもんぎは》に喧嘩かひと出るもありけり、見よや女子《をんな》の勢力《いきほひ》と言はぬばかり、春秋しらぬ五丁町の賑ひ、送りの提燈《かんばん》今はやらねど、茶屋が廻女《まわし》の雪駄《せった》のおとに響きかよへる歌舞音曲、うかれうかれて入込む人の何を目当てと言とはば、赤ゑり赭熊《しやぐま》に裲襠《うちかけ》の裾ながく、につと笑ふ口元目元、何処《どこ》が美いとも申がたけれど華魁衆《おいらんしゆ》とて此処《こゝ》にての敬ひ、立はなれては知るに由なし、かゝる中にて朝夕を過ごせば、衣の白地の紅に染むこと無理ならず、美登利の眼の中に男といふ者さつても怕《こは》からず恐ろしからず、女郎といふ者さのみ卑しき勤めとも思はねば、過ぎし故郷を出立の当時ないて姉をば送りしこと夢のやうに思はれて、今日此頃の全盛に父母への孝養うらやましくお職を徹す姉が身の、憂《う》いの愁《つら》いの数も知らねば、まち人こふる鼠なき格子の咒文《じゆもん》、別れの脊《せな》中に手加減の秘密《おく》まで、只おもしろく聞なされて、廓ことばを町に言ふまで去りとは恥かしからず思へるも哀れなり、年はやうやう数への十四、人形抱いて頬ずりする心は御華族のお姫様とて変りなけれど、修身の講義、家政学のいくたても学びしは学校にて斗《ばかり》、誠あけくれ耳に入りしは好いた好かぬの客のうわさ、仕着《しきせ》つみ夜具茶屋への行わたり、派手は美事に、かなはぬは見すぼらしく、人事我事分別をいふはまだ早し、幼な心に目の前の花のみはしるく、持まへの負けじ気性は勝手に馳せ廻りて雲のやうな形をこしらへぬ、気違ひ街道、寝ぼれ道、朝がへりの殿方一順すみて朝寝の町も門《かど》の箒目《はうきめ》青海波《せいがいは》をゑがき、打みづよきほどに済みし表町の通りを見渡せば、来るは来るは、万年町山伏町、新谷町あたりを塒《ねぐら》にして、一能一術これも芸人の名はのがれぬ、よか〳〵飴や軽業師、人形つかひ大神楽《だいかぐら》、住吉をどりに角兵衛獅子、おもひおもひの扮粧《いでたち》して、縮緬透綾《すきや》の伊達もあれば、薩摩がすりの洗ひ着に黒繻子の幅狭帯《はゞせまおび》、よき女もあり男もあり、五人七人十人一組の大たむろもあれば、一人さびしき痩老爺《やせおやぢ》の破《や》れ三味線《ざみせん》かゝへて行くもあり、六つ五つなる女の子に赤襷《あかだすき》させて、あはれ紀の国をどらするも見ゆお得意は廓内《かくない》に居つゞけ客のなぐさみ、女郎のうさ晴し、彼処《かしこ》に入る身の生涯やめられぬ得分ありと知られて、来るも来るも此処《こゝ》らの町に細《こま》かしき貰ひを心に留めず、裾に海草《みるめ》のいかゞはしき乞食さへ門《かど》には立たず行過るぞかし、容貌《きりやう》よき女太夫の笠にかくれぬ床しの頬を見せながら、喉自慢、腕自まんあれあの声を此町には聞かせぬが憎くしと筆やの女房舌うちして言へば店先に腰をかけて往来《ゆきゝ》を眺めし湯がへりの美登利、はらりと下がる前髪の毛を黄楊《つげ》の鬢櫛《びんぐし》にちやつと掻きあげて、伯母さんあの太夫さん呼んで来ませうとて、はたはた駆よつて袂にすがり、投げ入れし一品《しな》を誰れにも笑つて告げざりしが好みの明烏さらりと唄はせて、又御贔負《ごひいき》をの嬌音これたやすくは買がたし、あれが小供の処業《しわざ》かと寄集りし人舌をまいて太夫よりは美登利の顔を眺めぬ、伊達には通るほどの芸人を此処にせき止めて、三味《さみ》の音《ね》、ふゑの音、太鼓の音、うたせて舞はせて人の為ぬ事して見たいと折ふし正太に咡《さゝや》いて聞かせれば、驚いて惘《あき》れて己《おい》らは嫌やだな。

（九）

如是我聞《によぜがもん》、仏説阿弥陀経、声は松かぜに和して心のちりも吹はらはるべき御寺《おんてら》さまの庫裏より生魚あぶる烟りなびきて、卵塔場《らんたうば》に嬰児《やゝ》の襁褓《むつき》ほしたるなど、お宗旨によりて構ひなき事なれども、法師を木のはしと心得たる目よりは、そゞろに腥《なまぐさ》くおぼゆるぞかし、龍華寺《りうげじ》の大和尚身代《しんだい》と共に肥へ太りたる腹なり如何にも美事に、色つやの好きこと如何なるほめ言葉を参らせたらばよかるべき、桜色にもあらず、緋桃の花でもなし、剃りたてたる頭《つむり》より顔より首筋にいたるまで銅色《あかゞねいろ》の照りに一点のにごりもなく、白髪もまじる太き眉をあげて心まかせの大笑ひなさるゝ時は、本堂の如来様おどろきて台座より転《まろ》び落たまはんかと危ぶまるゝやうなり、御新造はいまだ四十の上をいくらも越さで、色白に髪の毛うすく、丸髷も小さく結ひて見ぐるしからぬまでの人がら、参詣人へも愛想よく門前の花やが口悪る嚊《かゝ》も兎角の蔭口を言はぬを見れば、着ふるしの浴衣、総菜のお残りなどおのづからの御恩も蒙るなるべし、もとは檀家の一人なりしが早くに良人《をつと》を失なひて寄る辺なき身の暫時《しばらく》こゝにお針やとひ同様、口さへぬらさせて下さらばとて洗ひ濯《そゝ》ぎよりはじめてお菜ごしらへは素よりのこと、墓場の掃除に男衆の手を助くるまで働けば、和尚さま経済より割出しての御不憫かゝり、年は二十から違うて見とむなき事は女も心得ながら、行き処なき身なれば結句よき死場処と人目を恥ぢぬやうに成けり、にが〳〵しき事なれども女の心だて悪るからねば檀家のものも左のみは咎めず、総領の花といふを懐胎《もうけ》し頃檀家の中にも世話ずきの名ある坂本の油やが隠居さま仲人といふも異《い》なものなれど進めたて、表向きのものにしける、信《しん》如《によ》も此人の腹より生れて男女《なんによ》二人の同胞《きようだい》、一人は如法《によほふ》の変屈ものにて一日部屋の中にまぢ〳〵と陰気らしき生れなれど、姉のお花は皮薄の二重腮《あご》かわゆらしく出来たる子なれば、美人といふにはあらねど年頃といひ人の評判もよく、素人にして捨て置くは惜しい物の中に加へぬ、さりとてお寺の娘に左り褄《づま》、お釈迦が三味ひく世はしらず人の聞へ少しは憚かられて、田町の通りに葉茶やの店を奇麗にしつらへ、帳場格子のうちに此娘《このこ》を据へて愛敬を売らすれば、科《はか》りの目は兎に角勘定しらずの若い者など、何がなしに寄つて大方毎夜十二時を聞くまで店に客のかげ絶たる事なし、いそがしきは大和尚、貸金の取たて、店への見廻り、法用のあれこれ、月の幾日《いくか》は説教日の定めもあり、帳面くるやら経よむやら、斯くては身躰《からだ》のつゞきがたしと夕暮の椽先に花むしろを敷かせ、片肌ぬぎに団扇づかひしながら大盃に泡盛をなみ〳〵と注がせて、さかなは好物の蒲焼を表町のむさし屋へあらい処をとの誂へ、承りてゆく使ひ番は信如の役なるに、その嫌やなること骨にしみて、路を歩くにも上を見しことなく、筋向ふの筆やに子供づれの声を聞けば我が事を誹らるゝかと情なく、そしらぬ顔に鰻屋の門《かど》を過ぎては四辺《あたり》に人目の隙をうかゞひ、立戻つて駈け入る時の心地、我身限つて腥《なまぐさ》きものは食べまじと思ひぬ。

父親《てゝおや》和尚は何処までもさばけたる人にて、少しは欲深の名にたてども人の風説《うはさ》に耳をかたぶけるやうな小胆にてはなく、手の暇あらば熊手の内職もして見やうといふ気風なれば、霜月の酉には論なく門前の明地《あきち》に簪《かんざし》の店を開き御新造に、手拭ひかぶらせて縁喜《えんぎ》の宜《い》いのをと呼ばせる趣向、はじめは恥かしき事に思ひけれど、軒ならび素人の手業にて莫大の儲けと聞くに、此雑踏の中といひ誰れも思ひ寄らぬ事なれば日暮れよりは目にも立つまじと思案して、昼間は花屋の女房に手伝はせ夜に入りては自身《みづから》をり立て呼たつるに、欲なれやいつしか恥かしさも失せて、思はず声高に負けましよ負けましよと跡を追ふやうに成りぬ、人波にもまれて買人《かひて》も眼《まなこ》の眩みし折なれば、現在後《ご》世《せ》ねがひに一昨日《おとつひ》来たりし門前も忘れて、簪三本七十五銭と懸直《かけね》すれば五本ついたを三銭ならばと直切《ねぎ》つてゆく、世はぬば玉の闇の儲はこのほかにも有るべし、信如は斯《か》る事どもいかにも心ぐるしく、よし檀家の耳には入らずとも近辺の人々が思はく、子供中間の噂にも龍華寺では簪の店を出して信さんが母さんの狂気顔《きちがひづら》して売つて居たなど、言はれもするやと恥かしく、其様《そん》な事は止しにしたが宜う御座りませうと止めし事もありしが、大和尚大笑ひに笑ひすてゝ、黙つて居ろ、黙つて居ろ、貴様などが知らぬ事だわと丸々相手にしては呉れず、朝念仏に夕勘定そろばん手にしてにこ〳〵と遊ばさる、顔つきは我親ながら浅ましくして、何故《なぜ》その頭《つむり》は丸《まろ》め給ひしぞと恨めしくも成りぬ。

元来《もとより》一腹一対の中に育ちて他人まぜずの穏かなる家の内なれば、さして此子を隠気ものに仕立あげる種はなけれども、性来をとなしき上に我が言ふ事の用ひられねば兎角に物の面白からず、父が仕業も母の処作《しよさ》も姉の教育《したて》も、悉皆《しつかい》あやまりのやうに思はるれど言ふて聞かれぬ物ぞと諦らめればうら悲しきやうに情なく、友朋輩は変屈者の意地わると目ざせども自ら沈み居る心の底の弱きこと、我が蔭口を露計《つゆばかり》もいふ者ありと聞けば立出て喧嘩口論の勇気もなく、部屋にとぢ籠つて人に面《おもて》の合はされぬ憶病至極の身なりけるを、学校にての出来ぶりと言ひ身分がらの卑しからぬにつけても然《さ》る弱虫とは知るものなく、龍華寺の藤本は生煮えの餅のやうに真があつて気になる奴と憎くがるものも有りけらし。

（十）

祭の夜は田町の姉のもとへ使ひを命令《いひつけ》られて、更《ふく》るまで我家に帰らざりければ筆屋の騒ぎは夢にも知らず、明日に成りて丑松文治その他の口よりこれ〳〵で有つたと伝へらるゝに、今更ながら長吉の乱暴におどろけども済みたる事なれば咎めだてするも詮なく、我が名を借りられし斗《ばかり》つく〴〵迷惑に思はれて、我が為したる事ならねど人々への気の毒を身一つに背負《しよい》たるやうの思ひありき、長吉も少しは我が遣りそこねを恥かしう思ふかして、信如に逢はゞ小言や聞かんと其三四日は姿も見せず、やゝ余焔《ほとぼり》のさめたる頃に信《のぶ》さんお前は腹を立つか知らないけれど時の拍子だから堪忍して置いてくんな、誰れもお前正太が明巣《あきす》とは知るまいでは無いか、何も女郎《めらう》の一疋位相手にして三五郎を擲《なぐ》りたい事もなかつたけれど、万燈を振こんで見りやあ唯も帰れない、ほんの附景気に詰らない事をしてのけた、夫《そ》りやあ己れが何処までも悪るいさ、お前の命令《いひつけ》を聞かなかつたは悪るかろうけれど今怒られては法《かた》なしだ、お前といふ後たてが有るので己らあ大舟に乗つたやうだに、見すてられちまつては困るだろうじや無いか、嫌だとつても此組《こつち》の大将で居てくんねへ、左様《さう》どち斗《ばかり》は組まないからとて面白なさそうに謝罪《わび》られて見れば夫《そ》れでも私は嫌やだとも言ひがたく、仕方がない遣る処までやるさ、弱い者いぢめは此方《こつち》の恥になるから三五郎や美登利を相手にしても仕方がない、正太に末社が付いたら其時のこと、決して此方から手出しをしてはならないと留めて、左のみは長吉をも叱り飛ばさねど再び喧嘩のなき様にと祈られぬ。

罪のない子は横町の三五郎なり、思ふさまに擲《たゝ》かれて蹴られて其二三日は立居もくるしく、夕ぐれ毎に父親《てゝおや》が空車《からぐるま》を五十軒の茶屋が軒まで運ぶにさへ、三公は何《ど》うかしたか、ひどく弱つて居るやうだなと見知りの台屋に咎められしほどなりしが、父親はお辞義の鉄とて目上の人に頭《つむり》をあげたことなく廓内《なか》の旦那は言はずともの事、大屋様地ぬし様のいづれの御無理も御尤と受ける質なれば、長吉と喧嘩してこれ〳〵の乱暴に逢ひましたと訴へればとて、それは何うも仕方がない大屋さんの息子さんでは無いか、此方に理があろうが先方《さき》が悪るかろうが喧嘩の相手になるといふ事はない、謝罪《わび》て来い謝罪て来い途方もない奴だと我子を叱りつけて、長吉がもとへあやまりに遣られる事必定なれば、三五郎は口惜《くや》しさを噛みつぶして七日十日と程をふれば、痛みの場処の直ると共にその恨めしさもいつしか忘れて、頭《かしら》の家の赤ん坊が守りをして二銭が駄賃を嬉しがり、ねん〱よ、おころりよ、と脊負《しよ》ひあるくさま、年はと問へば生意気ざかりの十六にも成りながら其大躰《づうたい》を恥かしげにもなく、表町へものこ〱と出かけるに、何時もみどりと正太が嬲《なぶ》りものに成つて、お前は性根を何処へ置いて来たとからかはれながらも遊びの中間は外れざりき。

春は桜の賑ひよりかけて、なき玉菊が燈籠の頃、つゞいて秋の新仁和賀《しんにはか》には十分間に車の飛ぶ事此通りのみにて七十五輌とかぞへしも、この替りさへいつしか過ぎて、赤《あか》蜻蛉《とんぼう》田圃にみだるれば横堀に鶉《うづら》なく頃も近づきぬ、朝夕の秋風身にしみ渡りて上清《じやうせい》が店の蚊遣り香懐炉灰《かうくわいろばい》に座をゆづり、石橋の田村屋が粉挽く臼の音さびしく、角海老《かどゑび》が時計の響きもそゞろ哀れの音《ね》を伝へるやうになれば、四季絶間なき日暮里の火の光も彼《あ》れが人をやく烟りかとうら悲しく、茶屋が裏ゆく土手下の細道に落かゝるやうな三味の音を仰いで聞けば、仲之町《なかのちやう》芸者が冴たる腕に、君が情の仮寝の床にと何ならぬ一ふし哀れも深く、此時節より通ひ初《そめ》るは浮かれ浮かるゝ遊客ならで、身にしみ〴〵と実のあるお方のよし、遊女《つとめ》あがりの去る女《ひと》が申き、此ほどの事かゝんもくだ〱しや大恩寺前にて珍らしき事は盲目按摩の二十斗《ばかり》なる娘、叶はぬ恋に不自由なる身を恨みて水のやの池に入水したるを新らしい事とて伝へる位なもの、八百やの吉五郎に、大工の太吉がさつぱりと影を見せぬが何とかせしと問ふに此一件であげられましたと、顔の真中へ指をさして、何の子細なく取立てゝ噂をするものもなし、大路を見渡せば罪なき子供の三五人手を引つれて開《ひ》いらいた開らいた何の花ひらいたと、無心の遊びも自然と静かにて、廓に通ふ車の音のみ何時に変らず勇ましく聞えぬ。

秋雨しと〳〵と降るかと思へばさつと音して運びくる様なるさびしき夜、通りすがりの客をば待たぬ店なれば、筆屋の妻は宵のほどより表の戸を立てゝ、中に集まりしは例のみどりに正太郎、その他には小さき子供の二三人寄りてきしやご弾《はじ》きの幼なげな事して遊ぶほどに、みどり不図《ふと》耳をたてゝ、あれ誰れか買物に来たのでは無いか溝板《どぶいた》を踏む足おとがすると言へば、おや左様《さう》か、己らは少《ち》つとも聞かなかつたと正太もちいう〳〵たこかいの手を止めて、誰れか中間《なかま》が来たのでは無いかと嬉しがるに、門《かど》なる人は此店《こゝ》の前まで来たりける足音の聞えしばかり夫《そ》れよりはふつと絶えて、音も沙汰もなし。

（十二）

正太は潜りを明けて、ばあと言ひながら顔を出すに、人は二三軒先の軒下をたどりて、ぽつ〳〵と行く後影、誰れだ誰れだ、おいお這入よと声をかけて、美登利が足駄を突かけばきに、降る雨を厭はず駆け出《いだ》さんとせしが、あゝ彼奴《あいつ》だと一ト言、振かへつて、美登利さん呼んだつても来はしないよ、一件だもの、と自分の頭《つむり》を丸《まろ》めて見せぬ。

信《のぶ》さんかへ、と受けて、嫌やな坊主つたら無い、屹度《きつと》筆か何か買ひに来たのだけれど、私たちが居る物だから立聞きをして帰つたのであらう、意地わるの、根生まがりの、ひねツこびれの、吃《どんも》りの、歯《はツ》かけの、嫌やな奴め、這入つて来たら散々と究《いぢ》めて遣る物を、帰つたは惜しい事をした、どれ下駄をお貸し、一寸《ちよつと》見てやる、とて正太に代つて顔を出せば軒の雨だれ前髪に落ちて、おゝ気味が悪るいと首を縮めながら、四五軒先の瓦斯燈《がすとう》の下を大黒傘肩にして、少しうつむいて居るらしくとぼとぼと歩む信如の後かげ、何時までも、何時までも、何度までも見送るに、美登利さん何《ど》うしたの、と正太は怪しがりて背中をつゝきぬ。

何うもしない、と気の無い返事をして、上へあがつた細螺《きしやご》を数へながら、本当に嫌やな小僧とつては無い、表向きに威張つた喧嘩は出来もしないで、温順《おとな》しさうな顔ばかりして、根生がくす〳〵して居るのだもの憎くらしからうでは無いか、家《うち》の母《かゝ》さんが言ふて居たつけ、瓦落《がら》〳〵して居る者は心が好いのだと、夫《そ》れだからくす〳〵して居る信さん何かは心が悪いに相違ない、ねへ正太さん左様《さう》であらう、と口を極めて信如の事を悪く言へば、夫でも龍華寺はまだ物が解つて居よ、長吉と来たら彼《あ》れははや、と生意気に大人の口を真似れば、お廃《よ》しよ正太さん、子供の癖にませた様でをかしい、お前は余程剽軽《ひやうきん》ものだね、とて美登利は正太の頬を突いて、其真面目顔はと笑ひこけるに、己《おい》らだつても最少《もすこ》し経てば大人になるのだ、蒲田屋《かばたや》の旦那のやうに角袖外套か何か着てね、祖母さんが仕舞つておく金時計を貰つて、そして指輪もこしらへて、巻煙草を吸つて、履く物は何が宜からうな、己らは下駄より雪駄が好きだから、三枚裏にして繻珍《しゆちん》の鼻緒といふのを履くよ、似合ふだらうかと言へば、美登利はくす〳〵笑ひながら、背の低い人が角袖外套に雪駄ばき、まあ何《ど》んなにか可笑しからう、目薬の瓶があるくやうで有らうと誹《おと》すに、馬鹿を言つて居らあ、夫れまでには己らだつて大きく成るさ、此《こ》様な小《ち》いつぽけでは居ないと威張るに、夫れでは未だ何時のことだか知れはしない、天井の鼠があれ御覧、と指をさすに、筆やの女房《つま》を始めとして座にある者みな笑ひ転げぬ。

正太は独り真面目に成りて、例の目の玉をぐる〳〵と為せながら、美登利さんは冗談にして居るのだね、誰れだつて大人に成らぬ者は無いに、己らの言ふが何故をかしからう、奇麗な嫁さんを貰つて連れて歩るく様に成るのだがなあ、己らは何でも奇麗のが好きだから、煎餅やのお福のやうな痘痕《みつちや》づらや、薪《まき》やの出額《おでこ》のやうなが万一《もし》来ようなら、直《ぢき》さま追ひ出して家へは入れて遣らないや、己らは痘痕《あばた》と湿《しつ》つかきは大嫌ひと力を入るに、主人《あるじ》の女は吹出して、夫でも正さん宜く私が店へ来て下さるの、伯母さんの痘痕は見ぬかえ、と笑ふに、夫れでもお前は年寄りだもの、己らの言のは嫁さんの事さ、年寄りは何でも宜いとあるに、それは大失敗《おほしくじり》だねと、筆やの女房おもしろづくに御機嫌を取りぬ。

町内で顔の好いのは花屋のお六さんに、水菓子やの喜《き》いさん、夫れよりも、夫れよりもずんと好いはお前の隣に据《すわ》つてお出なさるのなれど、正太さんはまあ誰れにしやうと極めてあるえ、お六さんの目つきか、喜いさんの清元か、まあ何《どれ》をえ、と問はれて、正太顔を赤くして、何だお六づらや、喜い公、何処が好い物かと釣らんぷの下を少し居退きて、壁際の方へと尻ごみをすれば、夫れでは美登利さんが好いので有らう、さう極めて御座んすの、と図星をさゝれて、そんな事を知る物か、何だ其様《そん》な事、とくるり後を向いて壁の腰張りを指でたゝきながら、廻れ〳〵水車を、小音《せうおん》に唱ひ出す、美登利は衆人《おほく》の細螺《きしやご》を集めて、さあ最う一度はじめからと、これは顔をも赤らめざりき。

（十二）

信如がいつも田町へ通ふ時、通らでも事は済めども言はゞ近路の土手々前に、仮初の格子門、のぞけば鞍馬の石燈籠に萩の袖がきしをらしう見えて、椽先に巻たる簾のさまも懐かしう、中がらすの障子のうちには今様の按察《あぜち》の後室が珠数を爪ぐつて、冠《かぶ》つ切りの若むらさきも立出るやと思はるゝ、其一ト搆へが大黒屋の寮なり。

昨日も今日も時雨の空に、田町の姉より頼みの長胴着が出来たれば、暫時《しばし》も早う重ねさせたき親ごゝろ、御苦労でも学校前の鳥渡《ちよつと》の間に持て行つて呉れまいか、定めて花も待つて居ようほどに、と母親よりの言いつけを、何も嫌やとは言ひ切られぬ温順《おとな》しさに、唯、はい〳〵と小包を抱へて、鼠小倉の緒のすがりし朴木歯《ほうのきば》の下駄ひた〳〵と、信如は雨傘さしかざして出ぬ。

お歯ぐろ溝の角より曲りて、いつも行なる細道をたどれば、運わるう大黒やの前まで来し時、さつと吹く風大黒傘の上を抓《つか》みて、宙へ引あげるかと疑ふばかり烈しく吹けば、これは成らぬと力足を踏みこたゆる途端、左のみに思はざりし前鼻緒のずる〳〵と抜けて、傘よりも是れこそ一の大事に成りぬ。信如こまりて舌打はすれども、今更何と法のなければ、大黒やの門に傘を寄せかけ、降雨《ふるあめ》を庇《ひさし》に厭ふて鼻緒をつくろふに常々仕馴れぬお坊様の、これは如何《いか》なこと、心ばかりは急《あせ》れども、何としても甘《うま》くはすげる事のならぬ口惜しさ、ぢれて、ぢれて、袂の中から記事文の下書して置いた大半紙を抓み出《いだ》し、ずん〳〵と裂きて紙縷《こより》をよるに、意地わるの嵐又もや落し来て、立かけし傘のころ〳〵と転り出《いづ》るを、いま〳〵しい奴めと腹たゝしげに言ひて、取とめんと手を延すに、膝へ乗せて置きし小包意久地もなく落て、風呂敷は泥に、我が着る物の袂までを汚しぬ。

見るに気の毒なるは雨の中の傘なし、途中に鼻緒を踏きりたるばかりは無し、美登利は障子の中ながら硝子ごしに遠く眺めて、あれ誰れか鼻緒を切つた人がある、母《かゝ》さん切れを遣つても宜う御座んすかと尋ねて、針箱の引出しから友仙ちりめんの切れ端をつかみ出し、庭下駄はくも鈍《もど》かしきやうに、馳せ出で〻、椽先の洋傘《かうもり》さすより早く庭石の上を伝ふて急ぎ足に来たりぬ。

それと見るより美登利の顔は赤う成りて、何《ど》のやうの大事にでも出逢ひしやうに、胸の動悸の早く打つを、人の見るかと背後《うしろ》のみられて、恐る〱門の傍へ寄れば、信如もふつと振返りて、此れも無言に脇を流る〻冷汗、跣足《はだし》に成りて逃げ出したき思ひなり。

平常《つね》の美登利ならば信如が難義の躰《てい》を指さして、あれ〱彼《あ》の意久地なし、と笑ふて笑ふて笑ひ抜いて、言いたいま〻の悪まれ口、よくもお祭の夜は正太さんに仇をするとて、私たちが遊びの邪魔をさせ、罪も無い三ちやんを擲《たゝ》せて、お前は高見で采配を振つて見てお出なされたの、さあ謝罪《あやまり》なさんすか、何とで御座んす、私の事を女郎、女郎と長吉づらに言はせるのもお前の指図、女郎でも宜いでは無いか、塵一本お前さんが世話には成らぬ、私には父《とゝ》さんもあり母《かゝ》さんもあり、大黒屋の旦那も姉《あね》さんもある、お前のやうな腥《なまぐさ》のお世話には能《よ》う成らぬほどに、余計な女郎呼はり置いて貰ひましよ、言ふ事があらば蔭のくすくすならで此処でお言ひなされ、お相手には何時でも成つて見せまする、さあ何とで御座んす、と袂を捉へて捲《まく》しかくる勢、さこそは当り難うも有るべきを、物いはず格子のかげに小隠れて、さりとて立去るでも無しに、唯うぢ〳〵と胸とゞろかすは、平常《つね》の美登利の躰《さま》にては無かりき。

（十三）

此処は大黒屋のと思ふ時より信如は物の恐ろしく、左右を見ずして直《ひた》あゆみに為《せ》しなれども、生憎《あやにく》の雨、あやにくの風、鼻緒をさへに踏切りて、詮なき門下に紙縷《こより》をよる心地、憂き事さま〴〵に何うも堪へられぬ思ひの有しに、飛石の足音は背より冷水をかけられるが如く、顧ねども其人と思ふにわな〳〵と顫へて顔の色も変るべく、後向きに成りて猶も鼻緒に心を尽すと見せながら、半は夢中に、此下駄いつまで懸りても履ける様には成らんともせぎりき。

庭なる美登利はさしのぞいて、ゑゝ不器用な、彼んな手つきして何う成る物ぞ、紙縷は婆々縷、藁しべなんぞ前壺に抱かせたとて長もちのする事では無い、夫《そ》れ夫れ羽織の裾が地について泥に成るは御存じないか、あれ傘が転がる、あれを畳んで立かけて置けば好いにと一々鈍《もど》かしう歯がゆくは思へども、此処に切れが御座んす、これでおすげなされと呼かくる事もせず、これも立尽して降雨《ふるあめ》袖に侘しきを厭ひもあへず小隠れて覗ひしが、さりとも知らぬ母の親はるかに声をかけて、火のしの火が熾《おこ》りましたぞえ、この美登利さんは何を遊んで居る、雨の降るに表へ出ての悪戯は成りませぬ、又この間のやうに風引かうぞと呼立てられるに、はい今行ますと大きく言ひて、其声信如に聞えしを恥かしく、胸はわく〳〵と上気して、何《ど》うでも明けられぬ門の際に、さりとて見過ごし難き難気の躰をさまざまの思案つくして、椅子の間より手に持つ裂《き》れを物いはず投出せば、見ぬやうに見て知らず顔を信如の作るに、ゑゝ例《いつも》の通りの心根と遣る瀬なき思ひを眼に集めて、少し涙の恨みがほ、何を憎くんで其やうに無情《つれなき》そぶりは見せらるゝ、言ひたい事は此方《こち》にあるを余まりの人とこみ上るほど思ひに迫れど、母親の呼声しば〳〵なる侘しさ、詮方なしに一ト足二タ足ゑゝ何ぞいの未練くさい、思はく恥かしと身をかへして、かた〳〵と飛石を伝ひゆくに、信如は今ぞ淋しう見かへれば、紅入り友仙の雨にぬれて紅葉の形《かた》のうるはしきが我が足ちかく散ぼひたる、そゞろに床しき思ひはあれども、手に取あぐる事をもせず空しく眺めて憂き思ひあり。

我が不器用をあきらめて、羽織の紐の長きをはづし、結《ゆは》ひつけに、くる〳〵と見とむなき間に合せをして、これならばと踏試るに歩きにくき事いふばかり無く、此《これ》下駄で田町まで行く事かと今さら難義は思へども、詮方なくて立上る信如、小包みを横に二タ足ばかり此門を離るゝにも友仙の紅葉目に残りて、捨てゝ過ぐるにしのびがたく、心残りして振かへれば、信《のぶ》さん何うした鼻緒を切ったのか、其姿《なり》は何だえ、見ツともないなと不意に声を懸くるものゝあり。

驚いて見返るに暴れの長吉、今廓内《なか》よりの帰りと思しく、裕衣《ゆかた》を重ねし唐桟《とうざん》の着物に柿色の三尺を例の通り腰の先にして黒八の襟のかゝつた新らしい半天、印の傘をさしかざし高足駄の爪皮《つまかは》も今朝よりぞとしるく、漆の色のきわ〴〵しうて立ちけり。僕は鼻緒を切て仕舞つて、何う為ようかと思つて居る、本当に弱つて居るのだと信如《しんによ》の意気地なき事をいへば、左様《さう》だらう、お前に鼻緒の立ちツこは無い、好いや己《お》れの下駄を履て行ねへ、此鼻緒は大丈夫だよと言ふに。夫れでもお前が困るだらう。何己れは馴れた物だ、斯うやつて斯うすると言ひながら、あわたゞしう七分三分に尻端折りて、其様《そん》な結ひつけより是れが爽快《さつぱり》だと下駄をぬぐに、お前跣足《はだし》に成るのか、夫れでは気の毒だと信如困りきるに、いゝよ己れは馴れてるのだ信《のぶ》さんなんぞは足の裏が柔らかいから跣足で石ごろ道は歩けまい、さあ此下駄を履いてお出と双《なら》べて出《いだ》す親切さ、人には疫病神のやうに言はるれども毛虫眉毛を動かして優しき言葉のもれ出るもをかし。信さんの下駄は己れが提げて行かう、台処へ投《ほう》り込んで置けば仔細《わけ》は有るまいから、さあ履きかへて夫れをお出しと世話をやき、鼻緒の切れしを片手に提げてそんなら信さん行つてお出、後刻《のち》に学校で逢はうぜの約束、信如《しんによ》は田町の姉のもとへ、長吉は我家の方《かた》へと行別れるに、思ひのとゞまる紅入の友仙は、いぢらしき姿を空しく格子門の外にとゞめぬ。

（十四）

此年三の酉《とり》まで有りて、中一日はつぶれしかど前後の上天気に大鳥神社の賑ひ悽《すさ》まじく、此処《こゝ》をかこつけに撿査場の門より乱れ入る若人達の勢ひとては天柱《てんちう》くだけ、地維《ちい》かくるかと思はるゝ笑ひ声のどよめき、中之町《なかのてう》の通りは俄《にわか》に方角の替りしやう思はれて、角町《すみてう》京町《けうまち》心々の刎橋《はねばし》より、さつさ押せ押せと猪牙《ちよき》がゝつた言葉に人波を分くる群もあり、河岸《かし》の小店の百《もゝ》さへづりより、優にうづ高き大籬《おほまがき》の楼上まで、絃歌の声のさまぐ〴〵に、沸き来る様な面白さは、大方の人々思ひ出で、忘れぬ物におぼすも有るべし。正太は此日々掛《ひがけ》の集めを休ませ貰ひて、三五郎が大頭《おほがしら》の店を見舞ふやら、団子屋の背高が愛想の無い汁粉やを音づれて、何うだ儲けが有るかえと言へば正さんお前好い処へ来た、己《おら》が餡《あん》この種なしに成つて、最う今からは何を売らう、直様煮かけては置いたれど中たびお客は断れない、何う為ようなと相談をかけられて、智恵なしの奴め、大鍋の四辺《ぐるり》に夫れ位無駄がついて居るでは無いか、其奴《そいつ》へ湯を廻して砂糖さへ甘くすれば、十人前や二十人は浮いて来よう、何処でも皆な左様《さう》だお前の店ばかりでは無い、何此騒ぎの中で好悪《よしあし》をいふ者が有らうか、お売りお売りと言ひながら、先へ立つて砂糖の壺を引寄すれば、目ツかちの母親おどろいた顔をして、お前さんは本当に商人《あきんど》に出来て居なさる、恐ろしい智慧者だと賞めるに、何だ此様《こん》な事が智慧者のものか、今横町の塩吹の処で餡が引足らないとつて斯うやつたを見て来たのだ、己れの発明では無いと言ひて。お前は知らないか美登利さんの居る処《とこ》を、己れは今朝から探して居るけれど何処へ行つたか筆屋へも来ないと言ふ、廓内《なか》だらうかな、と問へば、む、美登利さんわな、今の先己れの家の前を通つて揚屋町の刎橋から這入つて行つた、本当に正さん大変だぜ、今日はね、髪を斯ういふ風に此様な島田に結つてと変てこな手つきして、奇麗だね彼《あ》の子はと鼻を拭つゝ言へば、大巻《おほまき》さんより猶美《い》いや、だが彼《あ》の子も華魁《おいらん》になるのでは可愛さうだと下を向いて言ふに、好いじやあ無いか華魁になれば己れは来年から際物屋《きはものや》になつてお金をこしらへるのだから、夫れを持つて買ひに行くのだと頓馬のいふに、洒落《しやら》くさいなあ、左様《さう》すればお前はきつと振られるよ。何故〳〵と言へば、振られる仔細《わけ》が有るのだもの、と顔を少こし染めて笑ひながら、夫れじやあ己れも一ト廻りして来やうや、又のちに来るよと捨てぜりふして門《かど》に出で、十六七の頃までは蝶よ花よと育てられと、怪しきふるへ声に此頃此処の流行ぶしを言つて、今では勤めが身にしみてと口の内にくり返し、例の雪駄《せつた》の音たかく、浮き立つ人の群れに交りて、小さき身躰《からだ》は忽ちに隠れつ。

もまれて出し廓の角、むかふより番頭新造《しんぞ》のお妻と連れ立ちて、話しながら来るを見れば、まがひも無き大黒屋の美登利なれど、誠に頓馬の言ひつる如く、初々しき大島田、結綿《ゆひわた》のやうに絞り放しふさ〳〵と懸けて、鼈甲《べつかふ》のさし込み、総《ふさ》つきの花かんざしひらめかして、何時よりは極彩色《しき》の、唯京人形を見るやうに思はれて、正太はあつとも言はず立止りしまゝ例《いつも》の如くは抱きつきもせで打目戍《うちまも》るに彼方は正太さんとて走り寄り、お妻どんお前かひ物があらば最う此処《こゝ》でお別れにしましよ、私はこの人と一処に帰ります、左様《さやう》ならとて頭《つむり》を下げるに、あれ美《み》いちやんの現金な、もうお送りは入りませぬとかえ、そんなら私は京町で買物しますと引別れ、ちよこちよこ走りに長屋の横へと駆けこむに、正太はじめて美登利の袖を引いて、よく似合うね、いつ結つたの、今朝かへ、昨日かへ、何故はやく見せては呉れなかつたと恨めしげに甘ゆれば、美登利うち萎れて口重く、姉さんの部屋で今朝ゆつて貰つたの、私は嫌やでならないとて顔に袖屏風、往来《ゆきゝ》を恥ぢぬ。

（十五）

憂く恥かしく、つゝましきの身にあれば人のほめるは嘲りと聞なされて島田の髷のなつかしさに振かへり見る人たちをば我れをば蔑む目つきと取られて、正太さん私は家《うち》へ帰るよ、といふに、何故今日は遊ばないのだらう、お前何か小言を言はれたの、大巻さんと喧嘩でもしたか、と子供らしい事を問はれて、答へは何と顔の赤むばかり、つれ立ちて団子屋の前を過ぐるに頓馬は店より声を懸けて、お仲が好う御坐ひますと仰山な言葉、聞くより美登利は泣きたいやうな顔つきして、正太さん一処《いつしよ》に来ては嫌やだよとて置去りに一人足を早めぬ。

お酉さまへ諸共にと言ひしを、道引かへて我家の方へとみどりの急ぐに、お前は一処に来て呉れないのか何故其方《なぜそつち》へは行つて仕舞《しまう》、余りだぜと例の如く甘へてかゝるを振切るやうに物言はず行けば、何の故とも知らねども正太あきれて追ひすがり、袖をとめては怪しがるに、美登利は顔のみ打あかめて、何でもない、と言ふ声理由《わけ》あり。

寮の門をば潜り入るに、正太かねても遊びに来馴れて左《さ》のみは遠慮の家にもあらねば、あとより続いて椽先から密《そつ》とあがると、母親見つけて、おゝ正太さん能く来て下さつた、今朝から美登利の機嫌がわるくて皆々《みんな》あぐねて困つて居ます、遊んでやつて下されと言ふに、正太は大人らしくかしこまりて加減が悪るいのですかと真面目顔に問ふを、いゝゑ、と母親あやしき笑顔をして、少し経てば愈《なほ》りませう、例《いつ》も極りのやんちやさん、嘸《さぞ》お友達とも喧嘩しませうな、ほんに遣り切れぬ嬢様ではある、とて見返るに、美登利はいつもの小座敷に蒲団抱巻《かいまき》持いで、ゝ帯と上着をぬぎ捨しばかりうつ伏し臥して何とも言はず。

正太は恐る〳〵枕もとへよりて、美登利さん何《ど》うしたの病気なのか、心持が悪るいのか、全躰どうしたのと左のみは摺よらず膝に手を置いて心ばかりを悩ますに、美登利は更に答へも無く押ゆる袖に忍び音の涕《なみだ》、まだ結び込まぬ前髪の毛のぬれて見ゆるも仔細《わけ》ありとはしるけれど、子供心に正太は何と慰めの言葉も出でず、唯いたづらに困り入るばかり、全躰何がどうしたのだろう、己《お》れはお前に怒られる事はしまいに、何が其様なる腹たちだ、と覗き込んで途方にくるれば、美登利は眼をぬぐふて、正太さん私は怒つて居るのでは有りません。

夫れなら何うしてと問はるれば憂き事さま〴〵是れは何うでも話しのほかのつゝましさなれば、誰れに打明け言ふ筋ならず、物言はずして自づと頬の赤うなり、何故と言はれねども次第〳〵に心ぼそき思ひ、すべて昨日の美登利が身に覚えなかりし思ひをまうけて、唯々《たゞ》ものゝ恥かしさ言ふばかりなく、薄くらき部屋の中に誰れとて詞《ことば》もかけもせず我顔ながむるものなしに一人気まゝの朝夕を経たや、さらば此様の憂き事ありとも人目つゝましからずば斯くまで物は思ふまじ、何時までも何時までも人形と紙《あ》雛様《ねさま》とを相手にして飯事《まゝごと》ばかりして居たらば嘸《さぞ》かし嬉しき事ならんを、ゑゝ嫌や〳〵、大人に成るは嫌やな事、何故此やうに年をば重る、もう七月《なゝつき》十月《とつき》、一年も以前《もと》へ戻りたいにと老人《としより》じみた考へをして、正太が此処にあるとも思はれず物言ひかけくれゝば悉ゞ《こと〴〵》蹴ちらして、帰つてお呉れ、正太さん後生だから帰つてお呉れ、お前が居ると私は死んで仕舞ふであらう、物を言はれると頭痛がする、口を利くと眼が廻る、誰れも誰れも私の処へ来ては嫌やなれば、お前も何卒《どうぞ》かへつてと例《いつも》に似合ぬ愛想づかし、正太は何故とも得ぞ解き難く烟の中にあるやうにて、お前は何うしても変てこだよ、其様な事を言ふてへ筈は無いでは無いか、可笑しい人だな、と此れはいさゝか口惜《くちお》しき思ひに、落ついて言ひながら眼には気弱き涙の浮ぶを、何とて夫れに心の付くべき、帰つてお呉れ、帰つてお呉れ、いつまで此処に居て呉れゝばもうお友達でも何でも無い、嫌やな正太さんだ、と憎くらしげに言はれて、夫れならば帰るよ、お邪魔さまで御座いましたとて、風呂場に湯かげん見る母親には挨拶もせず、ふいと立つて正太は庭先より駆け出しぬ。

（十六）

真一文字に駆けて人中を抜けつ潜りつ、筆屋の店へおどり込めば、三五郎はいつか店をば売仕舞ふて、腹がけのかくしに若干金《なにがし》かをぢやらつかせ、弟妹引つれつゝ好きな物をば何でも買への大兄様、大愉快の最中《もなか》へ正太の飛込みしに、やあ正さん今お前をば探して居たのだ、己れはけふは大分の儲けがある、何か奢《おご》つて上やうかと言へば、馬鹿を言へ、夫れどころでは無いと鬱《ふさ》ぐに、何だ〳〵喧嘩かと喰べかけの餡ぱんを懐にねぢ込んで、相手は誰れだ龍華寺《りうげじ》か、長吉か、何処で始まつた、廓内《なか》か、鳥居前か、お祭りの時とは違がふぜ、不意でさへ無ければ負ける事では無い、己れが承知だ先棒は振らあ、正太さん肝玉をしめて懸りねへ、と競ひかゝるに、ゑゝ気の早い奴め、喧嘩では無いとて流石に言ひかねて口を噤めば、でもお前が大層らしく飛込んだから己《これから》れは一途《いちづ》に喧嘩かと思つた、だけれど正太さん今夜はじまらなければ最う以来喧嘩の起りつこは無いね、長吉の野郎片腕が無くなるもの、と言ふに、何故、何うして片腕が無くなるのだ、お前知らずか己れも唯《たッ》た今うちの父《とつ》さんが龍華寺の御新造と立話して居るを聞いて来たのだが信《のぶ》さんは二三日すると何処のか坊さん学校へ這入るのだと、もう衣を着て仕舞へば手が出ねへや、からつきり彼《あ》んな袖のべら〳〵した恐ろしい長い物を捲り上るは事件《こと》だからね、何うしても来年からは横町も表もお前の手下だよとそやすに、よして呉れ二銭貫ふと長吉の組に成るだらう、お前見たやうのが百人中間《なかま》にあつても少《ちつ》とも嬉しい事は無い、附きたい方へ何方《どつち》へでも附きねへ、己《おい》らあ人は頼みやあしない、本《ほん》の腕つこで一度龍華寺とやりたかつたに、他処《よそ》へ行かれては仕方が無い、藤本は来年学校を卒業してから行くのだと聞いたが、何うして其様《そんな》に早く成つたらう、仕様のない野郎だと舌打しながら、夫れは少しも心に止まらねど美登利が素振のくり返されて、正太は例の歌も出ず、大路の往来《ゆきゝ》は夥《おびた》だしけれど心淋しければ賑やかなりとも思はれで、火ともし過ぎには筆屋の店にも影の見えず成りぬ。

＊＊＊＊＊

美登利はかの日を始めにして生れ替りしやうの柔順《おとな》しさ、用ある折は廓内《なか》の姉のもとまで通へど懸けても町に遊ぶ事をせず、友達淋しかりて誘ひに行けば、今にと空約束ばかり、さしもに仲善《なかよし》なりけれども正太と解けて物いふ事も無く、何時も耻かしげに顔のみ赤めて筆やの店に手をどりの活溌さは薬にしたくも見る事ならず成けり、人は怪しがりて病ひの故《せい》かと危ぶむもあれども、母の親一人ほゝ笑みては今にお俠《きやん》の本性は現れまする、これは中休みと子細《わけ》ありげに言はれて知らぬ者には何の事とも思はれず、女らしく温順《おとな》しく成つたと褒めるもあれば、折角の面白い子を台なしに為たと誹《そし》るもあり、表町は俄に淋しく成りて正太が美音も聞く事稀に、唯夜な夜なの弓張提灯あれは日かげの集めとしるく、土手を行く影そぞろ寒げに折ふし供する三五郎の声のみ何時に変らず滑稽《おどけ》ては聞えぬ。

龍華寺が我が宗の脩業《しゆげう》の庭に立出る風説《うわさ》をも美登利は絶えて聞かざりき、有し意地をば其まゝに封じ込めて、此処しばらくの怪しき現象《ありさま》に我身をわが身と思はれず、唯何事も恥かしうのみあるに、或る霜の朝水仙の造り花を格子門の際よりさし入れ置きし者の有けり、誰れの処業《しわざ》と知る者なけれども、美登利は何故となくなつかしき思ひにて違ひ棚の一輪ざしに入れて淋しく清き姿と愛でけるが、聞くともなしに伝へ聞く其明けの日は信如が何がしの学林に袖の色かへぬべき当日成しとぞ。

につ記（明治二十六年七月）

人つねの産なければ常のこゝろなし　手をふところにして月花にあくかれぬとも塩噌なくして天寿を終らるへきものならす　かつや文学は糊口の為になすへき物ならすおもひの馳するまゝこゝろの趣くまゝにこそ筆は取らめ　いでや是れより糊口的文学の道をかへてうきよを十露盤の玉の汗に商ひといふ事はしめはや　もとより桜かさしてあそひたる大宮人のまとゐなとは昨日のはるの夢とわすれて志賀の都のふりにし事を言はす　さゝなみならぬ波銭小銭厘が毛なる利をもとめんとす　されはとて三井三びしが豪奢も願はず　さして浮よにすねもの、名を取らんとにも非らす　母子草のはゝと子と三人の口をぬらせば事なし　ひまあらば月もみん花もみん　興来らば歌もよまん文もつくらむ　小説もあらはさん　唯読者の好みにしたかひて此度は心中ものを作り給はれ　歌よむ人の優美なるがよし　涙に過たるは人よろこはす　繊巧なるは今はやらす　幽玄なるは世にわからす　歴史のあるものがよし　政治の肩書あるがよ

し　探てい小説すこぶるよし　此中にてなと丶欲気なき本屋の作者にせまるよし　身にまた覚え少なけれとうるさ丶はこれにと丶めをさすへし　さる範囲の外にのかれてせめては文学の上にたけも義務少なき身とならはやとてなむ　されとも生れ出て二十年あまり向ふ三軒両となりのつき合いにならはす湯屋に小桶の御あいさつも大方はしらす顔してすましける身のお暑うお寒う負けひけのかけ引問屋のかひ出しかひ手の気うけおもへはむつかしき物也けり　ましてやもとでは糸しんのいと細くなるからなんとならしばしゐの葉のこまつた事也　されとうき世はたなのだるま様　ねるもおきるも我が手にはあらず　造化の伯父様どうなとし給へとて

　　とにかくにこえてをみまし空せみの
　　　よわたる橋や夢のうきはし

七月一日　晴れ　母君かぢ町より金十五円受とりきたる　芦沢かまくらより帰京なしたりとて来たりしかば商業はしむへきものかたりして山梨より金五拾円かりくる丶様頼む　速坐に手紙をかく　小づかひ二十銭渡す　残り二円二十銭也　此よ小石川より神田辺散歩

七月二日　晴れ　早朝芦沢来る　母君山下君のもとに本をかへし次郎君就職の結果を聞き来る　華族銀行の試けんに及第なして百人はかりの中より七人役につく様に成けるよし　母君帰り後次郎君も来る　門にてかへる　我か近辺に華族銀行員のあるを訪

はんとてなめり　午後野々宮君より書状来る　当月末には帰京なすよし　此度はもはや辞職の決心と見えたり　其わけ〳〵ひそかに聞わたるこそをかしけれ　芳太郎日没ちかく帰らむとする　折から思ひ寄らす我か門とふ人あり　母のしば〳〵見て猪三郎ならすやといふ　打笑みつゝつと入る　芳太郎か腹かはりの兄にて十年計前我か家にかゝり居し人也　他郷にありて故郷人に逢ひぬるはかり嬉しきものはなしとか聞けるをましてこれははらから也　うれしさいか計かとおもふに事のおもひかけぬに胸をやうたれけんとかくの詞もなく顔のみ赤らめ居るもをかし　直に芳太郎帰営　猪三郎は東京に商業の目的を立てゝ移住せんか為也といふ　此夜ふくるまて物かたりす

三日　晴れ　母君同道にて猪三家さかしに行く　浅草田原町七軒丁二ケ処に気に入しかあるよし　夕かたより又ゆく　差配人不在にてまとまらす　又明日行んといふ　暑は昨日九十六度今日は九十五度なり　日中のあつさはいふへきにもあらす　此夜お鉱との参らる　十一時頃まて話す　芳太郎に小づかひ又三十銭渡したり

四日　薄曇　猪三郎早朝より浅草に行く　母君小林君に金子の相談に参り給ふ　あきなひを始めんといふにいさゝか也とももとでなくては叶はず　せめては五拾両ほどかり来んとてなり　されどももとよりの借もあり　只にてはとて家に蔵したる書画類十幅計をあつけんとす　父君は愛し給ひしものなからこれをうらんとなさは二十金の直打もあらし　何か外に添ゆるものあらはなと母君も妹もいふ　何かこれかあたいにと

て乞ふには非らす　我れに信用あらは白紙一枚百金にもあかなはるへし　なくは一毛も六つかしかるへし　遺愛の甘棠きるなかれとさへいふを時のやみかたければこそ手はなさんともいふなれ　みるめがらにては不孝の人にもならん　先づはおのづからに任せ給ひて我かこゝろのまゝを取つきて始終の物かたりせさへ給いて其上にかり出すことの出来かたければ夫までぞかしとて母君に其品がきを参らす　正午少し前帰宅

かしこにもいとこんざつなる事ありて成否まだ知れがたし　されどもいさゝかの綱か有りといふなり　夫より浅草に伊三郎のもとを母君訪ひ給ふ　田原丁に家を持つ事に定めたれば也　此夜国子と共に近辺散歩　帰後夕立来る

五日　薄くもり　めつらかに涼し　奈良わたりのひでりにて水論しきりに起り雨乞などの風説聞くさへ哀也

四五日此方横浜銀貨相場おびたゝしき乱高下にて中には店をとぢたるも有よし　独り奇利をたくましくなしたるは正金銀行なりとか聞えし　小林君より返書来る　金子調達なりかたし

　　此ころかしましきもの

教育宗教衝突事件新聞に雑誌に議論かなへの沸く様也

　　にくきものは

密りよう船のはびこり伊豆七島などにも出没するよ

公使二人の上

大鳥と大石といかならんとすらん　支那も朝鮮もかゝはる処ちかければ千嶋かんもまだ才判終らざるこそ心もとなけれ　反訴とかやにくき事をそいふめるわが判官べんごしらに明らけくさとき人ありてときふせたらむにはいかに嬉しかるへきにや

執達吏こそにくき役なれ　名のみ聞けは其人さへおに〳〵しく情なからむとおもふに又相しりたる人なとのそれに成りてさしもにくげなくなどさへあるそをかしきや

恋は

見ても聞きてもふと忍ひ初ぬるはしめいと浅し　いはておもふいと浅し　これよりもおもひかれよりもおもはれぬるいと浅し　これを大方のよには恋の成就とやいふらん　逢そめてうたかふいと浅し　わすられてうらむいと浅し　逢はんことは願はねと相おもはん事を願ふいと浅し　相おもはんも願はす言出んも願はす一人こゝろにこめて一人たのしむいと浅し

名取川瀬々のうもれ木あらはれはと人の為我が為ををしむらんたくひうきに降たる年月のいつそは打とけてとはかなきをかそへ心はかしこに通ふものから身は引はなれて

ことさまに成行さてはみさを丶守りて百年いたつらふしのたくひいつれか哀れならさるへき　されともこれらは恋に酔ひ恋に狂ひ此恋の夢さめさらん中々此夢の中に死なんとそ願ふめるおもへはいと浅き事也　されとも浦山しきは此さかひ成るへし　まこと入立ぬる恋の奥に何物かあるへき　もしありといは丶みくるしくにく丶うくつらく浅ましくかなしくさひしく恨めしく取つめてゝいはんには厭はしきものよりほかあらんとも覚えす　あはれ其厭ふ恋こそ恋の奥成けれ　厭はしとて捨られなば厭ふにたらすいとふ心のふかきほど恋しさも又ふか丶るへし　いまだ恋といふ名の残りぬる恋は浅し　人をも忘れ我をもわすれうさも恋しさもわすれぬる後に猶何物ともしれす残りたるこそ此世のほかの此世成らめ　か丶るすゑにすへてたのしなといふ詞を見出つへきにもあらす　さればくるしといふ詞もなかるへき筈と人いはんなれどその真あればこそ世にた丶よふなれ　捨たりといへと五体うごめき居らむほどは此苦も又はなれさるへし　仏者の仏をとなへ美術家の美をとなふる　捨て〳〵すてぬるのちの一物やこれ

六日　晴れ　芳太郎来る　奥田老人来る　暑気あたりにやいたくよはりたる様也

七日　母君田部井のもとに衣類売却の事たのみに参り給ふ　とても書画なとうりたりとてまとまりたる金子の得らるへきにもあらす　持つ人の手に有てこそ尊とひもせめ好まさらむ人には反古にもひとしかるへきをいてやこれも父君のめて給ひしもの也

冥々のさかいにおはしましてもをしませ給ふにや買人なきこそよけれ　今はうらしさりとて金子の才覚はせさるへからす　大方の衣類うり尽しぬれと猶きぬちりめんのたぐひ一つ二つはあり　我か中嶋師のもとに会合なとあらむ時の料なれとこれをしもいふ時にあらす　さる頃まてはいかに窮したりとも一ツ二つは残してさる時々の用意になともいひけれ　万はみな非也けり　敷嶋の哥のあらす田あれにける様を見しりけるよりすへてのよのあさましさはかなさまておもひたとられて何か又さらに花々敷むしろにつらなりおこめかしくひゝらき居ぬへき心地もせす　万憂をすてゝ市井のちりにましはらむとおもひたちける身に花紅葉何のうるはしき衣かきるへき　よしこれにて十金也とも十五金也とも得しほとをもてもと手とせむ　これをうしなはゝかれにつくへきのみとて成けり

八日　晴れ　母君田部井に様子きゝに参り給ふ

九日　ふたゝひ趣く　十五円ならは買手ありといふ　二重どん子の丸帯一すち緋はたの片かはと繻珍繻子の片かはちりめんの袷衣二ツ糸織一つ也　夫にてよしとて約束なる　此夕へ西村君来る　事情ものかたりて道具を買ひくれ度よしたのむ為まねきつる也

十日　晴れ　田部井より金子うけとる　此夜さらに伊せ屋かもとにはしりてあつけ置たるを出しふたゝひ売に出さんとするなといとあはたゝし　兄君のもとにはかき出す

十一日　明日父君祥月命日なれはたい夜として茶めしたき汁たてなとしてまねくとい
ふほとならねと上野君を呼ふ　午前より五時頃まて遊ふ此夜荻野を尋て荻野の妻来る
兄君来る　此度の計画をもの語るに何事の可否もなし　もとより我かおもふにたかひ
たるはらからか如何様の事なさんともそは関する処ならす　されとも見給へ末終にな
しとけらる丶物には非らし　まこと浮よのむつかしきを知りたてたる心のをる丶時あ
らは我も又よそに見んとはいはす　かしらを下けて来る事あらは母をも其方らをもや
しなひては取らすへし　夫までの事は勝手たるへしとていとひや丶か也　深くかたる
事もなくてふしぬ　暑さはけしく更るまて寐かたし　午後師君のもとに中元礼にゆく
十二日　早起　兄妹三人築地に寺参りをなす　帰宅後疲労ことに甚たし　午後より裁
縫をする　芳太郎来る　伊三郎の日歩かしをせんといひ居るよし　かたることばに絶
たるもの也
号外来る　十一日午前九時発シカゴ博覧会特派員電文にいはく　昨日当会場に大火あ
り　混雑甚たしく死者十七人と聞えし　いとみしかくて意を取がたけれど日本人はみ
な無事とありたるぞ先は嬉しき　母君田部井のもとに行く
十八といふとし父におくれけるよりなきさの小舟波にた丶よひ初て覚束なきよをうみ
渡ること四とせあまりに成ぬ　いたりかたき心のはかなさはなへてのよの中道を経か

たくしてやう〳〵大方の人にことなりゆく　もとより我か才たらすおもふことあさからむをは恥おもへとこゝろにはかりにも親はらからの言の葉にたかひ我かたてたる筋のみを通さんなときしろひたる事もなきをいかにそや家貧にものたらす成ゆくまゝに此処にかしこにむつかしき論出来てたゝ我まゝなるよをふるとて斯く母なとをもくるしめ兄のたすけにもならさらんか如いひはやすよ　いてよしや大方の世はとて笑ふて答へさるものからたれはおきて日夕あひかしつく母のあな侘し今五年さきにうせなは父君おはしますほとにうせなはかゝる憂きよも見さらましを我一人残りとゝまりたるこそかへす〳〵口をしけれ　子は我か詞を用ひす世の人はたゞ我れをぞ笑ひ指すめる邦も夏もおたやかにすなほに我かやらむといふ処虎之助かやらむといふ処にだにしたがはゝ何条ことかはあらむ　いかに心をつくしたりとて身を尽したりとて甲斐なき女子の何事をかなし得らるへき　あないや〳〵かゝる世を見るも否也とて朝夕にその給ふめる　母は子のこゝろを知り給はす子も又母のこゝろをはかり難けれはなめり　おもふ事おもふに違ひ世と時と我にひとしからす　孝ならむとする身はかへりて不孝に成行く　げにかゝるこそ浮よ成けれと昨日今日そやう〳〵おもひしらるゝ　是非のめじるしあらさらむ世に猶たゞよふ身そかし　寄せかへる波は高し　我身はかよはし折々には巻きさられんとするこそかなしけれ　福嶋中佐か踏分こしうらるの山は高かるへし　西比利亜の野の広かるへし　冥々の中にひかえたる関のかくつらくかなしき

を見れはいづれおなしき旅路成けり　こえ終らむほとは棺をおほふ暁なるから扨こそ善悪の評もさたまれ　此日此ころの放寐にしてほむるそしる聞入るへき時にはあらずかねてさため也　おもひたちたるまゝをとて
十三日　晴れ　母君田部井にゆく　午後伊三郎盆礼に来る　日没国子と近傍の寺廻りなす　伊三郎十時帰宅
十四日　晴れ　母君田部井に今日もゆく　うりもの少し直段よく成たり　久保木佐藤盆礼に来る
今日より新聞東京朝日にかへたり　小説は三昧道人桃水痴史也
久保木より李到来
母君菊池君もとに盆礼にゆく　隆一君新盆なれはそなへもの持ちて

　　　　安政年間子もり歌
但し其ころの諸侯旗下などの中にのみとなへられけるものにや　猶かんがうへし
　ぼうちゃん明神様へ
　　行くときにや
　栗毛のお馬にくら置いて
むらさき手綱をお手にそへ

わかとう草履とりおやりもち
　はい〳〵どう〳〵と参ります
かへりのおみやは何であろ
　でん〳〵大こに笙の笛
起上り小法師に犬はり子

　わらべ哥
ほーたる来い
　山みてこい
あんどの光りを
　ちよいとみて来い

　子もり哥
ねん〳〵ころりこ、おころりよー、
ねんねのお守りはどこへいた、山こえて川こえて里へいた、
おさとのおみやは何であろ、でん〳〵たいこに笙のふゑ

二宮操子

蒙古土産（明治四十二年版）

序

東洋の平和を確保し、福利を増進せんと欲せば、日清両国が相提携して事に当らざるべからざること、夙に識者経世家の唱導する所にして、何人も異論を挿むなし。而して我は近世文明に於て彼に長たるが故に、彼を開発誘掖して此重任を遂行せしむるは、避くべからざる我が天職なりとす。彼の日清日露の二大戦役も、北清事変の如きも深く其原因を究むる時は畢竟我が此精神の発現に外ならざるを見ん。

然り而して我が此天職を果すの方法如何。政治的締約を以て、国交を親密ならしむるも必要なるべく、通商貿易を以て、有無相通じ、彼此相往来するも必要ならん。されど彼の国民を指導し、教育して、現代の文明を理解せしめ、世界の大勢を窺はしむることは、最も必要にして亦根本的の手段なりといはざるべからず。而して之を他日家庭の主宰者たるべき女子に施すに於て、更に一層有効なるべきは、言を俟たず。何となれば、家庭は社会国家の基礎たり源流たるを以てなり。

著者一宮夫人、夙に爰に見る所やありけん、郷里に於ける安楽なる椅子を擲ちて清国の女子教育に従事せんことを決し、まづ横浜なる大同学校に教鞭を執り、其経験を齎して上海に渡り、諸種の困難を排して務本女学堂を経営し、期年にして教授訓練の基礎を定め、後継者をして遵拠する所を知らしめたる上、さらに進みて蒙古喀喇沁《カラチン》王家の聘に応じ、毓正女学堂創設の重任に当り、能く其効を奏して、啻《たゞ》に王家を満足せしめたるのみならず、生徒及其父兄母姉の尊信を得たること極めて大なりき。

由来邦人の蒙古に足跡を印したるもの稀にして、之に関する知識欠乏しければ、蒙古とし聞けば、魑魅魍魎の横行する処にてもあるかの如く、恐るべき辺土とのみ思惟せし時代に於て、著者が巾幗《きんかく》の身を以て単身この僻地に入りたる、単に其勇気のみを以ても、尚嘆賞するに足る。況んや教育家として蒙古の蒙を啓発したる外、更に或る国家的大任務を遂行したるをや、著者の胸間に輝く宝冠章は、実に之が無言の説明者なり。

世に女丈夫なる者あり、往々大事業を企て、男子をして後に瞠若たらしむることありと雖も、彼等は常識を欠くが為に、婦人の特質を発揮して、其天職を完うする上に遺憾少からず。著者の如きは、其為したる事業を以てすれば、優に世の女丈夫の称に値すれども、婉容貞淑にして常識に富めるが故に、今や家庭の人たるも、必ずよく其天職を尽して好果を収むべきは、余の信じて疑はざる所なり。

著者今や其清国に於ける事業の一斑及風俗、人情、土地物産等自ら目撃せし所のものを編みて冊子とし、之を世に公にせんとす。就て見るに、清国の教育に従事せんとする者の栞となり、清国研究者に資料を供するのみならず、文学以外に於ける著者の雄々しき精神行為は、能く懦夫をして奮起せしめ、懶婦を醒覚するに足るの慨あり。

余もと著者と郷関を同うし、其家相距ること僅に数十間に過ぎざれども、年歯相距ること遠く、且《かつ》性を異にせるの故を以て、著者が女子師範学校に入学せらるゝに当り、其師となり保証人となるに至りて、始めて相知るを得たり。而も、其知るは単に外貌に止まりて、精神的本体に及ばざりき。

何となれば、余は当時著者が斯る大なる未来を包蔵せしことを看破するの明を欠きたればなり。されば余が当年の不明は、却つて今日の喜びを倍せしむる所以たらずんばあらず。

序を求めらるゝに当り、不文を顧みず、所感を記して其責を塞ぐと云爾。

明治四十二年七月一日　篠田利英　識

序

信濃の人一宮操子、本姓は河原氏、夙に清国女子の教育に志あり。嘗て来りて余が門に遊べり。偶々横浜の大同学校に女子部を新設せられんとするに当り、余に女師の選択を託せらるゝに遇ひ、余薦するに氏を以てし、氏また悦びて其職に従ひたりしが、幾程もなく又出でゝ上海務本女学堂に教鞭を執ること歳余、爾来斯道の為めに孜《し》々《ゝ》として務め、営々として斗り、頗る其の績の挙るを称せられぬ。

爰《こゝ》に於いて時の上海総領事小田切氏の知る処となり、遂に蒙古喀喇沁王府の招聘に応する事となれり。

氏が王府に入るや、王妃氏を遇するに師礼を以てし、優待最も厚く、氏亦知遇の恩に感じて、夙夜其業を啓き教を布くに腐心し、幸に其小成を告るに至れり。

時恰かも、日露戦争開始の期に遭遇し、窃に公に尽す処あり。依て平和克復の日、勲六等に叙し、宝冠章を賜ふの光栄を担ふ事を得たり。之れよりさき、氏は老父の懇請により、已むなくも強ひて王府を辞し、一宮氏に婚嫁し、其の良人と共に渡米の途に上りしが、不幸にして宿痾の再び起るに遇ひ、且老父また臥床にありと聞き、還りて其重患に侍し、遂に其の長逝を送り、然る後漸く自己の疾病を治する事を得たり。かくて病余温泉浴場に静養の時を以て、僅に内匣を探り、上京以後渡清以来の日記を訂正し、将に梓に上せんとするに及び、来たりて余に其ゆゑよしを序せんことを請はる。余巻をとりて之を閲するに、戦時の事は大半公事の秘密に関するが為めに、すべて削除せざるを得ず、故に文はただ皮を余して肉と骨とを除却せしが如き感なき能はずと雖とも、然れ共氏が若手巾幗の身を以て、遠く蒙古索莫の野に入りしのみならず、求めんと欲して求むべからざる時機に遇ひ、為さんと欲して為す能はさる公事の一端にも従ひ、戦後論功行賞の列にも入りたる幸を思へば、後の思ひ出ともなるべき氏が旧稿の、しみの捿家とも成り果てずして、其の一端だも世に公けにさるゝ事の喜ばしくて、巻のはしにたゞ一言をかくなむ。

明治四十二年の晩春

青山の寓所にて
下田歌子
しるす

はしがき

胡砂吹く風に胸轟かし、蒙古の月に二千里外の憂を尽せし事の、今も尚思ひ忘れぬものから、斯くて我が心一つに蔵め果てん事の流石なる心地もして、時につけ折に触れての思ひ出草にもと、暇なき暇をぬすみて、書き集めたるもの、やがて此の書となりつ。

固よりさる道の便にとてもあらず、又こを人に示して、なき名求めんなどの心構は露だもなくて、思ふに従がひ、筆の行くにまかせて、ひたすらにかいやり捨てたる跡なれば、書き終りての後読み返へし見るに、文も調はず、言の葉さへも撰びも得せず、今更に恥しき心地もせらるゝを、さる人の已みかたき勧めにて、梓に上すに至りぬるこそ、我ながら烏許《をこ》がましけれ。

さるにそを厭ひ給はで、あるは題字を、あるひは序文をと、大隈伯、福島中将、下田篠田の師の君達其他の方々の厚き恵みを垂れ給ひしこそ、さながらうら枯れ果てし浅茅が原に、梅桜の一時に咲き出でつる心地して、畏くも亦嬉しさの極み、何を以つてか謝し奉らむ、唯々伏してうれし涙に咽ふになむ。
支那の国情、蒙古の有様などについても、尚言はまほしき事の数々あれども、一つにはさる方に障る事もやと心つかひせられ、又一つには、拙なき筆のさばかり管々しきも如何にやと思ひ計られて、唯此れにて擱きつ、折あらば又次々に書きもや足さんに、読み玉はん人々の、そを待ちつけ玉ふ事もあらば、そは我が大なる喜びにこそ。

品川の里にて

明治四十二年五月三十日

著者識す

蒙古土産目次

第一章　我と清国

一　発端

指折りかぞふれば、はや八年の昔となりぬ。明治三十三年の夏、長野なる高等女学校に職を奉ぜし時のことなり。我を苦めし宿痾の漸く癒えて、身は再び天与の健康を楽しむことを得るに至りぬ。かくて、厚き氷の下に暫らくは眠りて閉ぢこめられし我が年来の希望は、暖かき春の光と雨の霑ひとに浴せし草木の如く萌えそめけり。折よくも、我が日頃慕ひまつれる下田先生の、信越地方に旅行し給へるに逢へり。機は逸すべからず、我心のほど聞えあげて、先生の指導を乞はばやと、渡辺校長の御紹介を得て、先生の門に赴き、つぶさに日頃思へることども聞え上げぬ。同情に富ませらる、先生は、我身の望を諒し給ひ、折あらば一臂の労を惜まじとの給ひて、東上の途につき給ひぬ。

先生の帰京せられてより間もなきことなりき。横浜なる清国人の経営になれる大同学校にて、此度女子部を新設したき希望あれば、然るべき人を周旋し給はらずやと、東京なるさる方に依頼し来れり。先生は其の方よりの御相談をうけ給ひて、あれかこれかと思案し給ひしなるべし。我にあてゝ至急出京せよとの電報を送り給ひぬ。取るべきものも取りあえず、いそぎ上京せしに、先生よりそれにつきて、一伍始終の御物語あり。我が日頃の望み、こゝに端緒を開きしことの嬉しうて、躊躇する間もあらず、承諾の旨御答へ申しぬ。かくて一度長野にかへり、渡辺先生に其の趣きを告げて、先生の高見を伺ひ、又我が身の思ふところをものべ、いそぎにいそぎて、同地に於ける業務の結果をつげ、再び上京せしは、同年九月上旬にして、都の空も世のならひにもれず、秋風立ちて袂に涼しく、叢にすだく虫の音も哀を帯ぶる頃なりき。

出京後の十数日は、一方には今後の方針につきて、おのが考を定め、他方には彼地に行きての後の、業務の取調べ等に忙はしく送りぬ。かくて同月二十日、準備ほゞ整ひ、方針亦立ちたれば、横浜に赴き、友人の家に寄寓し、二十二日より大同学校に教鞭をとることゝなりぬ。これぞも〳〵我身の支那婦人教育の任につきしはじめにして、又恐らくは、本邦婦人の支那婦人教育の任にあたれる嚆矢なりしなるべし。

二　横浜大同学校

世の経験に富ませ給ひ、万のことに高き識見を有し給ひし先生の指導を仰ぎ、我身も不十分なりしとはいへ、準備を整へたれば、多少の自信は我が勤めの上に我を強うせしためか、大同学校に於ける仕事は、極めて愉快に、少しの苦みもなく行はれぬ。清国人等の喜び亦いふを須《もち》ひず。されど、事は噫、物は容易に似て容易ならず。斯る事業に当るにも、非常なる忍耐と努力とを要したりき。風俗習慣共に著しく相違せる彼国人に、教育を施すことなれば、日本風の普通の考にては到底忍耐する能はざるが如きことをも忍びぬ。しかも、其辛苦は徒労ならざりき。我は其間に於て多くの得がたき貴とき教訓を得たり。教訓とは何ぞ。たとひ如何に苦しく、耐へがたしと思ふことにても、こは我が務めなりと信じて之れにあたりなば、其苦しさも忽ち朝露の如く消えうせて、一陽来復の春にあへるが如き楽の生ずるものなりとの教これなり。

又其頃のことなりき。かくて我望みの曙光は輝きそめたりとはいへ、か丶る世界的事業に身を委ねんには、西洋人に対せる時、我に自恃自信する所なかるべからずと感じぬ。かくて我は語学の修養の忽にすべからざるを悟りければ、同市山手八十八番に仏蘭西人によりてたてられし、紅蘭女学校の寄宿舎に入りて、昼は清国人の教師となり、帰りては西洋人の生徒となつて、語学の研究に精力を注ぎぬ。此語学研究は、啻《たゞ》に語学の上に我に益ありしのみならず、外国人に接する多くの機会を得、彼等の事情に通ずる便益をも得たりき。殊に清国に関する側に於ては、清国人を教育するに際し、悠々迫らざる処なき時は成功するものにあらずとの感を深うし、又清国人に対しては、抑制にすぎず、寛容に流れず、中庸を得ることの、最も必要なることを悟りぬ。当時我国人の彼等に対する状態は、当初より劣等なるものとして侮蔑したるが為に、先づ彼等の感情を害し了り、たとへ彼等に同情し、親切の情止む能はずしてなせることの如きも、彼等をして感謝せしむることなく、却て悪感情を懐かしむるに至りたるものありき。こを見たる我は、か丶る有様にては、彼等を善導すること能はざるを悟り、然して共に此辺《このへん》の消息に通じて、彼土に赴き、其家庭内にて非常なる勢力を有する婦人、(此点は到底日本婦人の比にあらず、抑も那辺の原因よりかく勢力を有するか、明かならざれども、兎にも角にも、かく勢力ある婦人の朦昧を開きなば、其効果たる著しく良好なるものあるべくして、男子側より入れるよりも、なほ早く彼等清国人を覚醒せしむることを得べく、従て東洋の平和を永遠に保持する上に、少なからぬ裨益あるべしと信じぬ。)の側に十分力を尽して、男子のつとめらる丶事業を助け、内外協力して国運の振張を企図せんと思ひぬ。

かくて、我は明治三十五年迄、こ丶に止まりて、つとめ励みたり。恰も其頃の事なりき。清国上海なる呉懐疚《ウーホワイチユー》氏、下田先生の女子教育に熱心尽瘁せらる丶をき丶て、其徳を慕ひ、遠く書を寄せて、己が女子教育に対する所見を述べ、且つ如何にもして我邦(支那)の女子教育は、東洋人の手にて行ひたければ、適良なる人を周旋し給はれと言ひ越したり。此依頼に接し給へる先生は、深く思ひはかり給ひしもの丶如し、兎に角、先頭第一に日本婦人を代表して彼土に赴き、始めての事業に着手するものなれば、意志強固ならざるべからず、忍耐力なかるべからず、しかも万事円満に所理し得る人ならざるべからず。尚これもかく〳〵なるべく、彼れもしか〳〵ならざるべからずなど、さま〴〵の条件極めて多く、選任極めて容易ならざりしもの丶ごとかりき。されど終局其選にあてられたるは我なり。先生より其趣を告げられたる時、我心の悦び如何ばかりなりしぞ。かくて我は先生にむかひて、浅学不才何の得たる所なき身にして、其重任にあたらんこと、甚だ覚束なき次第なれば、御辞退いたすべき筈なれど、この事は我身年来の志願ともいふべきものなれば、進んでおうけいたすべし、只父の考を聞かずして定めんは、あまりはしたなきわざなれば、父の許しだに得べくば、直ちに決し申すべしと答へまつりき。恰もよし父の上京してありたれば、先生より御話あり、又自らも思ふ所を述べしに、父も亦賛成満足なりとの事に、忽ち決定を見るに至りぬ。かくて横浜に赴き仕事の結果を告げ、上京して準備にか丶り、同年八月凡そ其整理を告げたれば、同月二十八日横浜出帆の神戸丸にて出発し、彼土に赴くこと丶なりぬ。

三　離情綿々

八月二十八日、今日は、暑さことにきびしくて、籬の朝顔も、露消えぬ間に凋み、蟬の声もわきてかしまし。

この暑さをもいとはで、我を送り給へる人々の深き情のうれしくて、あかず打ち語らひつつ名残惜しむ程に、はや時に成りぬと促さる。午前十時、人々と、惜しき袂を分ちて、桟橋をいで、直に神戸丸に乗り込みぬれば、船は錨を抜きて、陸は遠さかれり。懐かしき人々の影かすかになりて、白き手帕《しゅはく》の閃きさへ見えずなりゆく。今は本牧のあたりに白帆の点々たるを見るのみ、この時我は離情綿々として、尚、甲板に立てり、潮風旅装の袂を吹くに、少し夢の覚めたる心地して、室に入りぬ。手廻りの荷物など取り繕ふにも、心をおくべき相客のなきに、いたうくつろぎて、心静かなり。戸を排して、にはかに入る人あり、ふと顧みる刹那に、互に名を呼びかはしぬ。こは我が高等師範の同窓の友、隈部よしを子なり。打ち寄りて、幾年逢はざりけん、如何におはせしかと問ふにも、涙さしぐまれぬ。さて。君はいづこへ行かるゝぞと問へば、門司の港まで行かむと思へば、それまで御身を送り参らすべし。この船の事務長は、我が親しき人なれば、御身の上をも善く頼みおきてんといはるゝに、我は空谷の跫音の感ありて、いと心強く覚えき。かくて旧を問ひ、新を語れば、興の尽くる時なし。

夕陽相摸灘に落ちて、暮雲富士の根に懸れり。夜の波静かにして、遠州灘をこゆるほどは、夢円かなり。

二十九日、午前船は神戸に着きぬ。今日はこの港に泊る。今宵、故郷の親しき人々にとて文認めぬ。

三十日。船は朝日の影を載せて、瀬戸内海に漕ぎ出づ。甲板に立ちて眸を放てば、山は緑に、水は蒼く、朝の気色爽かなり。波に白帆の二つ三つ、又一つなど見え隠れて、雲烟渺々たる間に、淡路島見ゆ。見渡せば、長汀。曲浦打つゞけるは、須磨、舞子、明石の浜辺なり。富貴に驕りし人々の古を思へば、秋近き風に袂寒く覚ゆ。八島に逆櫓を用ひざりし、名将の昔をば偲べども、我はかひなくて立帰りもぞすると、心の中に、今を昔に繰り返されぬ。かくて山陽の八州を右手にして行く。三十一日の朝は、馬関海峡に入りぬ。船門司の港につきて、隈部の君とわかる。朝顔の花の露のはかなく消ぬるこゝちして、君が影の見えずなるまで見送りつ。

正午に、船は港を出づ。美代《みしろ》農学士は、清国武昌《ウーチャヌ》に赴くとて、この船に乗らる、かねて識れる人なれば、頼みある物語りせらるゝを聞くもいと嬉し、学士は武昌、農務学堂の総教習の職にあり、その語らるゝこと、我に裨益する所多くして、足は未だ彼の土を踏まざれど、すでに、其淡影を心に画きぬ。かくて船は玄海灘にかゝれり。浪高くなり増りつゝ進み行くまゝに、動揺烈しくて、いと心もとなし。とある浦に、幾時間か停船したり。

この夜、長崎に着くべきを、翌九月一日の朝、やう〳〵に入港せり。さて、直に上陸せんとて艀に乗れば、尚波高くて、二度三度投げ出されんとす。漸く着けば、波止場に立ちて、我を迎へらるゝ友あり、嬉しきこと限りなし。やがて案内につれて、市中を見廻り、物など求めて、午後三時船に帰れり、波は更に高し、船員等も不安の面もちせり、さて彼等が「博愛丸は如何にせしか、あまり延着ならずや」と呟き合へるを聞く、蓋し其船は、昨夜入港すべき予定なりつればなるべし。船に慣れぬ身には、これを聞くにも何とはなく恐しく感じぬ。さて、四時過ぎて、博愛丸は入港せり。海の模様など問ひ合せて、午後五時我が神戸丸錨を抜き、風波を蹴て進む、今日は農家の厄日なる二百十日なりといふ。さて陸を離るゝこと遠くして、風浪益高く、風は船の進行を遮ぎらんとしてすさみ、浪はそを助けんとして狂へり、運命いと危し。船内には、幼き児女等の泣き叫ぶ声、物の墜ちて砕くる響など凄まじ、船暈に悩む人の有様は目も当てられず、されど、西洋人等は、斯るをりにも食卓につきたり。我は堅く決心して、この船に乗れり、されど、今は心弱く、斯くして果てなんことの口惜く思はれて、故山の父上もなつかしく、師の君、友どちも慕はし。雲の彼方にては、皆斯くとも知らで、我身をば、安かれとのみ祈り給へるならんなど思ひやるに、そゞろに涙せきあへず。されども、不安の心極まりては、却つて、おちつきぬ。救命嚢彼処にあり、船くつがへらば抱きて浮ばん、非命に死なんも亦命なり、運拙くばそれまでなりと、今は思ひ定めて、静かに、覚束なき運命の手の上に坐したり。二日も三日も浪荒れて、船は揺籃の如し。辛うじて三日の午後揚子江《ヤンツーチャヌ》の本流に入れり。今は漸く激浪をさまりたり。我も人も胸撫で下して、蘇生したる思ひなり。かくて、船は上海に入るべき筈なるを、障る事ありて、呉淞《ウーソヌ》に停れり。甲板に出づれば、巨江渺茫として、対岸も望むべからず、茲《ここ》に大陸の雄大なる面影に接し、転た心胸の寛ぐを覚ゆ。これより、小蒸滊船に移れり、黄浦江《ホワンプウチヤヌ》を溯ること約半時にして、上海に達しぬ。我同郷の人なる稲村《いなむら》中佐は、駐屯隊に長として此地にあり。我に多くの便宜と、慰安とを与へらる。また、同情に富ませ給ふ、小田切総領事夫婦の恩遇いと厚くして、始めて異境に来る身も、寂寞の情を知らざりき。

第二章　務本女学堂《ウーペンニューシユエタン》

一　最初の女学堂

務本女学堂《ウーペンニューシユエタン》は、純粋に女子教育の目的より成り、専ら東洋人の手のみにて経営さるゝ点に於て、少くとも、清国に於ける最初の女学堂なりき。何となれば、在来の僅かに三四の学堂も、何れも皆西洋人の手に成り、宗教上の目的より設立されたるものなればなり。

務本女学堂は、校長呉懐疚《ウーホワイチユー》氏の経営の下に、成立せるものなるが、呉氏は南洋公学《ナヌヤンコンシユエ》堂《タン》（中学以上の程度）の出身にして、夙に女子教育の必要を認め、遂に学堂を創設せられたるなり。教育担当者は、日本人及び清国人、即ち東洋人のみに限りたしとの希望にて、女教習として我を聘せらる。男教習は総数八名何れもみな清国人にして、育《イー》才学堂《ツアイシユエタン》（東大門内《トンターメヌ》にありて程度は中学位）の教習之れを兼務せり。舎監は、育才学堂《イーツアイシユエタン》長の夫人にして、沈竹書《シエンチウシウ》といひ、識才共にすぐれたる人なり。

学堂は、南大門内《ナヌターメヌ》の花園街《ホワーユアンチエー》に設けられ、明治三十五年八月開堂されたるが、これぞ清国に於ける女学校の最初なるが故に、其責任甚だ重く、学堂の成功と否とは、清国女子教育の隆替に関する所大なり。かく漸くにして萌えそめたる、女子教育の嫩芽を、二葉にして枯らすも、又之れを育成して亭々として、天空に摩する大木ならしむるも、責任は主として此学堂の成績如何にあり。由来清国に於いては、学堂を興し、生徒を募り、設備亦漸く成るにいたれば、評価して之を売買するの陋習ありて、学校を以て、一の商品となすの弊ありしなりとぞ。されば、此等の学堂に於ては、其収入の多きを衒《てら》はんがために、徒らに生徒の数を多からしめんとし、肝要なる教育の如何は顧みられざりき。我は此悪弊を除かんが為に、校長に勧告するに、生徒は其数の多きを求めんよりは、寧ろ質の善きを選択すべきことを以てせり。

二　最初の生徒

学堂に於ける最初の生徒は、四十五名なりしが、其年齢及び其学力の差等は、驚くべき相違ありて、最少なるものは、八九歳、最長なるものに至りては三十歳を越ゆるものさへあり。其学力も亦一丁字を解せざるものあり、少しく読書力を有するもの、又更に其上なるもありたり。されば、年齢と学力とに準じて、学級に分たんには、まさに四十五級に分たざるべからざりしが、これ到底いふべくして行はれざることなれば、強ひて三学級に分ち、本邦小学校の程度にて、教育すること丶せり、我の担任は、日本文、日本語、算術、唱歌、図画なりしが、生徒は此等の学科に対して少なからぬ興味を有し、熱心に勉強せるを以て、我はこれによりて大に慰められたり。殊に、唱歌と、会話との時間の如きは、教習をはじめ、生徒の父兄等、ことに婦人は轎《こし》に乗り、或は人の肩に倚りなどして、傍聴に来るもの多かりき。只最も困難を感ぜるは、言語の不通なることなり。清国は、各省各地言語の発音を異にせるを以て、言語の不通は、生徒間に於ても珍らしからず、我は不十分なる支那語を補ふに、漢文と絵画とを用ひて、説明、もしくは解説したるが、之れのみにては、到底十分に意志を伝ふること能はず、図画の教授に際し、細くといふを太くし、淡くといふを濃くし、虎を描きて猫に類するはまだしもなれど、蘆を画きて竹となること、屢々なりき。されど、上達は比較的早く、図画は其一つの長技となれり。又唱歌は彼等の非常に嗜好せるにもか丶はらず教授困難にして進歩遅々たりき。これ主として、彼地の音楽の単調なると、一般人の音楽上の耳の発達せざるとによれるなるべし。

清国人は、先天的に、語学の才能を有すといふべきか、半歳の後には、可なり、日本語に熟達せり。我も亦漸く南清語に通じたれば、言語の不通より来る困難は、いくばくもなくして除去せられぬ。

三　第二期の生徒

学堂は、幸にも好評を博し、創立後半歳を経て、冬期休業後には、入学者大に増加して、生徒数、百名を超過するに至りぬ。而して其四分の三は寄宿生なるが、おもに江《チヤヌ》蘇《スウ》浙《チエ》江《チヤヌ》二省の出身なりき。新入生には、年長者多く、既婚者も十数人あり、三十歳以上なる者十名、中には四十歳を超せる我が母とも思はるゝものさへありき。此等の中には、自ら進みて舅姑、良人の許しを得て来れるものあり、又父母より良人に勧めて入学せしめしものもあり、良人の勧めに従ふて、来れるもあり。既に子女を有するものは、之れを舅姑或は良人に托して来れるなり。中には、八九歳の女児を携へ、母子同学せるものさへあるにいたりぬ、此等の中には、卒業後は郷里に帰りて、女子教育に従事せんとの希望を有するもの多かりき。三十、四十、の身を以て、八九歳より十二三歳の生徒の間に交はり、少しも愧づる色なく、進みて能く其解し難きを質問し、熱心に勉強するが如き特志にはほと〳〵感じぬ。かくて、生徒数、百名以上に達し、寄宿生も亦増加せるを以て、在来の校舎を寄宿舎に充て、一町程隔たりたる兪《ユウ》家《チヤー》街《チエー》といへる所に一戸を借りうけて、之れに修繕を施して、学堂とせしが、これを機として、教授課目に改正を加へ、略日本の小学校程度と大差なきに至らしめぬ。

四　規律と時間

既に、日本の小学校程度に準じて、教課を定め、学級をも編制し次第に秩序立つにいたりしを以て、規律訓練にも徐々に力を用ひ、生徒をして、知らず識らずの中に、之れに慣れしむる方針をとれり。先づ第一着として、始業と終業とを報ずる鐘を、些の遅速なく厳格に打たしめ、我は鐘の音を聞くと共に一分時の遅刻なく、教場に出でぬ。他の教習も亦我に続きて出で、生徒も、次第に之れに慣るゝに至れり。扨終業の鐘鳴れば、我は直に授業を終りぬ。清国の人は一分たりとも長く教室に在るを以て、授業に熱心なりと喜ぶ風ありしが、我はこれを以て、教授を商品視するより生ぜる、誤想なりと鑑定せるが故に、少しも顧慮せずして、信ずる所を行ひたり。

五　生徒と生徒

国の何れを問はず、幼き者は、無邪気にして可憐なれども、清国の少女は、ことに無邪気にして、人懐きよく思はれぬ。日本の女学校にても、上級生は順次下級生に対して、各自に大人振り、或は姉様振るが如くなれども、清国にては、長者は先きに立ちて、よく幼き者を世話し居れり。三十歳、四十歳なるは、母にして十七八歳より二十歳位迄は、大姉、中姉、十二三歳、八九歳なるは、中妹、小妹にして、全校の生徒は、恰も一家族の如き親みあり。されば、互の称呼も、其年長者を楼《ロウ》（姓）家姉姉《チャーチエチエ》といひ、年少者は、貴静《クイチン》（名）妹妹《メイメイ》と斯様《かやう》に呼べり。又中には、物真似の巧なる飄軽者ありて、人の身振、調子はづれなる唱歌の歌ひ振等を、真似る事あれども、皆其本人の面前にて、公々然と行ひ、決して目引き、袖ひきて、人の蔭口を言ふが如きことなければ、真似らるゝ者も感情を害せず、只一場の滑稽として、一笑に附するのみ、これを含むが如きは、絶えてなかりき。

休憩時間には、我は先だちて、運動場に出で、生徒をして、なるべく活潑に運動せしむる様に勉めたり。されど因習久しき結果として、足の小さき清国婦人（これは漢人の上流社会に限り、満蒙共に此事なし）のことなれば、思ふまゝに動作すること能はざりき。学校にては、悉く生徒の纒足をときたれども、一旦縮めたるもの、劇かに発達すべき筈なく、生徒は、何れも、小さき足にて、よろ〳〵しつゝ、仆れんとしては、人の肩に倚り、僅かに支へ、或は肩に倚られて、共に蹌踉めくなど、恰も初心者の氷辷りを行ふが如くなりき。されば大なる我足は、いたく生徒等が羨望の中心となるもをかしかりき。

足の大なるを羨望するも、畢竟我を信じたるが為にして、もし路傍一個の名もなき婦人にして、大なる足を有したらんには、恐らくは、彼等の嘲笑の的となりしなるべし。然るに、今は只我を信頼し、我が行ふことに誤れることなく、其何れを模倣するも皆正しきものと考へたるなり。或時のことなりき、我頬に一筋の後れ毛懸り居れり、之れを見たる生徒は、故らに一筋を抽き出せしと思ひしならん、彼等の三四名は美男葛もて一糸乱さず結びあげたる鬢より直ちに一筋を抽き出して、後れ毛をつくれり。又或時のことなるが、試験に際し著しく調子外れの声を出せる一生ありて、唱歌の得点、他の生徒より劣り居たり。其生徒試験表を見るや否や我が許に来り、「私は唱歌が下手で困ります、どうぞ、これから毎日放課後に教へて下さい」と懇願せり。もし之れを日本に於てあらしめば、己が拙劣なるは、よそにして、教師の不公平など、あらぬ蔭口するものなきにしもあらざるしと思ひたれば、其平正無我なること、むしろ掬すべき情あるを覚え、翌くる日より、早速希望を容れて指導することゝなしぬ。かくて、日々教課後には、多数の生徒我室に集まり、我を包囲して、身動きさへ容易ならしめず、或は唱歌を唱ひ、編物を編み、笑ひ興じたるが、一個《イッコ》洞々《ドンドン》三鍼《セイツァン》（南清音）など呼はる声をきゝとりては、直に一つの目に三つ編むといふ如く、日本語に改めしめつ。かくて我は無邪気なる彼等の中に交はりて、笑声にみてるこの小天地の一員となれり。

七　唱歌

左に掲ぐるは、務本女学堂に於て著作し、教授したる唱歌の一二なり。現今上海に於て刊行発売しつゝある唱歌集は、其過半を学堂の著作にとれり。

黄《ホワン》　菊《チユウ》

一 黄種豈輸白種強《ホワンチユヌチイシウパイチユヌチアヌ》。　秋風籬落闘斜陽《チウフエヌリーロートウシエーヤン》。　傲霜自有傲霜骨《アオシアヌツーユウアオシアヌコウ》。　不以矯妍論短長《プーイーチアオイエンロントアンチヤン》。

二 就荒三径有寒松《チユウハアヌサンチヌユウハンソヌ》。　人未帰来月影重《レヌウエイクエイライユエイヌチユヌ》。　独立秋容留晩節《トウリーチウユヌリユウワンチエー》。　色香倶化有無中《シアイシヤンチウフワーユウウーチユヌ》。

黃　菊

C調 $\frac{3}{4}$

$5\ \dot{1}\ 6\ |\ 5\ -\ 3\ |\ 2\ 5\ 4\ |\ 3\ -\ 0\ |$

(1) 黃一種　豈一輸　白一種　強一
(2) 就一荒　三一徑　有一寒　松

$5\ \dot{1}\ 6\ |\ \underline{2\cdot 7}\ \underline{5\ 6}\ |\ 7\ -\ 6\ |\ 5\ -\ 0\ |$

(1) 秋一風　籬一落　鬪一斜　陽
(2) 人一未　帰一来　月一影　重

$\dot{2}\ \dot{3}\ \dot{2}\ |\ \underline{\dot{1}\ 5}\ 5\ -\ |\ \underline{4\ 6}\ \underline{5\ 4}\ |\ 3\ -\ 0\ |$

傲一霜　自一有　傲一霜　骨一
独一立　秋一容　留一晚　節

$\underline{\dot{1}\ 7}\ \dot{1}\ |\ 6\ -\ \dot{2}\ |\ \underline{\dot{2}\ \dot{1}}\ 7\ |\ \dot{1}\ -\ 0\ ‖$

不一以　矯一姸　論一短　長一
色一香　俱一化　有一無　中一

春　遊

	5 5	1 —	3 2 1 2	3 5 5 5	2. 0
(1)	何時《ホーシー》	好《ハヲ》—	春風一到《チユンフエヌイータオ》	世界便繁《シーチエーピエンフアン》	華《ホワー》—
(2)	学堂《シユエタン》	裏《リー》—	歌声琴声《コオシエヌチンシエヌ》	一片錦繍《イーピエンチンシュー》	場《チヤヌ》—
	3. 3	5. 6	5 5 3	1 3 2 2	5. 0
	楊柳《ヤンリユウ》	嫩緑《ナヌリウ》	草《ツアオ》 青《チヌ》 青《チヌ》	紅杏碧桃《ホンシヌパイタオ》	花《ホワー》—
	草地《ツアオテー》	四囲《スウウエイ》	一《イー》 様《ヤン》 平《ピン》	体操個々《テーツアオコーコー》	強《チヤヌ》—
	5. 5	1 —	6 6 5 5	1 1 3. 3	2. 0
	少年《シヤウ子ン》	好《ハヲ》—	斉々整々《チーチーチエヌチエヌ》	格外有精《コオワイユウチヌ》	神《シエン》—
	放春《フアンチユン》	仮《チヤー》—	大隊旅行《タートイリユイハヌ》	紮得都斉《チヤトトウチー》	整《チエヌ》—
	3 —	5 6	5 5 3 1	2 2 3 2	1 0
	精《チヌ》—	神活《シエンホオ》	潑潑人人《ポウポウレンレン》	不負好光《プーフーハヲコワヌ》	陰《イン》
	山《シヤン》—	青水《チヌシユイ》	緑景致新《リウチヌチイシン》	地理更分《テーリーケヌフアン》	明《ミヌ》

勉　学

1 1 3 55	6 6 5 0	6 5 3 1	3 2 2 0
黒奴紅種《ヘーヌホンチユヌ》	相継尽《シアヌチイチン》	惟我黄人《ウエイウオーホワンレヌ》	鼾未醒《ハンウエイシヌ》
1. 3 5 5	6 6 5 0	6 5 3 1	3 2 1 0
亜東大陸《ヤートンタールウ》	将沈没《チアヌシエンモー》	一曲歌成《イーチウーコオチエヌ》	君且聴《チユンチイテヌ》
i 7 6 5	6 5 3 0	6 5 4 3 2 1	2 1 6 0
人生為楽《レンシエヌウエイヨウ》	須及時《スーチイシー》	艶李穠桃《イエンリーノヌタオ》	百日姿《パイリーツウ》
i 7 6 5	6 5 3 0	6 5 3 1	3 2 2 0
蹉跎莫遣《ツオトウモーチエン》	韶光老《ソオコワヌラオ》	老大年華《ラオター子ンホワー》	徒自悲《トウツウーペイ》
1. 3 5 5	6 6 5 0	6 5 3 1	3 2 2 0
近追日本《チンツイリーペン》	遠欧美《ユアンオウメイ》	世界文明《シーチエーウエヌミヌ》	次第開《ツウテイカイ》
1. 3 5 5	6. 5 1 0	i. 6 5 1	3. 2 1 0
少年努力《シヤオ子ンヌリイ》	宜自愛《イーツーアイ》	時乎時乎《シーホウシーホウ》	不再来《プーツアイライ》

八　寄宿舎

寄宿舎は、花園街なる旧校舎を以て之れに充て、全体を十五室に分ち、舎監室、食堂、理髪室、化粧室をのぞきて、他は悉く自修室及び寝室兼帯の室たらしめたり。寄宿生は、六十四名ありて、直接監督の任に当れるは、校長夫人及び舎監なりしが、我も亦万事に相談をうけ、監督するの位置にありき。

各室には、一人の室長を置き、年長者をして之れにあたらしめしが、全体の間柄は、円滑なりしといはんよりも、親睦しつゝありしといふ方適当なるべく、恰も和熟団欒せる一家庭の如くなりき。今寄宿舎に於ける一日の課程を上げんに、午前六時起床、直ちに理髪用具を携へて理髪室に赴き、根の下がれる束髪様に結び、美男葛もて、一筋の後れ毛も残さゞる様整ふるなり、又附髷をなすものもあれども二十歳位迄は三つ編にして、後方に垂るゝを常とす。年少者の髪は、年長者之れを結びて与ふ、結髪了れば、洗面をなし、衣服を改めて、食卓につけり。元来清国は二食の習慣なれども、寄宿舎にては、三食の制とせり。食事を終へて、七時半一同打揃ひて学堂に赴く。出づるに際し、各自好める菓子又は果物の名称を記し、之れに銭を添へて、舎監の許に差出せば、舎監は小使に命じて、生徒の帰る迄に、之れを買ひとゝのへおけり。生徒の出でし後を巡視するに、蒲団のたゝみ方、物品の整理等、秩序整然たるものありし。時々訪づれ給ふ日本の方々の、之れを見給ひて、案外の感を抱かるゝが如くなれども、礼儀三百威儀三千と称して、外面を飾り、形式を尊ぶことは、古来清国の一特性なれば、其整頓も、亦別に怪しむに足らざるべし。こはこの寄宿舎のみに限らず、我は三四の他の学堂を参観せしが、何れも皆然なりき。午後四時帰宿すれば、舎監より注文しおきし菓子をうけとり、茶瓶を引きよせ、恰も好酒家の晩酌するが如く、且つ飲み且つ食して、余念なき有様、まことに楽しげなり。日本に於ても、間食は行はるれども、清国人はことに甚だしく、其喫茶量の如き驚くべき多量にして、或は胃腸を害するに至らざるかと疑懼する程なりしも、彼等にとりては、間食を禁ぜらるゝは、生命を断たるゝよりも苦痛なりとの故に其儘放任せり。只学校にある間は、之れを禁じたれども、これさへ初めの間は行はれざりしが、種々苦心の末、漸く実行せらるゝにいたれり。午後六時晩餐、食後一時間は「オルガン」を奏し唱歌を唱ひ、笑ひ興ずる等、彼等の自由に任せ、七時より八時半迄は、自修時間にして、静粛を主とすべき筈なれども、幼年生もある事なれば、あまりに拘束せずして、放任の姿なりき。されど時間至れば、生徒は別に厭ふ有様もなく、卓に向へり。清国人は皆音読なれば、其騒がしきこと言語に絶せり、可憐なるは幼年生にして、音読しつゝあると思ふ間もなく、唱歌を唱ひ、又唱ひながら居眠りいつか鼾となりて、赤き頰を桌上に当つるにいたる。此等の幼年生は、年長者よくこれを介抱して、寝につかしむるが故に、感冒にかゝるが如きことなかりき。八時半自修を終れば、一切の器具を整理して後、寝につかしむ。一週に一度、言語練習として、談話会を開けり、生徒等は交々、演壇に立ちて、満坐の人々を前に控へ、少しも憶せる色なかりしが、其沈着物に動ぜざる態度は、甚だ好もしきものにして、弁舌の淀みなきのみならず、談話の内容も亦整ひしは、意外なりき。上級生は、日本語に通ずるに従ひ、衛生上にも注意を加へしが、襯衣などの洗濯をも励行したるが為、各自瀟洒なる服装をなすにいたり、又食事中に手鼻をかむが如き不作法ものは、跡を断つに至りぬ。

九　最初の日本女教師

我は、既往二年間、横浜なる大同学校に於て、教鞭をとれるが故に、清国人の教育には、多少の趣味と経験とを有したるが、清国を研究せんには、先づ清国を見ざるべからず、時あらば、一度渡清して、観察せんと心に期せし処なれば、女学堂に聘せらしは、まことに願ふてもなき幸なりしなり。はゞかる処なくいへば、我は清国婦人の教育よりも、寧ろ己が研究に重きを置きたりき。されど愈々渡清するに当り、其謬れるを悟りぬ。先生は給へり。「あなたは日本から行く最初の女教習故、確かりやって下さらぬと困ります」と、知己友人の方々よりも、亦同様の詞を給はりぬ。我は恰も戦争に赴くが如き心地がして、かゝる筈にはあらざりしと思へど、詮すべなし、只己が力の限りを尽くして、止まんのみと覚悟せり。されど又日本婦人が、果して清国婦人の教育者として、適良なるや否やは、御身によりて定まるといはれ、最初の日本女教習なり、日本婦人の代表者なりなど、身にふさはしからぬ過褒の言に接し、今更ら其責任の重きを覚えぬ。学堂は最初の建設にかゝり、我は最初の女教習なり、到底尋常一般の事にては止むべきにあらずと思ひたりき。かくて、我は上海着後間もなく、城内に住ふべく、決心しぬ。鼻を抓まゝざれば臭気に気死し、目を閉ぢざれば汚物に嘔吐を催すべき此城内には、浴場なく、草なく木なく、食物さへに自由をかき、しかも、同郷の人棲まず、目に触れ鼻をうち、我身を襲ふものは、不潔悪臭及び流行病なり。かゝる場所に、婦人の身にて、否男子とても住まんことは、むしろ不可能ならん。過ぎし二十年間に、一二の人を除く外、之れを試みし者なきにても知るべし。されど、学堂は城内にあり、生徒の過半は、寄宿生なり、唯一人の女教習たる我身、独、城外に住まんか、はた城内に住まんか、其利害得失、炳然として火を見るより明かなるものありければ、我は決然として思ふ処を行ひぬ。実に、我は総ての外国婦人中、最初の城内住居者にてありしなり。

　校長の熱心なりしためか。教習の勉強なりしためか。はた気運之を然らしめたものか。兎に角、学堂は成功せり。生徒は半年を出でずして、百名以上となり、尚次第に増加せり。此学堂の成功を見て、幾多の学堂は各地に於て、東洋人の手にて開かれぬ。

今は、務本女学堂の卒業生、之れが教習たるもの少なからず、これまことに喜ぶべき現象にあらずや。務本女学堂は確かに、清国女子教育上に或る物を貢献したり。されどかくいふ我は、僅かに、一年にして其任を辞したるものなれば、其功績の被分配者たることを甘受すること能はざるに似たり。

第三章　南清小観

一　上海港

上海《シャンハイ》は、呉淞《ウーソヌ》より揚子江《ヤンツウチヤヌ》の支流なる黄浦江《ホワンプウチヤヌ》を溯ること約十数哩の処にあり。其盛なる事、実に、東洋第一といふも、不可なかるべし。そは、支那沿岸福州《フウチヤウ》以北の諸港及び揚子江《ヤンツウチヤヌ》一帯の輸出入貨物は、皆此港を経由せざるものなしとぞ。これ真に、該港の発達する重なる原因にして、市街の人口も日に益々増加し、外国人の居留地等には、欧亜の大都をも凌ぐべき大厦高楼並び立ち、其商業の活潑なる有様は、真に驚くべきものあり。かくの如くなるが故に、金融機関の如きも、よく備はりて、清国在来のもの丶外、外国人の組織にかゝるものも亦少なからず。其重なるものを挙ぐれば、中国通商銀行、横浜正金銀行、亜米利加銀行、仏蘭西銀行、宝興銀行等あり。而して上海地方に居留せる、外国人は多くは商業を営み、外には支那人の経営せる工場等に技術者として傭聘せらるゝ者及び宣教師等なり。当時上海に居留せる日本人は総数二千五十九名の内、男千三百四十五名、女七百十四名にして、社交団体としては日本倶楽部及び上海日本婦人会ありき。

聞く処によれば、該港に輸入せる日本製品の重なるものは、絹手巾、綿縮布、錠銅、鮑、昆布、人参、醬油、黒海参、貝柱、乾鯣、鱶鰭、寒天、洋傘、日本酒、ランプ、時計、其他の雑貨にして、尚同港より輸出せる品は、綿糸、豆餅、白黄豆、豚粗毛、棉花、麻、牛皮、桐油、紙、茶、鶏卵等なりといふ。

二　壁一重の差が二三世紀

船を黄浦江《ホワンプウチヤヌ》に遺して、桟橋より直ちに米租界に上陸するものは、先づ東洋一の大市場たる、上海の片影に接すべし。嬉しきは、地に日章旗の飜るを見るにあり。即ち我が領事館も又我が居留民も此租界に在るなり。さて足を南へ転じ花園橋を渡りて、英租界に入れば、街衢整然として高楼相列り、馬車、人車、自転車、の引きも切らず、駆け違ふさま、流石に市場の中心と知らる。こゝに奇異に感ぜらるゝは、辻々に立番して左行を監視せる印度巡査にて、黒光なる顔に白き歯の配合せるさへ只ならず見ゆるに、赤き布にてぐる〳〵と、幾重にも頭を巻けるこそいと怪しく、気味悪しくも感ぜらるゝなれ。黄浦江に沿ひて、一大公園あり。花は紅に燃え、盤木は緑滴れり。又音楽堂ありて、一週に一回演奏せり。遊戯場には、各種の器具を備へ、設備至らざるなく、風色亦賞すべし。されば一日の労を慰する為め、各居留民は、晩景より相引き相携へて、此処に集ひ楽しむなり。支那人は、此公園を称して、外国公園といふ。これ不潔にして、不節制なる、彼等が此公園に入るを許されざればなり。支那人中には、此禁に対して憤慨する者ありと聞く。英租界は市場の中心たると共に、総ての点に於て、亦文明の中心たり、欧米に於ける文明も、其外形は多く、之れに過ぎずといふものあり。以て其設備が、如何に整頓せるかを知るに足らん。英租界を去りて、更らに南すれば、仏租界に入るべく、街衢の光景英に比すれば見劣りのせらるゝ所少からず。歩を進むるに従ひ、漸く場末の感なきにあらざるも、文明の空気は尚随処に動けり。更に足を南へ転ずること数歩にして、上海城《シャンハイチャン》の北大門《ペーターメヌ》に達す。其光景あまりに不調和にして、余りに急変なるに一驚を喫せざるを得ず。我等は花園を去りて、突如として芥棄場に出づ。急変にあらずや。壁一重隔てて、二十世紀と、十五六世紀とが隣合ひ、花園と塵溜とが境を接して連なれるを見る不調和にあらずや。見よ、古き石垣と汚穢なる濠とにて囲める周回二里の城内には、古き家屋と汚穢なる光景とを蔵せり。城内は町幅狭き故に車行を許さず、されば轎の外は一切徒歩せざる可からず。道路に石畳を敷き詰めしは善けれど、其幅狭くして九尺に足らず、加ふるに辻々よりは汚水流れ出し、其様名状すべからず、然るに其狭き道路を汚き物など担ぎて通ふ者も亦少なからず、此間をそれ等のものに汚されぬ様に歩行するは、実に困難なる事なり。又所々に汚物の堆きまでに積みなせるに、其上に黒蠅の群かり居て、人の近けばパッと四散すると共に、悪臭鼻を衝き、異臭胸に迫る、異臭悪臭尚忍ばんも、半死の病者が路傍に打臥れて、苦悶するを見ては、心弱き者は、迚《とて》も歩を転じ得ざる可し。斯る有様なれば、夏季には、流行病蔓延して、日々の死者は、数百を以て数ふべしとか。夏期に、よくも城内の人民が死尽きざるを異しむなり。斯くて父母を失ひ、妻を失ひ、兄弟姉妹を失ふもの、年々其数幾百なるを知らざるなり。されど、彼等は更に覚醒せず、彼等は更に衛生に意を用ひず。彼等は久しく上水を有せざりき。井戸側もなく、汚水、濁水の混入するに任かせる不潔、不完全なる井戸は、彼等が唯一の飲料水なりき。彼等は流行病を予防せざるのみならず、却りて、之を製造しつゝあるなり。昨今漸く水道を敷設して路傍の各所に共同栓を設けたれども、之を汲みて運ぶ時、若しくは蓄ふる時の注意の足らざるが為めに、塵、小虫を混ずること少なからず、必竟有効なる衛生は、其理解に求むる外はあらざるなり。只食物は、十分に火を通ずるを以て、其れのみは快く、我は三度の食事の外は（支那は一般に二食なれども、学校は三食に改めたり）一切間食せず、渇は大抵之を忍び、止む能はざる時は、果物にて之を医せり。されば、夏時病者の絶えぬ、寄宿舎の内に起臥して、独り能く健康を保つを得たり。

常に外面を粧飾する支那人にして、外面の醜汚此の如し。其内部が如何に醜汚なるかは之れを推知するに難からざるべし。去るにても、朱に交れば赤くなり、麻に交る蓬は直しといへるを、独り支那人が、常に欧米の文明に接触しつゝも、其旧態を改めざるこそ、世の不思議といふ可きなれ。かの黄禍をいふもの、若し目のあたり支那を見ば、其説の恐らくは架空のものなるを覚ゆらん。

三　洋杖《ステツキ》の効力《ききめ》

城内住ゐにて、最も不自由なるは入浴なり。浴場は一つもなければ、我は、毎朝温湯にて全身を拭ひたれども、これにては、到底満足し得るものにあらず。されば毎土曜日より日曜へかけて、小田切総領事の官宅を訪づれて、入浴と日本料理との饗応にあづかり、愛らしき御子たちと無邪気に遊ぶを例とせしが、常に不自由を忍べるだけ、愉快も亦一倍にて、かつて一度もかゝしたる事なかりき。此快楽を得んがためには、如何なる困難も忍ばれたれども、なほ途中に於ける人力車の不便と、車夫の貪欲とには、甚く困じたりき。日本領事官邸は、上海の北端、米租界の北部にありて、上海城は上海港の南端にあり。我が住へる花園街は、其城内の南端なれば、領事館に赴かんには、支那地域と、仏租界と、英租界とを経ざるべからず。然るに、車夫は各租界にて各一枚の鑑札を受くることを要す。中には、一人にて支那地域と、全租界とを通ぜる四枚の鑑札を所持するものあれども、多くは一人にて一地域だけに通ずる一枚を所持するのみなり。されば、ついで悪き時は、四度乗換へざるべからず。固より、乗換の煩を厭ふにはあらざれども、支那車夫の貪慾にして、乗換の度毎に、無法の賃銭を強請するは厭はざるを得ず。強請尚忍ぶべしとするも、其都度無頼の清国人等集合して、人山を築き、罵りわめくにいたりては、到底忍ぶこと能はず、生命もために縮まらずやと思はるゝ程なり。総領事官舎迄、凡そ二里の間に壱円を貪らるゝこと珍らしからず。貪悪なる車夫の前には賃銭の前極めや理屈は寸効なし。已むを得ざる最後の武器は、鉄拳とステッキあれども、女の身にはさる事も行はれず。口惜しさ限りなし。されば、男子方のステッキを携帯せらるゝと否とは、乗車賃に二三割の増減ありとぞいふなる。さらば、何故に徒歩せざるかといはるべけれど、清国にては、上流の婦人は、一人徒歩することなし。もし強てこれをなさば、当地に於ける日本の賤業婦等と誤たれ、却つて多くの危険を伴ふべし、領事夫人には四枚鑑札の車夫を雇ひ給はることあり、又馬車にて送り給はることもあり。かゝる折の心安さ、我は真に大船に乗りたる心地なりき。

四　支那人は商業国民なり

支那人は、実に商業国民にして、機を見ること敏に、利を取ることも亦巧なり。其商業に従事するや、万事簡略と節約とを旨とし、其成功を期する為には、如何なる不便、不自由をも忍耐し、一切の快楽を犠牲に供して秋毫も顧みず。例へば其店を借らんとするに当り、一軒の家賃を単独に負担することの重きに過ぐるを思ふ時は、店を両分して一半を他人に貸与し、以て家賃の軽減を計るなり。かくて各々其狭隘を忍びて負担を少うし、しかも、商品は両家分を以て一に賑かならんことを求むるなり。これを日本商人の稍もすれば、其外見を張らん事をのみつとめ、無理算段をなして、一軒の家を搆へ僅かなる商品を並べ、猶足らざる処は、空箱、空瓶などを飾り附け、以て虚勢を張れども、元より店中に商品多からざれば、顧客の需要に応ずること能はず、これを久うして内幕曝露し、信用を墜すに至るものに比すれば、其優劣果して幾何ぞ。支那、朝鮮、台湾、其他の市場に於て、日本商人の彼等の後に落つるは、此点にありとて心ある人は歎き居れり。

五　支那人の商業道徳

支那は五千年来の古国、四億万の民衆を有する大帝国にして、東亜の雄を誇りしなれども、そは過去の夢となりて、今日の状態は社稷衰亡の機運に遭遇し、四隣皆列強の侵略する処となれるの悲境に陥りつゝあり。されど此境遇にありながら、猶依然四海に雄飛しをる彼等の商業につきて観察する時は、其間に行はるゝ商業道徳の発達、実に、驚くべきものあり。彼等は商機を弄すること敏活にして、果断決行の明快なる、而も勤勉にして懈怠せず、其契約密議の如き、繁を省き勉めて簡素を守り、而も一度約を結びたる事は容易に変更せず、其信義の堅固なることは、磐石にも比すべく、かくて金銭の取引は数十万円の巨額にのぼるも、これを立談の間に弁じ、僅かに片簡断墨を以て証とするに過ぎずと、いふ。必竟支那人の商業道徳の堅実なるに至つては、実に世界の人をして驚嘆せしむる者ありといふ。必竟支那人の商業に成功する所以は茲に存するものならん。

六　支那人は体裁を重んず

支那人は元来体裁を重ずるが故に、支那人と交はらんとする者は、或程度までは体裁を飾ることに注意せざるべからず、支那を開発せんには旧来の陋習を破らざれば不可なりとの意見より体裁に頓着せざるが如きは理論としては立派なるが如くなれども、さるは彼等をして初めより軽侮の念を起さしむるのみ。彼已に軽侮の念を以て我を迎ふ、我、はた何によりてか彼等を開発するを得ん、故に俗に従ひて俗を改むるの覚悟を以て彼等にあたるを利とすべし。

七　支那は文字の国なり

支那人は、男女老少の別なく、皆文字を尊敬すること夥しく、苟《いやしく》も文字を書したる紙は、神聖犯すべからずして之を道路に放棄するが如き事は決してなさず、一切焚焼し、焼余の灰は、之を壺中に貯へおき、毎年規定の吉日を待ちて、海上に流すを例とせるなり。故に市、町、村、到る処に、焼紙堂の設あり。又神社、仏閣などには、一人の男を常傭し、之をして年中一日も欠すことなく、大なる麻の袋を携へて街路を見廻はらしむ。其様恰も我国の紙屑拾ひの如し、かくて彼等は諸処に散在せる反古紙を収拾し、焼紙堂に赴きて焼棄するなり。然れども彼等の尊敬するは唯だ漢字のみにして、横文字の如きは、夷狄の文字として、人馬の蹂躙するに任すめり。これ些事なれども、また以て、彼等の固陋なる自尊の気風を推想するに足るものあり。

八　支那人は亀を嫌ふ

我国に於ては、鶴は千年、亀は万年と称し、亀を以て此上なき吉祥奇瑞として賛美すれども、現今の支那にありては、一種の迷信によるものならんか、亀は最不吉のもの、忌むべきものとして、疎外するなり。又彼等は俗に亀のことを忘八《ワンパ》と称すと、これ蓋し、仁、義、礼、智、忠、信、孝、悌、なる人倫の大綱を忘却せりとの意なるよし、之をきゝし時、我はこれ些少の事なれども、我邦の支那貿易を業とせる人々の最も注意せざるべからざること、深く感じぬ。もし日本風の考を以て、亀は芽出度ものなればとて、其模様を織り出し、染め出し、又商標などに用ひて、之を彼地に輸出することあらんか、必ず其商品の販路を狭むるに至らん、まことに慎まざるべからざるなり。（勿論彼の国にても、往昔は、亀を吉祥とせし時代なきにしも非りしが如し。）

九　土饅頭

支那に在留して、時に郊外を散歩するものは、茫々たる蓬草断烟の間に、累々たる土饅頭の点在せるを見るならん。更に其間に煉瓦石にて畳みたる長方形の小祠状のものを見ん。時に或は漆にて塗れる長持状の箱の横はるものを見む。其の土饅頭、其の小祠、其長持状の箱、是れ皆人の永眠せる処なり。勿論土饅頭は我国に於いても見ざるにはあらねども唯彼が如く高きはこれなし。小祠と長持状の箱とに至りては、頗る異様の感なきを得ず。我は之れを原上に置きて風雨に暴落せる事の、如何に非礼にして、残忍なるべきかを云へば彼れは、之れを辞して、我等が死者に対する別離の情は、綿々として長へに尽きず、直ちに之を地下に埋没するが如きは、却つて情に非ず、亦死者に奉ずる礼にあらずと。斯くて之を野外に暴露する事、一年若くは二年を経て、日を撰みて、土を以つて之を蔽ひ、別に穴を穿つ様の事なし。是れ土饅頭の大なる所以なり。

小祠は位置あり、富力あるものが、其長持状の柩を蔵するが為めに、造れるものあり。凡そ其柩を城外に運ぶ前、短きは五日又は七日身分高き人は四十九日間家に留め置きて、哀悼の礼を尽すを以て孝となすものとぞ、されども今日に至つては、こは唯一種の形式たるに過ぎず。

一〇　衣食住

支那人の衣服は、男女共に筒袖にて、大衿、寛衿の法を以て襟を詰めたるものなり。されば男子と雖も、多く頸及び胸の辺を露すことなし。加之婦人は褲子或は裙子を以て、又男子は長衿を以て腰部を覆ふが故に、坐臥の際と雖も容易に脚を露出せず、又纏衣の用具が帯紐にあらずして、総て釦又は紐釦を以つてするにより、少しも窮屈を感ずる事なく、人体の自然に合ひて、衛生上より見れば、最も完全なるものと云はざるを得ず。

衣の材料は、絹布、綿布、麻布等にして、極寒の頃には、衣服の裏に狐羊の毛皮をつけて、以つて寒気を防ぎ、本邦人又は欧米人の如く暖室炉若くは火鉢を用ふる事稀なり。是れ支那にては、一般に燃料に乏しきがため、直接の衣料を以て、寒気を防ぐ必要を生ぜしものならんか。

綿布の需用は、上下一般に四季に亘りて広く、麻布は夏季に限る。而して、絹布は多く晴衣に用ひらる。絹布は何れも蘇州《スウチオウ》杭州《ハヌチオウ》及び南京辺の綢緞類にして、外国品を用ふる事極めて少なし。

支那人は、模様にあまり重きを置かざる代りに、其色についての嗜好は、上下一般に発達せり。支那人の衣服の模様は、年少の児女、及び婦人の一小部分に於いて、時々縞物の用ゐらる、事あれども、中年以上の男女は、平常衣と晴衣との別なく、全く単純の一色を着するか、又は上下の色を異にして、其配置を適当ならしむるに過ぎず。然れども絹布類には、其地質と同様なる、浮織模様及び織紋あるもの多し。然して、彼等は中年以上に及ぶもなほ派手なる織出模様の衣裳を綺羅美やかに着飾る風あり。

食

支那は、一般に二食の習慣あり。南清にては二度共に米飯にして朝は大抵九時より十時の間に、夕食は五時前後になすが多し。又家によりては、夜の十時頃に夜食をなす処もありと云ふ。

彼等の常食は、飯及び麵類にして、麵類の調理法は甚だ多くして、米の簡単なるに似ず。其中には我が素麵、饂飩、蕎麦と同じ製法もありて、之れを切麵と云ふ。其他には各種の饅頭に類するもあり餡を入れざるものを饅頭と云ひ、肉餡を入れ包みたるものを肉饅頭、煮餑といふなり。下層の民は常食として、一般に米よりも多く麵類を用ふ。

副食物

肉類　支那人は肉食人なれば、其調理法は頗る発達せり。其用ふる肉類は、鶏、豚、牛、羊、等にして、鳥類中鳩の肉を最も喜べり。魚類も用ふれども、其の調理法は、到底我邦に及ばず、唯魚翅の味は、自ら特別なるものあり。肉類中にて牛肉は之を食せざる人多し。殊に婦人に於いては、殆んど之を食するものなしと云ふも可なり。

蔬菜　は白菜、白蘿蔔（大根の一種）、人参、葱、冬菜等なり。燕窩（所謂燕の巣）は料理中最高の一品として殊に最も貴ばる。

調理法

支那料理の法には、蒸法と炸と云ひて油を用ひてあぐる法煮とて一旦湯煮をなして後に、塩又は醬油にて味を附ける法と、燉とて物を煮て爛熟せしむる法と、燴とて醬油を用ひて煮たるものに、薄く葛粉を加ふる法と、炒とて油を用ひて煎りて食する法と、熘とて油を用ひて煎りたるものに、薄く葛粉を引く法等ありて、物によりて其の法を異にす。

然れども普通は肉類を胡麻油にていため、塩又は醬油にて味をつくるか、若しくは野菜と共に小さく切りて、煮る法を用ふるなり。又支那人の調理に用ふる汁は、鶏又は豚のスープにして、之を以つて味を附け、砂糖を用ふる事は極めて稀なり。支那人は料理法の達人とも云ふ可く、其の調理法と献立とに於ては、実に其の妙を極む。彼等は苟くも利用し得らるゝ限りに於いては、悉く之を利用す。故に一度食事の終りたる跡の残物につきて見る時は、其の棄つる処は、実価の最小部に過ぎざるを知る可し。又支那人は、食物の調理をなすにも、常に節倹を旨とす。今其の一例をあぐれば、彼等が鍋類の底を薄くして煮物に適当ならしむる事之れなり。元来支那には、薪材甚だ乏しく、従て不廉にして容易に得る事能はず。故に概ね木葉、柴又は藁、麦稈類を以て薪材に代ふるなれど、此類のものは、忽ち燃え尽きて長く保存する事能はざるにより、彼等は釜類の底を薄くし、注意に注意を用ひて、速に沸騰せしめんとはするなり。

住

家屋は、官衙、商家、農家等、其職業の区別に従ひ、自ら建築の法を異にす。即ち官衙及び農家は、多く平家建ちを喜び、商家は二階造あるが如し。何れも木造にして、屋根は瓦にて葺き、藁を用ふるは極めて稀なり。而して壁には煉瓦及び粘土を用ふるにより、割合に堅固なり。天井は松或は杉の丸太、及び粗朶を組み合せ、之に粘土を塗附し、これに入口と二三の窓を設けて僅に空気と光線とを通ぜしむるが故に、室内は常に薄黒くして不愉快なる感を抱かしむ。

一一　秋風故人に逢ふ

明治三十五年十月九日、秋風颯々として旅窓を訪づれ、望郷の思ひ堪へ難きまゝに、都の友に文参らせんと筆執りし時、小田切総領事より文おこせられぬ。披き見れば、明日高等師範学校長嘉納治五郎先生の訪はるべければ、よろづに便宜し参らせとなり。文を手にし、起ちて窓外を望めば、秋風音さびしく、夕陽の影漸く斜なり。ア、先生、先生の訪はるゝは、一夜を隔つれど、其の面影はすでに眼前に彷彿たり。無人島の孤囚が波間に檣頭《しやうとう》を望み、足を爪立てゝ起ちて眺むらん思ひしつゝ、其夜は得もいはぬ快感を抱きて夢に入りぬ。十日の朝は、空低う見えて、灰色の雲は断続して飛び来りぬ。あらぬ音にも胸轟かして待つ程に、午前十時先生は通訳官を具して訪はれぬ。見るからに、温容慈親の如く思はれて、胸は喜びに満ちぬ。此時は我《われ》学堂に来りてより、僅に一ケ月を過ぎたるのみ、甚だ覚束なく思ひたれど、生徒をして、日本語にて「織りなす錦」を歌はしめて先生の清聴を煩はしぬ。それより、先生には、教堂、寄宿舎を細かに御覧ぜられしが、日浅きには似ず、よくも整へりと褒め給はりし、いと〳〵嬉しくおぼえき。やがて、さらばとて、別を告げ給ひし時、生徒等は先生に向ひ「どうぞ又御出で下さい」と日本語にて口々にさけびぬ。先生は「今日此所に於て彼等の口より日本の語を聞くべしとは予期せざりき、快感極りなし」とて袂を分たれぬ。知らず先生の快感と秋風故人に逢ひし我が思ひと何れが勝れる。

一二　日記抄録

明治三十五年十月十一日、総領事夫人と楊樹浦《ヤンシュウプウ》の駐屯隊に於て、兵士の演劇を観んとて赴く。先づ我眼に映じたる、日章旗の飜々たる様は、他の何ものよりも我心を慰めて、幾千里の外に故郷を見たる心地しぬ。

仝年十月十四日、今日は、上海日本婦人会を、小田切総領事官邸に開く。

仝十月十五日、小田切夫人と共に、仏租界に、仏蘭西学校を参観す。生徒は皆女子にして、貧民の児女を集めて、教育するが其数凡そ百名にあまれり。此外に、在留西洋人の、児童のために設けられたる部あり。教師は、皆宣教師にして、長きは十八九年より、二十年在留せりときく。かくてこそ、其事業も成就せらるなれと、其熱心と勇気とに感じ入りぬ。仝十一月三日、領事館と駐屯隊と合併して、盛大なる祝宴をひらかれし由なるが、障ることありて赴かず。いと口惜しかりき。天長節の式の次第は、領事館に於て、総領事は日本居留民と共に、厳粛なる式をあげ、ついで外国人の祝賀をうけ、午後より祝宴をひらかれたり。其夜、西洋人を招待して、晩餐の饗応ありし由。

全十一月二十日、小田切総領事夫人並に、領事館員主人及び正金銀行の夫人等、わが学堂を参観せんとて物せられぬ。生徒の進歩は喜ばれしも、城内の不潔には驚かれたり。道路のせまきため後より汚物を運べる人等に、追はれたる時は、逃ぐべき所なく、やむを得ず、すそひきあげてかけ出したり等、物語られき。

一三　米国婦人の日語研究

明治三十五年十二月二十九日、風いと寒く、ところどころに立てる枯木寂しげに、満目人の影を見ず、上海城を背にして、西方へ二里ばかり、寒田を縫ひ、冷園を横ぎる透迤《とうい》たる道を行けば、冬の日影疎林を照して、静なる所に一館あり。近づくまゝに鶏鳴低う聞えて、犬は門に眠りぬ。鈴を押せば、支那ボーイ出て来りて、我が名刺を受けて内に入りしが、引きちがへて出で来しは、誰ぞ。痩形の丈すらりと高く、眉に気品ある一婦人。うるはしき頬、笑を含める紅の唇、灰色の髪、瑠璃の眼一見して、我は春風の如く和らかきを感じぬ。ア、彼は、初見の友ミスデゥエーなるよ。我は其温き手に迎へられ、其清き姿に導かれて階上の一室に入りつ。情ある一碗の紅茶を受けて、雅趣に富める窓外の野を望みつゝ、我は久し振にて快活なる談話に耳を傾けぬ。女史は米国ボストンの人、此家の主婦ミセス、エスコッフとは、親友の間柄なり。さても、主婦の双親は、老の身にも万里の波濤を厭はず、愛子を見んとて、ボストンを立ちしが、其時女史も亦親友を慕ひて、同伴の一人たりしなりとぞ。扨老夫婦は、五月の初め上海を辞すべく、女史は先きに立ちて四月の初め、一人日本へ渡り、一月程を山紫水明の間に遊びし上、横浜にて、老夫婦を迎へ、共に東帰せんのこころなる由其折の便りにせまほしとて、我に日本語の教へを望むなりき。世に外国語を学ぶ人は多く、日本語学ぶ者亦少からず、されど、僅かに一ヶ月の旅行をなさんがために、之を学びし人は、曾て聞かざりき。我は深く其雄々しさに感じぬ。其健気さに同情しぬ。拒むに堪えで、遂に毎週、月、金、両曜日に訪ふべきを約して辞しぬ。門を出づれば、曠野漠々として望遠く、胸の濶きを覚えき。一月も過ぎ、二月も終りぬ。雪にも風にも、我は殊勝なる旅行者を訪ふを忘れざりき。支那婦人の受動的なるに比ぶれば、彼は実に発動的なりき。彼の進歩は著かりき。三月の末には、予期せし以上の成績を収めて、一人旅にも差したる不便を感ぜざるまじと思はるゝまでに進みぬ。田園の麦幾寸かのびて、見る目漸く緑に、豚児遠くさまよひ、霞緩う立ちこめて、春の色動き初めける時、彼は独り我が郷国へ旅立ちぬ。彼を送りつゝ、我は故山の春色を偲びぬ。別るゝ時、彼は日本語もて、左の如く告げぬ。

支那のまちは、（城内）大変きたない。我は鼻をつまんで行きました。私はあなたのために心配いたします。ごたいせつに、三四年の後に「アメリカ」で逢ひませう、さよなら。

一四　雪と梅

二月十八日、朝の程より、ちら〳〵と雪降り出で、午後は次第に降りまさりつゝ、やがて屋根も白く、路も白く、上海城は一朝にして白玉城と化しぬ。ア、美し。我は、昨日までの塵もて蔽はれし、上海城を忘れ、窓に倚りて、独り清賞を擅《ほしいまま》にしぬ、窓に白梅あり。南枝既に春信を伝へて、白点々たり。雪と其色を競ひて、一脈の暗香は、絶えず人を襲ふ。我は恍として、其芳香に酔ひ、其清趣に感じて、身亦城内にあるを覚えざりき。既にして思ふ。白梅は白雪と相待ちて、其色いよ〳〵白く、其香いよいよ清し。幽谷を出でゝ、妙音を弄する黄鳥の、この木を択ぶも亦宜なるかなと。

第四章　我が観たる支那婦人

一　支那婦人の一長一短

支那婦人といふ語は、別に定りたる理由のあるには非らざれども、何となく、因循と卑屈との代名詞の如く、年ごろ我が脳裏に印せりき。彼等は、足を纏縮して、多く戸外に出でず、書を読まず、交際せず、文明を解せず、理想を有せず、総て此の如きものを支那婦人なりと想像しぬ。実に我は支那婦人につきては多くの光明なる点を知らざりき。然るに渡清後、多くの上、中流婦人に交際して、我が想像は、少くとも其半の誤りなりしを発見しぬ。彼等は、決して因循にあらず、又総ての点に於て卑屈にあらずして寧ろ活潑なり。又或る場合に於ては、友情あり、熱涙あり。三四十歳の婦人の、八九歳の少女と桌を共にして、学を励むが如き、学んで解せざることを問ひ質すに躊躇せざるが如きは、決して因循にしてはなし能はざる事なり。彼等が衆人稠座の中に立ちて、更に臆したる色なく、落着きて其意中を吐露するが如きは、遥かに日本婦人に勝れるが如し。支那婦人は、又人を、もてなすに巧みにして、外国人に対し、先方の了解すると否とには頓着せず、すら〳〵と自国語にて愛嬌を振り蒔くなり。我は、嘗て人の解せざる語を使用するは、先方迷惑にて礼にあらずと思ひたりしが、その後我身第二者の位置にありて、実験せる所によれば、黙せられて座の白けんより、解らぬ語にても、口をきかるゝ方快きを感じぬ。女学堂の舎監沈竹書の如き、日本人の訪ふ毎に、必ず、笑みを湛えつゝ、「お掛けなさい」「今日は好い天気で御座います」「又おいで下さい」などいふに、訪客は、皆其練熟せるに驚き、永く日本にありしならんなど問はるゝもあれど、焉ぞ知らん、此人は、三句より多くの日本語を解せざるものなることを、支那婦人の外国人に対して、己れが知己、又は朋友を庇護し、弁解するに就きては、甚だ感ずべきものあり。今甲なる支那人ありて、乙なる自国婦人とは、相善からぬ間柄なりとせんか。一外国人あり。甲に向ひて、乙の性行を悪しざまにいはんには甲は必ずこれには同ぜずして、其は彼の短所なり。彼には、更に斯く斯くの長所ありとて、乙を庇護して已まざるを常とす。人の長所をきゝたる時に、言はでもの短所を指摘して、人を傷はんとするが如きは、却て我国の婦人の中に、往々見聞する所なるが、戒むべきにあらずや。又刺繡は支那婦人の最も長ずる技にして、上下を通じて誠に巧みなるもの多し。其外彼等は巧に服装に於ける廃物を利用す、即ち自国の布は勿論、衣服の材料製法等全く其趣を異にする外国の布の最小片に至るまで、悉くこれを利用して、巧に工夫をこらし以て、美しき服装を製すること、実に驚くべきものあり、かくて外国の不用品は、一変して、忽ち支那の実用品となるなり。以上は、支那婦人の長所の重なるものにして、又我が予想の誤れる重なるものなりき。されど、彼等にも暗黒なる半面の無きにはあらず。支那人の眼中には、一家ありて一国なしと聞きしが、そは男子のことにて、多くの支那婦人の眼中には一国もなく、一家もなく、只一身あるのみといふも過言にはあらざるべし。如何に一家を処理し、如何に子女を教育すべきかは、彼等が脳裏に浮ぶべき問題に非ず。彼等の多数が志望する所は、一身の娯楽を求むるにあり。彼等の日課の重なるものは身体の粧飾にあり。又写真を取り、芝居を見物し、飲食をなすなどの外に、曾て高尚なる快楽のあるを知らざるものゝ如し。其最も楽みとする劇場裏には、醜行も少なからぬよし。かくの如きは、これ皆支那婦人が其幼少より愛読し、耽読せる不健全なる小説に依りて助長せられ培養せらるゝなりとぞ。

支那婦人等は、向上の精神を有しながら、これを発揮する機会なくして終るなり。されど、これ彼等の罪にあらず、彼等は男子に比して、寧ろ多くの美しき性質を有す、たゞ、今は栽培せざる植物の如く、磨かざる玉の如く、いまだその長所、美質を発揮するの機会に接せざるを以て然るなり。若し適当なる方法によりて、これを教育し、これを善導せば、其の効果は、蓋し著るくして、男子よりも更らに見るべきものあらんか。

二　家庭に於ける支那婦人

社会の表面に立ちては、何事をもせず従て何等の勢力をも有せざる、支那婦人の、家庭に於ける勢力の絶大なる、実に驚ろくべきものあり。金銭の出納は主人之れを処理し、其他の家政は、主人若くは執事之れを取捌きて、婦人はあまり家政につきて留意せず。たゞ贅沢を尽し、我儘に振舞ひ居れり。彼は時としては、有夫の女王にして、良人を頤使《いし》して、膝下に屈伏せしむる例尠なからず。夫は時として叱られ、時としては責められ、其婦人の前に意志の弱きこと傍観するも、憐れを催す程なり。しかも婦人は、外に向ひて何事をもなさず、己が化粧と飲食とに日もこれ足らざる様なり。彼等は洗濯には下婢を使ひ、料理には厨子をおき、裁縫には裁縫師を雇ひ、殆んど手を拱して人を頤使するにすぎず。権力は勤むるものに帰すといへる原則に反して、支那婦人が、為すことなくしてありつゝも、其家庭に於てかく多大の権力を振ふは、そも〳〵何の原因なるか。惟ふに其因つて来る所は、一二に止まらざるべけれど、次ぎに掲ぐるが如きは、確かに其主なる源なるものなるべし。

其一は彼等夫婦年齢の関係なり。彼国の夫婦は我国等と反対にして、夫は却て妻よりも年少なるもの多く、十五六歳の男子に、配するに二十二三歳の女子を以てせり。もし其身体や精神の発育より見る時は、当さに之れを顚倒して然るべきに、事実は全く相反せり、十五六歳の男子はなほ「坊ちやん」然たるを免れざるに、二十二三歳の女子は立派なる成人の女なり。されば新婦が夫を遇するに、姉の如く指揮し、母の如く抑制す、其年と共に習ひ性となるや、遂には良人を凌ぐにいたるものなるべし。

其二は、蓄妾の習慣より来るか。彼土にては、妾は副妻といひて、中流以上の家庭には之なきを恥とし、有るを誇とする位にして彼国の男子は、妾を蓄へんがために、労働すといふも過言ならざるべし。而して一方には、既に本妻となりし以上は、夫の寵愛の有無はおろか、相当の理由あるに拘らず、之を離別すること能はず。されば夫は妾を蓄ふるがため本妻の機嫌を損せざる様つとむるは、自然の数なり。又婦人の側より見れば、夫に一人の妾をも蓄へしめざるは、嫉妬ふかき人として、世人より嘲笑せらるゝを恐れ、自ら勧めざるまでも夫の希望に任するなるが、誰人も副妻をつくらるゝを快とするものなければ、夫は其心を和げんとして、機嫌をとるにいたる。其結果として、放縦自恣なる妻をつくり出すなり。

第三は、新夫婦は舅姑及小姑等と別居することより来る。別居と雖も別に一戸を構ふるにあらずして、同じ棟の内の別室に住居するに過ぎず。幾人かの兄弟が、幾組かの夫婦となりても、皆此の如く、恰も棟割長屋の住居に似たり。かく幾組かの多数を一家内に包居するを以て、家長の誇となすが如き観あり。既に別居して食事万端別々なるを以て舅姑の監視、干渉、圧迫等さまできびしからず。妻は年少の良人に対して、独り気随気儘に振舞ふなるがこれ亦彼等をして放縦我儘ならしむる一因をなすものならん。

偖《さ》て此の如くにして支那婦人は、其家庭に於て絶大なる勢力を有するものなれば、支那人を教育せんには先づ婦人よりするを最も策の得たるものなりと信ず。

又別居の制は新婦をして舅姑の圧迫を免れしむれども、家庭はこれがために甚だ索寞となるを免れず。彼等は食事を別にし、室を異にして、互に相関せずとするを以て、家庭の間に藹々たる和気を認むること能はず。団欒の楽みの如きは夢想だにせられざる程なり。茶を入れ菓子を供しなどして、折々に会食することなきにしもあらざれども、其間に温かき情味の掬すべきものを発見すること能はず。此索寞たる家庭をして更にさびしからしむるものは妾なり、本妻は妾のために其位置を奪はるゝ憂なく、公服を著しルビーを飾り、夫と同葬せらるゝ特権を有し、妾は金にて購はれたるものは転売せられ、又は進物として、他に寄贈せらるゝこともありといへども、侍女などより挙げられたるものは去らるゝ憂なく、家族の一員として、其処に一生を終るべき権利を有す。而して其位置たるや、日本に於ける女中頭位のものにして、本妻には全く服従し居るものなれば、互に其分限定まりて、紛擾等の恐れなきが如くなれども、人情の機微は、理性の判断と表面の制度とのみによりて、平静なるものにあらず。実際は何れの処にも、多少の紛擾は免るゝこと能はずといふ彼等憐れむべき支那婦人は、此趣味索然たる家庭内に此紛擾を味ひつゝ社交上の交際もせず、特に心を慰むべき遊技さへなすことなく、ことに漢人種の上流婦人は、足を纏縮して寸歩も自らいたすこと能はず。健全なる慰藉も何等の娯楽をも有せず。不潔と不愉快とにて鬱繞せる空気を呼吸し、其果敢なき一生を送り終るなり。憐むべきもの世に尠なからずと雖も、支那婦人の如きは其最なるものにはあらざるか。

三　蓄妾の風

支那は世界第一の蓄妾国にして、又其蓄妾を誇りとする国なり。中流以上のものにして妾を有せざるは肩身のせまき心地すといふ。これにつきて一笑話あり。先年清国の某大官の、日本在勤を命ぜられし時、偶々其夫人病床にありしかば、妾の一人強いて同行を求めたり、然るに大官は、日本にては蓄妾を卑しむ由なれば、汝を携ふるは、我面目に関すと、いひて採用せず、妾は如何にもして其希望を達せんものと百方苦心せし折柄、偶々上海在勤の日本の某高官其大官を訪問せられぬ。随行せる伴のものは、何れも皆支那人なり、これを見たる妾は独り心に点首きつゝ、己が近侍して其伴の内の一人を別室に招き、物などとらせたる後、日本の高官にも、定めし妾を有せらるゝことあらん、包まず語り給へと問はしめぬ。伴某は暫く躊躇せしが、やがて、あり〳〵、日本人も支那人も多数ありと答へければ近侍の者は直にこれを妾に告げしに妾の満足一方ならず深く喜び此言を以て日本にも蓄妾者あるを証し、遂に大官を屈せしめたりとぞ。後に此事をきかれし某高官は、某にむかひて、何故さる問はず語りせしかと、詰られしに、某はいと真面目にて、一人もなしとつげなば、主じの君の恥ならめと思ひたればと、答へければ、意外の忠義達せしものかなとて其座にありし人々腹を抱へて哄笑せられしぞ。

四　風俗一班

支那婦人等は、初めて来れる日本婦人を珍らしと感ぜしか、我が身の城内に入りて学堂に出づるにいたりしより、未だ幾許《いくばく》ならざるに、一度面識となれる人々は、頻りに交際を求めたりき。勿論夫等は何れも皆中流以上の人々なるが、多くは時間の観念と、衛生思想とを欠けるを以て、訪ふにも訪はるゝにも、迷惑を感ぜし事尠なからざりき。されど女子教育の必要を鼓吹し、或は研究の材料を求めんには、勢力ある支那婦人に接近するは、最も捷径なるべきを思ひたれば、些少の迷惑はこれを忍びて、成るべく広く、彼等と交際する方針を執れり。今彼等の風俗、習慣中、我が眼に映じて珍らしくも亦をかしく感じたる事多かる中に、晩餐会に招待せられし時の景況をのべて、処かはれば品変はれる其風俗の一班を紹介せん。

招待は、多くは午後四時或は五時の案内なれども、大抵時間を見計らひて赴き、其門を入れば、門番は直ちに之れを奥に通ず、やがて奥よりは迎への者出で来りて案内す。之れに従ふて内房近かく入れば、そこには主婦を初め、児女、下婢等出で迎ふるなり。又時としては、門番案内して外房と内房との境に至り、恰かも本邦の演劇にて何々様のお入りと呼はるが如く、高声に東《トン》洋《ヤン》先《シユヌ》生《シヨン》来《ライ》了《ラ》と呼びて奥に通じ、奥にては之れを聞くと等しく、皆出迎ふることあり。以上は余程親密となりし人を訪ぬる場合なれども、左程親密ならぬ人を訪問せんには、半時間程前に使を出して名刺を通し置くを例とす。かくて主人は自から出迎へ、決して日本に於けるが如く、先づ客を応接室或は客室に導き置きて後悠々として出て来るが如き事なし。思ふに客を出迎へざるは、礼に背くものなれば、かくするなる可く。客も亦予め其の意を通じ置き、決して不意を驚かすが如き事なし。

さて導かれて室に入り、主客各席定まれば、先づ紅茶を出し、次ぎには西瓜の種子を熬《い》りたるもの又は種々の菓子類を運び出して、桌上に列べ、無遠慮に手攫みにて食桌の上に置くなるが、其際桌上に塵などの積り居る事あるも、更に頓着することなし。客の数は一桌は八人乃至十二人と定まれり。されば客を招待する時は、一堂に会して不都合なき人々を集めて、其数を充たすなり。而して其一桌の料理をば、一同にて取りあひて食するものなれば、一人にても後るゝものあれば、食桌は其の人の来るまで開くこと能はず、しかも前に述べたる如く、時間の観念の極めて少なき人々のことなれば、一同打揃ふまでに要する時間の長さの如何ほどなるやは云ふまでもなきことなり。凡そ二三時間は、西瓜又は南瓜の種子を咬みつゝ、語りながら待つなるが、支那婦人は万に如才なく八方に愛嬌を振りまきて、人の気を外らさず。人を退屈せしめざるは感服の外なし。やがて一同打揃へば、席の譲り合ひにて一騒ぎするなり。流石に礼譲の国だけありて、煩はしく思ふ程なり、十分乃至十五分位をかゝる譲り合ひに過して漸く席定まる。席定まれば料理出づ、支那人は冷えたるものを食せざれば、西洋料理の如く一品づゝ次第に出すなり。上等の料理にては、三十種を超すを通常とする位なれば、悉く出し終るまでには、二三時間を費やす、（尤も其間に茶、烟草、などをすゝむるなどあり）が常なり。此の宴会時間の長きこそつく〲迷惑の至りぞとは、屢西洋人より聞く言なりき。さて会食中支那人は己れの箸や匙にて料理をとりて客に与ふ。これ彼等に於いては友情を表彰する考ならんも、此方にては実に難有迷惑の極みなり。されど猪口は各自に一ツづゝ配布され、献酬する事なし。支那婦人は、概して飲酒を嗜み、嗜まざる人にても五抔位、嗜む人に至りては、二三十抔を傾くるなり。

厳寒の候には、小さき手炉及び足炉あるのみにて、暖炉は勿論、佐倉炭の盛なる火鉢等なくて、席上何となく、寂しく見ゆ、樹木に乏しき支那にありては、到底薪炭にて暖を取る事能はざれば、彼等は皆、衣服の裏に毛皮をつけて寒さを凌げり。日常の炊事にも藁を用ふるが故に、家内に火気なき事珍しからず。されば町には、白湯を鬻《ひさ》ぐ家ありて、町家にては飲用、雑用共に必要の生ずるに従ひて、之れを求む。世に商売は多しと雖も、白湯商は恐らくは支那特有のものならんか。

又本邦にては、招待せられたる時は、手土産の如きものを持参することまゝあれども彼土にては、進物を贈る事もあれども、多くは辞するに臨みて子供等に菓子料として、二三弗より五弗まで、又婢僕等へは一二弗位を赤紙に包みて与ふるを常とす。(此の金の高は、時と場合とによりて其額を異にす) 又婢僕等には、各人別々に二三十仙位づゝ与ふる事もあるなり。而して此方の供人等にも、同額位の金銭を先方が与へて食事は出さゞるなり。

支那の婢僕が、男一ケ月に二元乃至四元 (元は時により相場を異にすれども、本邦の円に大差なし）女は一元、十二三才位の女児は、一ヶ月八十文（我八十銭）位の薄給に甘んじて（勿論賄は主人持なれど）其の労に服するは、かゝる収入あるが為めなりとぞ殊に正月は、人の贈答饗応多ければ、一年間の収入の半額位は、此の一ヶ月位に得るなりといふ。

五　上海日本婦人会

前述の如く、上海在留の本邦女子は、七百十四名にして、其内貴婦人の部に数ふべきは、僅かに五十名なりき。而して本会は、明治三十五年十一月に領事館、銀行、諸会社の夫人方が率先して、左の目的を以て設立せられしものなり。即ち本会は、日本婦人をして其徳を高め、其智を進め、其体を健にし、共同扶植して以て女子の本分を完うせしむ。

かくて、役員は、会長として小田切総領事夫人、副会長は正金銀行の長夫人、幹事は日本郵船会社の水川夫人なりき。我も幹事の一人として及ばずながら出来得る丈尽力したり。会は、毎月第二火曜の午後二時より、米租界の本願寺にて開きたり。当時会員は四十名余りにして、毎回の出席者は三十五六名なりき。会の模様を述ぶるに先ち、会員方の平常消日の様を聞くがまゝに記さんに、随分御子達の多き人も、亦非常に忙はしき家庭を形ち造り居らるゝ人々も多かりしが、皆家政を司らるる余暇に大抵西洋人につきて、語学或は彼方の裁縫、編物などを稽古され、たとへ教師につかぬ迄も、自身に何事をか研究し居られき。さて会の当日には、皆其研究しつゝある仕事を持ち集りて、互に其方法を交換することにせしが、思ひの外に工合よく、かつ其間には衛生、料理、育児、其外種々の話も出て、相互に裨益する処多かりき。又会員は大抵戸外に於ける遊戯に趣味を持ち居りし事とて、今後は運動の道具を備へ付けて、充分に運動もし、又会毎に名士を聘して有益なる談話も聞かんとの相談も纏まりければ、当会の今後隆盛ならんこと疑ひなしと、我は大に望みを属しつつ、明治三十六年の秋上海を辞しぬ。

第五章　南京行

一　蒙古行の曙光

明治三十五年の八月、洋々として春の海の如き希望を抱きて渡清せしより、一星霜は瞬く間にすぎて、翌くる三十六年の夏とはなりぬ。学堂に於ける己が務、さては折にふれ時に感じ、眼にふれ耳にきゝしことどものあらましは、前数章にしるしぬ。実に此一年の経験は、過去十幾年のそれにもまして、我を励まし、我を強うするに力ありき。我が拙き筆は到底之を悉く写し出さしむ力なけれど、漸をおふて展開し来れる我運命――敢て運命とよばむ――の変転は、不言不語の間に其消息を伝ふるものにはあらざるか。

これよりさき、喀喇沁《カラチン》の王君、大阪にひらかれたりし博覧会に赴かれ、其序に諸所を経めぐりたまひて視察せられしが、もとより聡明英悟の君にましませば感じたまへることの多かる中に、ことに教育につきては深く感じたまひ、帰国せらるゝ道すがら、北京に時の駐剳なりし内田公使を訪づれ給ひつ、くさぐさの御物語ありし折、いそぐとにはあらねど、一両年内には、我王室にも女学堂を設けたければ、其教育の任にあたるべき貴国人を選びて送り給はずやと、懇ろなる望みをもらし給ひぬ。（こはまことに我国にとりては、渡りに舟の幸なりき。当時、東亜の空、雲のゆきかひたゞならず、山雨来らむとして風楼に満つともいふべき姿なりければなり。）公使には小田切総領事に事のよしを告げられて、我をして、上京せしめ給ひぬ。

かくて我は、我事業の第三階に入りぬ、大同学校に、務本女学堂に、清国婦人の教育の上には、多少の経験をつみ、自信をかたくしぬ。而して第三階の事業は数千年来眠れる蒙古の開発にありき。なほ其外のことは、我に口あり言ふにかたからず、我に筆あり記すにくるしまず、されど暫くは言はず、記さずに過ぎなん。さはれ我は一春秋すみなれし上海城と親しみむつみし務本女学堂の学生等と袂を分ち、雲のかなたひろく空に連なれる、蒙古の空、喀喇沁の城内に向ふことゝはなりぬ。

二　南京《ナヌチン》紀行

北清へ旅せんまでには、尚、一月の日数あり。あだに過すは惜しければ、南京の古蹟も探り見ばやとて十月二十三日、我とおなじ信濃の人なる某氏の夫妻と、三人相携へて午後十時といふに、上海《シヤンハイ》漢口《ハンコウ》間の定期一ケ月十二回発着船大利《ターリー》丸（噸数一、三一五噸）に乗込みぬ。船は潮合をはかりて、翌午前三時纜を解く、朝六時過ぎ、目覚めて甲板に出づれば、二十四日の空晴れて、船は既に揚子江《ヤンツーチヤヌ》の本流を遡れり。見渡せば大河漫々として、天を浸せる趣あるに、（我が東京湾を航走するにも似て）深然として雄大の気に包まれたり。午前十時通州に立寄る、此の辺は水際に蘆生ひ茂りて、其間に水牛遊べり。小舟に掉さすもの、岸に網うつもの、皆画中の景なり。四時過ぐる頃より、河幅漸く迫れり、暫らくして、左岸の丘上に、数座の砲塁と城壁とあるを見る。之れ長江《チヤンチヤヌ》の第一関なる江陰県城《チヤヌインシエヌチアン》及び副将営なり。船は此処に小停して、貨客を昇降す。六時泰興に立寄る、日既に暮れて濁流も色見えず。洋々たる水面に上弦の月低く落ちたるは、詩景の掬すべきものあり。船は予定の時刻に後れて進まず。夜更けたれば、鎮江《チエンチヤヌ》は、夢の中に打過ぎぬ。

二十五日、晴天、午前六時半南京に着く、小舟に移りて岸に上りぬ。只《と》見れば城外の光景既に純然たる支那風なり。欧化せる上海に慣れし我らには、初めて支那に遊びし感あり。殊に愉快なりしは、一年振にて山を見しなり。山なくば自然の光景は趣味の半を失ふべし。

一行三人馬車を雇ひて、西北の儀鳳門《イーフエヌメヌ》より、城内に入り、午前十時過ぎ、江岸より、日本里数にて二里を隔つる本願寺御堂に着し、此処に暫くの世話を頼み参らせぬ。

上海より南京迄の里程を示せば左の如し。

	上海《シャンハイ》	通州《トンチオウ》	張家港《チアヌチアチアヌ》	江陰《チアンイン》	泰興《タイシン》	鎮江《チエンチャン》	儀徴《イーチエン》
通州《トンチオウ》	七三						
張家港《チアヌチアチアヌ》	八九	一六					
江陰《チアンイン》	一〇五	三二	一六				
泰興《タイシン》	一二五	五二	三六	二〇			
鎮江《チエンチャン》	一六五	九二	七六	六〇	四〇		
儀徴《イーチエン》	一七九	一〇六	九〇	七四	五四	一四	
南京《ナヌチン》	二一二	一三九	一二三	一〇七	八七	四七	三三

三　南京城《ナヌチン》

曾ては明朝の首都として、今は又江蘇《チヤヌスウ》の省城として聞えたる南京は、一に金陵《チヌリン》と称し、太祖の洪武二年に築営せられし城なり。周囲九十清里、城壁の高き三十尺余、堂々として偉大なる城廟は、今果た明朝の盛時を忍ばるゝなり。

城内には、数多の広大なる建物あり、総督衙門、布政使衙門、糧道、塩巡道、江寧府、洋務局、江南機器局、銀元局及び各国領事館等を、其重なるものとす。其他に学校の重なるものは、陸師学堂（総教習独逸人）水師学堂（総教習英人）練兵学堂（総教習支那人）練将学堂（総教習日本人）工芸学堂（総教習支那人）三江師範学堂（総教習日本人）格致書院、江南高等学堂（総教習日本人）金陵東文学堂（総教習日本人）省師範学堂等にして、外に金陵病院、貢院等又大建築物と称せらる。貢院は進士の試験場にあつる建物にして、其構造頗る広大なりとす。

貢院の内部は是非共一見せまほしき考へなりしも、当時試験の済みし許りにて、調査の結了する迄は、一切人の入るを許さず、門には堅く封印をさへ施したり、さらば止むなしと、同行の人々うち連れて帰る、途すがら何ともなく心平かならず、ある人の門の封印もさる事ながら、心の封印をこそ望ましけれと云へるに、実にと思はれて、いと可笑しかりしが、其年の受験者は総数二万に余りぬとぞ聞きぬる。

南京は、其位置と歴史とに於いて、我が京都と事情を同くせる点頗る多く、其人情に於いても亦之れと酷似せる点尠なからず。府民は其性質一般に温和にして、随て気慨に乏しき点なきにしもあらず。

南京は、通常港としては盛なりと云ふ可からず。されば彼の揚子江両岸に於ける貨物の集散は、蕪湖《ウーホー》を中心とし、又同省南部の産は、概ね銭塘口《チエンタヌコウ》を経て杭州方面に出で、北部の物産は淮河《ホワイホー》の本支流によりて輸入せらるゝなり。其の輸出産物の如きも決して夥多なりとは云ふ可からず。僅に絹織物、毛皮、棉花、胡麻、瓜子、薬材等あるに過ぎず。当町在留の日本人は四十三名なりき。

十月二十八日、吹く風稍薄寒く覚えしが、快晴なるに心安くて、当地在住のさる夫人方を誘ひ出し、東文学堂に勤めらるゝ其の君に案内を乞ひ、城の内外なる旧蹟を探りぬ。かくて城内の東北なる明の古営を一見せしが、其の荒廃の様、そゝろに古の夢を忍ばしめ、秋は殊更哀れを催し、虫こそ啼かぬ、叢の露繁くして、見る人の、袂もしとゝに湿ひぬ。

さはれ果敢なき残礎頽壁にも、ありし世の盛運を思ひ忍ばれざらんや。垣内に方孝孺を祀れる方文忠祠あり。又垣外には王安石の居趾も遺りしが、何れも落寞見るに堪えず、思はず一掬の涙を濺ぎぬ。

歩を転じて東北の朝陽門を出づ、明孝陵を訪はんとてなり。城壁に沿ひて北す。此地には驢馬多く、西洋人の如きは野外散歩などには、婦人と雖も尚之れに乗る、一行は、特更に徒歩して、打ち語らいつゝ行く。進む事凡そ四十分許にて、頓て城壁を通り過ぐ。

之れより少しく西方に当りて、呉の孫権の墳墓ありとは、兼て地図にて心得たれば、行きて見ばやと同行の人に問ひたるに、今は跡形もなしと聞きて、さらばとて止めぬ。

行く事暫時にして、道は山路にかゝる、登りつ降りつ早幾個の坂を越ゆ。頓てかの諸葛武侯の所謂鐘山《チユヌシヤン》龍蟠てふ山腹に達す。折りしも五六人の支那婦人が、轎を降りて、参詣するに逢ふ。陵門のあたり浅茅蓬は時を得顔に繁りあふが中に、数多石像は、雨に晒され苔にむされて、昔を語りたげにも並び立てり。

夫れより三四の門を過ぐれば、目指す孝陵に達す。昔厳めしかりし建物は、哀れ長髪賊の為に毀たれて、今は其世の面影だになしとは聞きつれど、而かも尚其の規摸の壮大なる事目を驚かす許りなり。山上に立ちて眺むれば、眼界唯広濶、茫々たる大陸の間を、長江一帯滔々として東に流れ、雄大崇厳の気は、天地に溢る、自然の壮観は、更に之の建築の人工美に影響して、其趣は一層の崇高を加へ、昔の歴史は不言の感動を異域の人に与へ、低徊又俯仰、茫乎として帰るを忘れしめたりき。此の日可笑しき事ありき。山腹のとある茶店にて、我等の一行を見るや否や、直ちに桌子を庭に出して猟客の用意をなせしが、我等も渇せし折柄なりければ、之れ幸と腰打かけて直ちに一碗を喫しぬ。頓て価取らせんとせし時一人の若者出で来りて、法外なる強請をなせし故、何故に斯くは法外なるぞと問ひ返せしに、彼は平気にて中国人と東洋人とは其の価同しからずと答ふ。されば我等も亦支那流に、茶味の異るなきを如何にせむと報いしに、彼は遂に苦笑して黙しぬ。

暮色蒼然として、秋の哀は二千里外の行客の身にしみ渡る、古城を照す十日余りの月影凄う、風に送られ露を踏んで其の日は帰る。

三十日には又例の人々と倶に出で立ちぬ。水西門《シユイジーメヌ》外に莫愁湖《モーチオウホウ》あり。敗荷折れ朽ちて湖辺に人を見ず、暮雲湖心に落ちて漣波軽く動く時、秋風冷たく湖上に起る。梁武帝の歌あり。

河中之水向東流　洛陽女児名莫愁　莫愁十三能織綺　十四採桑南陌頭　十
五嫁為盧家婦　後略

歌中の主人盧莫愁は、曾て之の湖辺にあり、然かも今は徒らに其の名を遺して、其の跡更にある事なし。華厳庵《ホワーイエンアヌ》、勝柑楼《シヤンカンロウ》も荒れ凄むに任せたり。

進んで苴橋に到らんとす、何事ぞ、路傍に人山築きて、群り騒ぐ、何をさは珍らしと見るらんと、我も一種の好奇心にかられて、人波かき分けて打ち見れば、彼等の視線の焼点は、一の頭首なりき、実に一の骸軀なりき、余りの事に打ち驚き、抑も何人の、何等の事によりてか、斯くも無残の最後を遂げて、亡き後の恥を路傍に晒すにやと、同行の人に問へば、知り給はずや、此処は罪人を刑すべき刑場なるを、彼は犯せる罪によりて、斬に処せられ、斯くは之の刑場に梟さるるなれと答ふ。哀れ悲しき刑場の露よ、斯る惨状に行人を引き付くる事、日に少なくとも数回に余るとかや。二十世紀の今日に於いて、斯る惨劇ありとは、聞く者誰か信せん、去れども、我目のあたり見たるを如何にせむ。

城の南、聚宝門《チユーパオメヌ》を去る事小一里にして、寺塔あり、雨華台《ユウホワータイ》と称す。梁の武帝の時、天竺の名僧雲兄法師来りて、此処に経を誦せしに、天その熱誠に感じて蓮華を雨らせし由伝ふ。台上の眺望云はん方なく美はし。又北方の山上に一閣あり、北極閣《ペイチイコウ》と名く。閣の頂上より眺むれば、揚子江の巨流海の如く、東に鐘山あり、西に石頭山《シートウシャン》あり、北方城壁外の玄武湖《シウアンウーホウ》、脚下の関帝廟《コワヌテイミヤオ》、鶏鳴寺《チイミヌスウ》、皷楼《クウロウ》、練兵学堂《リエンピンショエタン》など、悉く指顧の中にあり。鶏鳴寺は梁の武帝と、天竺の僧達磨とが問答せし処として、其の名著はれ、関帝廟は、関羽を奉祀し、一に武廟と称す。支那にありては、之の武廟と両立して、なくて叶はぬ廟は即ち、孔夫子を祀れる文廟之れなり。南京にては文廟は城の西方にあり。両廟共に其の建築宏大なれども、痛く荒廃して、簷《のき》に葱を生じ、礎に青笞滑かなり。毎月一回必ず総督の参拝せらるゝに、殊に文廟は支那人の徳教の本尊たるに、其の荒廃は斯くの如し。支那人の徒らに形式のみに拘泥して、精神を籠めざるの一端は、之れによりても見らるゝ心地す。

劉忠誠公祠《リウチユヌチヤンコンツウ》、是又城内に在る宏大なる建物の一にして、劉坤一《リウコンイー》を祀りし祠堂なり。

第六章　北京行

一　嬉しかりし日章旗

十一月二十二日空は隈なく晴れて塵ばかりの雲も無きにかしま立ちする心勇みぬ。午前十一時半、蒙古よりの三名に伴はれ、小田切総領事御夫婦を始め親しき誰彼に見送られて、米租界なる英国ジヤーデンマゼソン会社の桟橋より同会社の持船連陞号に搭じぬ。船室は日本人、西洋人の上等と支那人の上等、中等、下等とに分れ器具万端いと清らかなり。我等の一団は人数少く、日本人は唯我一人のみ。他に西洋婦人二人、西洋男子五人と船員二人とを合せて食卓は常に十脚の椅子に囲まれいと楽しかりき。船は潮合を待ちて午後一時漸く錨を抜く、人間到処有青山と曾て人の歌ふを聞きしが我は到る処に故郷の有るを見出しぬ。一年月日長しとにはあらねど何とはなしに袂引かるゝ心地す。

船は間もなく呉淞に出で、夫より北を指して直走りに走りぬ。が黄昏の雲低う海を圧せる頃、颪俄かに吹き出で、波高う躍りぬ。時には山なす濁浪甲板に触れて船の動揺漸く激しく如何になり行くらんと人々心安からぬに、二三の西洋人は其波其動揺に反つて興を覚ゆる如くいと愉快げに甲板を散歩せり。我は去年の初航海に於て風浪高き時徒らに心を悩ますの詮なきを知りたれば、今は中々に心強く日本は海国なり、海国の婦人がかばかりの波にひるみたりとありては人聞悪しかりなんと思ひ我も甲板に出でて散歩しぬ。西洋婦人に挑まれて甲板上に競走をなしたるが我勝を得たり、愉快云はん方なし。夜に入りて浪いよいよ高く寒風飛沫を捲いて光景凄壮なり。二十三日暴風は暴雨を伴ひて来り甲板に出づべくもあらず終日室内にありて書を読みぬ。

二十四日暴風雨前日に異らず。

午前八時船威海衛《ウエイハイウエイ》に寄港す二人の西洋婦人と三人の外国紳士とは我に再会を約して此処にて下船しぬ。雨の日の更に寂し。其夜七時すぎ芝罘《チーフウ》に着す。雨は歇みたれど浪は尚ほ高し。甲板に出で、打見るに、岸を嚙む怒濤の叫び凄まじく、唯見ゆるものは闇に点ずる碇泊船の灯火のみ。夜色暗澹として遠き彼方には魔神の荒みたらんが如く思はれぬ。心地悪しく覚えければ、室に入りて打臥しぬ。九時過ぎにもや戸を敲く音しぬ、誰ぞと問へば水野領事よりといふ。其答への郷音なるさへうれしくて、急ぎ迎へつ。言づてを聞きて心強う直ちに上陸もせまほしく「波」はと問へば「いと高う幾たびか艀より投げ出されんとして危き限りなかりき、明日は疾く上り給へ」といはる。さらばとて領事への言伝頼みて其の人の去りし後「明日は波低かれ」と祈りて再び床に就きぬ。

二十五日天気晴れたれども風強く浪高し午前七時甲板に上りて芝罘を見る曾て避暑地として其勝を耳にせり、背に山あり前に湾あり。若し盛暑の七月、山に翠黛滴り海に碧浪躍らば、清風涼味を生ぜずして已まんや。港内に碇泊せる日本船五六隻あり、檣頭の日章旗は翩翻と閃きぬ。我は見て故郷の友に逢ひたらん心地して、其もとに飛びて行かまほしとさへ思ひぬ。幾度か甲板へ上りぬ、幾度か日章旗を恋ひぬ、幾度か陸を望みぬ、風を怨みぬ、浪を嘆ちぬ、斯くて午後に至りしが荷役に従へる支那人夫が辛うじて働くさまを見ては心怯みて遂に上陸せず。午後二時ボーイに託して領事夫人に文送りて心中を告げまゐらせしが、四時過ぎ返りごとあり。

此の夕一人の西洋人は、十二歳を頭にして三人の男の児ゐて来り、子等のみを乗船せしめてかへりぬ。児等は其後を慕ひもせず直ちに甲板に出で船の動揺にも風の凄じきにも一切頓着せず、心地よげに活潑に戯れ遊ぶ、晩餐の後蓄音機にて西洋音楽を聞く。さきの三児は打つて変りて大人しう耳を澄して聴き居たりしはいと可愛くて頭撫でても遣らまほしかりき。

二十六日風全く凪ぎて空は拭ふが如し、久し振りにて日光に浴せる心地いとすがすがし。目を挙ぐれば蒼海万里波静かにして、小春日の長閑さはかなたの日章旗にもあらはれたり。今日は疾く上陸せんと身つくろひしてありしに、船は間もなく大沽《ターク―》を指すべしとなり、惜しきこと限りなし。やがて船は錨を抜きぬ、一帯の砂岸画の如き風光を左舷に賞しつゝ、船は渤海《プーハイ》を横ぎる。此朝十四五歳なるが一人十二三歳なるが二人八九歳なるが一人都合四人の金髪の少女乗り込みしが、早くも甲板に出で、例の快活に縄とびして打ち興せり。我も近づきて「御上手なことよと」賞めしに少女等は得意がりき我にも加はりてよと乞へるまゝに暫し仲間入りして少女等を喜ばせぬ。

二十七日午前七時ボーイ入り来り、間もなく大沽《タークー》に着すべければ下船の用意ありたしと告げて去りぬ。乃ち手廻りの物など手早く取り纏めて甲板に上りて見れば、今日も一天晴れ渡りて風なく海穏かなり。程なく船は大沽《タークー》を去る七八里の沖に停る。此れよりは遠浅にて船進まざればなり。此処にて小蒸気船に乗りかふることとなるが、この乗換の危険と困難とは屢々耳にせし所、殊にこたび暴風にあひて後は其の危さの如何ばかりかと不安の情は深くも心に刻みたるなりき。さるに此の快晴此の静穏我は喜ばしさの余り、密に神の加護を感謝したりき。間もなく迎への小蒸気船舷側に着したれば、ボーイに命じて行李を移さしめやがて自分も乗り移りしが其時の混雑実に名状すべからず。若し波高からんにはなど思ひて独り身を震はせぬ。進むこと二時間ばかり白河《パイホー》の河口に入る。右は即ち大沽《タークー》にして左は北塘《ペータン》なり、大沽北塘の砲台は其の跡を留めず、残るは義和団の戦話のみなり。白河は已に薄氷に鎖されぬ。船は氷を砕きつゝ、右曲左折せる河流の間を縫ひ、十一時頃右岸の塘沽《タンクー》に着す。船は大沽行と称すれども実は大沽へは着せず塘沽へ着するなり。我は直に上陸しぬ。かくて天津に立寄り、北《ペー》京《チン》に上らんとするよしを蒙古《モンクー》の使者に告げしが、彼は蒙古なまりの北京語なり語ること久うして、意志を通ぜず、もどかしさに堪えざりしが、遥か彼方の建物に日章旗の閃くを見て、いと頼母しく覚え、兎も角もと其処に走り入りぬ。こはこれ日本郵船会社天津支店の出張所にてありき。入口に立ちて鈴を押せば、支那ボーイ出で来りつ。名刺の裏に今度入蒙せんとするゆゑよしかきつけて渡しぬ。待つ間程なく、主任松永の君御夫婦の出で迎へて導かるゝ応接間へ入りつ。いと懇なるもてなしを受け、又いといたいげなる御子達の打ち興ぜらるゝもをかしかりければ、いつしか旅の疲れも忘れて打寛ぎぬ。

かくて午餐の饗応に預るなど、その歓待は感謝するに余りあり。発車時間も近づきたれば御夫婦を始め重立ちたる人々に見送られて、桟橋より程遠からぬ、塘沽停車場に赴きぬ。この鉄道、一方は北京へ、一方は山海関《シャンハイコウヌ》へ通ず。我は天津へ向はむため、北京行きの列車に乗り込みぬ。

其場内には、日本憲兵あり、独逸兵あり、印度巡査あり、支那巡査あり、仏人あり、米人あり、伊太利人あり、朝鮮人あり、雑然として此処に世界を縮写せるが如き感ありき。一時五十分、塘沽を発す。鉄道は広軌にして、列車は仏国式なり。而して鉄道を管理するは英人なり、亦以て雑駁の一斑を示すものと謂ふべし。三時過ぎ天津に着し、伊集院総領事の許に到りぬ。

さて総領事に面会して入蒙の事ども聞えまゐらせしに、厚くあひしらひ給ひて、応接間へとは導かる。偶然に仙波司令官あり。快弁流るゝが如し。

司令官は、曰はれき。「蒙古在留の〇〇〇〇より書信がありました。王妃は非常に御待ちかねださうです。王妃は大層元気な御方で時々騎馬で狐狩などに御出かけ遊ばさるゝさうで、今に教師が見えたら一緒に出かけ様からと仰せられて、あなたの乗馬の御選択も、最早出来て居るさうです」など我らにとりては、いと興ある話多かりき。

更に、温厚なる御主人と、貞淑なる仝夫人との歓待に依りて、春風室に満てるが如き思ひせり。七八歳を頭に四人のいと愛らしき愛子達の、をばさま、をばさまと袂にまつはらるゝ、異郷の空に同郷の我を珍らしくおぼすにか。我も故郷にある思ひをなして、楽しく、快く天津の一夜を温情の中に明しぬ。

二十八日も尚同家にありて、昨日の如く歓待をうけぬ。

二十九日令夫人と馬車を同じうして、市中を見物せり。市は白河を挟みて拡がれり。上海と同じく欧化せること予想よりも甚だしく、日、英、米、独、仏、露、の各租界、何れもそれ〳〵一区劃を形つくれり。日租界は純然たる日本町にて、英租界は英国町なり、英人は到る処に経営の手腕を発揮し、其整頓と立派さとは、各租界中第一位を占む。日租界は頗る好位置を占めをれば、彼等英人に劣らぬまでの経営の望ましくて、切に居留民諸氏の奮励を祈りぬ。途にて図らず北京に在すと思ひし脇光三の君に逢ひぬ。（君は恩師、もとの華族女学校浅岡先生の令息なり）いと懐かしく、弟に逢ひたる心地せり。此日午後伊集院令夫人を始め、其他の人々に送られて、八十里の鉄路を三時間がほどにて北京前門《チエンメヌ》外の停車場に着し、公使館よりの出迎をうけて、七時公使館に達し、内田公使御夫婦より歓待をうけ、身に余る光栄を感じぬ。

二　北京城《ペーチンチヤン》

北京は清朝歴代の帝都たるのみならず、明朝の頃より帝都を金陵と此地とにおき、金陵を南京と称するに対して、此の地を北京と称したり。清の太祖満洲《マヌチオウ》より起り初め、奉天《ファンテヌ》に都し、後に明朝を亡ぼして之に代るに及びて、此処に都を移したるなり。北京城は分けて内外の二城となす、内城は稍東西に長き不正長方形にして東西約四十八丁、南北は約六十丁ありといふ。而して外城は、後に内城の南方に増築したるものにして西に長き長方形をなす。

内外城は、各別に城壁ありて、これに城門を穿つこと、内城に九門、外城に七門、即ち左図の如し。

北京城市街略圖

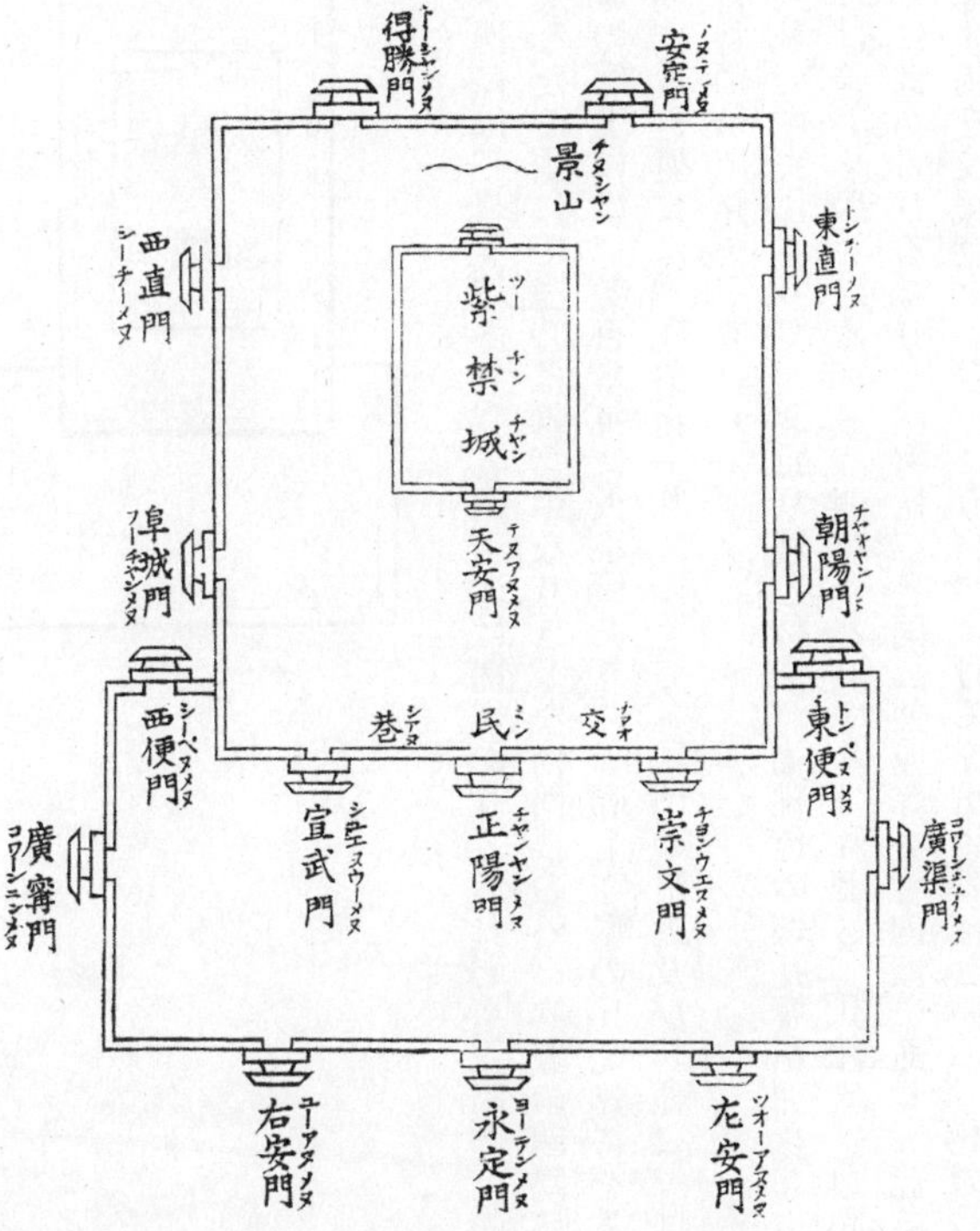

得勝門《トーシヤンメヌ》
安定門《アヌテイメヌ》
景山《チヌシヤン》
西直門《シーチーメヌ》
東直門《トンチーメヌ》
紫《ツー》禁《チン》城《チヤン》
天安門《テヌアヌメヌ》
阜城門《フーチヤンメヌ》
朝陽門《チヤオヤンメヌ》
西便門《シーペヌメヌ》
東便門《トンペヌメヌ》
交民巷
宣武門《シユエヌウーメヌ》
正陽門《チヤンヤンメヌ》
崇文門《チヨンウエヌメヌ》
廣寧門《コワーンニンメヌ》
廣渠門
右安門《ユーアヌメヌ》
永定門《ヨーテンメヌ》
左安門《ツオーアヌメヌ》

かくて、各門には、皆甕城あり、各門上には門楼あり、然れども正陽門上の楼は拳匪の乱に焼失したる由にて当時は再築中なりき。なほ門楼の外、内城の四隅には角楼あり、又内城の廓上には、数百歩毎に仮小屋ありて、廓上守備の兵此処にをる、なほ東城廓の南隅に近き処には、観象台あり、かくて各城門の附近及び其他に、城壁に上下するために特別の門路をぞ設けらる。

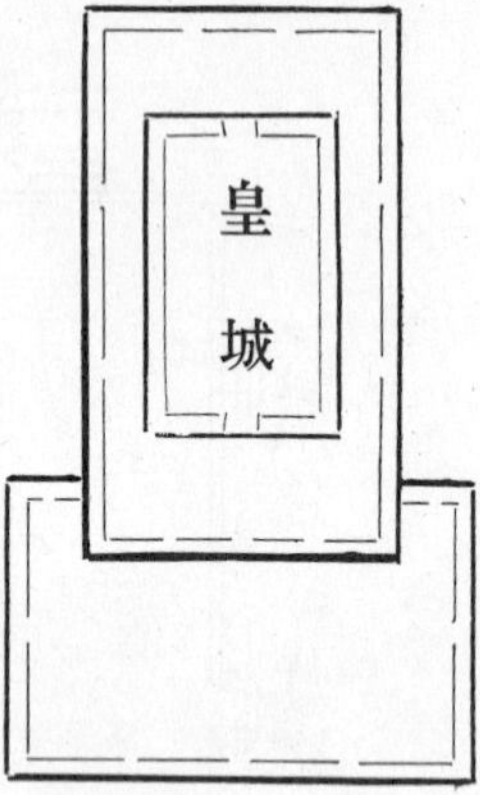

皇城は、内城の中央にありて、北京禁城と称す、褐桃色の煉瓦塀を囲らし方二十丁余り、其内には善美を尽したる宮殿、開廓多しとするけれども、其詳状は到底我等の知り得べき処にはあらざるなり。諸官衙、各国公使館等も皆内城にあり、此各国公使館の一団をなす街を交民巷《チャオミンシャヌ》といひ、これにつゞけるを東単牌楼《トンタヌパイロウ》といふ、此の辺は道路

も改修せられ、又欧米風の建築物も多けれども、其外に至りては純粋の支那風にして、こが四百余州の首府なるかと驚くばかりなり。然れとも近来新に路工局たるもの設けられ道路の改築に着手したるよしなれば、将来は大に其面目を改むることならん。

外城は、其広袤稍内城に過ぐれども、寺院、墳墓、田園、等多くして、市街をなせる所は却つて少し、たゞ正陽門《チヤンヤンメヌ》外の大街《ターチエー》は俗に前門大街《チエンメヌターチエー》といひ、百貨輻湊の地にして城中最も繁華の所なり。

三　支那馬車

北清に於て、一般に乗用として用ひらる、支那馬車は、二輪車にして先づ我が国の普通荷車の上に古代の御所車よりは低く且つ狭き箱の如きものを載せたるものとす、此箱の如き物は前面全く開きて、左右後の三方はこれを掩ふなり。而して乗下は凡て前面よりなすなり。其四隅には各一方の柱あり。左右後の三面は柱と柱との間に木製の格子様のものを嵌め、又頭部を網代の如き物にて掩ひ稍円みあり。而して此三面及び頭部は皆布にて包み、左右の二面には各一個若くは二個の小窓を開きこゝに玻璃を嵌め或は紗を張りて外面を望むに便にす、前面には皆簾をかけ又車中、人の坐する処には二枚の蒲団を敷くなり。彼等はそれを名づけて馬車といふ、然れどもそれをひくには必ず騾《らば》を用ひて決して馬を用ふることなし。此車は重量多く且つ発条《ばね》を有せざるが故に凸凹甚だしき道路を走る時は車体の動揺甚だしく車中の人わけてこれになれざる外つ国人等はえもいはぬ苦痛を覚ゆるなり。

四　万寿山《ワンショーシャヌ》離宮

万寿山は、一に頤和園《イーホーユアヌ》と称し、北京城外約二日本里の地にある、西太后の離宮にして、宛も日本の日光とも見るべく、結構の壮麗は遥かに北京皇城に倍すといふ。北京より万寿山に赴くには正陽門《チャンヤンメヌ》外より西方に西便門《シーベヌメヌ》を出づるなり。其間の道路はこれを御路と称し、一帯に巨石を敷きつめ平坦にして能く修めらる。北京にありては、皇城の背後なる景山の丘陵の外には近き辺りに山岳を見ざれども、万寿山附近に至れば漸く北方に群山逶迤《ゐゝ》として低く平野に連り、其末に臥牛の如き丘陵あり、其臥牛状の丘陵に丹楹《たんえい》碧瓦の楼閣交錯して日に映ずるは、これ即ち万寿山の離宮なり。正面の門を入れば左右は遠く墻垣を繞らし庭内には松柏枝を交へて緑滴りて実に気高き趣きあり、行くこと二丁ばかりにして宮殿あり。仁寿殿《ジンショウテヌ》といふ、門に「大円宝鏡《ターユアヌパオチヌ》」と書したる額を掲ぐ。殿の背後に出づれば、前面は周囲二里程の昆明湖《コエヌミヌホウ》、右方は丘陵の麓に沿ひて所々に楼閣を設け、各楼の間には、廻廊長く連り、丘麓より丘上に至るまで画楼、彫閣層々相重なり、又丘上には二層、三層、四層の高楼閣、数多あり。而して殿の彼方は楊柳の堤を以て遠く湖岸を繞らす。其楼閣、其楊柳の景の湖面に映ずる有様は宛然蜃気楼を望むが如し。湖中に大なる楼船一隻を浮ぶ。廻廊づたひにも行き得れども、我等の拝観を許されし折には途中より小艇に乗じ湖を横ぎりて此楼船に達し、此島にて午餐を喫したりき。これより廻廊を伝ひて右方に巡り先づ玉蘭門《ユイラヌメヌ》を入れば、廊は水に臨みて連なり一曲一折する毎に額を遍す、何れも筆跡はえもいはず麗はしく書かれたりき。廻廊に沿ひて所々に小室あり皆欄によりて湖景を賞すべし、かくて廻廊伝ひに数多の門をすぐれば、頓て西太后の平時の居室なる排雲閣《パイユイヌコー》に達すべし。其の装飾の華麗なること工匠の妙を極むといはまし。丘上の高楼より望めば、湖の全景は一望の内にあり、実に清国の主権者、西太后が其の万寿節を紀念となすために久しき年月と、数千万の巨資とを費やして築造せられたりといふは真なるべし。

第七章　喀喇沁《カラチン》行

一　喀喇沁はいづこ

十一月二十九日、北京に着し、それより十二月十二日まで、二週間の滞在中、同地在留の貴婦人方よりは日毎に厚き歓待をうけぬ。其の間に、北京日本婦人会の催されし宴にも請ぜられて其の模様をも伺ひしが、まことに有益にして、愉快なる会合なりと感じぬ。又喀喇沁王福晋（支那にては、親王、郡王の妃を福晋といふ）の御兄君に渡らせらるゝ粛親王の御許をも訪づれまつりぬ。其他諸事準備も整ひたれば、十二月十三日、愈々北京を出で立たんとす。その前夜、内田公使夫人の催しにて、公使館内の人々打ちよりて、我が為めに送別のうたげの席開き給ひぬ。

喀喇沁《カラチン》はいづこ、北京の東北にあり。北京よりは九日程にて達すべしと、甲も斯く乙も丙も斯くいふより外には、何事も聞かせぬにはあらず、知るものなきなり。強ひて問へば、長城以北の宿りは、天幕にもやあらん、馬賊の難あらんも測られずなど答ふめり。問へば問ふ程気遣はしさの増すのみにて、かよわき女の身には、恐しくのみ覚えたれど、又思へば恐しといひつらしといふは世の常の事なり。今我が故国は、安危の秋に臨みたりと聞きぬ。恐しさ、つらさをいふべき時には非ず。「もしことあらば一身の安危などは物の数ならず、かゝる折に剣持つわざ知らね身の故国の為に働くべきところ得しこそ、上もなき幸なれ。」と父上も文もて戒め給ひしにあらずや。よしさらば、骨も砕けよ、血も涸れよ、胸に鼓動のつゞかん限り、身を重き任命に捧げてん。斯く心に誓ひつゝも、二週間ばかりは、公使館にありて、何くれと旅立の用意しつ。神経過敏なる外国人どもは、早くもこの身の上に眼をやつけし。如何なる人の何の用ありてか来れると、うちつけに我が同胞に問ふもあり。同胞は親しき友の観光の為めに来れるぞと、何気なく言ひまぎらしたれど、遂に彼等が猜疑の眼光は、我が身辺を離れざりき。

二　夢？

思へば嬉しき身や、またおもしろき運命や、果敢なき世の浪にもてあそばれて、繊《か》弱《よわ》き女の身にて、なつかしき父母を離れ、友と別れ、幾重の線路を越え凌ぎて、斯る果まで漂ひよれるさへあるに、今また八重の白雲推しわけて、人知らぬ沙漠の果にさすらはんとす。

悲しと云へば実に悲し、二千里外行人の心、かの国の為に身を棄てゝ、夷の群に身を投げてけん照君の怨みは我は知らねども、国に尽さん同じ真心は我れも持てるを女々しき事に歎きて、人に見られん事のいと恥かしと、つとめて心猛く振舞ふものから、流石に幾層の雲と隔てたる東の空を望み、又幾重の天と聯りたる西のあなたをながめては、思はず袖ぬらす事の多かり。故郷の父や如何にと思ひては、雁が音に我が思ふ今の心を報らせ奉らんかと思ふ事も切なれども、去ることとしては昔堅気の父君の、さばかり女々しき女には育てざりしをとなか〳〵にうち腹立ち給はむ事の、目のあたり見るらん心地のせられて、せき来る涙を袖にかくして、書きたき文も書かで止みぬるこそ、いと堪え難き極みなりしか。

兎にも角にも今は斯くて止みなんやは、女なりとて大和魂はあるものをなと、思ひは千々に砕かる、夜は早痛く更けたり、身も心も何とはなしに疲れを覚えぬ、行末の空いろ〳〵気遣はるゝに、病も出づる様の事あらば、そは由々しき大事ならむに、今はた歎くべき時かは、心落ち付けなむと、冷たき伏床に寄り添ひぬ。

寝なむとすれば眼は生憎に冴えに冴えたり、心は此処よ彼処よと、様々に動きて、実に枯野を駈けめぐると云ひけん様ぞ思はるゝ、暗はあやなし、風は死して音だに立てず、人は眠りて声だにもなし、天地森々として唯我胸の騒ぐを思ゆるのみ。

忽ち声あり。訴ふるが如し。そは実に隣室の者の声なり、隣室に誰か伏しけむ我は知らず。誰か伏したるにせよ。此の夜更に何の用ありてか互に語ふにや。怪しくも我が胸は轟きぬ、聞かんとにはあらねども、生憎に低きながらも、寂漠の中には耳に響くを如何にせむや。

そは確かに男の声なり。一人の語のいと厳かなるに、他の一人はさも敬ひかしづける様は、思ふに主従の者が、人目を憚る秘密などありて、斯くは特更に夜陰に及びて語ふなるべし、人わろきに如何で聞かすあらなむと思ふ者から、又しかすがに其事の我身に関わる様にも覚えて、何時とはなしに耳をすましつ。

「君知り玉はずや、此度の争は、云はずもあれ〇国の勝利疑ひなきものを」

すわや、事は彼の事なりしよと思ふに、我が全身の血一度に燃えて、胸の鼓動はいよゝ烈しさを加へぬ。

「○国と△国と何れにもあれ、恩怨は更に候はぬを、我は唯利なるを取りてよきに候はずや、○国の我に親しさを思ふは、実に△国などの及ぶ可き処に候はず。年々の心尽し君よも知し召さぬにはあるまじ、況して彼は大国なり、兵多く国富みたり、勝敗は既に火の如く明かなるを、勝につかでは後に大なる悔こそ候はめ、いざ思し立たせ玉へ、只管に蒙古の為めを思ひ給はゞ、など躊躇し玉ふ事の候べき」

さりや、蒙古王と家臣との今度の事に付いて去就を論ひ玉ふと覚えたり。臣はひたすらに○国に従はむ事を勧め参らするに、王の答もなくて在することそ心許なけれ、如何で王の御心知るよしもがなと、我は寒さをも打ち忘れてそと起き上りて尚ほ耳をすます。

「さなり、利に就かば実に汝の云ふが如けん。戦ひの終局は未だ軽々しく云ひ得ざるべし。されど思へ、今度の事は、何国が果して正にして、又何れが邪ぞや。我は唯利を思ふにあらず。又強きにのみ従つて邪悪を助けん事を希はず、願ふ処は正義に附くにあり、弱くとも正義あるものは、我喜んで之に附かん。強くとも不義ならんには、天神地祇の如何が許し玉ふべき、言なかれ我心既に決す。我は凡ての利を捨て、△国を助けんのみ。」

王の御声は実に神の宣らせ玉ふかと尊かりし、朗かに又動かし難き此の御声を聞きつる時の、尊さ嬉しさ、何にかは例へん、唯々伏して正義の為めに国家を棄て給ふ王の御心を謝し奉らんのみ。

其後は声いと低くなりぬ、何を語ふらん、尚かにかくと争ふ様なる声のするは、下臣の王の御心を動かし奉らんとするにや。夫れもやがて絶えぬ、天地は再び寂漠となりぬ。西の空には紫雲たなびき、光明の空に満つると見えぬ。驚けばこも亦あらず、今の王の御声、そは実にありし御声か、思へば夢か、我が隣室に王の在し給ふべき理なければなり。現か実にまざかにも聞けるものを、我は思ひわづらひぬ。我が胸は怪しくも浪立ちぬ。

三　疑はれたる観光の客

十二月十三日、内田公使令夫人の馬車の中にて彼の猜疑の眼を避けつゝも、東直門《トンチーメヌ》より城外に出づ、其処には予ねて用意せられたる轎あり、支那馬車あり、こゝにて我は内田公使御夫婦、其他の送り給へる人々にも別れを惜みて、轎に乗りぬ。我より外に蒙古より迎へに来れる三人と、公使の厚き計ひにて、警護に添へ給へる本国兵士二人あり、この五人は支那馬車に乗れり、さて共に東北を指してぞ行く、疑問の中にありし観光の客は、今、北京を離れて、其跡をぞ晦《くら》ましぬる。

我の乗れるは、騾駝轎とて、轎の前後に騾馬一頭づゝ附けて、荷はしむるなり。騾馬は、驢馬と馬との雑種なるが、馬のやうには物に驚かず、驢馬よりは、足健かにて、能く、寒さに堪え、又能く、渇に堪えて、長途の旅行に適せりとか、他の五人の人々の乗れる支那馬車は、前述の如く小形の荷車やうのものに幌をかけて、これ亦、二頭の騾馬をしてひかしむるなり、此騾駝轎と支那馬車とが、がたり、がたりと走る様こそ、げに、奇観なりけれ。まことに此の奇観こそ、太古のまゝなる、茫漠たる広野の景にぞよく調和したりけん。若し春霞遠く罩《こ》めて、陽炎馬蹄に立ちたらば、更に一段の趣味は添ひたらんものを時の春ならぬをぞ恨みたりし。

午後五時半、孫河《スオエヌホー》に着きて旅舎に入りぬ（旅舎は何れも同じ様にて、門を入れば広き庭の両側に廐あり、而して、其正面に客室を設くるなり。）今日の行程は四十清里なりき。

げに、太古のまゝともいはまほしき旅舎の薄暗き客室は、日本の八畳敷ばかりもありぬべし、総べて土間なるが、其半は一段高く築き、その中を空洞にして、烟を通して床を暖む、彼等はこれを炕《かん》と呼べり、日本の宿場の旅籠屋にては、客の顔を見る時は先づ風呂を焚くなるにこゝにては、先づ炕を焚くなり、床の上には、アンペラを敷きてあり、我は轎の中より、蒲団を取り出で、其上に敷きて座したり。さて室内を見渡せば、其中央に油に染める桌子一個あるのみにして外には物もなし、強ひて求むればば蜘蛛の巣ある位なり、あゝこれ誠に蒙古王の定宿かと独り打ち呆れてあるほどに、炭部屋よりや出で来つらんと思はるゝまでに、むさ黒き顔したる支那ボーイは一瓶の湯を持ち来りて、卓上に置きて去りぬ。よりて我は、持参の緑茶取り出でゝ、点じてものするほどに、夕餉のもの運びもて来れり、その油染める器の、見るだに胸悪しければ、たゞ持参の鑵詰などにて、餓を凌ぎぬ。蒙古の旅行に、携へで叶はぬもの、一に夜具、二に洗面器、三に鑵詰類、四には供廻り数人なり。

十二月十四日、午前五時半、旅舎を出づ、雲低う垂れて風寒く、暁月は尚天にあり、行く程にやうやう東の空白み渡りてあたりの景色一歩一歩に見えそめぬ。轎の窓越しに外を眺むれば、北方遥かに山脈の横はるが見ゆるの外は西も東も、幾百町となく打つゞける麦畑なりき。行けども／＼景は転ぜず、趣も変せず、只只茫漠たる様なり。正午に近き頃より風吹きいでて砂塵高く揚りぬ、「北清は、概して降雨少なくして、多きは、年に二十五六回、少きは七八回に止れりとぞ」されば、地面いたく乾燥して、軽風にも塵揚り、大風には塵埃天を蔽ふなり、十二時十分牛蘭山《ニューランシャン》に着、こゝに昼餉して午後一時に再び出て立つ、四辺の様は依然として茫漠たれども、此の辺りには、村落点在して、蕭条たるうちにも、多少の温かみを感じたり。北京にありし日、この辺りは、人も家も都と異りて、窄く見苦しからん、さるにても親王家の姫君こそ、さる奥ざまへはよくも入り給ひつるよなど思ひたりしが、今、入り来つて目のあたり其有様を見れば、瓦葺の家もありてさまで北京とは異らす。庭前に大きなる石臼を据え、目蔽ひしたる、驢馬にこれを挽かしむるさまなどは、いと悠長に見えたり、午後二時頃、雪はちら〳〵と降り出でぬ。積りもやせんと気づかはれしが一時間ばかりにて晴れたり途上には二人の支那兵に逢ふ、古北口よりや来りし、我が一行を訝しげに見送りて去りぬ。其外日本ならば草鞋掛ともいひつべき旅人にも出あひしが極めて稀なりき。されば、旅舎の蜘蛛の巣となれるもげにやことはりなりと知りぬ。今一行は牛児《ニューアル》河中を渡れり、河は水落ちて流れ浅けれども石出で丶累々たれば、騾轎の動揺はげしくて、我は船酔ひしたる様の心地にて苦しさいはん方なし。強ひて忍びて河中の三十九清里を過ぎ、日落ちて密雲県《ミーユイヌシエヌ》に着しぬ。この行程百二清里。

十二月十五日、まだきに宿りを出づ。四隣声なく、寒気は凛々として肌を刺す。地面は熱を放散し尽して、微温をだに留めず。夜は明けんとして、未だ明けず、天地の静寂たるはたゞ騾馬の鈴のひびきにぞ破らるゝ、この暁の寒気には、支那馬車なる人たちは、息も凍りて、顔をおほへる帽子の裏には白き花を咲かせたり。

午前十時頃、謂はゆる蒙古風や起りし、黄塵、忽ち天地に塞がりて、濛々晦々たれば、馬後にあるものも、馬首を望み得ず、馬夫等は警声をあげつゝ、辛うじて、馬を駆れり。十一時半、石匣児《シーシャアル》着、午餐はてゝ、午後一時出づ、二時より、又、蒙古風に襲はれて、危険を警めつゝ、すゝみぬ。三時頃二人の商人風の西洋人に逢ひぬ。彼は我が一行に眼を配ばり、幾度か振りかへり見て行き過ぎぬとか。

かねて北方に望みたりし山脈のかげ今日は漸く明かなり。其の風光まことに愛すべきものなり、かくて一丘を上り一陵を下り、或は磧を過ぎ、険しき南天門《ナヌテヌメヌ》の峻坂を踰えて、点灯に近き頃、長城の東方より第二口なる古北口《クーペーコウ》に着きぬ。山を穿ち、谷を削り、山谿を亘り、河を渉れる延長五百里の長城の記を認めんと欲すれどもたゞ我が筆の及ばざるを如何せん。

　十二月十六日、例刻出で立つ、行くこと三十分ばかりにして、古北口の関門を出でぬ。其門はいと大きやかにて、何となく壮厳に覚えたれど、尚ほ薄暗くして、確かには、見え分かず、門外に兵営ありしが、是又糢糊として明らかには見えざりき、各関門何れも守備のため兵舎をおけるなりときく。暫くして夜は明けぬ、空晴れたれど風寒し。長城の外は寒気更にきびしく、城内とは万事其趣を異にして、家はなく、天幕にても見ることならんかと思ひ来しが、想像は事実にあらざりき、事実は、四辺の風物、北京あたりと、さまで違はざりき。只渓水の流れ清うして、松樹滴るの景は、彼に無くして、却て此にあり、一行は画の如き山水に包まれ、凍れる渓川に沿ひ、めぐりめぐりて十一時に松樹溝《ソンシューコウ》に着きぬ、喫飯の後又谷間を辿り行く。遥かに数十の駱駝の群に逢ふ。駝手先に立ち、一頭之に従へば、他の数十頭は、順次列をなして、乱れず、騒がず、おとなしう行く様は、書に見たる「アラビヤ」物語を思ひ出しぬ。今日は三道梁子《サンタウリヤンツー》に宿る。長城以北喀喇沁に至るまでは、総て山道山坂を過ぎ行くなりと聞きぬ。

十二月十七日、星を頂いて宿りを出で立つ。今日は又寒気ひとしほきびし。寒暖計あらば、氷点以下何度にか降りてあらん、信州の寒気に育ちて、是れまで、寒さには堪えずといふことを知らざりしが、今日の寒さは、肉を刺し、骨を透して、生きながら氷とやならんと思はれ、恐ろしくも又辛く感じぬ、険しき路に馬のはないきあらく、其の息直に氷りて霜を吐くかとも見えてあはれなり。又幾筋の道は一面に氷となり、歩々のあやふさいはんかたなく、馬も得進まざるを、馬夫は衣の裾に小砂利入れて運び来り、氷の上にまきて辷るを防ぎ、さてかけ声に馬を、はげまし僅かに足を出さしめぬ。かくの如くすること、幾度といふことを知らず。轎の内の我は背に汗してげに薄氷を蹈む思ひをなしぬ。日の出で、、寒気稍〻薄らぎたれば、少し元気付きて、窓より、四辺を眺むるに此辺一帯に山多く、清き渓川の彼岸此辺に点々として松樹の森あり、森影に小村落あり、立ち騰る朝餉の烟紫に棚引くなど其趣一にして足らず、かくて河を縫ひ山を越えて行く程に、慣れたるは騾馬なり、板を立てしやうなる急板をも轎の前後に繋かれつ、、いと易々と越えぬ。十一時灤平県《ラヌピンシエヌ》に着す、午餐を了り、二時出で立つ。行くこと三十分程にて、灤河を渡る。灤河は、西遼河と共に内蒙古の二大河にして、源を多倫諾爾《トロンノール》に発し、灤平県を過ぎ、天津の東北灤州に至りて、渤海に注ぐなり。

喀喇沁王府の南八十清里に茅金《マオチン》場といへる嶺あり、此の嶺、内蒙古の分水嶺をなして其南に流るゝものは灤河となり、北に流るゝものは、西遼河に注ぎ、満洲に入りて、遼河となるなり。此灤河は雨期に入れば水量増して舟楫の便を生ず。されば蒙古の土民は此流れを利し舟にて灤州に出で、それより汽車の便をかりて天津、北京へ交通す。商人などが蒙古の物産たる獣皮を南方へ輸送し更に貨物を蒙古に輸入するも此時にありときゝぬ。即ち灤河は外部との重なる連絡線といふを得べく、我国人の蒙古に志あるものは此の河を利用するこそよけれなど思ひて過ぎぬ。暫く流れに沿うて下り、北に折れて熱河の流を溯り、山間に入り、広仁嶺《ホワンジンリヌ》などいへる山坂を越え、三時頃、承徳《チヨントウ》府一名熱河《ローホー》に着く。此地は内蒙古東西六盟中、其二盟を所轄する、都統衙門の在る所なり。例ながら、尚ほ時の早き為めにや、我等を見物の土民は、蟻の如くに群がりぬ。我等も亦群がる彼等を見物するに、物をかぢるもの烟草を薫らすもの、さて埃の入るも厭はず大口を開けるものなど、如何にも呑気なる様なり。食後一行の人々は、大切なる品ども我に托しおきて市内見物に出で行きぬ。帰りての話に、此処は商業盛にして、北京と連絡せる電信局もあり、市街の模様多く北京に劣らじと。此日行程九十清里。

喀喇沁より北京への電報は、四日を、人の足して運び、此処にて発信すべきにより少しく思ふふしもあれば、わざ〳〵人をして局のことゞもこまかに取調べさせ、北京へのみやげにせられたしと兵士の手帳にかきつけもらひぬ。

十二月十八日、風あり、晴天なれど、寒気いと強し。十時半旅舎を出で、右に雄絶壮絶なる熱河の離宮即ち先帝、文宗皇帝が、東太后及び今の西太后と共に英仏聯合軍を避けられ遂に崩御あられし其処として近代史に名高き其離宮を望みつゝ行く。右の山上には、老松翠蓋をかざし、樹間には、色彩せる喇嘛廟隠見して頗る雅趣あり。灤河に工事など施し、避暑地ともなさば、こゝは好山水ならんと感じぬ。暫くにして城壁の西へ折るゝ処、左方の山腹松樹の間に二個の喇嘛廟を認む。其東なるは「須弥福寿之廟」と称し、西蔵の班禅額爾徳尼所居に模し、其西なるは、「普陀宗乗之廟」と称し、おなじく西蔵の達頼喇嘛の所居に模したるものにて、いづれも清の高宗純皇帝の、乾隆年間に建立せられしものと聞きぬ。彩色を施せる様を通りがてに、打見しのみなれば、よくは分らねど、いと壮大に見受けられき。喇嘛僧は実に蒙古の生仏にして人民は其の命をきかざることなしとぞ。されば狡猾《らうたう》なる「ロシヤ」は将を獲んと欲せば先づ其の馬を射よとの筆法にて、其生仏を籠罩するよしはかねてきゝしが今又同行の蒙古人の話によりて之れを確かむるを得たり。

喇嘛廟を過ぎし処、山は兀として赤裸々となりぬ。路は熱河の河中にて、大石小石、塁々として横はり、一高一低、足場の悪しきこと、譬へんやうもなく、午後六時漸く高素台《カオスウタイ》に着く、何れの旅舎も蜘蛛の巣ならぬはなけれど、今日のは又甚しく、天井より変化にても、覗きはせずやと思はれて、気味わろし、されど、此気味悪き旅舎こそ、になれよなど戯れいふ。行程六十二清里。

我等の為めに幸なれ、若し旅舎の設備整ひ、懇情至りて為めに旅愁を慰められなば、気挫け、力疲れて、次ぎの旅程に上らんは、覚束なけん、憂き宿は、うき旅の奨励者になれよなど戯れいふ。行程六十二清里。

十二月十九日、晴、一山去て一山来る。山又山は皆禿げたり。山の間の細道小道を辿り行く。山陰には、雪の積りて、其処より刃の如き風を送り来ぬ。午後六時七家児《チーチヤーアル》に着く。此夜の寒さは更に厳しく、明くる我身は、氷にやあらんと危ぶまれぬ。

十二月二十日、寒気はげし。例の如く、山間を行くこと四十清里にして、内蒙古の分水嶺をなす、茅金鎮《マオチンチーン》に達す。此山には樹木少なからず、見る目心地よし。一時間にして山を踰ゆれば、眼界開けて、畑あり、樹木あり、矮屋あり、日本の田舎を見る心地す。午後五時王爺店《ワンイエーテヌ》に着す、行程八十清里。

十二月二十一日、晴れ、寒気少しく緩きを覚ゆ。十時出立、途上の光景は多く前日に異らねど、山には樹木ありて(河西伯河《シーポーホー》王府の南を過ぎ更に北に折れ西遼河に入る)は途上の他の河の如く荒れまさらず。彼の水少く河幅広き途上の諸川に氾濫の惨禍を偲びし目には、予ねて聞き及びし、森林濫伐の恐るべき、実物教授に接したる感あり。此辺一帯は、内蒙古の南に位し地味豊かに、米を除く外は、凡て穀菜何にても成熟せざることなしと、一行の蒙古人は語れど、実際は如何あらん。一見せし処、耕作法といふものなく、無責任の作りかたのやう思はる。

今日は、五十清里にて王府に着すべしと聞きたれば、何となく心うれしく、驛馬の歩みもどかしく思はれて、午後二時上瓦房《シャンワーフワン》に着す。此処には、王府より迎への者先き立つてあり。導かれて、午後三時半事なく王府に入る。北京よりの二士は、王府の西、日本里一里許りにある、武学堂へ赴かる。学堂には日本の〇〇一名、外に二人在すやに聞きぬ。

書信一

去る十三日午後北京を発し候ふが、同行者は蒙古より迎への使者三人と、内田公使の御配慮にて軍隊より附せられし二名の日本兵士とに御座候、名もなき一女子を斯くまで鄭重に致され候ふ事、身に余る光栄と存じ益々覚悟の臍を固め申候、日を逐ひて寒空に向ひ候事とて旅行は、予期いたし居候、悪道路の外に一入の困難を覚え申候、長城以南は只茫漠たる広野にて趣味少なく、気遣ひ居候以北には却つて山もあり河もあり時としては緑樹もありて、佳景少なからず、殊に熱河附近の山頂山腹、古松欝蒼たるあたりは絶勝に御座候、旅舎の穢なさ、寒さの恐ろしさ、途の悪しさ等は、追々申上ぐべくかくて昨二十一日無事に喀喇沁に着し王府に入り申候が、行程実に六百九十余清里に御座候。

王妃には殊の外の御待かねにて、私の着府を非常に御喜び下され、其夜直ちに晩餐に召され、王御夫婦と食卓を共にする栄を荷ひ申候。御夫婦共快活に渡らせられ、種々御慰問の御言葉を給はり、果ては打解けて四方山の御物語り遊ばされ候ひしが、王は先年御微行にて、我大坂博覧会へ成らせられ、各方面に聡明なる御観察を遂げさせられ候ふが、女子教育の必要も、其砌り御感じ相成りたるやう承り及び候。されば日本の事情には、余程御通暁にて此辺の河には大きな魚が居りませんので刺身が出来ず御気の毒です、日本の食物では刺身が一番結構でしたなど申され候。食事中室の一方に大判の写真の掲げあるに気附き申候。見るともなく見るに其人々は日本人のやうに候まゝ、王の許を得て近づき候処、王は微笑して其れはあなたの学校の写真ですと申され候。いかにも高等師範学校卒業生の紀念撮影にて、懐かしき篠田先生も其中に在し候。私は得知らぬ快感に打たれて飽かず眺め申候。淋しく感じ候折などは、此師の君友だちに逢ひまゐらするため室に入るを許されたしと願ひ上げ候処、王は快く何時にても勝手に御這入りなさいと申され候へば限りなく嬉しう存じ候。

昨夜は寒気殊に厳しく候ひき。私に宛てられ候一室は、これまで人の住はざりし事とて其寒さいふべからず、水も忽ち氷の岩となる程ゆゑ、炭火位にては中々凌がれ申さず、長途の疲れの出でしにも拘らず一睡もいたさずに夜をあかし申候。其のためか、今朝は頭痛いたし気分勝れず候へども、学堂は一日も早く開始いたす必要これあり、今より衣服を改め、それら御相談のため王妃の御許へ罷出づべく候。詳しくは何れ其中に申上ぐべく何か面白き近刊の書物も候はゞ、御送り下され度願上まゐらせ候。

書信　二

旅にて心細きは、腰纏の乏しきと病に罹りたるとにありとは、予ねて聞き及び候が、私は北京を距る七百清里の蒙古に於て、其一を経験いたし申候。前便申上げ候如く着府の翌日、旅の疲れと厳しき寒気に基ける頭痛とを忍びて、勉めて王妃に謁見いたし候が、昨二十二日は遂に怺えきれず終日就蓐致し申候。侍婢等は新来の外国人たる私を恐ろしさうに只おづおづ致し居り物の用にはえたゝず、歯痒さ心細さいはん方なく候ひき、其夕武備学堂の伊藤○○の来訪を受け候は、名医の来訪にもまして心強く感じ申候。然し御安心下されよ、本日は気分殊の外よろしく、午前は太福晋（先王の妃）を訪ひ参らせ候。太福晋は礼親王の令妹にて、御年六十位、いと福やかなる御方に御座候。先初見参の挨拶より学堂のことなど聞えあげ、後は雑談に渉り候が、太福晋には此辺りの婦人は北京へだに一人にてはえ往かざるに、日本より遥々如何にして来りしぞ、とて余程御驚ろきの様子に候。又船とは如何なるものぞ、何程の大さあるにか、などの御尋ねにには意外の思ひいたし候。終りに学堂の事よろしく頼むなど御如才なき御言葉を承りて退り出候。午後は気分一段よろしく、殆んど平常に復し申候。見るもの聞くもの驚かるゝのみにて、日本人の眼を驚かすは、高き文明と低き野蛮と何れ大

なるべきかなど思ひ浮べ申候。（下略）

第八章　喀喇沁所見

一　喀喇沁《カラチン》の右翼旗

位置及広袤、当喀喇沁王部は、内蒙古東西六盟二十四部、四十九旗中の一旗にして、蒙古の南方に位し、北緯四十一度一分より、四十二度二十二分、東径百十八度より百二十度に亘り、東西二百七十五清里、南北二百六十三清里、総面積約三万二千八百方清里、海面を抜くこと二千余尺、中央は喀喇沁中旗の入り込み居るため狭められて百二十清里、ばかりなるか、東部西部は三百清里余あり、大体の地形は次の如し。

地勢は興安《シンアヌ》の一支脈を以て、東西に二分せらる、即ち東部は、老哈川《ラオホーチヨワヌ》の流域にて、領域中尤も開轄肥沃の地なり西部は、西伯川《シーポーチヨワヌ》の河域に属し、山岳重畳して平地乏し、此の西伯川は、源を王部の西南隅茅金鎮《マオチヌチーン》の北麓に発し、北流し

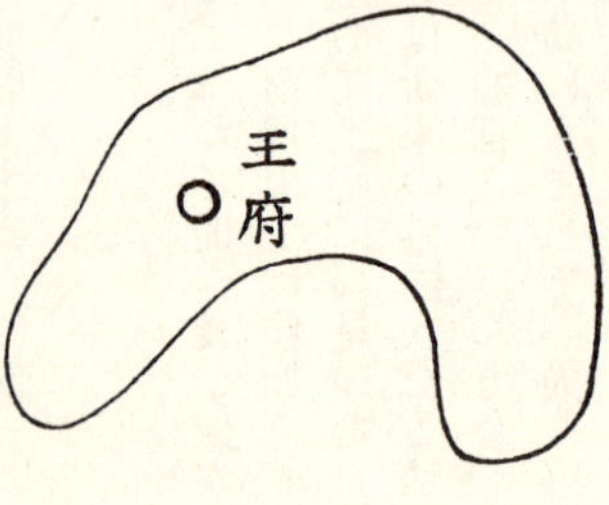

て王府の前面を過ぎ東北流して赤峯《チーファン》の西に至り英金河に合するものなるが、四月半はまでは厚氷一面に張り詰め居たりしかば、昨年は王妃、王妹と共に時々氷辷りに出かけ、或時は、河上に、或る時は河下に、七八清里程づゝ辷りつゞけ、帰途は騎馬にてかけ帰りしが、まことに面白きよき運動なりき、かゝる僻地には又それ相応の楽しみあるものと感じたり。

戸口、戸数は蒙古人五千戸、人口約五万、漢人六万戸、人口約四十余万程なり、此等漢人種は主として、山東、山西、直隷の諸省より移住したるものにて、古きは二百五十年前より、新らしきは十数年前の移住なり、以上の如く漢人は王部のあらゆる地に散布して、漸次蒙古人を王部の西隅に圧伏するの有様なり。現今蒙古人の尤も多く群集し勢力あるは、王府の近傍なるが、こゝに於てすら猶漢人は其半数を占め居れり。

気候、気候は大陸的なり、寒気酷烈にして冬季最も長く、夏季これにつぎ、春秋は極めて短かく各一ヶ月に過ぎず。即ち夏季は五、六、七、八月の四ヶ月にして、極暑の候と雖も堪えがたき程のことはなく至つて凌ぎよし、冬季は十月より翌三月に至り、厳寒の候には零下十五度より二十度に下り随分きびしけれども、空気は一帯に乾燥し、雨量は極めて少なし。降雨期は大凡七八九の三ヶ月にて此間には一週二回の降雨ある由なるが、今年は雨量非常に多く、六月より八月まで降りつゞけたり。

物産、当王旗領は、前述の如く内蒙古の南方に位し、且つ地味は肥沃なれば農業盛に行はれ、牧畜は副業の有様なり、然れども耕作の方法極めて拙なり、其の収穫は多からず。

当地方の産物を挙ぐれば、農産物には、大小麦、粟、蜀、蕎麦、黍、大小豆、麻、瞿粟、煙草。

蔬菜は、馬鈴薯、白菜、蘿蔔、大根、胡蘿蔔、葱、韮、瓜、茄子、大角豆、芥、等。

菓物は、桃、李、林檎、杏、栗、葡萄、西瓜、等なり。

樹木は、楊、柳、楡、樺、等にて、此等の樹木は、他旗に比し産出多く、当地方より熱河《ローホー》赤峯《チーファン》等に、多く輸出する由なり、併し右の樹木のあるは唯、王府附近一帯の地のみにて、あとは皆支那式の濫伐にて、残らず禿山なれば、欝蒼たる光景とてはなく、突々たる山のみなり。殖林に就きて意を用ゆる人なきはいかにも惜しきものと思ひしかば、折を得て、王、及び王妃に、山には木をうゑ、畑には耕作法を改めて、天与の富源を増殖遊ばさるやう御勧め申あげたるが、今後は追々実行の運びに至るなるべし。

鉱物は、金、銀、石炭、砂金、を主とし、就中金鉱最も多く、旗内産出のケ所は大凡三十余ありとぞ。

交通、当王部には、東西に二大道貫通す、即ち熱河大道と関東大道との二なり、熱河大道は、熱河より茅金鎮を経て、王市の前を過ぎ赤峰に達す、関東大道は赤峯より錦州に達するものなり。

当地の道路は、其位置時々変転して、行人を苦しむこれ該地方の山は皆赤裸の禿山なれば平日雨なき時は、水量極めて少くも一度雨降らば、両山に来る雨量は、非常なる速力を以て低地に奔下し、溝に集る、（当地にては山間数十ヶ町の河蹟を抱ける地を溝と云ふ谷の大なるものと云ふ意なり、）故に溝には、此所新川流を生じ、濁水張る、川流も一定の川道なければ、たま〳〵一定の道路を作るも雨後には、全く潰滅に帰し、更に又新道を作らざるを得ず。かゝる有様なれば渓間には、道路と名づくべきものなく、川蹟を以て道路となす、平地は少しくこれと趣を異にし居れど、やはり道路の障害となるべきものは雨なり道路には雨水溜りやすく、且つ該地方は皆黄土なるが故に車轍深く入り、其難渋たとふるにものなきまでなり。

北京より王府迄の道路里程表

北《ペー》京《チン》…孫《スヱヌ》河《ホー》	四〇	孫河…牛欄山《ニューランシャン》	五〇	牛欄山…大羅山《ダーロシャン》	二〇	大羅山…密雲県《ミーユイヌシエヌ》	三〇
密雲県…穆《ム》家峪《チャーユイ》	二〇	穆家峪…潮渡庄《チャオトチョワヌ》	二〇	潮渡庄…石匣児《シーシャーアル》	二〇	石匣児…新開嶺《シンカイリン》	二〇
新開嶺…古北口《クーペーコウ》	一二	古北口…古《クー》城《チャン》	三〇	古城…三間房《サンチエヌフワン》	三〇	三間房…杉樹溝《ソンシユウコウ》	一三
杉樹溝…長山峪《チャンシャンユイ》	二六	長山峪…三道梁《サンタオリャン》	一五	三道梁…王家営《ワンチャーイン》	二八	王家営…灤平県《ラヌピンシエヌ》	二三
灤平県…熱《ロウ》河《ホー》	三八	熱河…二道河《アルタオホー》	一〇	二道河…三道河《サンタオホー》	一〇	三道河…黄土坎《ホワントーカン》	二〇
黄土坎…高素台《カオスウタイ》	一八	高素台…崗《カン》子《ツー》	三二	崗子…楊樹林《ヤンシユリヌ》	二六	楊樹林…三十家《サヌシーチャー》	一二

三十家…七家児《チーチャール》	一八
七家児…大《ター》廟《ミャオ》	一八
大　廟…羊草溝《ヤンツァオコウ》	一三
羊草溝…駱駝山《ロウトーシャン》	二五
駱駝山…旺爺店《ワンイエーテヌ》	三〇
旺爺店…両《リャン》家《チャー》	一八
両　家…王《ワン》府《フー》	三〇

風俗、当王旗領は、蒙古と称すれども実は直隷省《チーリーション》の一部にて殊に、前述の如く、到る処に漢人の散布して住する故、風俗習慣等全く漢人の感化をうけ、殆んど差別なき程なり、それ故男子は一見して漢蒙を区別しがたく、女子は満洲婦人と全く同様なり、王府附近の蒙古人は却て憎むべき性質を有すれども地方に到れば、漢人の圧制を受けてもまれ居るにも係らず、質撲にして愛すべき点あり、種々なる方面より調べ見たるに、蒙古人は昔は日本人に酷似せる、立派なる気象を備へ居りし様なるも、喇嘛教盛に行はるゝにつれ、斯くなりしものかと思はるなり。かくて彼等は実に気概なき人種になり果て、漢人の圧制を受け居る様は誠にあはれむべきの至りなり。

宗教、前述の如く喇嘛教の盛に行はれ居る当王部内の大廟としては、福会寺を第一とし、外に延慶寺、広慧寺、霊悦寺、善因寺、等あり、福会寺は王府を去る西一清里の処にありて、当王部の大廟のみならず、近傍第一の大廟なるよし、規摸宏大と云ふにはあらざれども、楼閣画梁美麗を極む。

現今喇嘛僧は三百余名あり。全蒙古の部にて述べし如く、該地方にては、何事も喇嘛僧によりて行はれつゝあり、右の外各蒙古の村落には、必ず一個の喇嘛廟あり、当王部には喇嘛廟の数二十七箇ありときく、これ等の喇嘛廟は、皆王府より寺領なるものを下附せられ、又信者より、金額及び田地の寄附を受けて、一切の費用を弁じ居る由、該地方の人々は、日々の食物を減じて迄も猶ほ喇嘛廟には喜んで寄附をなすもの多しとぞ。以て彼等の喇嘛教に対する信仰の度の高きことを知るに足る。

教育は、従来微々として振はず、各地方に於て若干の寺子屋的学堂の設けありしも、就学児童は僅かに、数人に出でざりし由なるが一昨々年の冬当王部は、普通教育制度の改良を企てられて、稍ゝ文明的の一小学を設けられたり、教授科目は、我小学に倣ひ読書、算術、地理、歴史、作文、習字、体操、唱歌、等にて、読書は蒙漢の両種を教へ居れり。教師は蒙古人三人、漢人一人、生徒は目下四十名あり。

年齢は、七才より二十才に至り、学級は三学級に区別す、外に武備学堂ありて実によく整頓せり。最初の教師として尽力功労多かりし日本○○の帰国せられて後は、唯形式にのみ傾き来りしことのいと惜しく、あはれ適当の後継者の、一日も早く其任に就かれむことを切に希望し居る所になん。

当王旗の歴史、喀喇沁の王旗は、其先元の太祖の功臣済拉瑪《チーラムイ》より出づ、明朝の末年に当り、外蒙古察哈爾林丹汗の強大にして、諸部落を侵略するに当り、力敵し難かりしが、時に清国の大宗錦州を陥れ、将さに燕京《エヌチン》に近からむとするに会す、即ち部衆を率ゐて之に帰したる功に依り、天聡二年郡王の爵位を授けられて、其部落を全ふす。

次に巴林《パーリン》、奈曼《ナイマン》、敖漢《アウハン》と共に二十七年より同三十五年迄の間聖祖に従ひて、準噶爾の酋長噶爾丹汗を討てり、爾来歴史上特に記すべきことなく、当王に至る迄十二世を継続せり。

当王旗は、代々北京の親王家と婚縁を通じ居らるゝなり、即ち当太福晋は、礼親王の御妹にて、福晋は粛親王の御妹なり、斯くの如くにして、清廷には、多くの連鎖を有せらるゝ故、政府に対する勢力は、他の王よりは、比較的大なりとぞ。

猶記したきことは、山々あれど、余は後日にゆづり、茲に暫らく筆を措かん。

清国初封始祖　　二世

諱　　諱

蘇布地　　固魯斯奇布

三世　　四世

諱　　諱

札什　　策凌

五世　　六世

諱　　諱

宣徳木札布　　喇特那希廸

七世　　八世

諱　端卓布色布坦　　諱　満珠巴哈爾
九世　　　　　　　十世
諱　伯呢雅巴拉　　諱　色伯克多爾済
十一世　　　　　　十二世
諱　旺都特那木吉勤　　諱　貢桑諾爾布（現王）

二　落葉片々

さても蒙古には、医師といふものなく、喇嘛僧は我国の或時代に於ける僧侶の如く、説教の外に、寺小屋の師匠ともなり。紛議をも治め、又土民の分らぬことは何にても説明を与へ、なほ医療の事をもなすなり。而して彼は生仏の如くに崇めらる。然れども此の生仏の医術の甚だ信用しがたきものなるぞあはれなる、我は入蒙の際に種々の薬品を携帯せしまゝ、生徒及び土民等に随時投薬して試みしが、其効験なか〳〵著しかりき。入蒙早々、腫物がもとにて一年近くも悩み居たる患者を硼酸水の洗滌と、硼酸軟膏の貼用とにて僅に三週間余りにて、殆んど全癒せしめたれば、大に好評を博し、忽ちに喇嘛僧以上の名医となりすましぬ。実にたとへん方もなき穢なき様したる憐れなる人々の蒼き顔して虫の這ふ様来れるに、それ〳〵治療を施し与へ、二三週の後に、「御蔭様にて快くなりました」と元気よく、挨拶に参らるゝ折の心地よさ、実に天にも昇るばかりにぞ覚ゆ、勿論薬価とては、一文も徴せざれば、土民の喜び一方ならず。先生を粗末にせば、我等は天罰を受くべしなどいひ居れり。昨今は果物の季節にて、生徒の父兄其他より手作の西瓜、林檎、其他の果物類を、礼心にて持参する者多くために我が室は大なる西瓜二三十顆づゝごたごたなし居ること常なり。今日も愛らしき少女が、予ねて覚えし日本語にて、「先生葡萄と林檎とを持てきました、未だ色々ありますから、先生の好きなものを、何でも話して下さいと、母がいひました」といひつゝ差出しぬ。我は愛らしき蒙古少女の口より此日本語をきゝて此上なく嬉しく感じたりき。

王妃の日本語の御進歩も近来著しく、「先生私の娘は風を引きました、薬がきらひで困ります」又「先生の薬はたいへんよろしうございますから私は大好きです。喇嘛の薬は好きません。」などゝいと巧みに語られぬ。王妃は極めて御活潑の御質にていたく乗馬を好ませ給ふ。尤も蒙古婦人は、一般に乗馬を嗜む風あり彼等年若き婦人の駿馬に跨り一鞭あてゝ疾駆する様は人をしてえもいはぬ、美感と快感とを惹き起さしむ。王妃は我がために予ねて一頭を御用意下され、着府の後間もなく試乗すべく御勧めを蒙りたりしが、我は乗馬は初めてなれば、甚だ心もとなく思ひたれど兎にも角にも稽古を始めしがやう〳〵此頃は二三里が程を乗り廻し得るに至れり。

三　喀喇沁王、王妃及び其家庭

喀喇沁王の御家庭は、他の諸王のそれに比して余程其趣を異にせらる。即ち万事に規則正しく、又物事総べて進歩的なり、それやがて王及び王妃が、一般支那人の保守にして、固陋なるに似ず、組織的の頭脳と進歩的の意志とを有し給へるを示すものにはあらざるか。王は昨年三十四、性明察にして、事に処するに正鵠を過らず、王妃は濶達明敏にして事を司るに速かなり。王は先年、微行して日本に赴かれ、当時大阪に開設中の、博覧会を観覧せられしが、其見る所は尋常一様の見物にあらずして、帰国の後に、殖林行政等の施設に、多くの改正を行はれたり。女学堂設置の意志も、此時に萌せるなりとぞ。王は亦硬骨にして、阿諛諂佞を厭はる、自ら北京朝廷の覚え、芽出たからぬを知られ、又、如何にせば芽出度かるべきかを知られつゝも、王は嘗て如何に一身の利益なればとて、心に疚しきは忍びがたく、亦忍ぶを欲せずと、語られき、女学堂を開かれし時なりき。王は二十歳にして、其生徒たらむとする王妹を召され、今後は一切絹服を廃して、綿服を用ひ万事他の生徒と同じく質素に致すべし。若し違はゞ学堂に入るを許さじと厳命されき。されば王妹もよく命を守りて、王府より生徒へ食事を給はる時の如き、自ら生徒の間に周旋して厭ふ色なく、接待されたり。近臣若しくは重臣の進言献策は王に於ては、只参考とせらるるに過ぎず。最後の決定は必ず、自己の判断を以てせらる。若し王が是非を判する智と、所信を貫くの勇とを欠き、徒らに重臣の言に盲従せらるゝには、日露戦争に於て、王は〇〇の好意者たるを得ざりしならん。此点に於て、王は支那人中有数の人物なり。王妃は、最も進歩と文明とを愛せられ、保守と野蛮を甚だしく恥とせられき。随て家庭の事何くれとなく、改善もし革新もせらるれど、他より説服若くは圧迫しては、事の善悪に関せず、反て用ひらるゝことなし。王妃は又自由と快活との性質に富ませられ。常に馬を駆つて郊外を運動し、日々女学堂に出ては、生徒と共に勉学せられたり。但し才気余りあれど、智慮に疎からずやとの懸念は王妃の上に注がざるを得ず。若し公平にして着実なる顧問を得られなば、其進境蓋し著しきものあらむ、王妃は亦情に厚く、涙に富まる、一旦信ぜらるれば、他人も同胞の如く、我も殆んど実妹の如く遇せられ、又、側室の出なる二人の女児に対しても実子の如く愛撫せられたり。この家庭には温情ありて、南清に於て、見たるが如き、索寞なるものにあらず。王及び王妃、殊に王は時間を重ぜられ、夏は六時、冬は七時の起床を誤つことなく、朝浄めの後、衣服を改めて、仏間に入り看経終れば、直ちに太福晋（先王妃）の許へ、御機嫌伺に赴かれ。太福晋をまかりて、室に入れば、新聞を読みつゝ、結髪せしめられ、それより、更に服をかへて、王府に出で、政務を見らる。正午、後室に入り、午餐の後、更に政務を見られ、若し閑あれば、日本文法律数学等を研究せられ。午後五時、後室に入り、六時晩餐の卓に着かれ、食後は八時より、凡二時間後室に於て、王妃と共に、数学日本文を学ばせらる。支那の習慣として、外人の後室に入るを好まれざるが、我は特に信任せられたれば、自由に出入し、夜間も後室に入りて、王及び王妃に教授せり。十時就寝同時刻より、拍子木を撃ちて、毎時火の番を廻らしむ。此日課は一年三百六十五日、少しも違ふことなく、厳守せられぬ。

斯く規律の中に和気あり。和気の間に規律進歩あるは我が意外に感ぜる所にして、亦蒙古が、決して不進歩の砂漠にあらざるを知りたる所なり。

四　王府内の衙門

一、王府内各衙門

印務処弁理全旗往来公文及詞訟民事職官

協理他布嚢三員二品管旗章京二員三品印務札蘭一員四品専管公文 余堂官数員無定数無定品

下属筆旦斉数員 無定数供文稿及繕写

長史処管理府内属下各官

職官

長史一員三品　曲儀二員一五品一六品
頭等護衛六員三品二等護衛五員四品
三等護衛四員五品下属筆日斉無定数専管文件
管事処管理本府之事及租税等此係経理王府私産

職　官

総理二員三品管事数員無定数三四品不等
倉員八員管事兼充分管租税
下属筆日斉無定号専管賬冊
度支局管理旂属公租税人民差謡及籌値公用経費総弁一員二品会弁二員三品
委員無定数
下属筆日斉無定数専管賬冊

二、王府内小衙門
管衣処　管馬処　車轎処　帳幕処　飯房
弓箭槍械処　祠祭処以上皆無定数属長史下
随侍処班長四員随侍無定数内分各内院当差
東園西園当差者亦名随侍亦属班長下

三、旂下各地方官

札蘭八員四品職事如知府索木章京四十二員五品坤都四十二員六品以上二官分属於札蘭職事如知県
社首蒙漢皆有無定数合二三大村或五六小村各設二三員専弁如巡警
屯達大村一人小村二村一人村長毎村一人如保甲族長王族中毎支派一人多者二人三人
以上皆属於印務処其租税事属於度支局
包衣札蘭一員四品包衣
格爾索木之札蘭一員四品索木章京一員五品坤都三員六品
専管本府之属下人属長史下
四、現在之卓索園盟長
盟長東土獣特貝勒　副盟長僧公喀喇沁中旂人
切弁盟長即本爵
五、各寺廟
大者善因寺　福会寺　延慶寺　宗暢寺　広慧寺　霊悦寺
小者善通寺　龍泉寺有二
其余小寺甚多皆民間自建非王府所建
六、王府之社稷
蒙古俗無立壇致祭者府前之名
鄂堡及府後山上之鄂堡即祀社稷神之処

七、王府在木匠営子時代

先十六世祖時在木匠営子後因弟二子聘公主遷公府公熙年 先祖十六年諱札什

八、木匠営子以前王府之位置

在先王塋地左近名阿布違廟之旁是時仍係遊牧　時代住帳幕故無王府

九、王府遷移現地時代

本王支係先十六世祖之弟四子 諱策凌因二兄被罪削爵先十七世祖承襲王爵就未爵封

時之遊牧地建王府即現在地時康熙五十年襲爵康熙末　正初現王府建成

十、旂下内回教人民之有無

旂下蒙古人無回教亦無天主耶蘇等教漢人回教有実数未詳大約有不及万人

五　年中行事

正　月

初一日、新年、祭神、祭祖、拜年、

初二日
初三日
初四日
初五日　新年

十四日、灯節
十五日、上元節、大廟跳歩札
十六日、灯節
十九、或二十、二十一日開印
二十五日、添倉印

二月

初二日、名二月二日是日所有新年各事俱已完畢

三月

無事、或二三月内清明節日祭祖塋

四月

初十日、家廟大祭
十五日、大廟跳歩札
十八日、各廟有会名娘々廟会

五月

初五日、天中節

六月

十三日、祀龍神農家多於是日立青苗会

七月

初三日、祭鄂堡即祀社稷也

初十日、家廟大祭

十五日、中元節、祭祖塋

八月

十五日、中秋節

九月

初九日、重陽節、是日無事

十月

初一日、祭祖塋

初十日、家廟大祭

二十五日、廟中有会保黄教之教主宗哈巴円寂日廟中燃灯

十一月

無事

十二月

初八日、臘八粥日

十九、或二十、二十一日封印、

二十三日、祭竈日
三十日、辞歳
連新年節

第九章 毓正女学堂《ユイチャンニューショエタン》

一 毓正女学堂

女学堂は種々の点より成るべく早く、開堂する必要を感じたれば、着府の翌日即ち十二月二十二日、王妃の許に赴きて、思ふ所をのべしに、王妃は陰暦一月より開堂せんとの御意見なりき。陰暦の一月といへば尚一ヶ月余りの日子を距つるなるに、其間なすことなくて過ごさんも本意ならず、ことにそは独り蒙古のために不利なるのみならず、我日本のためにも不利益少なからずと思ひたれば、種々に御勧め申上げ遂に、仝月二十八日を卜して開堂式を挙ぐるに決しぬ。世に早急なること少なからねどかくばかり早急なるはあらざるべし。王は早速旗内へ女子を入学せしむべき旨布告したまひ、我は規則の編制と桌腰掛の調製とに日もこれ足らぬ様にて長途の旅の疲れを休めん隙さへあらず。校舎は先王在世の砌《みぎり》劇場なる建物に少しく修繕を加へて之れにあてつ、生徒は後室の侍女と王府附近に在住せる官吏の子女とにて二十四名なりき。

二　開堂式

予期の如く十二月二十八日、愈よ開堂の式を挙げたり。当日は福晋をはじめ王府附近の紳士淑女等二百余名の臨席者ありて、王府稀れに見る盛観なりき。式了りて後一同記念の撮影をなして散会せしが、当日の式の次第は従来本邦に行はれしものと稍ゝ其趣を異にせる処あれば下に掲げつ、尚此次第は王自身に制定せられたるものなり。

開堂式の次第

一、聞鈴学生斉集講堂就坐
二、聞鈴王爺福晋講堂学生起立行鞠躬礼
三、聞鈴総教習（河原）升講堂学生起立行鞠躬礼
四、福晋演説
五、総教習演説
六、来賓演説
七、総教習聞鈴下講堂学生仍起立行鞠躬礼以送
八、王爺福晋聞鈴下講堂学生亦起立行鞠躬礼以送
九、学生均起立分両行対立行鞠躬礼以尽同学道

一〇、礼畢下堂

我が演説は曾て日本の清国公使舘に在勤し、其後守正武学堂《ショウチヤンウーショエタン》の教習なりし南清人姚氏によりて北京官話に訳せられ、更に王によりて、蒙古語に訳せられぬ。王を左に姚教習を右に、二百余名の会衆を控へつゝ花々しく飾られし壇上に立ちし刹那、我は言ふべからざる一種の荘厳の感にうたれて、一しほ責任の重きを感じぬ。福晋の演説は左の如かりき。

天生男女、本是並重的、中国乃惑于女子無才便福之説、相戒不学、倆們想一個人要不学就没有知識見識了、所以男尊女卑的勢位、是由不学来的、大凡男子有男子的応分的事業、女子有女子的応分的事業、国家的事男子応去尽心、那家内的是女子応尽心的很多、皆因女子無学、須男子兼管、倒把男子的事業、也就擱了、所以去年冬天、設崇正学堂、今夏設守正武学堂、現在又設毓正学堂、在不知道、不明白的人、必説費銭費力、未免多事却不知、各国的興盛蒙古之衰弱、正在学不学内分出、要講女子的学問、很要緊呢、大凡作婦後、料理家務、教訓子女、那一件不用学問呢、若講各国女子的学問、無所不学、就是咱們這裏、男子尚且多有不如的呢、這一時講也不能講許多、総之文字、是各様学問的根本、行動坐臥言語、又是女子的、最要緊的事、先把這両様学好、再分門類学去、各国的女子所能的、倆們就能了、這河原先生幾千里到此来、倆們総要実心学去、聴師傅的教訓不可始勤終怠、作差使当、這就不枉我与王爺的苦心了。

尚日本人にては守正武学堂の伊藤〇〇と吉原四郎氏とが参列せられしが吉原氏は次の如き演説をなされたり。

凡そ赫々たる有形の事功は人皆是を知るも、冥々無形の勢力にいたりては、克く之を察するもの尠し、然りと雖も功の成る成るの日に成るにあらず、必ずや因て原づく所あり、蓋し人生の流芳遺臭国家の盛衰興亡も、仔細に其由来する所を緼ぬれば、決して男子のみ之に与るに非ずして、功罪半ば是れ婦人の上にあるのみならず、婦人は寧ろ社会の原動力にして、万有の事業は半ば婦人の手に成るといふも、決して過言に非ざるが如し、彼の男子の事業を知りて婦人の勢力の更に偉大なるを知らざるものは、唯これ社会の片影を認て、其全体を忘るゝものといふべく、是を古今の史籍に徴し、之を一人の伝記に照すも、如何なる時代如何なる人物と雖も、間接又は直接に婦人勢力の影響を受けざるものあらむや、然るに時勢の変遷国運の消長を以て、一に是を男子の勢力に帰し婦人が如何に重大なる関係を此間に有するかに至りて、空しく軽々看過するが如きは、例ば花園に入て徒に花卉の美を賞して其培養の苦心経営を思はざるもの、共に花を語るに足らざるなり、故に予曾て論ずらく、従来の歴史は男子の歴史にして婦人の勢力を遺却せるもの、畢竟社会の半面を描写せるに過ぎず、即ち古今史家の過失にして将来社会の全勢力を認めたる歴史の編纂は、又是れ史学家の一事業たるを失はずと。然らば則ち婦人の勢力婦人の事業とは何ぞや、曰く賢母として子女を教育し、其天賦の能力をして遺憾なく発展せしむるにあり、曰く、良妻として其夫を助け苦楽相分ち、以て其志望を貫徹せしめ其職務を全ふせしむるにあり、曰く、婦人特有の性質を作用し、社会の各方面に於て男子の及ばざる事業を担当経営するにあり、以上はこれ男子の望みて為し能はざる所にして、自ら婦人の天職たらずんばあらず。

然るに東亜に於ける古来婦人の教育方法は、全く婦人が社会の原動力たる所以を忘れ、其孝節を旌表し其言行を羈束するが如き消極的の方法を以て能事畢れりとなし、進て他を教へ他を助け又自ら為すが如き、進取的教育にいたりては全く意を致さゞるに似たり、否天下の人婦人の時として社会の一大勢力たることを知らざるにあらず、良妻賢母の貴むべきを思はさるに非ずと雖も、此の如き婦人が教育の力に依て求め得らるゝことを知るものに至ては、殆ど晨星春雪の如く、古人の所謂性相近し習相遠しの意は、唯男子教育の上に向つてのみ施されたり、近来にいたりて、先覚者漸く婦人教育の貴重なる所以を知るにいたりしと雖も、日尚ほ浅く未だ以て其普及盛大を見るにいたらず、是れ独婦人一己の恨事たるのみならず、詢に国家の一大不幸と謂ふべきなり、故を以て国運の隆盛社会の改良を企図するもの必ずや先づ心を女子教育に致さざるものなし、蓋し興国の基礎は人材を植うるにあり、人材を植うるの第一義は女子の教育に存すればなり。

今や喀喇沁の王爺、蒙古の一角に立ち、他王公の寂々聞ゆるなきの間に在て、明眼達識夙に世界の形勢を察し社会の傾向に鑑み、先に小学堂武学堂を樹て、今又新に女学堂を設け以て文明教育の根底を謨められんとす、恂に慶賀すべきなり。

夫れ蒙古の地たる啻に清国の藩屏たるのみならず、亦東亜の一大長城にして、蒙古の盛衰は直に延て、東亜全局の隆替に関す、憶ふに蒙古面積の広大にして、其位置の重要なる及び其の歴史の偉大なるを知るもの、誰れか蒙古の隆興を望まざらむ、王爺の此挙たる東亜の為め人意を強ふするものといふべし、盖し蒙古婦人は東亜婦人中身体の発育最も完全なるものにして、加ふるに其の精神の勇健なるは、蒙古古来の歴史をよむもの丶等しく首肯する所なり、此の如き女子にして更に文明の新教育を享く、其の効果の著しかるべきは想像にあまりあり、況んや学堂総理の重任は、福晋自ら当らる丶といふに於てをや、当学堂が将来蒙古に於ける文明的潮流の原泉となり、蒙古盛栄の一基礎たるべきを期して俟つべきなり。

殊に喜ぶべきは、当女学堂の総教習たる河原女史の我日本人たることこれなり、今日世界文明の国何ぞ限らむ、日本の如きは寧ろ後進に属す、然るに王爺特に此の文明精神の移植を以て女史に任ぜらる、女史の任重きと共に其関係する所極めて大、則ち是れ女史の光栄にして亦女史と国を同じうするもの丶光栄ならずや。

守正武学堂教習

吉原四郎述

光緒二十九年十一月十日開堂式も挙げたれば、翌二十九日は休みて三十日よりいよ〳〵授業を始めぬ。学生等の喜び、王爺福晋の御満足はいふも更なり。我一面の事業はかくて着々其歩を進めぬ。今其詳細を語るに先だち学堂の規則を次に掲ぐべし。

三　毓正女学堂規則

第一節　宗旨

第一条　発達知識健全身体養高尚之性情立賢良之基礎

第二節　学科　学年　学期

第二条　原設尋常科脩年幼聡明者肄業続設高等科脩卒業後升入另設専修科脩年長有志者研求特設補習科脩充補学力之不足

第三条　学科之分列如左

修身　課本　口授

蒙文　講読　拼語　作文　文法

漢文　講読　拼語　作文　文法

日文　読本　会話　作文　文法

歴史　中国　外国
地理　中国　外国
算術　珠算　筆算
理科　博物　衛生　生理
図画　自在画
家政　礼式　衣服装束　烹調　料理住所　使役　簿記　看護　育児
裁縫　縫法　裁法　完成法　畳蔵法
音楽　唱歌　洋琴
体操　游戯　普通体操
第四条　学年　毎年二月十五日開学至十一月十五日放学是為一学年
第五条　毎学年分為三学期自二月十五日至五月十五日為第一学期自五月十五日至八月十五日為第二学期自八月十五日至十一月十五日為第三学期

第三節　職員

第六条　総理一員　総理堂中一切事務　福晋任之　幹事二員　分司庶務書記等事
総教習一員　総理教務
蒙文教習一員
漢文教習一員

門公二員稽査学生出入管理門戸一切事宜以年老有徳之男子任之以年老有徳之婦人佐之女当差数員司伝遞及掃除堂舎等事以老年及壮年無習気之婦人任之

第四節　経費

第七条　概由公家支付不取私家分文以示提倡（如有深明義務自願損欵助経費者随時斟酌）

第五節　年齢

第八条　年齢八歳以上専修科不在此限

第六節　入選

第九条　無論貧富女子品行端正体質強健者均堪入選

第七節　時間

第十条　毎日五時間自前十時至午後四時惟冬日自午前十一時至午後三時

第八節　考試

第十一条　考試分為二種曰大考曰小考大考於毎学年末行之合式者升班以進小考於毎学期末行之憑其優劣以定席次

第九節　憑照

第十二条　卒業者授以卒業憑照年長而品学兼優者加給特別憑照准其充当本堂副教習及他小学堂教習

第十節　年限

第十三条　尋常科四年高等科四年専修科三年補習科二年

第十一節　休息日

第十四条　定例如左

一　星期日
二　星期前半日
三　清明節
四　家廟大祭日　四月初十日
五　端午節
六　王爺千秋　五月初九日
七　皇上万寿　六月廿六日
八　鄂堡大祭日　七月初三日
九　家廟大祭日　七月初十日
十　福晋千秋　八月初六日
十一　中秋節
十二　皇太后万寿　十月初十日

十三　家廟大祭日　　　　　十月初十日
十四　学堂開弁日　　　　　十一月初十日
十五　年仮及冬仮　　　　　（十一月十五日起 二月十四日止）
（日本国新年仮三日紀元節天長節地久節各仮一日）

第十二節　退学

第十五条　学生不准半途退学如遇不得已之事段当由家属具事由書呈堂経総理許可方准退学優待

第十三節　優待

第十六条　堂中僅備午餐路遠者准其寄宿
第十七条　来学諸生均以子女相待務使人々如得家庭之楽
第十八条　学生如有身体不爽験係確実准其停学数日

第十四節　服式

第十九条　一律藍布長衫距袖口二寸第一年生釘黒帯一条第二年生釘二条余類推着黒布快靴夏戴草帽冬戴暖帽不得以華麗競外観
第二十条　平日在学堂及途次遇、王爺、福晋、太福晋及王府尊貴均行最敬鞠躬礼
第廿一条　対堂中教習及弁事人員亦行鞠躬礼
第廿二条　対同輩亦行鞠躬礼

第十五節　学生必要

第廿三条　学生均須正心励行養成温良貞淑之女徳

第廿四条　平日均須厚礼譲重信義堅守堂規及教習之教訓

第廿五条　宜節飲食多運動

第十六節　斥退及懲罰

第廿六条　犯堂規重者当衆斥退軽者罰如左

一　訓戒

二　中斥

三　面壁立（軽者一点鐘重者両点鐘）

四　立講堂外（軽者両点鐘重者三点鐘）

第十七節　游覧学堂者必要

第廿七条　普通游覧者須先一日具名重報総理許可領有憑籤即可由幹事領観

第廿八条　特別之遊覧人先一時具名通知総理領有憑籤即可由幹事随意領観

第廿九条　無論普通特別遊覧人参観後無所疑問即退出不得遅留

第三十条　婦女来堂遊覧僅由門公告知幹事可領観

はじめ王爺の学堂をひらかんとて、旗内に女子を入学せしむべき様布告したまひし時旗内の人々の感想並びに評判は実に意表に出でたり。されどすぎし六十年の昔、我邦開国の当時は亦かゝる状態ならざりしか、長足の進歩は今日我邦の現状を生み出だしたりとはいへ、顧みて其源を思へば、そを笑ふべきにもあらじ、さはいへ、あまりに奇怪に感じたれば、其一二を紹介せん。

○「今度王府へは、洋人が来たさうだ、それについて王が娘を連れて来いといふことだが、王府へ連れて行つて、全体どうするのだらう。」

△「王は今度百名の女児を集めて、日本へ送られるそうだ。」

×「日本へ送つてどうするのだらう。」

ヽ「日本人が、食べるのださうだ。」

、「いや、さうでない、殺して骨を取つてシヤボンを製へるのださうだ。」

◉「いや、さうでもない、眼をえぐり取つて写真に使ふのださうだ。」

又我の、王府内の大工に命じて、桌や椅子を造らしめしに対しては、「娘達を王府へ連れて行くと、洋人が木の籠の中へ入れてしまう、あゝ、おそろしやおそろしやこんな王の下にあつては、今にどんな目にあふも知れぬ、他旗へ逃げ出すに限る。」

王も、王妃も、土民の没分暁には困じたりとて歎息せられしが、我は先づ、後宮の侍女のみにてもよければ、授業を開始すべく、次第に事の明かとなるに従ひ彼等よりすゝみて、望み来るべければ、と申しあげ、学堂を開くに決したり。かくていよ〳〵開始せしに、学生の喜びは非常なるものにて、殆んど夢中の有様にて、勉強しながら、柔かきものを掌中にて、まるむる如く王爺福晋は非常に喜びたまひて、福晋は日々生徒と共に学び給ひぬ。それより半月程へたる頃、王府外の者の間に、学校に行けば、種々のことを覚えらるるとの、うはさたち、二ヶ月の後には、父母より進みて入学を願ひ出づるにいたりたれば、王の喜び給ふこと一方ならざりき。

思ふに蒙古人は、清朝の康熙帝の政略、巧みに其功を奏し、喇嘛教のために迷信深く、気骨なき人民となりたれば、善きこととなりとて、新らしきことを、かくかくせよと教へ知らすも、到底固陋なる彼等の心を動かすに足らず、先づ、始めは彼等の注意の有無に関せず、事を始むれば、次第にいつとなく、注意をよびおこし、遂には我を折りて、彼等より教を乞ふにいたるものなれば、其時に及びて、其心に如何にもと納得する様授くるときは、深く脳に応へて教へしことの真に彼等のものとなるが如し。これ実に我が経験の示せる最も宜しきを得たる方法なりと信ずる処なり。

五　学堂の状況

陰暦新年に入りて、学生の数はまして六十名に達したれば之れを三学級に分ちて教授せり。年齢は幼者は七八才より、年長は二十三歳（二十歳以上のものは一人のみにて多くは十四、五、六、七歳位なりき）にいたり、学科は読書、日本語、算術、地理、歴史、習字、図画、編物、唱歌日歌蒙歌体操にして、読書は日蒙漢の三種を教へたり。技芸は学生等の最も好みし処にして、従て甚だ巧みなりき、編物の如きは各級何れも喜びて従事せり。此の国の人々は語学の才能ある為めか、はた其脳の単純なるによりしが、日本語の如きは、よく記憶し、巧みに会話せり、学科中最も劣等なるは数学にして、従て教授に困難を感じたるが、学生等はさほど、嫌厭する様子もなく、熱心に勉強し、中には、極めて明晰なる頭脳を有するものありき、地理歴史の観念は皆無なり。これは生徒のみならず、大人も亦然り、されば我は室内に大なる地図を掲げおき、官吏等の来りし時などには、よく説明せしが、彼等の中には世界に中国の外尚大なる国ありとて、驚けるもの少なからず。思ふに此人々は、地球の円きか、三角なるかを知らず、只中国と称する一つの大なる国其中央にありて、西の方には西洋といへる如何なるものか知らざるものあり東の方には（東洋、支那にては皆日本をさして東洋とよべり。されば、学問せざる支那人にむかひて、汝は東洋人なりといはば、必ず否、我は東洋人ならず。中国人なりと答ふべし）とよべる、豆粒程の小さき国なりと信ずるもの、如し。されど、露国多年の経営苦心によりて、此極めて単純なる脳中にも、殆んど全蒙古を通じて、露国は怕ろしき国なりとの印象、深くしみ亘りしは、驚ろくべきにあらずや、思はずも筆は岐路に入れるが、学生等の学用品は、皆妃より給はり、また、王府外より来る生徒の往復には、王府の馬車を用ひたり。此馬車は恰も日本の大八車位の大さにして、これに、蓋をつけ、二頭乃至三頭の馬に、ひかしむるなるが、毎朝早く、王府を出で、一々生徒の家を廻り、九時半迄に、二台の車は、外来の生徒を運び来るなり。かくて十時より、授業せしが、昼飯は王府にて給ふなり。午後四時授業終れば、再び車は生徒を一々其家に送り届けて、夕暮近かく帰り来るを例とせり。かく往復の途迄、馬車にて送迎されて、教育さるゝは、誠に厚遇いたれりつくせるものなれども、其父兄等は左程感謝するが如く見えざりしも、追々其ありがたさを謝するに至れり。

毓正女学堂同窓談話会規則

一、本会称為毓正女学堂同窓談話会
二、本会以増進学生之智徳及練習語言為目的
三、本会以毓正学堂之学生為会員
四、会場設於本学堂毎月月初第一日行期六開会、談話中各守静粛不得有喧嘩之挙動宜注意
五、本会設如左之職員
会長　総理会務

副会長　輔佐会長、会長有事故時可代之
幹事三名、受会長之旨而司会務
書記一名、承会長之指揮而司庶務
有時副会長兼之
六、職員以投票定之任期一年
但同一人得再選
七、議事之可否以過半数決之可否同数之時会長決之
八、其他要件可臨時増定

かくて日を経るに従ひ、次第に整頓し来り、日本の学校と大差なきに至りぬ。元来此国の婦人は極めて不規律なる家庭に、我儘に養育されたるものなれば、日本風の考にて始より、整然たる秩序を立て、教育せんとするも、之は到底効果を奏するものにあらず。始め三四ヶ月乃至半年間は、悠長に親切に指導し、知らず識らずの間に、秩序的生活に慣れしむるを巧なる寸法なりと信じぬ。

又生徒の言語練習の目的にて、毎月月末に談話会を開き、其会毎上級生をして日本語をなさしめしが、なか〳〵に巧みに語れり。

六　園遊会

就学の奨励法につきては、王御夫婦を始め、我も種々心を悩ましたりき。兎に角、父兄に迷惑を感ぜしむるは策の得たるものにあらず。学堂を此の上なき結構なる場所、是に上らざれば甚だ不利なりと感ぜしめ彼等より進みて来る様せばよからむとのことに、前に述べたる如く、生徒の送迎には馬車を用ゐ、学用品は一切王妃より給与され、ことに午饗迄も給されしに、其効果暫らくは見えさりしかば、我は深くこれを遺憾とし、思案の結果、畢竟未だ十分に教育思想の普及せられざるが、ためなりと感じたれば、王妃に一策を献じたり、それ日本の園遊会の如きものをひらきて、広く土人をあつめ、教育思想を鼓吹せば如何とのことなりき。王妃には至極よからむと快諾せられ、果実の豊熟せし陰暦八月の下旬之れを開催せられぬ。参集の土人は官民凡そ三百名程にして、生徒の製作品を観覧せしめ、或は日蒙の唱歌をきかしめ又生徒等の可憐なる物語を聞しめなどし、王、王妃並びに我よりも、平易に教育の必要を説き聞かしめしが、一同は、大に教育といふことを了解せる如く、殊にうれしかりしは、我につきての疑念を晴らし、安心を与ふるを得しことなり。女一人にて遥々日本より、蒙古に来りしといふことの、如何にも恐ろしく聞えて、土人は皆、悪相の、意地悪の、邪慳なる女と信じたるもの、如かりしが、我を見たる彼等は其然らざりしを悟りしか、既に会集同士間に、かはされし会話の中にも、大層親切らしき人なり、又はありがたき人なり、等の語ももれぬ。此園遊会は意外の成功を収めたれば、其後は毎月二三回づゝ、土人を集めて講話せり。かくて学堂の評判は次第に遠方に伝はり、又我につきても、これ迄は、外国の婦人の、何のためにか来りしとて、恐怖の眼もて見しものゝ、此度は、斯年若き婦人の、唯一人、遥々此地迄来られしものを、いかで、我等のなすことなくて、すごさるべきとて、我身の入蒙の、彼等を励ます一因となりしは、望外の幸とやいふべし。

翌年の八月、即ち明治三十八年の秋の園遊会には、遠く旅路をかけて集まれるもの多く会衆無慮七百余名、非常なる盛会なりき。此会は単に教育上の効果を収めたりしのみならず、王と人民との関係を一層親密ならしむるに力ありたれば、王も王妃も深く満足せられぬ。

尚参考のため園遊会場及其次第を次に掲げん

毓正女学堂園遊会規則

品茶処　中西茶　学生四人経理
沽酒処　中西酒　学生四人経理
菓子屋　点心水菓　学生四人経理
学堂陳列所　図書外人寄贈物 手工科編製物　学生四人経理

博物室　中外、古今珍奇品、主管一人学生四人経理
演説台　雅不傷倍之笑話、領袖一人学生善辞令者分任之
新楽処　学生唱歌　領袖一人全班学生任之
古楽処　蒙古曲
休息処　分一二三等
食　堂　分男女両処宴上等客
　園主福晋
　　助理員七格格
　　新楽処領袖河原教習
　　演説台領袖汪教習
　　博物室主管伊教習
　　　男客招待員四人
　　女客招待員四人
下手一点鐘開会至四点鐘止随意游覧並聴新古歌楽演説等四点鐘開食堂一二三等券者是
時退出
持一等券者食畢散会
持二等券者随意入茶酒菓等処飲食

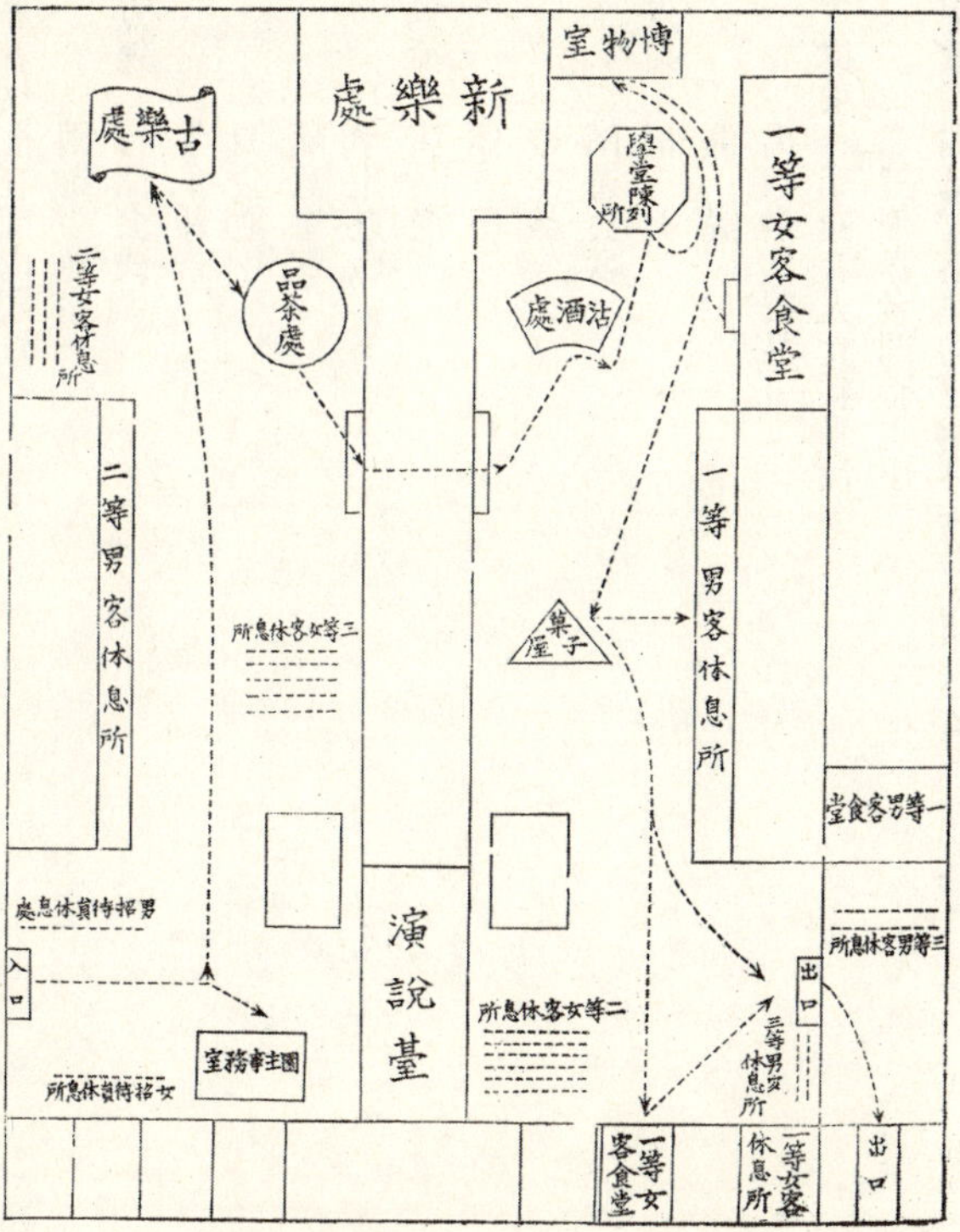
古樂處
新樂處
博物室
學堂陳列所
品茶處
沽酒處
一等女客食堂
二等女客休息所
二等男客休息所
三等女客休息所
菓子屋
一等男客休息所
一等男客食堂
三等男客休息所
男招待員休息處
入口
演說臺
二等女客休息所
園主事務室
女招待員休息所
出口
三等男客休息所
一等女客食堂
一等女客休息所
出口

持三等券者只准在園内観覧

園遊会順序

一、点鐘　行開会式

学生報告

開会歌

随意遊覧

学生遊戯

二、点鐘　演説

休憩

遊戯

園遊会歌

三、点鐘　福引

演説

出售学堂製品

四、点鐘末一等券者入食堂畢散会

（二三等券者即時退出）

次の唱歌二曲は、喀喇沁王躬ら作し給へるものなり。

園遊会歌

人生之楽々如何。羣楽兮楽無窮。佳時令節屈秋中。此日良辰盛会逢。凡此皆我学校教育功。凡事孰堪与此羣楽同。喜我嘉賓来。其名尽歓哉。旨酒多且有。兄弟姉妹請開懐。茶菓嘉肴助興趣。古物兼新製。広列増知識。更有国旗高掛映日明。嗟呼衆志可成城。諸君聴我開会歌。鼓舞歓呼万歳声。

楽羣歌

合羣之楽々如何。聴我楽羣歌。吾儕君非素相識。交臂易錯過。相識不相見。河山風雨相思苦。今日天縁奏合。居然握手団々坐。親乎友乎。誰家親友能比会中多。吾儕同戯同遊同息同声歌且舞。進取原不譲。終始金玉相磋磨。親乎友乎。試想合羣之楽々如何。

1 − 1 3 | 2 − 2 1 | 2 2 3 3 | 5 −.0
6 − 6 5 | 1̇ 1̇ 6 6 | 5 5 5 3 | 2 −.0
1 − 1 1 | 2 2 5 5 | 3 3 5 5 | 6 −.0
1̇ 1̇ 2̇ 2̇ | 6 6 5 5 | 6 6 6 2̇ | 1̇ −.0
1̇ 1̇ 1̇ 1̇ | 2̇ 2̇ 1̇ 6 | 5 5 3 1 | 2 −.0
3 3 2 1 | 3 − 5 5 | 6 6 6 1̇ | 5 −.0

・1－・1・1	6 6 5 5	3 3 2 3	5 －.0
2・2・2・1	6－5 3	2 2 3 2	1 －.0

園遊会の福引

牙薬	刷牙散	歯磨粉を与ふ
南海的一大島	台湾（太碗）	大なる碗を与ふ
東方的一小国	高麗（膏梨）	膏薬と梨を与ふ
蒙古人的宝貝	小米（若在蒙古没有小米就不能生活）	粟を与ふ
宋代的学者	朱子（竹子）	竹を与ふ
寸鉄刺人	針	針を与ふ
秋風之怨	扇子（到秋没有人使）	扇を与ふ
了頭嫌之	擦布（厳寒還得用之）	擦布を与ふ
黄石公的鞋子	古靴（是当年黄石公穿的）	古靴を与ふ
征人断腸	笛子（天山雪後海風寒横笛偏吹行路難磧裏征人三十万一時回首用中看）	笛を与ふ
万里相談	信紙、信封（一片信紙万里尚可以説話）	信紙と状袋を与ふ

七　時間割と生徒の成績

学堂に於ける、己が務めと、其務めを果せし成績の一部を紹介せむため、左に、時間割と、生徒の成績の一般を掲げむ。

光緒三十一年自三月二十一日至十月十五日

時間表

頭班

	自十時至十時五十分	自十一時至十一時五十分	自一時至一時五十分	自二時至二時五十分	自三時至三時五十分
月	日文 河原	習字 伊	算術 河原	温習	漢文 汪
火	蒙文 伊	日語 河原	唱歌 河原	習字 伊	歴史 汪
水	日文 河原	体操 河原	算術 河原	温習	修身 汪
木	蒙文 伊	図画 河原	体操 河原	家政 河原	地理 汪
金	日語 河原	唱歌 河原	習字 伊	編物 河原	漢文 汪
土	蒙文 伊	図画 河原			

二班

	自十時至十時五十分	自十一時至十一時五十分	自一時至一時五十分	自二時至二時五十分	自三時至三時五十分
月	算術 河原	図画 河原	日文 河原	漢文 汪	習字 伊
火	蒙文 伊	日語 河原	唱歌 河原	修身 汪	温習
水	算術 河原	体操 河原	図画 河原	漢文 汪	習字 伊
木	蒙文 伊	編物 河原	体操 河原	修身 汪	温習
金	日文 河原	唱歌 河原	日語 河原	漢文 汪	習字 伊

土	蒙文 伊	算術 河原

三班

月	蒙文 伊	算術 河原	温習	日語 河原	修身 富林泰
火	日文 河原	蒙文 伊	唱歌 河原	編物 河原	漢文 富林泰
水	蒙文 伊	体操 河原	図画 河原	習字 伊	修身 富林泰
木	日文 河原	図画 河原	体操 河原	温習	漢文 富林泰
金	蒙文 伊	唱歌 河原	算術 河原	習字 伊	漢文 富林泰
土	日語 河原	編物 河原			

生徒の成績は、其技芸に属するものは、之れを紹介すること困難なれば、筆答せるもの、二三を挙げん。

問題

一、桃花開了《タオホアーカイリヤウ》

二、梅花謝了《メイホアーシエーリヤウ》

三、您乏了麼《ニヌファーリヤウモ》

四、您喝茶《ニヌホチヤ》

五、給您点心《チーニヌテエヌシヌ》

六、請您把剪子借給我《チンニヌパーチエヌツーチエーチーウオー》

答

頭班　蘭貞

一、モモノハナガサキマシタ

二、ウメノハナガチリマシタ
三、オスカレニナリマシタカ（オツカレの誤）
四、チヤヲメシアガレ
五、オカシヲアゲマス
六、ハサミヲアナタノクダサイ
（アナタノ、ハサミヲカシテクダサイと書く可きを）

頭班金屏

一、モモノハナガサキマシタ
二、ウメノハナガチリマシタ
三、オツカレニナリマシタカ
四、オチヤヲメシアゲレ（アガレの誤）
五、オカシヲアゲマス
六、アナタノハサミヲカシテクダサイ

頭班水仙

一、モモノハナガサキマシタ
二、ウメノハナガチリマシタ
三、オツカレニナリマシタカ

四、オチヤヲメシアゲレ（アガレの誤）
五、オカシヲメシアグレ（アガレの誤）
六、アナタノハサミヲカシテクダサイ

第三学年第二回試験問題　（光緒三十一年八月 明治三十八年十月 施行）

日文問題

一、左の文の全体を平仮字に書き換へ、側線ある処に漢字をあて、〇の処に助辞を挿入し、更に其の全文を漢訳せよ。

カド〇マヘ〇、キレイ〇コガハ〇アリマス、コレ〇ウシロ〇コヤマカラ、ナガレテクルノデゴザイマス。

ヲト、ヒカラ、フリツヾイタオホアメ、ミズカサ〇、タイソーフエマシタ。

二、左の文を漢訳せよ。

一、なにか、その猫をふせぐよいくふうはあるまいか。
二、だれからならひましたらふ。
三、それは、たぶん、おはなさんが、かいたのでございませう。

三、左の文を和訳せよ。

一、再五六日就要作繭。
二、很聽話馴良的馬。

日語問題

左の諸題を漢語に書け。
一、只今は秋でございます。
二、秋の月は、たいへんよろしうございます。
三、秋は月もよろしうございますし、果物もありますから、私は秋がすきでございます。
四、今年の年がらは、どうでございますか。
五、今年は果物のとりいれが、たくさんございますか。
左の諸題を日本語に直せ。
今天天気悶熱
寒暑表到九十五度了
聴説従前没有這麼熱
野外逛去了麼
這幾天天気没準兒昨天暖和、今天很冷、這様的天気得病的不少。

日文問題答案　　頭　班　蘭　貞

門の前に、清きれいな小河があります、此は後の山から、流て下るのでございます。

昨日ひから、降りつゞいた大雨で水かさが、たいそーふえました。

右 漢 訳

門前有清凉小河

這河是従後山流下来的

昨天連下太雨水很流了

和文漢訳

一、有甚麼防猫的法子没有。

二、従誰学的。

三、那個是概精是阿花姐所写的罷。

漢文和訳

一、も、ごろくにちも、ただらまゆをつくるでござ いませう。

二、よくゆーことをきて、うとなしい、うまござ います。

日語答案

和文漢訳

現在是秋天。

秋天的月亮很好。

秋天月亮好、果子也有、因為我愛秋。

今年果子収得多不多。

今年的年成怎麼様。

漢文和訳

今日は、天気がむしあつうございます。

寒暑表は何度になりましたか、九十五度になりました。

聴説《うけたま》はれば、い前こんな熱さはないそでございます。

野に行きましたか。

此のごろは、天気がきまりません昨日は暖和でございます、今日はたいへんさむございます、こんな天気には病人たくさんあります。


第二学年第二回試験問題（光緒三十一年八月 明治三十八年十月施行）

日文問題

一、左の文の全体を平仮字に書き換へ、側線のある字を漢字に、又〇の処に適当の助辞を挿入し、更に全体を漢訳せよ。
コノウマ〇ゴランナサイ、ヨクフトッテヰテ、ツヨサウデゴザイマセウ、ナ〇シロ〇イヒマス、ヨクイフコト〇キイテ、オトナシイ、ウマ〇ゴザイマス。シロ〇イロ〱〇シゴト〇イタシマス。

二、左の文を漢訳せよ。

一、あそこに、ふたりが、つみくさをしてをります。

二、あのつばめは、きよねんきたのでございませう。

三、このこどもは、よそへはゆきません。

三、左の文を和訳せよ。

一、今天是女学堂的園遊会。

二、候児也不能放心。

日語問題

一、左の諸題を漢語に直せ。

一、あなたは、昨日外出なさいましたか。

二、はい、私は昨日友人を訪ねました。

三、先生は、ごきげんよろしうございますか。

四、ごいっしょに公園に散歩いたしませうか。

五、ちょっとおまち下さい。

二、左の諸題を日本語に直せ。

一、這是很累贅的事情。

二、今児好天気很暖和了。

三、天不早了回去罷。
四、我們到了花園了。
五、外頭有南風土很多。

作文

春

日文答案

二班　保貞

この馬をごらんなさい、よく肥強てゐて、様さうでございます、名は、白といひます、よくいふことをきいて馴良馬でございます。白は、様様のしごとをいたします。

右　漢　訳

請看這個馬、很聽話馴良的馬。白作種種的。

和文漢訳

一、那辺両個人摘草呢。
二、那個燕子是去年来過的罷。
三、這個小孩不往別処去。

漢文和訳
一、コンニチハ、ジガクノエンユーカイデス。
二、スコシノマモユダンガデキヌ。

日語答案

和文漢訳
一、您昨天出們了麼。
二、是我照朋友去了。
三、先生好麼。
四、偺們一塊上花園子遛達去罷。
五、請等一等。

漢文和訳
一、コレハ、タイヘンゴメイワクナコトデス。
二、コンニチノテンキハ、タイヘンアタタカニナリマシタ。
三、オソクナリマシタカラ、カヘリマセウ。
四、ワタクシトモハ、コーエンニキマシタ。
五、ソトハ、ミナミノカゼガフキホコリガタイヘンタチマス。

作文

春

ワタクシハ、ハルガタイヘンスキデス。ナニスキデスカ、イロイロノハナガキレイニサイテヲリマスカラ、ワタクシスキデス。

二　班　玉　梅

この馬をごらんなさい、よく肥つてゐて、つよさうでございませう、名はしろといひますよくいふことをきいてをとなしい馬でございます。白は種種のしごとをいたします。

右漢訳

請看這個馬、很肥強的様子、名叫白很聴話馴良的馬。白做種種事。

和文漢訳

一、那一辺両個人摘草呢。

二、那個燕子是去年来過的罷。

三、這個小孩子不往別処去。

漢文和訳

一、ケフハジヨウカノコ、エンユーカイデアリマス。

二、スコシノマモユダンガデキマセン。

日語答案

和文漢訳

一、儞昨天出門了麼。

二、是我昨天照朋友去了。

三、先生好麼。

四、我們一塊児上花園子遛達去罷。

五、請等一候児。

漢文和訳

一、コレハ、ゴメイハコトデス。

二、コンニチ、ヨイテンキデス、タイヘンアタタカデゴザイマス。

三、オソクナリマシタ、ハヤクカヘリマセウ。

四、コヱンニ、ユキマシタ。

五、ソトハ、ニシカゼガフキ、フコリガタイヘンタチマス。

作文

春

ハルガ、イロイロノハナガサイテ、タイヘンキレイデゴザイマス、タクサンノトリガ、オモシロサウニ、オタンテヰマス、ワタクシハ、ハルガスキデゴザイマス。

第十章　雪中梅

一　雪中の梅

我が表面の事業は前に略述せるが如くなるが、偖て我秘密の使命とは何ぞ、そは委しく記しなば、其当時を忍ぶよすがとして、此上なきものなるべきも、如何にせむ、少しく憚る処あれば、大方は省きて、其概略のみを記さんとす。

我が喀喇沁に入りしは、三十六年の十二月のことなるが。これより先き即ち、仝年七月より、陸軍歩兵大尉、○○○○○氏、此地の、武備学堂に、尽力し居られき。此学堂も亦、王が博覧会見物の当時視察せられし結果、武備の必要を感ぜられ、○○○部の方に依頼せられ、日本より極めて秘密に、此の人を聘せられしなり、大尉は、王宮より日本里程にて、一里程隔たれる、武備学堂内に住はれ、我は王宮内の後宮に住ひぬ。武備学堂の方にては、大尉の外に、二三の日本人居られ、之れを助けられたりし由なり。一月七日、○○大尉は、北京に引きあげられ、喀喇沁在留の日本人は、全く我身独りとなりぬ。かくて、二月、いよ〳〵、日露開戦となりしや敵国側の北部蒙古人等、交る〳〵、此の辺に入りこみ来り、又同国武官等が英国人なり、仏国人なり、ギリシヤア人なりなどいひ、或は道勝銀行即ち露清銀行員なり、又は商人にて、毛皮につき取調べに来れりなどいひて、喀喇沁のみならず、此附近全体に入り来りて、種々の手段によりて、運動を試みぬ。我はこを出来るだけ委しく、取調べたる上、其筋へ注進し、又北京○○隊の便利をはかりたり。兎に角、我身一人のみなれば、其双肩に我本国を負ひて立ちし心地して、躊躇しては、彼等に機先を制せらるゝこともやと、心も心ならず、時には王、王妃に請ひて、飛脚を出し戴きしなど、身自ら驚かるゝことさへ行ひぬ。其当時さる方へ送りし書信の一節は、よく旗内の状態と、両国の関係を表はしあれば抄録すべし。

（前略）旗内に於ける一般人民は戦争と申すことがよく分り申さず、大砲や、地雷や、水雷や軍艦やを彼等に了解せしむる様説明するは、非常に困難に御座候。されば彼等は、○○戦争を視ること、冷淡と申さんよりは、全く無神経の方にて、うらなりの南瓜一つ落ちたる程にも考へ居らず候。去かし王府内の官僚に至りては、略ぼ戦争の意味を解し居り、更に最も能くも○国を知り居候。中国の外には国らしき国はなきもの、様に心得たるものまで、○国の存在丈は承知致し、殊に金あり、力ありて、強き国なりと、心得居候。之れ○国の懐柔策が、此辺陲にまで、及び居候を証するに足るものにして、○人の根気強く、功を永遠に期する一事に至りては、驚嘆の外これなく候。聞く所によれば、先王参勤の際、在北京の○公使は必ず王を招待して饗応し、宴散じて帰宅の折には、必ず四千両を贈る例にて（其の四千両の内訳は王へ千両妃及第一の側室即ち現王の御生母へ千両王子即ち現王御夫婦へ千両臣僚一同へ千両）此饗応と贈物とは年々欠かしたることこれ無き由に候。されば官僚の多く、否、殆んど総ては、○国の同情者にして戦争は結局○の勝利に帰すべく、今○の悪感を買はゞ、後難恐るべければ、速に○に内服ありて、然るべしなど王に勧誘するものこれあり候。王御夫婦は賢明に渡らせられ、眼前の小利に迷はせ給はぬ、御性質にはあれど、○の懐柔策は、王の脳裏にも浸潤いたし居り、其去就につきて事態容易ならざるものこれありしが、百方努力いたし候結果、遂に王をして○に背を向けしめ候。我本国は、王に向ひて感謝すべき幾多の理由これあるべくと存じ候。昨今、○人の手先なる、北蒙古人、及び、○国人多数、当旗内へ入り込み、陰謀をめぐらし居る様子に御座候。又礦山技師と称する洋人一名此程より府内に逗留致し居候が、極めて胡乱なるものに候。此間王が誘惑と迫害との包囲を受け居らるゝは、確かなる事実にこれあり、随つて此場合に於ける自分の責任は、甚だ重大に候。事情此の如くに候に、此地に於ける本国人は、只自分一人に候へば。何時如何なる目に逢はんも測りがたく、万一の事これあり候節は、国家のために、身を捧げたるものと思召下されたく候。さて又、本国の○○隊は、独り旅順の閉塞船に限らず、裏面の運動にも、忠烈壮烈の志士少なからず候。其第一の組は、二月二十八日当地着、第二の組は○○より東方に進まれ、第三の組は三月十二日、第四の組は同月二十日何れも当地へ着せられ、更に部署し、準備して、其れ〲深く虎穴に驀入せられ候が、其齟苦は、到底筆紙の尽くす所にあらず候。（下略）

右の消息中、志士に関するふしあれば、少しく其由緒をのべんに、北京の○○隊は四十余名よりなりて、四組に分れ、其中三組は喀喇沁を経て奥深くすゝまれ、一組は、熱河より東に向はれたり。而して其第一組は、東西の二部に分れ、東部には、横川、沖の両君外四名よりなり、其一名は脇光三氏なりき。西部は故伊藤少佐、吉原四郎氏（信州麻績の人）外四名よりなり、三十七年三月二十日の夜、北京を発せられ、同二十八日の午後喀喇沁に着、伊藤少佐（当時は大尉名は柳太郎氏）の住はれたる、武学堂に宿せられたり。一行中、伊藤大尉と、吉原氏とは途上の支那人等の見知り居ること故、喀喇沁迄は日本人として軍服にて見え、此処にて、喇嘛僧の服にかへられ。二十九日には一同、王府に見えられ汪氏の住ゐ居る室にて、王の心尽しの、昼飯をすまされて後ゝばらく語りて、帰られ、横川、伊藤、沖、吉原の四氏は、夕方迄、王と種々談ぜられ、三十日には、王の尽力にて乗り換への馬を求められ、かくて北京よりの密使を待ち居られぬ。

二　様々のたより

その雄々しさを偲びて、志士に関する日記を抄出せしかど、憚る所ありて、多くは省きつ、省きしは殊にすてがたき節々なるぞ憾みなる。

明治三十七年二月二十八日、空は晴れたれど、風ありて寒さは堪えがたかりき。例の事どもを終り、窓に倚りて、暮近き空を眺むるに、興安のあたり灰色の雲低う動きて、夜のカーテンは今其処より引かれんとす。鴉は声も立てず飛び去つて痩枝吹く風肌さむし、故山の様など思ひやりて、独り自ら寂寞を慰むる折しも、突如として入り来れるボーイは、一個の包物に一封の状を添へて差出し、今日支那人数多入府したるが、其中の若き一人より、これ先生に届けよとて托されぬ。知り給へる方にや、と問ふ、何とはなく心急くまゝ、答もせで封押し開き、たゞ一息に読み修れば、末には脇光三とぞ記されたる、君は、雪の蒙古に何せんとてか来給へる。……(中略)喀喇沁へ立寄ることは途中にて申聞けられたる次第にて、御目にかゝり度など、は夢にも思はざりき。若し○○にて知るを得たらむには何がな持参すべかりしを、残念に存じ候。包の物は、蒙古の子供等に与へんとて用意いたした品に御座候。些少ながら生徒達へでも御分ち下され度、外聞を憚り候へば今晩は差控え明日参上御目にかゝるべく候。

とは、脇氏の手紙の後半なり。

今一行の見えらるゝ由はすでに知りつゝ心まちに待ち居たるなれば、駈けても行きまほしけれど、おのれも外聞を憚れば差控ふべく。

との意味にてかへりごとしぬ。

昨冬天津にて脇氏と相見し時、かく近き日に再び逢ふべしとは思ひもかけざりしを。我は只奇遇の喜ばしさに、明日の待ち遠しき心地ぞしぬる。……(中略)

我々雄々しくも頼もしき方々へ、明日の楽しみを参らせんとて、錦絵花瓶など取り出で、よろづの室の飾りを純然たる日本風に取り繕いてありける折しも、志士等のリーダーの一人なる伊藤大尉は訪ひ来りて種々の打合事などあり。……

二十九日、伊藤、横川、吉原、沖、脇、等の人々来訪せらる。軍の事などくさぐさ物語りありて後、やがて我も与りて、評議の莚は開かれぬ。

今度入蒙せられし決死の志士は、総て十二人、半は〇〇〇へ半は〇〇〇へ赴かんとはしらるゝなり、いつれも皆我国の荊軻にして忠烈の気天を貫き、殉国の心鬼神を泣かしむるものあり。諸氏が其任務を達せらるゝ日は、〇軍の心胆を寒からしむる時なり。我れは神かけて其成功を祈りぬ。

我れはかよわき女の身の力及ばねど、今此地にあるを幸ひ、聊にても諸氏の便を図るを得ば、またこれ報国の一端なり。積雪の砂漠には道案内なかるべからず、百里の旅には馬を替へざるべからず、其馬其案内、平時ならば事はなけれども今の時いかにして之を求むべきか。〇は局外中立を守らざるべからず、加之〇〇内の官僚は、多く

○国に同情せるものを常ならば誰あやしむものなき事柄も、一挙一動監視せらるゝやうの心地するむづかしさよ。(我は如何なる役目を如何につとめたるかは今は記さず。)
今日王妃より大なる鮮魚賜りたるを、志士の君だちの道途祝きまゐらせんに、好き頭附きぞと思ひけるまゝ之を横川の君に進じ参らせしに、君は氷れる魚を横さまに抱へて立たれぬ。「喇嘛僧の御扮装には似つかはしからず」といへば、「いづれ生臭なり」と笑ひつゝ答へて去りたまひぬ。

三月一日、大方のこと、まづは思ふまゝに整ひたれば、一日を急ぎ給ふ志士の君たち、明日は出立せんといはるゝに、心ばかりの事して、首途の祝酒まゐらせぬ。明日は剣を呑みて虎穴に入り給ふ君達の今日は何事も忘れたらむやうに打ちくつろぎて、母の膝に甘へる幼児の如く、笑ひ興ぜられ、「故郷へ帰りたらん心地すなどいはるゝに、我れもいと嬉しく、風琴など奏でゝ興添へ参らしゝが、やがて一同の方々より、別れの挨拶せられし折は、胸つとふさがりて、とみに返事も出で来ぬを、やうやう涙のみて、「いさましき御帰りを祈りはべる」と僅に答へまつりぬ。

脇氏は一人残られて、御身の上話いともこまぐ〵と幼にして脇家に養はれ給ひし事より、今回北京を出で立たれしまでの事を語られ、さて「東京を出でし時、少しの手違ひにて父上に別辞申上ぐる機会を失ひしは、今になほ心にかゝりぬ」とて打ち沈まれぬ。「御心づかひもさる事ながら自分よりよきに申上ぐべければ、御心安う思されよ」

と慰さめまゐらせしに、心よりうれしげにほゝゑまれぬ。

さるにても、我を姉とも思ひ給ひて、斯くは身の上の事こまぐ〵と語られし御心のいともうれしく、我も亦弟のやうに思はれて愛らしければ、靴下、肌着など、取り出で、参らせしに、こよなき餞《はなむけ》なりとて喜びて収められしが、石鹸のみは辞退し給ひ、「これにて磨かば、折角支那人に化けたる皮も剝げなん、よろづ汚なきこそよけれ」と戯言のやうにのたまひしが、我は御年の若きにも似ざる細かき御心づかひに感じ入りぬ。

暮雲籠《ひさし》に迫る頃、君は坐を立たれしが、「今は心にかゝる隈もなく、身心共に軽きを覚えたり」とて、いと心地よげに別れを告げられたりき。

三月二日、けふ立たせ給はん筈の志士の君達は、尚さはる事ありて一日延べ給ふ。朝餉をへて後、故郷へものすべく、机に倚りて文認めてありしに紙は丈に及びて思ひは尽きず、筆をかざして躊躇すれば故郷の山川なつかしき父上、さては師の君友の俤髣髴として眼前に現はれぬ。夢か夢にあらず、うつゝかうつゝとも覚えず。斯る時「河原先生……」と呼ぶ声耳に入りぬ。顧みれど何物もあることなし、思ひなしにて、あらぬ声を聞きけるよと思ひ、更に筆をつゞけんとすれば同じ声はまた耳に入りぬ。こたびは稍高かりき。起ちて見れば窓外に人あり馬上の雄姿まがふべくもあらぬ、脇光三の君なりけり。急ぎ戸を排して請じまゐらせつゝ、「いかなれば裏手よりは来給ひし」と問ふに、「現今の身の上ゆゑ人の思はくを憚りて」と答へらる。「さるにてもよくぞ路を知り、給ひしよ」といへば、「昨日帰るさに、あのブランコを目標に見届けおきたり」と答へらる。

暮るゝまで故郷の事など語りあひ「いとも楽しかりき」といひて帰り給ひぬ。

今夕も亦、重立ちたる方々と密議を凝らしぬ。

三月三日、後影にても見送りまゐらさん心積りにて、朝夙く起き出づ。窓尚暗うして雀の声だに聞えぬに、諸士は既に夜深きに出で立たれぬと聞く。打ち見れど、空は低う密雲を凝め、風寒くして飛雪横に舞ふ。

其二

明治三十七年五月より、九月迄、我は、○○偵察の任務にあたりぬ。かくいへば、事大きく聞ゆれど、今其当時を回想すれば、よくも我身にしおほせしよと、自ら驚かるゝ節のみぞ多かる。偖て如何にして如何なる任務にあたりしかといふに志士の一人は、北京より、五日路なる熱河といふ所に、居られぬ。北京と此地との間には、電信あれば、容易に通信せらるゝ、これ即ち通信の起点、集中点なり。其地は、何れも南の方にあり、我は恰も中央に居りて其取りつぎをなせしなりき。其折の手紙の二三は、左に摘録すべければ、それにつきて見らるゝも明かなる如く、全く、支那人の如くにして通信し居りたり。

（前略）六月三日、当地を発したる特使便は、熱河に於て、北京電報の返信を得、折り返し直ちに当地に到着すべき筈の所、十余日を経る今日に至るもまだ何等の返信に接せず、毎日鶴首、待ち居申候。就ては万一、貴王府へ、送信を依頼し、来り居る等の事も御座なきかと存候まゝ、貴姉の御許迄一寸御伺申上候条。御聞き合せの上、此使の者へ何等の御返事を給はり候はゞ、幸福の至りに御座候。先づは要用のみ、余は後便に譲り申候。敬具

六月十五日夜　　　　張　生

沈　様

（前略）乍毎度御深切に満ち〳〵たる御教示、難有奉感謝候。御願申上げたる件々夫々御配意を忝ふし、以御蔭、大なる利益を得申居候。此多大なる利益は、決して、小生一人に止まるものに無御座、又小生は最初より、此利益と貴姉の御労苦に対する、忠実なる紹介者たらむことを、期しつゝあると同時に、平和の後、これ等の熱誠よりなる貴書が、〇〇セン史編纂委員の手に上れかし。多数の国民が貴姉に感謝するの、のどかなる日あれかしとの希望を抱くものに御座候。……

ヨコ川氏等以外の方々は、今に不明に御座候……伊トウ氏等は帰京後、すぐ或任ムのため、山海関方面へ出張せられたる由に御座候。北京より貴王へ何とか申来る迄は、御高見の如く、しらぬ〳〵を御続け居り下されたる方、可ならむかと存居申

候。……

御中越の状袋、数葉御送附申上候。当地は一万戸に近かき、商業地としての漢人市街に御座候間、支那向きの御買物等も御座候はゞ、御遠慮なく御申越し下され度候。……

一昨日来着したる公報数十葉、貴覧に供し申候。公報は御焼棄下さるか、又は一纏として可然御秘蔵なしおき下され度候。……

有りあはせの薬品二三包、封入致置候。(下略)

(前略)毎度ながら詳細なる御通信に預り、且御慰めを忝ふし難有奉謝候。……

貴所滞在中の外人に関する件、拝承仕候。其後も彼れの通信先及王との親交の程度等につき、御注意下され、又機も御座候はゞ、彼れの筆蹟、姓名等を書せしむるも、一策と存候。而して、此の如き場合に於て、彼れが、いはれなく、秘し去らんとするは、却て一の参考にもなるべき事と存候。(女学堂を参観下されたる、当学堂名誉の紀念として学堂日誌に、国籍姓名等を記し奉らん抔、さわりなき、口実かと存候。)御対話は英語に御座候ひしや。……

北京便貴地着日取、其他に関する件、承知仕候。小生は、戦局の最終迄は、此地附近に、駐在すべき事と存じ居申候。……ア、多少の目的を果してヨコ川氏等の英魂を、慰むるは、夫れ、何れの日ぞ。……

ブビガク堂云々……定めし御困りの事もおはすならむ、されど一時の事局大切なり、永遠なる貴姉の事業尚大切なり、貴姉が冷静なる頭脳を以て此間に処せられ、名は顧問ならざるも一巾幗の身、能く王府内の重きをなし、ニホンの勢力を、事実に於て扶植せられつゝあるは、窃かに喜び居る処に御座候。（下略）

奥より来れる通信は、我手にて区分けをなし、熱河より電報すべきものは、それとし、北京迄、持参せしむべきものは、それ〴〵使を馳せしむる様、機敏に事を運びぬ。殆んど身命を賭しての事業なればにや、思ひしよりも巧みに行はれし様感じたり。又此間絶えず、〇国側の縄張りの妨けせしかば、先方にては、我国は蒙古に婦人を入れたりとて、非常に狡猾なる手段なりなど、罵りたる由なれど、我は、王室教育顧問の名にて、行きしとのことなれば、如何とも詮方なかりしもの、如かりしも、先方より憎悪されしはいふ迄もなきことなり。されば我は、万一のことありとも、〇人の手などにかゝりて、最後を遂げん心なく、美事自刃せん覚悟にて、国を去るにのぞみて、父より授けられし、懐剣は、寸時も身辺をはなすことなく、又護身用のピストルも常に身近く備へおけり。而して如何に、急に、変事生ずるも差支なき様、常に荷物の整理迄して、表裏両面の事業に心を砕きぬ。

其　三

三十七年の秋頃よりよく、王妃と共に、遠乗りを試みしが、それがため喀喇沁旗内の状況に通ずることを得たり。或時、王、王妃にむかひ、百年の長計として山には樹を植ゑ、野には耡を入れ給ひては如何にと勧め参らせしに、王の申されしには、我も貴国に赴き、視察してかへりしより、深く感じ居る所なれど、旗内には、さることに通ずるものなく、さりとて貴国より、然るべき方を聘するは力及ばずと、しみ〴〵歎き給ひしかば、我は我が力の及ぶ限りは尽力いたすべければ、暫らく待たるべき様申上げおきぬ。其冬王並びに王妃と共に出でし折、我は内田公使に向ふて、喀喇沁王、王妃の志ざし厚きを旗内の摸様、王の考等を委しく、語り、さて、もし出来得べくば、外務省の方より然るべき方を、視察のため派遣し給はずや。さすれば王、王妃の満足はいふ迄もなく、日本のためにも、少なからぬ利益あるべし、と願ひし所、公使には然りしか左程迄とは思はざりしに、さらば早速、外務の方にとて、尽力せられしかば、高橋工学士及び町田農学士の両氏が、入蒙の上調査に、従事せらる丶こと丶なりぬ。其結果たる極めて良好にして、王、王妃は非常に喜ばれ、日本の利益にもなりたるもの丶如し。両学士の入蒙は、三十八年六月にして十一月に帰国せられしが、両氏共報告書を調製せられたるも、町田農学士の方は、秘密出版に附せられし由、洩れき丶ぬ。なほ志士の君達の時折につけ送られたる便の、いづれも疎かならぬもののみなれば、我は直ちに其の筋に送り届けぬ。そが中の二三。

拝啓、酷寒の候愈御精勤の事奉大賀候。次に小生儀無恙頑健罷在候間乍他事御省慮

被下度候。扨先達ては馬具類御送附被下正に落手仕り候。毎々御手数の程奉深謝候。其前長谷部氏宛の分と共に芳書頂き候趣了承致候へ共掛違ひ未だ落手致不申御来示の趣如何哉存知不申掛念致居候。

今回、生儀幸に昇級の栄を荷ひ第○○○○○○○○○○○○○長仰付られ不日出発赴任致予定に有之候。目下第○○は遼陽地方に○○致居申候。

貴姉に御依頼申上度件は生儀若戦没致候暁には蒙古喀喇沁に残しおき候書籍其他若干の品物は若し王爺に於て必要と認めらるゝ品物例へば書籍等の如きものは王爺府へ寄附可仕不用の品は蒙古人に分与なし下さるなり御随意に御処分なし被下度決して小生の遺族等に送附下さるの必要は無之候間左様御承知の上可然御取斗被下度幾重にも願ひ上候。若し貴姉其内満期帰朝被致候節は何卒其旨王爺へ御伝声置被下度願ひ上候。王爺へ対しては生儀○○○○へ転じたる旨御話被下候て差支御座なく併し○○等は御秘し置被下度候。

生儀も戦争終局後無事生存致居候へば是非再度入蒙致存念に有之候。過日錦州に於て長谷部氏携帯の御手にかけられし女生徒の編物細工一寸拝見仕り誠に短日月の間に蒙古人の手にて斯る立派なる製作品出来上り候とは只管驚歎の外御座なく御苦心の程目に見へ、一同と共に感佩申上たることに御座候。

時下折角為国家御自愛祈り上候。匆々

明治三十七年十二月十五日　　　　　　　伊藤柳太郎

河原操子様　侍史

拝啓、貴王府へ出張の際には種々御高配を忝ふし、且つ貴姉の御事業をまのあたり拝見するの栄を与へられけるを深く感謝致し居候。道中無事十月四日錦州に到着致し候間乍憚御安心被下度候。

戦況は其后御報知申上べき程の事無之候。併し二三日以来奉天方面に於て大戦、開始せられ居る由なるも未だ何等の公報到着致し不申候。旅順は未だ陥落致し不申候。

御高説、女学堂の現況及び学生等の手になれるもの、紹介などは一層各位の同情を得申候。御話の蒙古人等へ御分与の薬品に就ては〇〇へ御依頼申候処早速知己なる天津の〇〇〇〇へ申送られ別包の通り調達せられ候間其儘御送附申上候。日高氏への御贈り物に対しては厚く御礼申上呉れよとの事に御座候。

伊藤さんへの書物は慥に相渡し申候処丁度入用の際なりとの事にて大喜びに御座候。同氏及び井戸川さんよりも宜敷との事に御座候。

十月十三日

拝啓、其后御障りも無御座候哉御伺ひ申上候。小弟無異消陰罷在候間御休神被下度候。

此頃公務を兼ね北京、天津等へ出張し久振にて知己朋友等を訪ぬるの楽しき時を持ち申候。至る処貴姉の御事業に感服せざるもの無之候。何卒御邦家御自愛御摂養の程祈り上候。

小弟儀明日遼西の某地へ出発可致候自今の御通信は「営口〇〇〇〇〇〇殿宛」にて御発送被下度候。

却説乍卒爾今回京都〇〇〇寺に属せらるゝ升巴氏が蒙古の事情を研究し将来帝国勢力扶殖の基礎を定むるの目的を以て内蒙古方面に出張せられ当分赤峰市に滞在せらるゝ筈に御座候。就ては〇〇より相当の保護を受け居らるゝ義には御座候へ共万事は便宜を与へられ候はゝ独り同氏一人の幸福のみには非ずと存申候何分にも宜敷御願申上候

明治三十七年十二月一日

拝啓、皇軍破竹の勢を以て必勝必取誠に愉快此上もなき事柄にて御同然邦家の為め大に賀する処に御座候。

此の勢なれば明年は彼れ等敵輩頭を垂れて哀を請ふに至るべきか何にせよ宣戦の御目的たる平和克復邦家百年の泰平を得んこと仰望此事に御座候。これ必来るべきの能事とも存候。

昨今の新聞にては遼陽の方面も都合よろしく殊に奉天、遼陽間の鉄橋及び鉄道線を第一軍に於て破壊し我等が敵の通路を絶ちし趣に有之また旅順の方も今少しにて手に

入り候様子に有之候。併し「ハルピン」乗取は明春に可有之か本年は奉天に冬籠りならんなど、小生等白眼者流は噂いたし居申候。扨貴嬢の御事業は如何定めて着々よき御運に至るならんと敬服の外無御座候。但し異郷千里の客なれば御自愛なされて御壮健ならんことをのみ祈居申候。

さて又、横川、沖両氏のことは粗ぼ相分り候へ共外四名のことは更にわからず矢張親心にては真相を知り得度と毎日それのみ待居申候。

一昨日は○○の某小生不在の折訪問せられ横川省三氏最後の折の手紙が○○へ到着せし旨申聞候へ共小生に逢はざる故只左様申候までにて帰られ候由に付昨日此方より其人を訪ひ候へ共馳け違ひ面会不則今より又訪問可申心組に御座候。(下略)

明治三十七年八月廿九日　浅岡　一

河原操子　様

其後は打絶え御無沙汰を申上居候処。

先生には御障りもあらせられずます〳〵御壮健に渡らせられ候よし、まことに何よりとかげながら御喜び申上居り候。次に私方にても祖母はじめ皆々変りなく過し居申候間憚ながら御心安う思召被下度候。

扨過日は御細々との御親切なる御文たまはり皆々にて拝見いたし涙にむせび入り申候。兄事先生の厚き御心尽しに預りさだめし家に帰りし心地いたし候事と存候。御地を出発致し候砌に御手数戴きたる兄より私への手紙の内にも先生は光三の姉上の如く光三はまた弟の如き心地すなどと此上なく喜び、私より呉々も御願申上くれよと申まゐり候。実に〳〵先生には一方ならぬ御世話戴き候ほど誠にありがたく何とも御礼の申上様も御座なく、何れ御目もじの折に山々御礼申上度と存居候へ共、とりあへず手紙にて思ふ一はしを申上候。

まことに戦国のならひとて親を失ひ、子を失ふもの数多御座候事とて兄の今度の事業も国家の為に候へば決して死を厭ふ如き心は、つゆ御座なく候へ共、未だ生か死か、判然致さずに相成居候ま丶何卒確かなる所をきかまほしく、皆々それのみ願ひ居次第に御座候。

家内一同より呉々もよろしく御願申上る様申出で丶何卒充分に御身体を御いとひ遊ばして無事御帰朝の日を今より御待ち申上居候。

明治三十七年八月三十一日　　浅岡和歌

河原先生御まへに

三　入京の記

王府にては十月（明治三十七年）の末つ頃より、参勤の用意とて、王御夫婦を始め下皆其れ〳〵の心遣ひと忙しさとはなか〳〵に由々しきものなりき。

十二月の初旬に漸く用意整ひ其月の十三日、道中の調度を遣して、其他の進物、雑式を先きだちて北京へ送らる、其車総て十台、車は我大八車様の大形のものにして、之に堆きまで積み上げ、十頭乃至十二三頭の牛、馬をして牽かしむ。此荷車が北京へ達する日数は約三十日にして、一台の運賃三百円を下らずと聞きぬ。それより漫ろなる十日を過して、二十四日、王の御一行と共に入京すべく喀喇沁を出立しぬ。

太福晋《タイフーチン》（先王の妃）老太太《ラオタイタイ》（現王の御生母にして先王の第一側室）を始めとして、二老太太《アルラオタイタイ》（王妹の御生母にして先王第二の側室）王、王妃、は駱駝轎に召し給へり。太福晋と福晋の轎は紅き絹もて覆はれ、四隅に垂れたるふさも紅くいと栄えたるものなるが、こは親王家より降嫁ありたる方々に、特に朝廷より許されたるなりとぞ。

王は郡王の格式ある轎に召されぬ。我も王妃より賜ひし駱駝轎に乗りぬ。王妹と王女とは朱塗りの支那馬車に召させられ他の人々は普通の支那馬車なりきかくて警護の兵士、近侍従者数百五六十名馬の数二百五十六頭と註せられぬ。此大袈裟なる参勤は、一回約二万両の費用を要すといふ。徳川幕府の参勤制度にも似て清朝が如何に蒙古を忌憚し、如何に圧迫し如何に窮縮するか。其一班を知るに足りなんか。

王府より上瓦房《シャンワンフワン》まで、十清里、可憐なる六十余名の少女は、我等を送りて此に至りぬ。駒を止め、轎を下りて別を告ぐ、乃ち陽関の曲は歌はずとも、彼等の顔には、無言の哀歌あり。無声の悲曲の閃くあり、眼を挙ぐれば、彼の山も別を惜むが如く、路の楊も袂を引くに似たり。我胸独り痛なからずや、生徒は右より左より、前より後より、我を取り巻き、袖に縋り、袂を抽きて、斉しく涙に咽び、中に歔泣せるもあり。いざさらばと袂を分ちて、彼等はうるみし声にて「先生早く帰つて下さい」といふ。我は頷きしのみ、胸塞がりて言はんやうなかりき。

風は吹かず、雪は降らず、気候もさまで寒からず、時には小春日の長閑さを見れど、冬は冬なり、茫漠たる山間の悪路、河中の難道など総て三十六年の十二月に見し所と多く異らず。今は多く記すべきこともなきまゝ、旅舎の事ども其一二を左に記さん。王の投宿せらるゝにも、旅舎はさしたる用意もなさず、蜘蛛の巣の依然としてある所も多ければ、旅舎に着する前七八清里が程より、従者四五人、騎馬にて駈付け、王、王妃の室を始め太福晋、老太太方各位の室へ、日本の蚊帳に似て、一方を払ひたる垂帳を吊り、其開きたる方を土間に向けて、出入に便にし、室内へは布を敷きて、兎に角、小ぢんまりとせし室を、俄拵へにしつらふるなり。扨御着になれば、先着の侍女等「チリハラヒ」を持ちて出で迎へ、時によれば衣の地色もわからぬまでに掩へる「チリ」をうちはらひ、さて室に請じ参らす、室に入り給へば直に洗面盥嗽され、王、王妃は、太福晋の許へ御機嫌伺ひに参らる。

それより喫茶、食事、就寝、整装、皆其一室にてなさる、寝具は、固より携帯のものなるが、蒲団、毛布を程よく、畳み、糠枕を心となし厚き風呂敷にて、蓆にても捲くがやうにくる〳〵と包みて、其上を革紐にて留め延ふるも、収むるも甚だ手軽く、用意せられてあり。

食物は大概出発前に調理して、鑵詰となして携へ、各駅につきたる時は、旅舎にて之を温めて用ゐらるゝが、野菜肉類の新らしきものある駅にては、そを求めて調理せしめらる。朝は結髪の後、茶と菓子とを食して、朝飯を取らず、総て二食なり。喫茶終り、出発間近かになりたる時は、王、王妃は例の通り、太福晋に請安に向かはる。

何れの宿にても、自分は王妃と寝を同ふし、夜具を接して寝ねしが、或る宿りにてありき。夜深けしに頻りに我袖を引くものあり、驚きて目覚むれば、王妃の我を探り給ふにてありき。何事の候にかと問ひ参らせば、寒さに堪え難く得睡られずと、のたまふものから、互に手をとりて語らひしが、いつか其まゝ睡に入り。明る朝目さめて打笑ひたることもありき。

途上にて憐れと見しは、沿道の土人なりき。彼等は、手の附きたる笊と、長き柄を附けたる杓子様のものを持ちて、一行の後を追ひ来り、馬糞を拾はんと、互に競ひ、互に犇めけり。乾して燃料となさむ為なり、彼等は馬を驚かして、馬夫に叱せらるゝもあれど、黄金の珠玉にても拾はんかの勢にて、屈せず、慕ひ来りぬ。捨てゝ糞の如しといへる語は、此には其意味の適切を欠くと思ひぬ。

一月一日北京城を望みし時。其日午後四時、我公使館に着して、日本語にて、思ふまゝに語りし時の喜ばしさ、楽しさは、今はなか〳〵筆も及ばずなむ。

第十一章　蒙古の地勢及び風俗（漢、蒙、の書による）

一　位置（分界、広袤、人口）

蒙古は、支那本部の北に位し、其地形東西に広く、南北に狭く、北緯凡そ三十七度なる甘粛省衛県《カンスウションウエイシエヌ》の西南黄河《ホワンホー》の北岸に起り、五十二度十分なる、貝克穆河《ペイケムホー》の北水源に至り、東経は凡そ八十六度なる斎桑湖《チャイサンホウ》の東部より始まり、百二十七度の呼蘭河《ホランホー》の烏蘇里《ウスリ》江《チャン》の会合点に終る（青海《チヌハイ》を除く）其分界北は阿爾泰《アルタイ》山脈を以て露領西比利亜《シベリア》に接し、南は長城《チャンチャン》を限りて支那本部に界し、東は嫩江《ナヌチャン》水域を以て満洲《マンチャオ》に界し、西は甘粛省《カンスウション》及び伊犂《イリー》に接す。其面積は大略二十四万八千四十方里なれども、其人口は僅かに東京、大坂を合せたる数に過ぎずといふ。これ畢竟気候の寒冷なると、耕作に不適当なる地の多さにあるものならん。

二　地勢

(1)山脈、蒙古の山脈は、山勢概ね西南より東北に向つて奔馳する二大山を以て其地勢を形成せり。即ち一は崑崙《コンロン》山脈にして西南より東に亘り他は阿爾泰《アルタイ》山脈にして西より北に走れり、其大なるものは崑崙《コンロン》山脈に於て祁連山《チイレンシヤン》、阿拉善山《アラシヤンシヤン》、陰山《インシヤン》、興安嶺《シンアヌリヌ》とし、阿爾泰《アルタイ》山脈に於ては、唐努《タンヌ》山、杭愛山《ハンアイシヤン》、肯特山《ケントシヤン》等とす。又西北に於て清露の彊界線をなすものを薩彦《サツイエン》山脉とす。

(2)河流、蒙古には、河流の大なるもの甚だ少く舟楫の便なるものは東部及び西北部にあり。其中最も流域の大なるは、色楞格《スエレンコ》河(北部の諸水を集め西比利亜に入り貝加《ペイチヤー》爾湖《アルホウ》に注ぐ)にして克魯倫《クルロン》、(東北流して西比利亜の境に入り終に黒龍江《ヘイロンチヤン》に入る)西遼《シーリアオ》河《ホー》、喀木河《カムホー》、札克干河《チヤクカンホー》等これに亜ぐ「西遼河は一名西喇木倫《シラムロン》河といひ、内蒙古中の巨川なり。又東遼河《トンリアオホー》は一名赫爾蘇《ハルスウ》河といひ、内蒙古に於て西遼河に亜ぐものなり。此二河は内蒙古の東部に於て相合し、満洲に入りて遼東河《リアオトンホー》と称し、諸川を合し南流して牛《ニユー》荘《チヤン》の西を過ぎて遼東湾《リアオトンワン》に注ぐなり、」国の中央より西南部は渺茫たる沙漠にして多少の細流なきにあらずと雖、或は瀦して沢となり、或は沙に乾涸するのみ。有名なる黄《ホワン》河《ホー》は界内の南部を経過せり。

(3)湖沢、河流の少なきに比すれば、湖沢には甚だ富めり。而して其大なるもの多くは西北部にあり。即ち青海《チヌハイ》部の青海《チヌハイ》、科布多《コブト》の烏布薩《ウブサツ》湖、伊克阿拉克《イクアラク》湖、奇勒稽思《キロキス》湖、又塘努烏梁海《タンヌウリヤンハイ》旗に在る庫蘇古爾《クスウクル》湖等と。東南部には陰山《インシヤン》及び興安嶺《シンアヌリヌ》山脈より泉流瀦して小湖となるものは其数枚挙に遑あらず、又塩湖《イエンホウ》は沙漠以南所々にありて、阿拉善《アラシヤン》部及び青海和碩特《チヌハイホーシート》部に在るもの最も大なり。

(4)沙漠、沙漠は殆んど全土の三分の一を占め、即ち東部より斜めに西南部に亘れる中央の地域にして、北緯凡そ三十七度なる黄河《ホワンホー》の北岸より起り、四十八度なる外蒙古の庫倫《クーロン》に至り、東経凡そ百度より起り百十七度なる満蒙《マンモン》の交界に跨れる貝爾諾爾《ペイルノール》に終り、海面を抜くこと凡そ四千尺東西は凡そ五百里に達し、南北は二百里乃至二百七八十里に至る（沙漠は、蒙古語にて戈壁《ゴビ》といひ、漢人は之を瀚海《ハンハイ》と称せり）地勢は概ね平坦にして、一望渺漠として際りなく丘陵聯綿として起伏し宛も大洋中に島嶼あるが如し。其間塩湖、瀦沢、所々に散在すれども沙漠の中央部にありては、数百里の間全く一の水流なく、夏日大雨の後と雖も土地乾燥せるがため僅かに数時間にして乾涸するに至る、気候は夏日は炎熱燬《や》くが如く又冬期は沍寒《ごかん》凜冽にして膚を裂くが如し。且つ秋冬の間強風吹てやまず、沙石を揚げ草木を抜くが故に大樹を生ぜずと雖も低窪の地には一種の剛強なる草類を叢生し其の高さ四五尺に達すといふ。沙漠の東南部は沙土相混し草木繁茂して耕耘に適すれども、中央部は耕耘に堪えざるのみならず、水流に乏しきが為め全く不毛に属す。然れども張家口《チヤンチヤーコー》より庫倫《クーロン》に達する沙漠間の道路は駅站の設け井水の備ありて隊商常に陸続たり。土人は道路に沿ひ各々部落を作り専ら牧畜を業とせり。又隊商の駱駝に芻草を給し或は薪炭に代用すべき獣糞を売りて生計を営むものあり。沙漠中の重なる禽獣は、沙雉、雲雀、鴉、麋鹿、等なり。

三　気候

気候は、土地によりて差異ありと雖も蒙古は、其位置稍々偏北の緯線上にあるを以て、夏期は太陽光線を直射して炎熱燬くが如く、又広漠たる平原は温気を放散し易きを以て冬時は寒厳を来たす。加ふるに土地概ね高原なるを以て、支那本土に比して気候の差異亦た著し終歳風多く殊に秋冬の間は北西の風多く沙漠の高原に於て最も甚だしとす。其風の起るに当りては草木を捲き沙礫を飛し、天日を遮蔽し白昼ために晦冥となり咫尺《しせき》を弁ぜざるに至る。気候の変化は春季最も甚だし。降雨は七八の間に多く冬季は雨なく屢々降雪あり、気候の変化は大体に於て前述の如くなれども山脈の向背と土地の高低により一小部分内に於て激変あることあり。然れども支那本部に接近せる地方は、沙漠高原地方の如く、其変化激烈ならざるなり。

四　物産

蒙古は前述の如く其三分の一は河流少なき沙漠地にして耕作にも、漁猟にも適せざるを以て、土人等は専ら牧畜を業となせるが故に、物産の重なるものは、家畜及び其産品にして農産物は極めて少し。唯だ直隷省《チーリーション》に属する蒙古部に於ては現今主として農業を営むを以て各種の穀類、蔬菜及び果物等を多く産するを見る。樹木は、松、柏、椿、樺、樅、楊、柳、の数種に過ぎず。花卉類は野生頗る多けれども、人目を喜ばすに足るものは少し、然れども其色著しく鮮麗なるは空気の乾燥なるによるものなるべし。薬草又多し。野獣には、虎、豹、熊、鹿、狐、兎、狸、獺、鼠、野馬、の類を産し殊に麋鹿、羚羊、山羊の種類甚だ多く土人は此等を猟して毛皮を輸出す。而して家畜には、馬、牛、羊、山羊、駱駝、犛牛、を以て最とし、騾驢豚等之れに亜ぐ、これ即ち蒙古物産の主なるものなり。

五　風俗

蒙古の人種は、大略喀爾喀《カルカ》、加爾瑪克《カルムイク》、烏梁海《ウリヤンハイ》、唐古特《タンクート》、東干《トンガン》の五種に分つ、其中喀爾喀《カルカ》人種最も多くして殆んど其三分の二を占む、喀爾喀《カルカ》種族は、往昔成吉斯汗《ジンギスカン》に従ひ大に威武を顕はしたる人種にして、自身強壮勇悍にして、質朴の風あり。外蒙古に居住して游牧を事とす、又内蒙古に於ては支那本部に接近する地方に多数の漢人種棲息して村落を設け耕作、礦業等に従事するを以て、蒙古人は其感化を受けて質朴の風習は消失せるが如し。

言語、は自ら一国の語をなせども、大約三種に区別す。蒙古、本部語、搏蠟的《ボラテ》語、及び加爾瑪克《カルムイク》語即ちこれなり、然れども諸汗王以下酋長及び其子弟は北京官話を学び、又支那本部に接近せる地方に於ては各階級の蒙古人能く支那語に通ず。

衣服、は北京辺と大同小異にして、主として棉布を用ひ絹布は富者に限れり。而して冬時は羊裘を着す、蒙古人の衣服は一衣万用ともいふべく、時としては布巾、手拭の代として物を拭ひ或時は風呂敷の代用として其裾を折りかへし、こゝに物を入れて運搬するなど国の風とはいへ外国人たる我等の眼には実に異様に映ずるなり。若し日本に於てかゝることをなさば直に狂人と呼ばれんも、清潔といふ観念を欠ける彼等より見る時は、何故、日本人は布巾、手拭、雑巾或は風呂敷など、面倒に区別しおくものにやと却つて不思議に思ふことならん、加之蒙古人は水を用ひてものを清潔になすことをせぬ人種にして其の衣服なども始めより破るゝに至る迄洗濯をなさずして其まゝ用ふるにより、汚れ垢つき色あせたる様はたとへん言葉もなき迄に覚ゆ。

頭部、男子は喇嘛《ラーマ》僧を除くの外は皆支那人と同じく辮髪を蓄へ、又女子は北京に近き地方は満洲婦人と同じく長き笄をさしこれに中央より左右に分けたる髪を巧に巻きつけ、紅、桃色等の大きなる花簪三四本を其両側にさし、はでやかに飾り居れども、一般には中央より左右に垂れて辮髪となし、富者は、これに金、銀環を付し又は珊瑚、真珠等を飾る者も多しといふ。

食物、日常の食物は獣肉、麺、粟、黍、酥酪、等にして飲料は牛乳、磚茶、焼酎等なり。就中最も嗜好するものは磚茶にして貴重すること恰も貨幣の如く時々は其代用となすことあり。肉類にては羊肉最も称美せられ魚肉は余り嗜好せず、而して野菜は内地に進むに従ひて極めて少く、外国人の蒙古内地を旅行するものをして最も困難を感ぜしむるも此点にありとぞ。

家屋、は一般には極めて粗なる土屋なれども富豪の家は支那本部と異らず、而して何れも其内部の構造は室内に炕《かん》を設くる等総て寒国的なり。然れども内蒙古の北方より外蒙古に至る時は、皆張幕《てんと》に住みて游牧を事とし水草を逐ふて移転し容易なる沙漠的構造にして、径寸余の木竿の両面を削りて平かにし互に組み合せて網目の格子の如くにし其合せ目は細き牛羊皮を以てし決して釘を用ふることなきが故に、其格子は伸縮自在にしてこれを縮むれば横に幅広くなり、伸ばせば其丈長くなる。かくて其の格子五六枚を繋ぎ合せて、地上に円形の垣を造り、其上を蓋ふに、丁度傘の骨の如き木竿の其一端は円環につなぎて開閉の自在なる屋根を以てし、之を包むに羊毛を固めて製したる毡布を用ふるなり。かくて其屋根の中央なる即ち傘の轆轤《ろくろ》に当れる部分は窓にして、これ又開閉自在なり。而も室の中には炉を設け、牛馬の糞を燃料として暖をとり或はものを煮る所多しといふ。

游牧民は此西部にありと雖も全土概ね此の種族にして男女共に騎馬を好み家居は帳幕を用ひ遷移するを常とす。所謂水草を逐ふ者にして地に定居なく冬季は居を山谷に移して以て寒烈を避く、気質朴実なれども性質は懶惰にして進取の気力に乏し、これ游牧生活の然らしむる所にして、生存競争の顧慮するものなければなり。牧養の術は甚だ巧にして男子専ら之に当り婦女子は帳幕内にありて酥酪、黄油《ばた》を製し或は炊事をなす。然れども若し必要ある時は直に馬に跨りて男子を幇助す。

彼等は男女共妙齢の時代には婉美にして、怜悧なるも年齢長ずるに従ひ容姿頓に衰ふ。嫁娶は媒介者あり、又結納ありて婿家は家畜、金円、衣服を新婦の父母に贈る、富者は往々巨額の贈物をなすことあり。婦家は家具、帳幕を贈るを例とす、而して離婚再婚共に随意なり。親族間には父系を尊び女系を軽するの風あり、夫婦は家内にありては同権にして家外の事は夫の意思に任せて容喙せず。又男子には正妻の外に妾を置きて一家に同居せしむることを得れど家政は正妻の管理する処とす、又生子も嫡庶の別ありて相続の権は嫡子にあり。

娯楽は甚だ少なく競馬、唱歌は其主なるものにして楽器は笛及び絃の二種に過ぎず。神仏を敬し山川鳥獣を祭り日月星辰を祈ること甚だしく吉凶禍福、天変地異挙て神仏の意に出づるとなし。現世の幸福死後の冥福、疾病の平癒皆幇助を神仏に需めざるなく鍼薬医治は毫も容る丶の余地なきなり。喇嘛教は彼等の妄信する所にして上は王公より下賤民に至る迄之を奉ずること甚だ厚く一家に男子三人あれば其一人は必ず喇嘛僧となす。故に喇嘛廟は蒙古の偉観にして到る処の都市村落に於て宏大なる建物は必ず喇嘛廟となす。而して仏を信ずるの余終に殺生を以て悪行となすに至れり。

蒙人は礼儀の民にして、甚だ簡略なりと雖も主客互に口儀を述べ、家畜の安否を問ひ送迎の礼あり。途中人に遇ふ時は各々携ふる所の鼻烟を出し相供するを礼とし又知己の長者に逢ふ時は必ず馬を下りて拝するなり。

六　政体

蒙古は、元の後裔各々一隅に割拠し彼此統属せずして恰も一小国の体裁をなせしが、清朝の之を服して藩属となすに及び疆界を正し邦土を分ちこれに施すに武治を以てし、各処の要地に城塞を築き、将軍、大臣、都統等の諸官を派駐し、政府に理藩院を置き、理藩院則例を設け其の政令一に理藩院をして管理せしむ、故に今や蒙古は清朝の正朔を奉じ其版図に隷するものにして之を外藩といふ。行政区劃を分ちて四大部とす、即ち内蒙古《ヌイモンクー》、外蒙古《ワイモンクー》、青海蒙古《チヌハイモンクー》及び内外蒙古の間に散在する遊牧部にして、皇帝の直轄に属し之を内属遊牧部といふ。更に之を別ちて部となし、又之を小別して旗と称す、旗の名称は種々なれども部名の下に左翼、右翼、中旗等の別を用ふるもの最も多し、毎旗には酋長ありて一国に君臨し、生殺与奪の権を擅《ほしいまま》にして部下を統御するに専制を以てせり。然れども内属遊牧部には酋長をおかず。

清国の外藩蒙古を服従する政略は主として、喇嘛教にあり。蓋し土地広大、人民慓悍にして武力を以て制御し易からざるにより人民の崇信する喇嘛教を厚待保護して民心を撫綏し殺生を戒禁せる教旨は、遂に蒙古人を化して平和温順の民となすに至れるなり。

蒙古の官制は毎旗に長をおきこれを扎薩克《チヤサツク》といふ、酋長を以てこれに充つ支那政府より奉ずる所の官職にして或は世襲なるあり、或は任命するものあり、一旗の政令を掌る其職権甚だ大なり。旗にして扎薩克なきものは将軍、都統若くは大臣之を統治す、扎薩克の下に協理台吉《シエリータイチ》を置きて補佐せしめ其僚属に章京、副章京、参領佐領、驍騎校ありて旗務を分掌す。

蒙古にては、数部数旗、或は一部数旗を併せて盟と称す。毎盟に盟長及び副盟長各々一人を設け盟内の札薩克を以て任命す、斯くて各旗は期を定めて其盟長の所在地に会集す、これを会盟といふ即ち盟を分つこと左の如し。

内蒙古東四盟

第一、哲里木《チエリム》盟
- 科爾沁《コルチン》部（六旗）　扎賚特《チヤライト》部（一旗）
- 杜爾伯特《トルベト》部（一旗）　郭爾羅斯《コルロス》部（二旗）

第二、卓索図《チヨソト》盟
- 喀喇沁《カラチン》部（三旗）　土默特《トモト》部（二旗）
- 敖漢《アウハン》部（一旗）　奈曼《ナイマン》部

第三、照《チヤウ》烏《ウ》達《タ》盟
- 巴林《パーリン》部（二旗）　扎爾特《チヤルト》部（二旗）
- 阿魯科爾沁《アルコルチン》部（一旗）　翁牛特《ウランニュート》部（二旗）

第四、錫林郭勒盟《シリンコロ》

克什克騰部《クシクタン》（一旗）　喀爾喀《カルカ》左翼部（一旗）
烏珠穆沁部《ウチュムサン》（二旗）　浩斉特部《ハヲチイト》（二旗）
蘇尼特部《スウニト》（二旗）　阿巴噶部《アパカ》（二旗）
阿巴哈納爾部《アパハナル》（二旗）

内蒙古西二盟

第五、烏蘭察布盟《ウランチヤプ》

四子部落部《スーツプロ》（一旗）　毛明安部《マウミヌアン》（一旗）
烏喇忒部《ウラット》（三旗）　喀爾喀《カルカ》右翼旗（一旗）

第六、伊克昭盟《イクチヤウ》　鄂爾多斯部《ヲルトス》（七旗）

以上六盟の外帰化城、土黙特部《トモト》は将軍、都統及び各庁の同知に隷するを以て扎薩克《チヤサック》を設けず。其会盟は本城に集まり、盟長を設けざるなり。

外蒙古喀爾喀《カルカ》四盟

第一、罕阿林《ハンアリン》盟　土謝図汗部《トシエートハン》（二十旗）
第二、巴爾和屯盟《バルホートエン》　車臣汗部《チヨチンハン》（二十三旗）
第三、畢都里雅盟《ビツウリーヤ》　扎薩克図汗部《ヂヤサックトハン》（十八旗）
第四、斉爾里克盟《チルリーク》　三音諾顔部《サンインノーヨアン》（二十二旗）

外蒙古杜爾伯特部《トルベト》二盟

第一、賽因済雅哈図《サイインチャヤハト》盟　杜爾伯特《トルベト》左翼　（十一旗）
輝特《ホイト》下前旗　（一旗）

第二、賽因済雅哈図《サイインチャヤハト》盟　杜爾伯特《トルベト》右翼　（三旗）
輝特《ホイト》下後旗　（一旗）

土爾扈特《トルホト》部五盟

第一、南《ナヌ》烏《ウ》納《ナ》恩《ウエン》素《ス》珠《チュ》克《ク》図《ト》盟　土爾扈特《トルホト》　（四旗）

第二、北《ペー》烏納恩素珠克図盟　土爾扈特　（三旗）

第三、東《トン》烏納恩素珠克図盟　土爾扈特　（二旗）

第四、西《シー》烏納恩素珠克図盟　土爾扈特　（一旗）

第五、青《チン》塞《スエ》特《ト》奇勒図《チーロト》盟　新土爾扈特《シントルホト》　（二旗）

和碩特《ホーショート》一盟

巴図《パト》賽特《サイト》奇勒図《チーロト》盟　和碩特《ホーシート》　（三旗）

清国皇帝は蒙古に対して封爵の制を設け勲戚忠勤の等差によりて、これを封じ世襲を得せしむ、其爵を分ちて六等となす、即ち親王、郡王、貝勒、貝子、鎮国公、及び輔国公これなり。外蒙古には以上六等の外親王の上位に汗爵ありとぞ。内外蒙古の王公、西蔵の喇嘛等は或は毎年或は数年一回朝貢の義務あり。而して其貢物の種類は一定の規則ありて任意に変更することを許さず。又朝貢は例規によりて必ず来朝すべき者と、奏請して許可を得て始めて来朝するを得る者との別あり。都爾《トル》伯特《ベト》、西蔵は則後者に属するなり。但し貢物は凡て来朝する時を以てこれを献ずることは他の王公と異ることなし。

七　宗教

蒙古の宗教中最も盛に行はるゝものは喇嘛教にして、崇信甚だ厚く支那政府は之を以て政略の一方便となすが故に、保護極めて厚く辺疆の寧静を得るもの其力に依らずんばあらず、其他、回教、耶蘇教、希臘教、等ありて布教に尽力しつゝ、あれども未だ旺盛ならず。

喇嘛教は仏教にして二派あり、一を紅教といひ、一を黄教といふ。其蒙古に行はるゝは黄教を以て盛なりとす。二教は原より一源にして初め其僧皆印度袈裟の旧式に則とり紅綺の禅衣を服す紅教の名蓋しこれより起れり。黄教は西蔵の僧宗喀巴《ツランカパ》より初まる、宗喀巴初め紅教を習ひしが、其徒戒規を守らず、仏教の真意を失ひ人心を蠱惑するを見て、改革の必要を感じ即ち徒衆を会し自から其衣冠を黄にし、以て別に一派を立て二大弟子に遺嘱し世々呼畢勒罕《ホビロハン》（化身の意）を以て転生し大乗教を演へしむ、これ即ち黄教の祖師なり。爾来其教大に拡充し蒙古に入りて今日の盛をなすに至れりとぞ、二大弟子は一を達頼喇嘛《タライラーマ》といひ一を班禅額爾徳尼《パンチヤンヲルトニ》といふ。皆死して神通を失はず自から転生する所を指示すとなす。こゝに於て弟子輙《すなは》ち訪求してこれを迎立す、爾後常に輪回し易世互に転生して其教法を維持するものとす。達頼喇嘛は西蔵の布達拉《ブタラ》に居り班禅額爾徳尼《パンチャンヲルトニ》は同国の扎什倫布《チャーシーロンブ》に居るといふ。

蒙古には各部至る所に喇嘛廟ありて、上王公より下野民に至るまで一般に奉信し、吉凶禍福皆これに依頼し疫病あるも医薬を用ひず、僧を請じて全癒を祈り時に一家の財産を挙て喇嘛に寄する者もありといふ。

喇嘛教は支那政府も亦これを厚待し、蒙古人を奨励して信徒となし務めて保護を加へたる結果は終に慓悍を抑へて怠惰に帰せしめ、滋生を妨げて衰弱に至らしめたるなり。今日蒙古諸部に於て人口繁殖せず。荒涼無人の地たらしむるもの其源因一つに茲に存す、此の如く清廷の外藩を微弱ならしむるは、当時に於ては内訌を禦ぐの術たりしならむも、今や却つて外侮を招くの媒となれるなり。

（元来喇嘛なる語は、西蔵語にして優者を意味し、梵語のウッタラに相当し、喇嘛の僧正にのみ限られたる称呼なりしが、尊敬の意より遂に一般ラマ僧の称として用ひらるゝに至れり。其教をラマ教と称するは外間の称呼にして、ラマ僧自身は単に仏教、又は仏陀の教と称し決してラマ教とは呼ばざるなりとぞ。）

八　教育

蒙古人は男女少壮より遊牧を事とし、絶て教育を施すことなし。されば彼等は教育の何物たるを知らず、人智開けず、教化行はれず、依然として太古草昧の民たるを免れざるなり。各部酋長の所在地には時に学校の設なきにしもあらざれども、たゞ支那、満洲、蒙古等の語学を教授するに過ぎざるなり。

九　道路

蒙古より支那本部に至るには、総て喜峯口《シーフオンコウ》（最東）古北口《クーペーコウ》、張家口《チャンチャーコウ》、独石口《トーシーコウ》（最西）の四口によりてなす、此四口は万里の長城に設けられたる関門なり。右の道路は康熙《カンシー》三十一年に各部落の遠近を量り定められたるものにして、進貢朝勤皆此道に依れるなり。

一〇　通貨

蒙古には古来より通貨なきを以て、商業上最も不便多しと雖も、土人は物品交換を以て習慣となすが故に未だ通貨の功用を知らざる地方多しといふ。然れども支那銀両は全土に通用し、又支那本土に近き地方には鉄銭流通す、其他商店等にては票を発行して或区域を限りて盛に通用せり。而して露西亜との貿易市場には、露国紙幣及び露《ルー》普爾《ブル》貨通用するといへり、其ほか全土に最も能く流通し殆んど物価の本位とも称すべきものは磚茶にして、往々小片となして使用するに至る、故に恰克図《キャクト》にては磚茶にては磚茶の相場は常に画一の価を有するといふ。然れども直隷省所属の蒙古部に至りては内地と毫も異なる処なしとぞ。

一一　都会

庫倫《クーロン》、は外蒙古北部の一都府にして土謝図汗に属す。市街を分て蒙古区及び支那区とす、人口凡そ三万、其大半は喇嘛僧徒なりといふ。露西亜の領事館こゝにあり。又蒙古区には巨大なる円形の仏堂あり、結構壮麗、金色燦爛として人目を眩惑す。又喇《ラー》嘛胡土克図《マホートクト》の宮殿あり、其華美壮大なり。こは西蔵の拉薩《ラサツ》につぐの霊地として毎年夏期には礼拝するもの輻奏して熱閙《ねつだう》を極むといふ。

烏里雅蘇台《ウリヤスウタイ》は、三音諾顔《サンインノーヨアン》部にあり。蒙古西北部の一都府にして人口凡そ三千余城郭ありて、定辺左副将軍駐紮す。

科布多城《コブトーチヤン》は、蒙古西北部の一都市にして、人口凡そ三千余、城郭あり、参賛大臣駐劄す。

多倫諾爾《トロンノール》は、一に喇嘛廟と名づく、北緯四十二度十六分にありて、原とは内蒙古なりしが現今は直隷省に編入せり。漢蒙雑居して家屋櫛比し商賈雲集し、蒙古東南部の一都会なり。市街は支那、蒙古の二部に区劃し南北五里東西三里壮厳華麗なる仏堂、寺院多し、喇嘛僧常に二千余名へ及べりといふ。貿易甚だ旺盛にして商賈殆んど一千余戸、盛大なるは馬市にして又銅鉄の製品多し、仏像最も著名なり。鉄材は山西省平定州より輸入すといふ。

定遠営《テンユアンイン》は、阿拉善《アラシャン》厄魯特《イルート》部の一府にして阿拉善《アラシャン》親王の居城たり、城外戸数五六百にして食塩、駱駝、山羊等を出す。

買売城《マイマイチャン》は、清露の境界にある一都会にして、庫倫を距る八十里陸地貿易の要地たり。人口三千に過ぎざるも市街は稍々繁栄にして貿易は茶を以て主となす。

帰化城《クイフワーチャン》は、土人これを庫々和屯《ククホートン》と称す、帰化城の名は往昔順義王俺答といへる人此地に居り明朝に帰順せしに起れりといふ。鄂爾多斯《ヲルトース》旗界の黄河河套の東北にありて南殺虎口を距る三十里蒙南部の一都会にして、人口凡そ三万とす、城郭あり。交通頗る頻繁なり、市街を旗人、喇嘛、商賈の三区に分割せり物産は家畜を主としこれにつぐを毛綱、油、大理石細工、製皮、氈毯等とす。

第十二章　帰朝日記

一　戦争の終局

明治三十六年十二月、蒙古開発の目的を以て入蒙せしより、早くも二星霜は過ぎて、三十九年一月とはなりぬ。我が身の喀喇沁王室の教育顧問として、果してよく内外の所期を達せしか、甚だ疑はし。されど只我は、我身の最善をつくして、蒙古の子女に接し、其土民を遇し、其王、王妃に交はれり。王、王妃は、身にあまる光栄と感ずるまで、我を信任され、其子女はわれを師として尊敬し衷心我に懐き、其土民は、我を異邦の人と見ずして親めり。あゝ人誰れか其所期の成功の曙光を見て、手を額にせざるものあらん。又誰れかそれに奮励せられて、黽勉努力せざるものあらむ、我は、王妃が、屢々、先生どうぞ蒙古の人になつて下さい、との難有詞を給ふ毎に、知己の言として、血の漲るを覚えざることなかりき。これより先き、三十七年の暮より、三十八年の春にかけて、入京せる砌、しきりに帰朝を勧められしが、我は、事を中途にして廃するに忍びず、未だ充分基礎の強固ならざる事業を打ち棄て興望にそむきて、身独りの都合のため、帰朝せんは思ひもよらず。我は、我が企てし事の確固たる基礎を得んまで、引きかへして其事に従ひたしとのべ、好意を謝して、辞退しぬ。かくて再び入蒙して、三十八年の暮迄には、兎に角事業は一段落をを告ぐるまでに進行せしむるを得たり。折しも日露の媾和も締結せられ、諸事其終りを告げたれば、我は独自ら省みぬ。蒙古に入りてより二年、上海にありし時より合せ数ふれば、三年余りの、年月を、未開の地に送りて、読書の暇さへ乏しく、真に時勢後れの身となり了りぬべし。かゝる身にてなほこゝにをらんは、時勢後れの事のみ出で来べく、かくては、蒙古のためにもわが国のためにも、何のなす所も非るべければ、兎に角、一旦、帰朝し、よき代り人だにあらば、一二年間、日本にて、充分に研究し、新知識と新抱負とをもちて、再び入蒙したしとの念止みがたくなりぬ。よりてこれを内田公使迄聞えあげしに、恰も日露談判の終り頃にて、小村大使も滞京せられ、御両方共、そは是非一先帰朝して充分静養せる方よからんと勧め給ひぬ。されど我は適当なる、代り人なき限りは、日本に三人の留学生（此留学生は、日蒙両国間の交誼を永く継続せしめ度考よりまづ王、王妃に御勧め致し次に其父兄等に説きて漸く奮発せしめたるものなり）のみを止めおき身は再び入蒙せん心組なりしが、幸ひよき代り人を得たれば、初志の如く一二年間日本に於て研究すべく帰朝せんことに決定しぬ。

二　故郷の山河

明治三十九年一月二十四日、天津総領事伊集院の君より、帰朝するには適当の同行者あり、疾く立ち給へと電信にて知らせ給ひぬ。此は内田公使が我がために好き道づれがなと、予ねて打合せ給はりしによれり、明日は陰暦の元日にて、支那の天地は、総ての機関を休止すべく、鉄道も其呼吸を休むべければ、強ても今日の中に出で立たんと俄かに用意を急ぎつ、午後二時三十分の汽車に乗るべく停車場に赴く。

公使は門迄送り給はりて、障る事あれば、停車場へは得行かず、心して旅しませなど懇ろなる御言葉賜はる。我がために第二の家なる公使舘の何とはなしに離れがたくて幾度もかへりみしつ、停車場へは、内田夫人、服部夫人、川島夫人、其他の貴婦人も見送り給はる。粛親王及び同妃には御名代を給はり、喀喇沁王御夫婦は御自身に送り給はりぬ。王妃の切なる御心は、我為めに、一異例を作りて、外人を停車場に見送り給ひしにも知らる、王妃は御情深き言葉の数々を賜ひしが、近き内に必ず再び入蒙してよと手を執り給へり。一二年の中にはと御答申上げしに、誓ひたるぞ忘れ給ふなと仰せ給はりて、よゝと泣き給ふ、王妹も生徒も劣らず泣きぬ。他の貴婦人方も、此様に眼うるほはされぬ。我はいと堪え難く、胸塞がりて慰めん、に言葉も出でず、同じく暗涙に咽びしが、時迫りたれば、尽きぬ名残を短き言葉に残して、互に健康を祈りつゝ我は、日本に留学すべき、王府重臣の女にて、何蕙貞、于保貞、金淑貞の三人を伴ひて車室に搭じぬ。汽笛は情を新にすべく、新なる景に向つて我等を運びぬ。

六時過ぎ天津へ着す、総領事及び司令官の御名代の方々に迎へられつ、それより領事の厚き御心に出でたる西洋馬車にのり、かねて計らひ給はりし、日本旅舘扶桑舘に投じぬ。

三人の喀喇沁少女は、境を踰えて旅すること初めてなり。草も木も、山も川も、彼等の眼には最初の珍らしさを以て映じぬ。汽車は如何にして疾走するかは、皆彼等の脳を刺戟せし、大なる疑問にてありき。彼等は又此日を以て、初めて日本風の生活に接したるなり。我は実の母もなすまじと思はる、程の多くの世話を焼きぬ。可笑しきは、食事の時なり、彼等は窃かに我が方を見つ、我れが箸を執れば、彼等も執り、置けば置き、挟めば挟み、啜れば、啜る、若し肉の一片を落さば、彼等も落すべく、或る村里の百姓が、弥陀堂の僧に、客振りを学びし昔話も思ひ出されて、独りをかしかりき。

晩餐の後に、淋しきかと問へば、先生の在すに、何でか淋しかるべきと答ふるも可愛し、やがて床に入りしが、彼等は皆快く眠りぬ。されど我は俄かに子を持ちたらん母の心にもたぐへつべく、何となく気遣しうてねむられず。三度迄起き出で、隣室の彼等を見まはりしに、何時も身動きさへせで熟睡してありき。

一月二十五日は、朝疾く、伊集院総領事が、音づれまゐらす、一年の月日は、愛子達の見まかふばかりに育たれ、昨年よりは大層おとなしう、御ものごしにこやかに家庭の御親しみも偲ばれぬ。或は厚き御もてなしに、いと嬉しう春風の中にある心地して、あかず語りつ丶時を過しぬ。午後は天津婦人会の姉君達の催ふし給はりし、送別会に臨みぬ。打ちとけての物語は、何事も興ありて、いと楽しく半日を過しぬ。

一月二十六日は、領事の御邸にて我等のために送別の筵開かれ。

一月二十七日は、神尾司令官より晩餐の席に招かる。方々の厚き御心のいと嬉しく、深く謝しまつりぬ。

一月二十八日、午前十一時二十分総領事御夫婦を始め其他の方々に見送られ、日本郵船会社天津支店員児島喜代蔵の君の同行を得て秦皇島《チンホワンタオ》行の汽車に搭じぬ。大沽よりの航路は尚堅氷に鎖されたればなり。

午後六時過ぎ、秦皇島《チンホワンタオ》に着す。今朝天津の司令官より電報ありたればとて、駐屯隊の方々出迎へられ、何くれと便宜を与へらる。それより直に汽船へ乗込む、其夜出帆すべき筈なればなり。

一月二十九日、荷役間に合はずとか、船同じ処に停る、船嫌ひの人あり。昨夜我等の一行と同じく乗込みしが、夢の裡に渤海を横ぎりたくと、乗るとひとしく、船室に入りて夜具被ぎしが、此朝食事畢るも起き出でず。如何なしけんと、ボーイの行きて尋るに、動揺烈しく、いと堪え難し、未だ芝罘へは着せずやと問はるゝに、ボーイは独り可笑さを忍びて船は尚港にあれば動揺もさまで烈しからずと答ふ。然りしかと客は直ぐさま起きいで、不思議の眼を睜るに、陸も動かず、船も動かず、秦皇島の光景は眼前に横はれり。さては船の走りしは夢か、動揺せしは、神経かとて、自ら一夜の過労を嘲りしに、忽ち頭も軽く、胸もすきて、食事欲しといふに、聞く人皆をかしがりて、船暈は神経より起るぞ多きなどいひあへり。
午後三時半、錨を抜く、汽車に驚きたる生徒は、汽船にも同じ驚きを繰り返へしぬ。渺漠なる広野にのみ慣れし目には、渺茫たる海には、奇異の眼を睜はりぬ。只彼等はいと無邪気にて、船の動揺には、いさゝかも、怕るゝ色なく、船暈さへ感ぜざりしには、心安う思ひぬ。

一月三十日、朝の程より、右岸に、翠色白砂を望みつゝ、午前十一時二十分、芝罘に着す。小幡領事に迎へられ、直ちに領事館に入る。

一月三十一日、昼の程は、市街など見て歩るく、夜いたく寒ければ、温浴取りて寝に就かんと、階下に至り、ボーイに浴場は尚在りやと問ふに、ありと答ふ、さらば浴を取りて来らん程に、鍵せずに待ちてよと、呉々言ひ聞けて浴場へ赴きぬ。浴場は本館の外にあり、若し鍵せられんには、室に入ることを得ざるなり。さて浴を了へて来しに、戸は鎖してあり、押せども開かず。

鍵せるなり、我が言葉が、ボーイに通ぜざりしかとも思ひしが、さにはあらず。我が吩咐を聞かざりし他のボーイが斯くせるなりとは後にて知らる、斯くて我は閉出されたるなり。万事不案内の我は何処へ行かんやうもなし、ゑばらくの後本館近き隣家に行き事の由を告げしに、妻女の君の親切によりて事は忽ちに弁じて、立往生もせず、氷ともならず、室に帰りしが膝栗毛の一節を演じたるやう覚えて独りをかしかりき。

二月一日、朝の程より雪降りいで忽ちにして世はみな銀世界と化し景色いと美はし。

二月二日、領事をはじめ舘員の君たち正金銀行の支店長杉原の君に送られて、出て立つ、此日波高く艀は木の葉の如くに掀弄《きんろう》せられて、中々、本船へ密接すべくもあらず艀の高く浪頭へ上りたる其機を外さず本船へ乗り移るなるが、誤たば巨浪の手に攫まるべく其危険其困難いふべくもあらず。海に慣れぬ、生徒等は如何に恐ろしくや感ずらん、泣きもや出さんと煩ひしが、何れも健気にて、仕損じもなく乗移りぬ。

二月三日は、終日海上に過しぬ。

二月四日、仁川へ着し、日露戦争に最初の記憶を留めたる「ワリヤーグ」の撃沈せられしあたりに投錨しぬ。打見れば水蒼く波白く、鳥は無心に飛んで、亦当年を語るべきものなけれども、我は無言と沈黙との間に得知らぬ快感を感じて暫しは打ち見やりて佇みたりき。

上陸すれば、加藤御夫婦は京城へ赴かれて在さず。此処は日本居留民一万二三千と聞えて流石に市街は日本風なりき。

二月五日、午後出帆、六日釜山に着す、有吉領事は、我等のために何にくれと便宜得させ給はりぬ。市内を見物するに、居留民は一万七八千とのことにて総ての設備が日本風といはんよりは、寧ろ日本其まゝなりといふを適当とするに似たり。

京釜鉄道の起点停車場は実に壮大なるものなり。此処より山陽鉄道の連絡汽船に搭

ずれば、九時間にて門司に着すべし。我は

二月七日、長崎へ着く、山は緑に水は清し、我は三年の日月を十年も過たらんやう三年の日月を十年も過たらんやうに覚えて、今故国の山水に接する嬉しさ、既に懐かしき人々の面影さへ目の前に浮びて、胸は頻りに喜びの鼓動を高めぬ。生徒等は互に山水の美を称へつゝ、斯る美しき国にあらんには、幾年の長きも厭はじ只力のかぎりいそしみてなど語り合ひぬ。

二月八日、門司に入り、九日神戸に着す、大阪の友なる人夫婦して此処まで来り迎へ給はる。午後六時発の汽車に乗り、翌十日、午前九時半事無くて平らかに東京新橋には着きぬ。

三　贈花の主三瀬真氏を弔ふ

去ぬる年の初夏梢の緑色を増し、雨紫に藤花打ち旅情いとも湿かなりし朝、我を沈思の中より救ひしは、日本北海道札幌農事試験場に於て三瀬真と記せし一通なりき。三瀬とは未知の姓、未見の人なれば、危みつゝ、封を開きしに我が旅情を慰むる言の数々に加へて、北海道と喀喇沁とは緯度に於て大差なければ、此地の植物は御地にも生育せん、試に栽培せられずやとて草花の種子十余種を贈られたるなり。かゝる時こそ人の誠の殊に嬉しく覚えて種子を学堂の庭先へ下せしが、夏より秋へかけて、こゝに小さき日本の色彩を現出して、撫子の花、金鳳花、桔梗、酸漿、其他美はしき西洋花の紅、紫などかれこれおのがじし咲き匂ひぬ。

我は此花を眺め、其香に触れて、真に故国にありて親しき友垣と語り合つるが如き心地して、朝夕に少からぬ慰藉を感じたりき。其後三瀬氏は文もて今井歌子女史を紹介せられき。両氏は我が在蒙中厚き同情を寄せられて屢々書状を送られしまゝ、庭の草花におく霜しげく虫の音もいとゞ細りし秋の末蒙古を辞して帰朝の途に上り、今茲明治三十九年の二月十日東京に着きしが、旧知旧友は我に静座を許さず。三月上旬郷里松本にかへり、同下旬上京して、少しく閑を得たれば今井女史の友情を謝し兼ねて三瀬氏の近況を尋ねばやと、桜花咲き出でし四月四日飯田町に今井氏を訪ひぬ。思ひきや、贈花の主は春一月風寒ふして早梅寒さに凋みし夕白玉楼中の人となりぬとは、我は、はげしき感に打たれて亦言ひ出でん詞も知らざりき。

あわれ此秋、蒙古に蒔きし日本の草花の数々は、同じ色香に匂ふらんものを此花ありて其人なし、来らん秋毎の思更に露深からしめぬ。嗚呼あはれ。

附　録（うれしき便り）

このごろは、たいへんあたゝかになりました、先生は、貴国におかへりになりましてから、ごきげんよろしうございますか、私は大そう先生を想ふて居ます、皆先生のおてかみの話を、福晋（王妃）からききまして、たいへんうれしうございました、生徒たちは、毎日鳥居先生の教をきゝます、先日は、粛親王が蒙古に来られまして王爺福晋は守正、崇正、毓正、三学校聯合の歓迎会を開きました、私たちの遊戯は先生の教へて下さつたのでございます、演説は張先生の教へであります、三学生は貴国に行きましてから、たくさん勉強できます、先生ごしんせつにして下さいますから私たちは、たいへんありがとうございます、先生は何年過ぎたら私たちの学校に来て下さいますか、私たちは、皆たいへんまつてをります、私たちは、ねつしんに勉強しますから、先生どぞごあんしん下さいませ。さよなら

光緒三十二年四月二十五日　　蘭　貞（王妹）

河原先生

先生福安生等一切遵依訓誨時々用功万求我師不棄生等再晤尊顔親受教誨不勝盼切仰望之至

粛此敬請

並叩　謝

厚賜　　受業　蘭貞謹啓

河原先生

先生は貴国にかへりましてからごきげんよろしうございますか、こちらは、王爺、福晋、学生等もみな無恙でございますからご安心下さい、福晋から先生の貴信のことをき、まして私たちは、たいへん喜んでをります、三学生からも信が来ました、先生がおかーさんのやうだと、よろこびます、私たちは、たいへんありがたうございます先生どうぞたび／＼おてがみを下さいませ、それからお写真も下さい、何年の後に又蒙古に来て下さい、学生たちはそれをたいへんに望んでをります、先日は粛親王が蒙古にいらしやいました、三学堂は、歓迎会を開きまして、たいへん面白くありました私たちの遊戯は鳥居先生がして下さいました、粛親王爺も、王爺も、福晋もよろこびになりました。

光緒三十二年四月二十八日　　　　　　舒　静

河原先生

このごろは、なつになりましたで、あた、かでございます、先生は、貴国へお帰りなさいましてごきげんはよろしうございますか、先生のところへ三がくせいがまゐりまして、生徒はみなよろこんでございます、せいとはみなありがとうございます、鳥居先生も毎日ねっしんにおしへてくださいます、私たちも毎日よろこんで居ります、先生ご安心下さい、毎日の功課は庚年のと同じで、ございます、先生は又何時いらっ

しやいますか、生徒はみなたいへんまつてをります、おてがみを下さつてありがたうございます、又たび〳〵下さい。さよなら、

光緒三十二年四月二十五日　　　　　　水仙

河原先生

先生は、貴国にかへりましてからごきげんよろしうございますか、先生の下さったおてがみは、たいへんありがたうございます、生徒たちはこちらで鳥居先生の教をうけて一日も廃学いたしません、生徒たちは毎日先生を想ひます、先生どぞ又来て下さい、先生は幾年過ぎたら又来ますすか、先生のおしやゑしんはみえますけれども、先生の御真身が見えませんから生徒たちは、たいへんおもひます。

光緒三十二年三月二十五日　　　　　　秋兜

河原先生

河原先生はごきげんよろしうございますか、私共は皆よろしうございます、先生ご安心下さいませ、先生はこちらに何年の後にまた来ますか学生等は毎日々々たいへんそれを望んでをります、先生どうぞはやく来て下さい、先生どぞ、しやしんを下さい。

光緒三十二年三月二十二日　　　　　　玉梅

河原先生

先生は貴国にかへりまして、ごきげんよろしうございますか、学生等は皆よろしうございます、みな鳥居先生とよく勉強してをります、先生ごあんしん下さい、私たちはよく勉強して居ります、けれどたいへん先生を想ひます、どーぞたびたびおてがみを下さい。

光緒三十二年四月十七日　　　佑貞

河原先生

先生は美国に行かれまして、御自体はごきげんよろしうございますか、此方で学生等は皆よろしうございますから何卒先生は、ご安心くださいませ、只先生が御手紙を下さいましたのを学生等は拝見致しまして、大層喜んで居ります、実にありがたうございます、先生は美国からお帰りになりまして又何年の後に蒙古に来て下さいますか、此ことを学生等はたいへん望んで居ります、何卒先生御身体をごたいせつに遊ばしますを祈ります。

光緒三十三年（明治四十年）十月二十一日　　　毓正女学堂生徒拝

河原先生

次の二通は、喀喇沁王の手書にして、前なるは、我が彼地に着くや間もなく、北京なる我が公使館に送らせ給へるもの、後なるは、其後一年余を経て下田先生に致されたるものなり、何れも忘れ得ぬ紀念にもと茲に録しぬ。

逕夏者、接来函、備悉一切、政躬篤祐諸多順適為祝、河原先生已於中歴初三日安抵敝邸、一路均好、晤談後欣、知学問有素且遠途跋渉、絶無畏難之色、志趣甚遠、従茲龍塞雁門同進文明、不第蒙古之幸、亦亜洲之慶也、諸承閣下分神、今又専差兵弁護送足見交誼之篤、更見閣下之鼎力、感謝莫名、寄来合同底稿、既経閣下与内田公使所定甚妥当可照弁、現擬本月初十日行開校式、惟此女学本数千年所未有、今幸得良師、雖生徒愚頑、当可向化也、殊堪為全蒙女学起点慶矣、跼函鳴謝即頌日社

初五日

喀喇沁王　頓首[印]

拝啓、陳者久耳芳名恨未識荊敝地教化、未興人民頑陋、女学尤所未講、去年曾創弁学堂以開風気、惟師範難求、幸令徒河原女史具此熱心、不以寒苦肯来教授、感佩之至、茲未年余而進歩之速、実出意外、将来敝地婦女之輸入文明、無非出自先生也、惟去冬契約暫定一年、今将期与女史続約多処数年俾得教化普及地方、幸甚、尚望函致女史請

其多処不勝盼甚、再前承厚貺、拝謝々々、久慕芳名未知何日得拝識也、専此敬請文安。

光緒三十年十一月十七日

喀喇沁王　福晋

下田先生　粧次

拝啓、時下厳寒の候益々御勇健、且つ此度は、令嬢御儀久々にて御帰国慶賀此事に存上奉り候。昨年中は屢次御書通被下其都度小生方よりは疏音申上恐縮の外無御座候。陳ば令嬢には満二ヶ年喀喇沁王府女学堂の創設に尽力せられ、其効果は意外の良好を顕はされ、喀王王妃御両人共深く感謝の意を表し居られ候。過日も、王妃、小生を召寄せられ若し出来得べくば、六ヶ月丈にても宜敷旨申出られ且つ喀喇沁地方の多数可憐の児女は、令嬢の教導宜しきを得たるを以て今日にては文明の光に浴する初階段に達したる次第にて、彼等は若し令嬢の帰国が永き別れと相成り候次第を知らば、決して一通りの説諭にては承知せざるべく、又王、王妃に於ても盲者の杖を失ふ心地す、何とか、貴下に小生より書通懇望の上再度令嬢の来蒙を勧誘すべき様依頼有之候。小生は、深く、王妃の御懇情を謝し、定めて貴下に於ても此等の談話を聞き及ばれる時は欣喜せらるゝは必定なれども、河原令嬢は、已に喀地女教の基礎を成したる功労者にも有之、此度帰国の上再び来清無之とも已に、王妃と令嬢との間柄には永年変らざる深交なる次第なるを以て、如此人物が日本に在り遠く、王妃教育事業の応援をなすとも一の最も緊要なる事なり、此上は、王妃御主宰の女学堂は、日本に於ける他の徳望才学ある教師を聘用せらるゝとも決して此御事業が頓挫する様の事は無之、小生が斯く申すも全く小生よりしても、又内田公使よりしても、誰れにても一言反対する事の出来ざる理由あり、そは、河原令嬢が御帰国の上終身の計を為さるゝ一事なり、此事は、王妃も御承知の事ならんも此丈は河原女教習の友人一同皆々切望する所に有之と申上候ひし処。王妃は夫れは誠に然るべき事にて此事に対して二の矢を放つ勇気なしと申され、切めては、王及び王妃が切望の程又、女生徒が河原令嬢に対する熱情及び喀喇沁王所管地方一般に、河原令嬢に対し心服し居る事丈にても、貴下へ御伝へ呉れられたしとの御依頼有之候に付、小生は此義は御依頼なくとも小生より通報致すべく心得居る事に付、喜而書信中に認め申送り且つ他年面会の期も有之候はゞ必ず申伝へんと御申上候ひしに王妃は至極御満足を表せられ候。（下略）

明治三十九年十二月廿二日

在清国北京日本公使館

高洲太助

河原忠　様

左はこれ崇正小学堂第一回卒業式に王の親しく臨ませ給ひて、生徒に与へられたる訓諭辞なり。

今日為諸生在本学堂、第一期、初等小学卒業日、本王来臨此会、授与文憑、並述心所希望、実課欣幸諸生径受此数年之教育、開我蒙古、数千年未有之風気、従此進歩、無已源々粗継、循天演之進化、今後蒙古日進文明、其起点皆由諸生始真可為諸生、賀並有所希望者、為諸生告之。

古者三代而上、甚重小学庠序学校、載在礼経近今列強、亦莫不以教育普及、為第一要義、凡子女年及五六歳、必令入学、違者、罪其父兄、同謂強迫教育也、其学皆教普通、由初等而高等、而中学、莫不皆然、実教以作人之道、以養成国民、資格、是精神之教育也、朝廷近来、力圖維新、注重学校、諭旨頻頒我蒙古地当北壁、久列藩封、尤不可不急々於教育、是以本王創立此学堂、並請給予出身、現已蒙乞准、則是今後遂漸推広、及於全蒙古同進文明、何可限量、諸生今得風気之先、三年於茲、在学朝夕勤勉、而各教習等循々善誘以得今日之効果、雖然前途正遠、学問無窮所望於諸生者、切勿一得自限、画地止歩、自誇自足、以致日後反省、負此日所得之良基礎、更望各宣自重自愛、注意人格、以為後来之表率、是諸生既先受教育之薫陶、他日為我蒙古数千年来所未有、他日亦必能成蒙古古来未有之大事業、大名誉本王亦有栄焉、是則予心所甚喜而深望者也、諸生其各勉旃。

語学笑話

支那語を文字上より日本語に釈し又日本語を同様に支那語に釈す時は往々滑稽なる意味となることありとて或人の語るをきくに。

例

一、日本語は其文字の上より支那語に釈したる例。

御蔭様で母は近頃大変丈夫になりました、託《トー》。。福託《フウトー》。。福《フウ》。我《ウオー》。母親《ムーチヌ》。近《チン》。。来大《ライター》。変《ピエン》。了爺們了《リヤウイエーメヌリヤウ》

即ち御蔭を以て母は近頃大変りして男子になりました。

　右の意釈は左の如し

託《トー》。。福々々《フウトーフウ》。我《ウオー》。母親《ムーチヌ》。近《チン》。。来《ライ》。很《ヘヌ》。康《カン》。健《チエン》。

二、支那語を文字の上より日本語に釈したる例或支那の先生が其門弟の一日本人に向ひ。

○。老《ラオ》。没見《メーチエン》。了《リヤウ》。。儞《ニヌ》。明《ミン》。白這《パイチヨウ》。個《コ》。話《ホワー》。的《デ》。意《イー》。思《スウ》。麼《モ》。

（あなたは此「老没見了」といふ言葉の意味がわかりますか）

△我明白了《ウオーミンパイリヤウ》（私はわかりました）

○是《シー》。。甚麼《シエモ》。意《イー》。思《スウ》。啊《ア》。。請説《チンシヨウ》。罷《バー》。

(どういふ意味ですかいふてごらんなさい)

△。人《レン》。老了《ラオリヤウ》。眼睛《イエンチン》。就《チユー》。花《ホワー》。了《リヤウ》。看《カヌ》。不《プ》。真《チエヌ》。了《リヤウ》。是《シー》。這《チヨウ》。個《コ》。意《イー》。思《スウ》。不《プ》。是《シー》。

(人が年をとって眼がかすんではつきりとものを見ることが出来ないといふ意味ではありませんか)

○。儞《ニヌ》。想的《シヤンデ》。倒《タウ》。有道《ユータウ》。理意《リーイー》。思《スウ》。可是《コシー》。不《プ》。対《トイ》。這《チヨウ》。個《コ》。的《デ》。意《イー》。思《スウ》。是《シー》。許多《シウトヲ》。的《デ》。日《リイ》。子《ツー》。没《メー》。見《チエン》、

(あなたが此文字によってさう考へらる丶のは尤もですが意味は違ひます此意味は久しく御目にか丶りませんでしたといふのです)とて大笑ひなりしといふ文字の上より直訳する時は此の如きこと少なからずとぞ。

蒙古土産大尾

樋口一葉（ひぐち いちよう）

明治五年、東京に生れる。萩の舎の中島歌子に作歌を学ぶうち、半井桃水に就いて創作の筆を執った才が、やがて「文学界」の同人たちの注目を集めるところとなり、同誌に寄稿するようになったなかでも、困窮して下谷龍泉寺町で荒物類を商った一時期に材を取った「たけくらべ」を発表した明治二十八年前後から、文名は頓に揚った。以後、「大つごもり」「にごりえ」「十三夜」「ゆく雲」等、優美さを包んだ抒情に近代の感覚を写した小説は、一作ごとにその評価を高くし、閨秀作家としての地位を確乎たるものとするも、同二十九年歿。遺された日記があるのは、文藻をまたよく偲ばせ、早世して小説作品が多くないのを補うに足る。

一宮操子（いちのみや みさこ）

明治八年、長野県に生れる。一般に河原操子の旧姓で知られるが、日支親善の上から清国の女子教育に従うことをつとに念じ、東京女子高等師範学校に学ぶなどした後、明治三十三年、面識を得た下田歌子の推輓で、横浜の清国人経営の大同学校に職を奉じたのは、最初の日本人女教師とする。同三十五年、上海の務本女学堂に転じ、これも初めての日本人教習としてあること一年、そこから内蒙古カラチン王府の教育顧問に招聘されてその地に赴いたのは、恰も日露の開戦の迫る頃で、そのなかを軍事機密に関わる特命を帯び、危険を冒して任務を遂行した。「蒙古土産」は、講和がなってから帰国後の同四十二年の刊行（本書はこの初版使用）である。昭和二十年歿。

近代浪漫派文庫 10 樋口一葉 一宮操子

二〇〇四年十月十五日 第一刷発行

著者 樋口一葉 一宮操子／発行者 小林忠照／発行所 株式会社新学社 〒六〇七―八五〇一 京都市山科区東野中井ノ上町一一―三九 印刷・製本＝天理時報社／DTP＝昭英社／編集協力＝風日舎

ISBN 4-7868-0068-6

落丁本、乱丁本は左記の小社近代浪漫派文庫係までお送り下さい。送料小社負担でお取り替えいたします。
お問い合わせは、〒二〇六―八六〇二 東京都多摩市唐木田一―一六―二 新学社 東京支社
TEL〇四二―三五六―七七五〇までお願いします。

◉近代浪漫派文庫刊行のことば

文芸の変質と近年の文芸書出版の不振は、出版界のみならず、多くの人たちの夙に認めるところであろう。そうした状況にもかかわらず、先に『保田與重郎文庫』(全三十二冊)を送り出した小社は、日本の文芸に敬意と愛情を懐き、その系譜を信じる確かな読書人の存在を確認することができた。

その結果に励まされて、専ら時代に追従し、徒らに新奇を追うごとき文芸ジャーナリズムから一歩距離をおいた新しい文芸書シリーズの刊行を小社は思い立った。即ち、狭義の文学史や文壇に捉われることなく、浪漫的心性に富んだ近代の文学者・芸術家を選んで四十二冊とし、小説、詩歌、エッセイなど、それぞれの作家精神を窺うにたる作品を文庫本という小宇宙に収めるものである。

以って近代日本が生んだ文芸精神の一系譜を伝え得る、類例のない出版活動と信じる。

新学社

新学社近代浪漫派文庫（全42冊）

❶維新草莽詩文集
❷富岡鉄斎／大田垣蓮月
❸西郷隆盛／乃木希典
④内村鑑三／岡倉天心
❺徳富蘇峰／黒岩涙香
❻幸田露伴
❼正岡子規／高浜虚子
⑧北村透谷／高山樗牛
❾宮崎滔天
⑩樋口一葉／一宮操子
⓫島崎藤村
⓬土井晩翠／上田敏
⓭与謝野鉄幹／与謝野晶子
⓮登張竹風／生田長江
⓯蒲原有明／薄田泣菫
⑯柳田国男
⓱伊藤左千夫／佐佐木信綱
⓲山田孝雄／新村出
⓳島木赤彦／斎藤茂吉
⓴北原白秋／吉井勇
㉑萩原朔太郎
㉒前田普羅／原石鼎
㉓大手拓次／佐藤惣之助
㉔折口信夫
㉕宮沢賢治／早川孝太郎
㉖岡本かの子／上村松園
㉗佐藤春夫
㉘河井寛次郎／棟方志功
㉙大木惇夫／蔵原伸二郎
㉚中河与一／横光利一
㉛尾崎士郎／中谷孝雄
㉜川端康成
㉝「日本浪曼派」集
㉞立原道造／津村信夫
㉟蓮田善明／伊東静雄
㊱大東亜戦争詩文集
37岡潔／胡蘭成
㊳小林秀雄
㊴前川佐美雄／清水比庵
㊵太宰治／檀一雄
㊶今東光／五味康祐
㊷三島由紀夫